KB000437

AGATHA CHRISTIE COMPLETE COLLECTION

THE AFFAIR AT THE VICTORY BALL

AGATHA CHRISTIE COMPLETE COLLECTION

THE AFFAIR AT THE VICTORY BALL

빅토리 무도회 사건 애거서 크리스티 단편집 | 김유미 옮김

황금가지

SHORT STORY COLLECTION 1
by Agatha Christie

정식 한국어 판 출간에 부쳐

나는 한국에서 우리 할머니의 작품을 정식으로 출간한다는 소식을 듣고 무척 기뻤다. 할머니가 1920년부터 1970년 무렵까지 오랜 세월에 걸쳐 집필한 작품들은 21세기인 지금 읽어도 신선하고 재미있다. 등장 인물들이 워낙 자연스러워서 요즘 사람들과 다를 바 없고 이들이 등장하는 상황과 장소가 전 세계 사람들의 애정과 향수를 자극하기 때문이다. 한국 독자들은 이번에 새로 나온 정식 한국어 판을 통해 그 동안 접하지 못했던 애거서 크리스티의 일부 작품들을 읽을 수 있을 것이다. 덕분에 한국에 새로운 세대의 애거서 크리스티 팬들이 탄생할지도 모르겠다는 생각을 하면 가슴이 벅차다.

애거서 크리스티는 대표적인 두 명의 주인공으로 기억되는 작가이다. 14권의 작품에 등장하는 마플 양은 영국의 작은 시골 마을에서 평온한 나날을 보내며 뜨개질과 수다로 소일하는 미혼의 할머니이지만, 놀라운 기억력과 날카로운 두뇌 회전으로 주변에서 벌어진 살인 사건을 해결한다.

그리고 마플 양과 상반되는 성격을 지닌 에르퀼 푸아로는 자신만만하고 콧수염을 포함한 자신의 외모와 벨기에라는 국적에 대한 자부심이 상당하다. 그는 이집트와 이라크를 비롯한 세계 각지에서 수수께끼를 해결하며 『오리엔트 특급 살인*Murder On The Orient Express*』, 『나일 강의 죽음*Death On The Nile*』, 『애크로이드 살인 사건*The Murder Of Roger Ackroyd*』 등 애거서 크리스티의 여러 대표작에 모습을 드러낸다.

황금가지의 대담하고 참신한 표지와 전반적인 디자인 덕분에 작품의 성격이 잘 살아난 것 같아 기쁘다. 또한 한국 독자들이 할머니의 원작이 지닌 참된 묘미를 느낄 수 있도록 충실한 번역을 위해 애써 준 점도 높이 사고 싶다.

할머니의 작품이 20세기의 그 어떤 작가들보다 많이 팔리고 있는 이유는 나이와 국적에 상관없이 읽을 수 있는 재미와 감동을 갖추었기 때문이다. 모쪼록 한국 독자들도 황금가지에서 선보이는 애거서 크리스티 작품들을 즐겁게 감상하기를 바란다.

매튜 프리처드

애거서 크리스티의 손자

ACL 이사장

차례

사라진 광산

나는 한숨을 내쉬면서 통장을 내려놓았다.

"어떻게 된 건지 당좌 대월 금액이 줄어들지를 않네요."

"별로 걱정하는 것 같지도 않은데 뭘 그러나. 난 당좌 대월 같은 게 있으면 잠도 편히 못 잘 걸세."

"통장에 잔고가 넉넉하니까 그러시겠죠."

"44파운드 4실링 4펜스네."

푸아로가 흡족한 표정으로 말했다.

"아주 깔끔한 숫자 아닌가?"

"그 은행 지배인은 아주 빈틈없는 사람인가 보죠? 자기 고객이 대칭과 균형에 집착하는 걸 잘 알고 있는 것 같네요. 그건 그렇고, 포큐파인 유전에 300파운드 정도 투자해 보시는 건 어때요? 오늘 신문에 난 투자설명서를 보니까 내년에 100퍼센트 배당을 받을 수 있을 거라고 하던데."

"난 됐네."

푸아로는 고개를 내저었다.

"난 공격적인 투자는 좋아하지 않아. 안전하고 신중한 투자가 내 체질에 맞네. 국채나 공채 같은 거 말일세. 그 뭐라더라…… 언제든 현금화할 수 있는 거."

"투기는 한 번도 해 본 적 없겠죠?"

"없네, 몬 아미."

단호한 대답이었다.

"내가 가지고 있는 주식은 소위 우량주가 아니네. 버마 광산 회사 주식 1만 4000주가 전부야."

푸아로는 내가 재촉하기를 기다리는 듯이 말을 멈추었다.

"그래서요?"

나는 궁금한 듯이 물었다.

"그 주식도 돈 주고 산 게 아니라네. 내 작은 회색 뇌세포를 사용한 보수로 받은 거지. 한번 들어 볼 텐가? 궁금하지 않나?"

"궁금하고말고요."

"좋아, 그럼 얘기해 주지. 그 광산은 버마의 랑군에서 320킬로미터 정도 들어가는 내륙에 있었네. 15세기에 한 중국인이 그 광산을 발견한 후로 아랍 혁명 때까지 계속 발굴되다가 1868년에 폐광됐지. 중국인들은 광산 상부에서 풍부한 은광을 발견했어. 그들은 은만 정련해 내고 납이 풍부하게 함유된 대량의 광석 찌꺼기는 그냥 버렸지. 얼마 후 버마에서 채굴 사업이 시작되면서 그 광산이 다시 발견됐어. 그런데 오래된 광구에 푸석푸석한 흙과 물이 가득 차 있어서 광맥을 찾아내려는 시도는 번번이 허사로 돌아가고 말았네. 광산 조합에서 수차례 발굴대를 보냈지만 그 귀한 보물은 발견하지 못했어. 그런데 조합 대표 하나가 그 광산의 위치가 기록된 지도를 가지고 있다는 중국인 가족을 찾아낸 거야. 그 집의 가장은 우 링이라는 사람이었어."

"소설 속에 나오는 흥미진진한 모험담 같네요."

"정말 그런가, 몬 아미? 금발의 절세미인, 아니지, 자네가 죽고 못 사는 적갈색 머리의 미인이 등장하지 않는 소설은 없는 법이지. 전에도……."

"하던 얘기나 계속하세요."

나는 다그치듯 말했다.

"그런데, 드디어 이 우 링이라는 사람과 연락이 닿은 거야. 그 중국인은 그 지역에서 꽤 이름이 알려진 상인이었어. 그는 문제의 그 지도를 가지고 있다면서 협상에 응하긴 하겠지만 대리인과는 거래하지 않겠다고 버틴 거야. 결국 우 링은 영국으로 가서 큰 회사의 중역들과 만나기로 했다네.

우 링은 아순타호를 타고 영국으로 떠났어. 그 배는 춥고 안개가 자욱한 11월 아침에 사우샘프턴에 도착했지. 피어슨이라는 중역이 우 링을 마중하기 위해 사우샘프턴까지 갔지만 공교롭게도 짙은 안개 때문에 기차가 연착한 거야. 그가 도착했을 때는 이미 우 링이 배에서 내려 임시 열차를 타고 런던으로 떠난 후였네. 피어슨은 그 중국인이 어디에 묵고 있는지 알 도리가 없어서 속수무책으로 런던으로 돌아갔지. 그런데 그날 늦게 회사에서 전화가 걸려 온 거야. 우 링이 러셀 스퀘어 호텔에 머무르고 있다는 전화였어. 그는 배를 오래 타서 몸이 안 좋기는 하지만 다음 날 중역 회의에 꼭 참석하겠다고 말했다네.

다음 날 11시에 중역 회의가 시작되었지. 그런데 11시 30분이 되어도 우 링이 나타나지 않는 거야. 비서가 러셀 스퀘어 호텔에 전화를 해 보니 우 링이 10시 30분경에 친구와 함께 나갔다는 거야. 분명히 회의에 참석하기 위해 출발한 것 같은데 오후가 되어도 나타나지 않는 게 이상했지. 런던 지리를 잘 몰라서 길을 잃어버렸을지도 모른다고 생각했지만 그날 밤 늦게까지도 그는 호텔에 돌아오지 않았네. 당황한 피어슨은 경찰에 신고했지. 그러나 다음 날도 그 중국인의 행방은 묘연했네. 그런데 그 다음다음 날 저녁 템스 강에서 시체가 하나 발견됐는데 그게 그 불운한 중국인의 시체로 밝혀진 거야. 시체에서도 호텔에 있던 짐에서도 광산과 관련된 서류는 발견되지 않았네.

이런 상황에서 내가 그 사건에 개입하게 된 걸세. 피어슨이 내게 연락을 해 왔더군. 우 링의 죽음으로 큰 충격을 받기는 했지만 그의 주된 관심사는 지도를 찾는 일이었어. 그 중국인이 영국에 온 목적이 바로 그 지도였으니까. 물론 경찰은 살인범을 체포하는 일에만 혈안이 되어 있었지. 서류를 되찾는 것은 부차적인 문제였어. 피어슨은 내게 경찰에 협조하면서 한편으로는 자기 회사의 이익을 위해 일해 달라고 했네.

나는 기꺼이 승낙했지. 나는 두 가지 방향으로 사건을 조사하기로 마음먹었네. 하나는 그 중국인이 영국에 올 거라는 사실을 미리 알고 있었던 직원 중에서 용의자를 가려내는 거고, 다른 하나는 배에 탑승했던 승객 중에서 그에 관한 일을 알고 있었던 사람을 찾아내는 거였어. 나는 두 번째 일에 먼저 착수하기로 했네. 그 방법이 조사 범위가 더 좁기 때문이었지. 그 과정에서 그 사건을 담당하고 있던 밀러 경감을 만나게 된 걸세. 그는 내 친구 재프하고는 완전히 딴판이었어. 우쭐대고 예의 없고 정말 참기 힘든 인간이었지. 어쨌든 우리는 함께 그 배의 선원들을 면담했네. 그 사람들에게서는 별로 알아낼 게 없었어. 우 링은 배에서 사람들과 거의 대화를 하지 않았다고 하더군. 승객 중에서 그와 얘기한 사람은 두 명뿐이었네. 한 사람은 다이어라는 유럽인이었는데 파산했다는 말도 있고 별로 평판이 좋지 않은 남자였어. 다른 한 사람은 찰스 레스터라는 젊은 은행원이었지. 홍콩에서 돌아오는 길이라더군. 난 운 좋게 두 사람의 사진을 손에 넣을 수가 있었지. 그 당시에는 두 사람 중 다이어가 사건과 연관되어 있을 것 같은 감이 들더군. 다이어는 중국인 범죄 조직에 연루되어 있었고 범인일 가능성이 가장 큰 인물이었으니까.

우리가 다음으로 간 곳은 러셀 스퀘어 호텔이었네. 우 링의 사진을 보여 주자 호텔 직원들이 금방 그를 알아보더군. 그러고는 다이어의 사진을 보여 주었는데, 호텔 짐꾼 말로는 사건이 일어나던 날 호텔에 왔던 남자가 아니라고 하는 거야. 분명히 아니라고. 실망해서 별 기대 없이 레스터의 사진을 보여 주었더니 단번에 그 사람이라고 하는 바람에 깜짝 놀랐다네.

그 짐꾼은 '이 사람이 맞습니다. 10시 30분에 우 링 씨를 찾아와서 나중에 함께 나갔습니다.'라고 하더군.

그다음은 일사천리로 일이 진행됐지. 찰스 레스터는 우리가 만나자고 했더니 선뜻 그러마고 했네. 우 링이 변을 당했다고 하자 몹시 낙심한 표정을 짓더니 적극적으로 우리에게 협조해 주겠다고 하더군. 그의 얘기는 대충 이런 거였네. 우 링과 약속한 대로 10시 30분에 호텔에 갔는데 우 링이 나타나지 않았다는 거야. 대신 그의 하인이 나와서 주인이 갑작스러운 볼일로 외출하면서 젊은 사람이 찾아오면 자기가 있는 곳으로 모셔 오라고 했다는 거야. 레스터가 그러겠다고 하자 중국인이 택시를 잡았다고 했네. 택시는 한참 동안 강변 선창 쪽을 달렸다더군. 레스터는 갑자기 의심스러운 생각이 들어서 택시를 멈추게 하고 하인이 만류하는데도 택시에서 내렸다는 거야. 그래서 자기는 아무것도 모른다고 주장하더군.

우리는 그의 말을 믿는 척하면서 고맙다고 하고 밖으로 나왔네. 그의 얘기가 거짓이라는 건 금방 들통이 나고 말았지. 우선, 우 링은 배 안에서나 호텔에서나 하인을 데리고 있지 않았어. 게다가 그날 아침 레스터와 하인을 태웠던 택시 운전기사가 나타난 거야. 레스터는 택시를 타고 가다가 도중에 내린 게 아니라 중국인과 함께 차이나타운 중심가에 있는 라임하우스 근처의 어떤 집으로 갔다는 거야. 문제의 그 집은 흉악한 아편 소굴로 알려진 기분 나쁜 곳이라고 하더군. 두 사람은 그 집으로 들어갔고 한 시간쯤 후에 영국인이 혼자 나왔다고 했네. 운전기사는 사진을 보고 그 남자가 맞다고 확실하게 말하더군. 몹시 창백하고 병색이 짙은 얼굴로 운전기사에게 가장 가까운 지하철로 가자고 했다는 거야.

찰스 레스터를 조사해 보니 성품은 괜찮은 사람이지만 엄청난 빚을 지고 있고 남몰래 도박에 빠져 있었네. 물론 다이어를 빼놓을 수 없었지. 그가 레스터로 가장했을지도 모른다는 생각도 들었으니까. 그런데 근거가 충분치 않았어. 그날 하루 동안 알리바이가 완벽했거든. 물론 아편굴 주인은 동양인 특유의 무표정한 얼굴로 모든 사실을 부인했네. 우 링이나 레스터를 만난 적도 없고 그날 아침에 두 사람이 그곳에 오지도 않았다는 거야. 어쨌든 경찰이 헛다리를 짚은 거지. 그곳에서는 실제로 아편을 복용한 적이 없었던 거야.

레스터는 완강하게 부인했지만 우 링을 살해한 혐의로 체포되었으니 우리로서는 그를 도울 방법이 없었네. 그의 소지품을 조사해 보니 광산과 관련된 서류는 없었어. 아편굴의 주인도 구류되었고 그의 집 안을 샅샅이 뒤졌지만 역시 아무것도 나오지 않았네. 경찰이 총력을 기울였지만 아편 막대기 하나 발견되지 않았지.

그러는 동안 피어슨은 불안해서 어쩔 줄 몰라 하더군. 안절부절못하면서 내 방을 왔다 갔다 하고 불평만 늘어놓는 거야.

'뭔가 떠오르는 생각이 있을 것 아닙니까, 푸아로 씨! 분명히 심

증이 가는 게 있죠, 그렇죠?'

그는 계속 나를 다그쳤네.

'당연히 있소. 그런데 바로 그게 문제요. 아이디어가 많기는 한데 그게 다 각각 다른 방향을 가리키고 있으니.'

나는 조심스럽게 말했네.

'구체적으로 얘기해 보시죠.'

'예를 들면, 그 택시 운전기사가 두 사람을 그 집으로 데려다 줬다는 게 한 가지 아이디어요. 다음은…… 그들이 정말 그 집에 갔을까요? 그곳에서 내린 건 분명하지만 그 집을 지나서 다른 출입구를 통해 다른 곳으로 갔을 수도 있지 않겠소?'

피어슨은 이 말을 듣고 깜짝 놀라는 것 같더군.

'그런데 이렇게 앉아서 머리만 굴려도 되는 겁니까? 움직이고 행동을 해야죠!'

그는 성미가 꽤 급한 것 같았네.

'피어슨 씨, 족보 없는 강아지처럼 악취가 진동하는 라임하우스 거리를 쏘다니는 건 이 에르퀼 푸아로에게 어울리지 않는 일이오. 마음을 좀 가라앉히고 기다리시오. 형사들이 수사하고 있으니.'

나는 위엄을 갖춰서 말했네.

그다음 날 새로운 정보가 들어왔지. 두 남자는 정말 문제의 그 라임하우스를 거쳐서 지나갔던 거야. 그들의 진짜 목적지는 강가에 있는 작은 식당이었어. 그들이 그 식당으로 들어가는 걸 본 사람이 레스터가 혼자 나오는 걸 봤다고 증언한 거야.

그런데 말일세, 헤이스팅스. 생각 좀 해 보게! 피어슨이 터무니없이 그 식당에 함께 가서 조사해 보자고 하는 거야. 내가 안 된다고 화도 내고 사정도 해 봤지만 그는 고집불통이었네. 자기가 변장을 하겠다고 하면서 나도 변장을 하라는 거야. 나한테 뭘 하라고 했는지 아나? 말하는 것조차 끔찍하군. 나보고…… 수염을 깎으라는 거야! 그게 될 법이나 한 소린가! 난 얼토당토않은 말이라고 쏘아붙였지. 아름다운 걸 망가뜨릴 권리는 누구에게도 없는 법이라고 말이야. 콧수염을 기른 점잖은 벨기에 신사가 수염도 없는 사람들과 다를 바 없이 아편굴을 기웃거린다는 게 가당키나 한가?

결국 그도 그건 양보했지만 계획은 밀고 나가겠다고 우기더군. 그날 저녁 그가 나타났는데…… 꼬락서니가 어땠는지 자네는 상상도 하지 못할 걸세. 선원들이 입는 두터운 상의를 껴입고, 턱은 수염을 깎지 않아서 덥수룩하고, 목에는 퀴퀴한 냄새가 나는 스카프를 매고 있었다네. 그런데 그 친구는 그걸 즐기는 것 같더라니까. 그 영국인은 확실히 제정신이 아니었어. 나도 변장을 해야 한다고 하도 우겨 대기에 어쩔 수 없이 그러겠다고 했지. 미친 사람과 싸울 수는 없는 노릇 아닌가? 결국 우리는 집을 나섰네. 그를 혼자 가게 할 수는 없었네. 가장행렬에 참가하려고 옷을 차려입은 어린애를 혼자 보내는 기분이었으니 말일세."

"당연히 혼자 보낼 수 없었겠죠."

"우여곡절 끝에 그곳에 도착했지. 피어슨은 진짜 선원 행세를 하려는 건지 이상한 영어를 쓰더군. '풋내기 선원'이며 '선실' 같은 말을 하는데 난 도통 알아들을 수가 없었네. 천장이 낮고 좁은 방에 들어갔더니 방 안에 중국인들이 우글대더군. 이상한 음식을 먹었는데 속이 느글거려서 토할 뻔했네."

푸아로는 잠시 말을 멈추고 자기 배를 움켜쥐었다.

"그때 주인이 우리에게 다가왔어. 그 중국인은 음흉한 미소를 지으면서 '나리들에게는 이런 음식이 입에 안 맞으실 텐데요. 더 좋은 음식이 있는데 가져올까요? 파이프는 어떠세요?'라고 하더군.

그때 피어슨이 테이블 밑으로 내 다리를 세게 걷어차면서 말했네. 그는 선원들이 신는 긴 장화를 신고 있었어.

'좋아, 존. 안내하게.'

그러자 그 중국인은 히죽거리면서 우리를 지하실로 데리고 갔네. 뚜껑을 열고 몇 계단을 내려가자 방이 하나 나오더라고. 그 안에 쿠션이 달린 길게 누울 수 있는 의자가 죽 놓여 있었어. 우리가 의자에 눕자 중국인 소년이 장화를 벗겨 주더군. 그때가 그날 저녁에서 가장 편안한 시간이었지. 소년이 파이프를 가지고 와서 아편을 채워 줬어. 우리는 아편을 피우는 척하면서 잠든 시늉을 하고 있었네. 우리 둘만 남자 피어슨이 조용히 나를 불렀어. 우리는 마루를 조심스럽게 기어가기 시작했네. 다른 사람들이 잠들어 있는 다른 방을 지나가는데 두 남자가 얘기하는 소리가 들렸어. 커튼 뒤에 숨어서 그들의 얘기에 귀를 기울였지. 우 링에 관한 얘기를 하고 있었네.

'지도는 어떻게 된 거지?'

한 남자가 말했네.

'레스터가 가지고 있어.'

다른 남자가 대답했지. 억양으로 봐서 중국인이었어.

'안전한 곳에 숨겨 놓겠다고 했어. 경찰도 못 찾을 만한 곳에.'

'그럼 뭐해. 붙잡혔잖아.'

'풀려나겠지. 증거가 없는데 어쩌겠어?'

그런 이야기를 나누더니 우리 쪽으로 걸어오는 거야. 우리는 황급히 침대로 되돌아갔지.

피어슨이 잠시 후에 말했네.

'빨리 여기를 나가야겠어요. 여긴 공기가 나빠서 숨을 못 쉬겠어요.'

'그럽시다. 이제 광대 노릇은 충분히 했으니까.'

나도 동의했지.

우리는 아편 값을 후하게 주고 무사히 그곳을 빠져나왔네. 라임하우스를 나오자 피어슨은 심호흡을 하더군.

'밖에 나오니 좀 살 것 같군요. 이제 확실한 실마리를 잡은 건가요?'

'그런 셈이오. 변장 덕에 원하던 걸 어렵지 않게 찾아낸 것 같소!'

나도 정말 쉽게 찾아냈다고 생각했지."

푸아로는 거기서 갑자기 말을 멈췄다.

나는 갑자기 얘기를 중단하는 푸아로를 의아한 표정으로 쳐다보았다.

"그런데…… 지도는 어디 있었죠?"

“주머니 안에…… 간단해.”

“누구 주머니요?”

“그야 당연히 피어슨의 주머니지!”

푸아로는 어리둥절해하는 내 얼굴을 보면서 천천히 설명했다.

“아직도 모르겠나? 피어슨도 찰스 레스터처럼 도박에 빠져서 빚에 시달리고 있었던 거야. 그래서 그 중국인한테서 지도를 훔쳐 낼 생각을 했던 거지. 그는 사우샘프턴에서 우 링을 만나 함께 런던으로 왔어. 그리고 곧장 라임하우스로 데리고 간 거지. 그날은 안개가 자욱해서 우 링은 어디로 가고 있는지 알 수 없었을 테고. 피어슨은 그 집에서 자주 아편을 피웠으니까 거기에 그의 친구들이 있었겠지. 처음부터 우 링을 죽일 생각은 아니었을 걸세. 다른 중국인을 우 링으로 변장시켜서 지도를 팔아 돈을 챙길 속셈이었겠지. 거기까지는 그의 계획대로 된 거야.

그런데 그 동양인은 우 링을 죽이고 시체를 바다에 던져 버리는 게 훨씬 간단할 거라고 생각했어. 피어슨의 공범인 그 중국인은 그와 상의도 하지 않고 제멋대로 우 링을 살해한 거야. 피어슨이 얼마나 기겁했을지 짐작이 가지 않나? 기차 안에서 우 링과 함께 있는 그를 본 사람이 있을지도 모르니 말일세. 살인은 단순한 납치와는 죄질이 다른 끔찍한 범죄니까.

그는 궁여지책으로 러셀 스퀘어 호텔에서 그 중국인을 우 링인 것처럼 꾸밀 생각을 한 거야. 시체가 그렇게 빨리 발견되지만 않았더라도 그의 계획은 성공했겠지. 우 링은 피어슨에게 찰스 레스터와 호텔에서 만나기로 했다고 했을 거야. 피어슨은 그렇게 하면 자기가 혐의 대상에서 벗어날 수 있는 거라고 생각했겠지. 우 링과 마지막으로 함께 있었던 사람은 찰스 레스터가 되는 셈이니까. 중국인 심부름꾼으로 변장한 남자는 그를 가능한 한 빨리 라임하우스로 데리고 가라는 지시를 받았겠지. 아마 거기서 그에게 음료수를 권했을 거야. 그 음료수에는 약이 들어 있었을 테고. 레스터가 한 시간 후에 나타났을 때 그는 의식이 몽롱한 상태였겠지. 레스터는 우 링이 죽었다는 말을 듣자 덜컥 겁이 나서 라임하우스에 갔다는 사실을 부인한 거야.

물론 여기까지는 피어슨이 계획했던 대로 된 셈이지. 하지만 피어슨이 그걸로 만족했을까? 아닐세. 내 태도를 보자 불안해진 피어슨은 그 사건을 완전히 레스터에게 뒤집어씌우기로 마음먹은 거야. 그래서 교묘하게 가장행렬까지 꾸몄던 거지. 나? 나는 완전히 속아 넘어가는 척해 주었지. 방금 전에 그가 가장행렬에 참가하는 어린애 같은 모습이었다고 했지? 맞아. 나도 내가 맡은 역할을 충실하게 해냈네. 그는 기뻐하면서 집으로 돌아갔어. 하지만 다음 날 그의 현관에 밀러 경감이 나타났고 피어슨이 몸에 지니고 있던 지도가 발견된 거야. 그걸로 게임은 끝난 거지. 그는 이 에르퀼 푸아로와 같이 연극을 벌였던 걸 처절하게 후회했지. 흠…… 이 사건에서 힘들었던 건 한 가지뿐이었네."

"그게 뭐였죠?"

나는 호기심에 가득 차서 물었다.

"밀러 경감을 설득하는 일이었네! 정말 까다로운 인물이야. 황소 고집인 데다가 아둔하기 짝이 없다니까. 그런데도 늘 공은 자기 혼자 독차지하고 말이야."

"그건 불공평한 일이죠!"

"나도 따로 보상은 받았네. 버마 광산 회사 중역들이 내 활약에 대한 감사의 표시로 주식 1만 4000주를 주었으니까. 손해 나는 장사는 안 한 셈이지, 안 그런가? 그건 그렇고 자네에게 한 가지 충고할 게 있네. 헤이스팅스, 돈을 투자할 때는 보수적으로 하는 게 좋아. 자네가 신문에서 읽었다는 그 기사가 사실인지 확인해 봤나? 포큐파인 중역들 말인데 그자들도 피어슨 같은 사기꾼일지 누가 알겠나?"

초콜릿 상자

그날 밤은 날씨가 지독히 사나웠다. 밖에는 바람이 맹렬한 기세로 몰아치고 빗줄기가 거세게 창을 때리고 있었다.

푸아로와 나는 활활 타고 있는 난로 쪽으로 다리를 뻗은 채 기분 좋게 여유를 즐기고 있었다. 우리 사이에는 작은 테이블이 놓여 있고 내 쪽에는 뜨거운 물과 레몬을 넣은 위스키가, 푸아로 쪽에는 나라면 100파운드를 준다고 해도 안 마실 것 같은 진하디진한 초콜릿이 한 잔 놓여 있었다. 푸아로는 분홍 도자기 잔에 들어 있는 걸쭉한 갈색 액체를 한 모금 맛보고는 만족스러운 듯이 한숨을 내쉬며 나직하게 말했다.

"인생은 아름다워!"

"정말 그래요!"

나는 그의 말에 맞장구를 쳤다.

"직업이 있고, 그것도 썩 좋은 직업이죠. 게다가 이렇게 명성이 높은……."

"그만하게, 몬 아미!"

푸아로가 쑥스럽다는 듯이 내 말을 막았다.

"자타가 공인하는 사실 아닌가요? 그냥 얻어진 명성이 아니죠! 그동안 쌓아 온 성공 사례를 돌아보면 기가 막힐 정도죠. 도대체 실패라는 걸 모르는 분 같아요."

"말도 안 되는 소리! 우스갯소리로 하는 얘기겠지."

"아니, 진심으로 하는 말이에요. 정말이지 한 번이라도 실패한 경험이 있나요?"

"그야 셀 수 없이 많지. 행운이 항상 내 편일 수는 없지 않은가? 사건을 너무 늦게 의뢰받은 적도 있고 같은 사건을 조사하던 다른 팀보다 한발 늦은 경우도 많았네. 성공을 코앞에 두고 갑자기 병이 나는 바람에 사건을 포기한 적도 두 번이나 있었다네. 누구에게나 우여곡절이 있기 마련이지."

"아니, 나는 그런 불가피한 경우를 말하는 게 아니에요. 자신의 실수로 일을 망친 적이 있었냐는 거죠."

"아, 그런가? 그러니까 내 잘못 때문에 내 명성에 먹칠을 한 적이 있었냐는 거로군. 흠…… 그런 일이 한 번 있긴 했지……."

과거를 회상하는 듯이 그의 얼굴에 천천히 미소가 떠올랐다.

"딱 한 번 멍청하기 짝이 없는 짓을 한 적이 있었네."

그는 갑자기 자세를 똑바로 고쳐 앉았다.

“헤이스팅스, 내가 해결한 사건 기록들 보관하고 있지? 거기에 이 실패담을 덧붙여 쓰게.”

그는 허리를 굽히고 장작을 한 개 집어 불 속에 던져 넣었다. 그러고는 난로 옆의 못에 걸려 있는 작은 수건으로 손을 꼼꼼하게 닦고 의자에 등을 깊이 파묻은 채 이야기를 시작했다.

내가 지금부터 하는 얘기는 오래전 벨기에에서 일어났던 일일세. 그 당시 프랑스에서는 교회와 정부 사이에 치열한 싸움이 벌어지고 있었어. M. 폴 드루아르 씨라고 프랑스의 유명한 변호사가 있었지. 그가 장관직에 임명되리라는 건 공공연한 비밀이었네. 그는 강경한 반 가톨릭주의자였기 때문에 모두들 그가 권력을 잡으면 격렬한 반발에 부딪치게 될 거라고 예상하고 있었지. 그는 여러 가지 면에서 아주 특이한 인물이었네. 술도 마시지 않고 담배도 피우지 않았지만 다른 점에서는 그다지 깨끗하지 못한 사람이었어. 자네도 알지 않나, 여자라면 사족을 못 쓰는 그런 부류 말일세.

그는 몇 년 전에 브뤼셀의 한 아가씨와 결혼했는데 그 여자는 상당한 지참금을 가지고 왔어. 물론 그 돈은 그의 경력에 큰 도움이 되었을 거야. 그는 남작이라는 작위를 가지고 있기는 했지만 집안이 부유한 편은 아니었네. 두 사람 사이에는 자식이 없었고 그의 아내는 결혼한 지 2년 후에 죽었어. 계단에서 굴러 떨어졌다더군. 아내가 그에게 남긴 재산 중에 브뤼셀의 루이 가에 있는 저택이 한 채 있었어.

그런데 그가 그 집에서 갑자기 사망한 거야. 공교롭게도 그가 직책을 승계하기로 내정된 장관이 사직한 것과 동시에 일어난 사건이었네. 모든 신문이 그의 경력을 자세히 보도했지. 그는 저녁을 먹은 직후 심장마비로 갑자기 쓰러져서 사망했어.

자네도 알다시피 그 당시 나는 벨기에 경찰 수사과에서 일하고 있었어. M. 폴 드루아르의 죽음에 대해 나는 별로 관심이 없었네. 독실한 가톨릭 신자인 나로서는 그의 죽음이 오히려 다행스러운 일일 수도 있었지.

그 사건이 있고 사흘쯤 후에 내 휴가가 시작되었네. 그때 내 아파트로 손님이 한 명 찾아왔어. 짙은 베일을 쓰고 있었지만 아주 젊은 여자라는 걸 알 수 있었지. 첫눈에 보기에도 상당히 교양 있는 여자 같더군.

"에르퀼 푸아로 씨죠?"

그녀는 낮고 아름다운 목소리로 말했어.

나는 고개를 끄덕였네.

"수사과에 계신 분이죠?"

나는 다시 한 번 고개를 끄덕였지.

"앉으시죠, 마드무아젤."

그녀는 의자에 앉아서 베일을 벗어 옆에다 놓았네. 그녀의 얼굴은 눈물로 얼룩져 있었고 깊은 근심에 가득 차 있었지만 무척 아름다웠다네.

"푸아로 씨, 지금 휴가 중이시라는 거 알고 있어요. 그래서 제 개인적인 일을 조사해 주실 여유가 있으실 것 같아서……. 경찰에 의뢰하고 싶지 않은 제 입장을 좀 이해해 주셨으면 합니다."

나는 고개를 흔들었네.

"그건 좀 어려운 일입니다, 마드무아젤. 휴가 중이긴 하지만 저는 엄연히 경찰이니까요."

그녀는 내 쪽으로 몸을 기울이면서 말하더군.

"푸아로 씨, 제발 부탁드립니다. 그냥 조사만 해 달라는 거예요. 조사 결과를 경찰에 보고하는 건 마음대로 하셔도 됩니다. 제가 생각하는 게 사실이라면 어차피 법의 힘을 빌려야 할 테니까요."

그녀의 말을 듣고 보니 생각이 달라지더군. 나는 더 이상 고민하지 않고 그녀의 부탁을 들어주기로 했네.

그녀의 뺨에 화색이 돌아오더군.

"정말 감사합니다, 선생님. 제가 부탁드리는 사건은 폴 드루아르 씨의 죽음에 관한 겁니다."

"방금 뭐라고 하셨죠?"

나는 깜짝 놀라서 나도 모르게 소리쳤네.

"푸아로 씨, 제가 드릴 단서는 아무것도 없어요……. 여자의 직감밖에는. 하지만 저는 확신해요……. 드루아르 씨의 죽음이 절대로 자연사가 아니라는 걸 말이에요."

"하지만 의사들이 분명히……."

"의사들이 잘못 판단했을 수도 있죠. 그분은 아주 건강했어요. 푸아로 씨, 제발 저를 좀 도와주세요."

불쌍하게도 그 아가씨는 제정신이 아닌 것 같았네. 무릎을 꿇고 내게 애원하기까지 했어. 나는 진심으로 그녀를 위로할 수밖에 없었네.

"제가 도와드리죠, 마드무아젤. 지금 걱정하시는 일이 사실과 다르다고 생각되기는 하지만. 어쨌든 조사해 보기로 합시다. 그럼, 우선 그 집에 살고 있는 사람들에 대해 얘기해 주시죠."

"네. 자넷과 펠리시에라는 하인과 요리사 드니즈가 있어요. 드니즈는 벌써 몇 년째 일하고 있고 다른 하인들은 그냥 동네 처녀들이에요. 그리고 프랑수아라고 오래전부터 일해 온 하인이 있죠. 그리고 드루아르 씨의 어머니가 계신데, 이분은 드루아르 씨와 저와 함께 살고 계셨어요. 저는 비르지니 메나르라고 합니다. 작고한 드루아르 부인의 사촌 동생이에요. 그 집에 3년 넘게 함께 살고 있었죠. 가족은 이게 다예요. 아, 그리고 손님이 두 분 더 머물고 있었어요."

"어떤 손님들입니까?"

"생 알라르 씨라고 드루아르 씨가 프랑스에 계셨을 때 이웃에 살던 분이에요. 그리고 다른 한 분은 영국인 친구, 존 윌슨 씨입니다."

"지금도 그 집에 머물고 있나요?"

"윌슨 씨는 아직 계시지만 생 알라르 씨는 어제 떠났어요."

"마드무아젤 메나르의 계획은 어떤 거죠?"

"지금부터 30분 뒤에 저희 집에 오실 수 있으신가요? 그때 선생님께서 궁금해하실 만한 내용을 말씀드릴게요. 제 생각으로는 선생님을 언론계에 종사하시는 분으로 소개하는 게 좋을 것 같아요. 파리에서 생 알라르 씨의 소개장을 갖고 오셨다고 얘기해 놓겠습니다. 드루아르 씨의 어머니는 건강이 아주 안 좋으셔서 사소한 일에는 신경을 쓰지 못하십니다."

메나르 양은 능숙한 거짓말로 나를 집 안으로 안내했네. 죽은 변호사의 어머니를 잠깐 만났지. 건강이 안 좋은데도 생각했던 것보다 아주 당당하고 귀족적인 품위를 갖춘 부인이었어.

내가 맡은 일이 얼마나 어려운 사건이었는지 자네는 상상도 못할 걸세. 사흘 전에 한 남자가 죽었어. 그가 살해된 거라고 가정하면 가능한 방법은 한 가지뿐이었지……. 독살! 게다가 나는 시체를 보지도 못했고 독을 쓴 방법을 검사하거나 분석할 수도 없었어. 거짓인지 사실인지 유추할 만한 단서가 아무것도 없었던 말일세. 그 남자가 독살된 걸까? 아니면 자연사였을까? 이 에르퀼 푸아로가 아무 단서도 없이 사건을 판단해야 했단 말이지.

나는 우선 하인들을 만나서 그들의 도움으로 사건이 일어난 밤에 있었던 일을 다시 정리해 보았네. 나는 그날 저녁 식사 때 나온 음식과 그 음식이 어떻게 나왔는지 특별히 주의를 기울였지. 수프는 드루아르 씨가 직접 큰 그릇에서 덜어 먹었고, 그다음엔 커틀릿, 닭고기 요리가 나왔고, 마지막으로 설탕에 절인 과일이 디저트로 나왔다고 하더군. 모든 음식이 테이블 위에 놓여 있어서 드루아르 씨가 직접 덜어 먹었다는 거야. 커피는 큰 커피포트에 담겨 테이블 위로 옮겨졌다고 하고. 드루아르 씨 한 사람에게 독을 먹이려고 했다면 모두 독을 먹을 수밖에 없는 상황이었지.

저녁 식사가 끝난 후 드루아르 노부인이 자기 방으로 돌아갈 때 비르지니 양이 부축했다더군. 세 남자는 드루아르 씨의 서재로 자리를 옮겨서 화기애애하게 대화를 나누고 있었는데 갑자기 드루아르 씨가 바닥에 푹 하고 쓰러졌다는 거야. 생 알라르 씨는 달려 나가서 프랑수아에게 곧장 의사를 불러 오라고 지시했지. 틀림없이 뇌졸중일 거라고 했다는 거야. 하지만 의사가 도착했을 때 환자는 이미 손을 쓸 수 없는 상태였어.

비르지니 양이 내게 존 윌슨이라는 사람을 소개했는데 그는 건장한 체격에 전형적인 중년의 영국 남자였어. 영국 억양이 강하게 들어간 프랑스 어로 내게 상황을 설명했지만 내용은 거의 똑같더군.

"드루아르는 얼굴이 시뻘게지더니 쓰러졌습니다."

그 이상은 알아낼 게 없었어. 다음에는 사고가 일어난 서재로 가서 양해를 구하고 나 혼자만 남아 있었지. 거기서도 비르지니 양의 추리를 뒷받침할 만한 건 발견되지 않았네. 비르지니 양의 생각이 망상이라고 할 수밖에 없는 상황이었지. 그녀는 죽은 남자에 대해서 로맨틱한 감정을 품고 있었던 게 틀림없었어. 그래서 사건을 객관적인 눈으로 볼 수 없었던 거야. 나는 그렇게 생각하면서도 서재를 샅샅이 조사했네. 고인의 의자에 피하 주사기 바늘을 미리 갖다 놓고 그에게 독을 주사할 가능성도 배제할 수 없었지. 주사 바늘이 낸 상처는 그냥 지나쳐 버리기 쉬우니까. 하지만 내 추론을 뒷받침할 만한 단서를 아무것도 찾아내지 못했네. 나는 낙담해서 털썩 의자에 주저앉고 말았다네.

"이걸로 끝이야. 포기했어!"

나는 큰 소리로 말했지.

"아무 단서도 없어. 모든 게 정상이야!"

그렇게 말하는 순간 옆 테이블 위에 놓여 있는 초콜릿 상자가 눈에 들어오더군. 심장이 쿵 하고 내려앉는 것 같았어. 그 초콜릿 상자가 드루아르 씨의 죽음에 관한 단서가 될지는 모르지만 어쩐지 이상하다는 직감이 들었네. 뚜껑을 열었지. 상자 안에는 초콜릿이 한 개도 손대지 않은 채 그대로 들어 있었어. 그런데 한 가지 이상한 점이 눈에 뜨이더군. 그게 뭐였는지 아나, 헤이스팅스? 초콜릿 상자는 분홍색인데 뚜껑은 파란색인 거야. 분홍 상자에 파란 리본이 달려 있거나 그 반대인 경우는 자주 볼 수 있지만, 상자와 뚜껑의 색깔이 다른 건…… 그런 경우는 없지. 절대로…… 그런 건 지금까지 한 번도 본 적이 없어.

그 사소한 단서가 사건 해결에 도움이 될지는 아직 확신할 수 없었네. 하지만 어쨌든 특이하다는 생각이 들어서 일단 조사해 보기로 했네. 나는 벨을 눌러서 프랑수아를 불렀어. 죽은 주인이 단 걸 좋아했는지 물어보았지. 그의 입가에 희미하게 서글픈 미소가 떠오르더군.

"무척 좋아하셨죠. 집 안에 항상 초콜릿 상자를 놓아두셨어요. 술은 입에 대지도 않으셨습니다."

"그런데 이 상자는 전혀 손을 대지 않은 것 같군요."

나는 뚜껑을 열어서 보여 주었어.

"그 상자는 주인어른이 돌아가시던 날 새로 산 겁니다. 다른 상자에 들어 있던 초콜릿은 거의 다 드셨죠."

"흠. 그러니까 돌아가신 그날 먹던 초콜릿이 다 떨어졌다는 거군."

"네. 아침에 상자가 비어 있는 걸 보고 제가 버렸습니다."

"드루아르 씨는 아무 때나 초콜릿을 드셨소?"

"보통 저녁 식사 후에 드셨습니다."

그때 갑자기 눈앞이 밝아지는 기분이었네.

"프랑수아, 비밀을 지켜 줄 수 있겠소?"

"필요하다면 그렇게 하겠습니다."

"좋소, 그렇다면 내가 경찰이라는 걸 밝히지. 사실 난 경찰이오. 다른 상자를 좀 보여 줄 수 있겠소?"

"알겠습니다. 쓰레기통에 있을 겁니다."

그는 잠시 후에 먼지가 뒤덮인 상자를 가지고 돌아왔네. 내가 가지고 있는 상자와 모양은 똑같았지만 상자가 파란색이고 뚜껑이 분홍색이라는 게 달랐지. 나는 그에게 고맙다고 하면서 다시 한 번 비밀을 지켜 달라고 당부했네. 더 이상 볼일이 없어서 루이 가의 집을 나왔지.

다음에는 드루아르 씨를 검시한 의사를 찾아갔네. 그 의사는 나를 아주 곤혹스럽게 하더군. 전문용어를 늘어놓으면서 소견을 설명했지만 내가 보기에는 확신이 없는 것 같았어.

"그 사건과 비슷한 경우가 많이 일어납니다."

경계심을 좀 풀어 주었더니 이렇게 말하더군.

"갑자기 화를 내거나 감정이 격앙되면…… 저녁 식사를 한 후에는 그럴 위험성이 더 크죠…… 그럴 때 화를 내면 피가 머리로 쏠리고 심장은 이미…… 멈춰 버리게 됩니다."

"하지만 드루아르 씨는 화를 잘 내지 않는 성격이라고 하던데요."

"화를 안 낸다고요? 생 알라르 씨와 심하게 말다툼했다는 걸 제가 알고 있습니다."

"무슨 일로 말다툼을 했을까요?"

"그 이유는 명백합니다."

의사는 어깨를 으쓱하더군.

"생 알라르 씨는 독실한 가톨릭 신자였죠. 두 사람은 교회와 정부의 싸움 때문에 사이가 나빠졌습니다. 하루도 논쟁을 벌이지 않은 날이 없었죠. 생 알라르 씨의 입장에서는 드루아르 씨가 적그리스도처럼 보였을 겁니다."

전혀 예상하지 못했던 말이었어. 나는 그 말을 곱씹어 봐야겠다고 생각했네.

"한 가지 더 물어보고 싶은 게 있습니다, 선생님. 초콜릿에 치명적인 독을 넣는 게 가능할까요?"

"가능하죠."

의사가 천천히 말했네.

"순수한 청산가리라면 가능할 겁니다. 기화될 가능성이 없다면 말이죠. 작은 정제라면 모르고 그냥 삼킬 수도 있을 거고. 하지만 그건 별로 가능성이 없는 가설인 것 같군요. 모르핀이나 스트리크닌을 넣은 초콜릿이라면……."

그는 얼굴을 찡그리면서 말하더군.

"한 입만 먹어도 치명적입니다, 푸아로 씨. 무신경한 사람은 아무 생각 없이 받아먹을 수도 있겠죠."

"대단히 감사합니다, 선생님."

나는 그곳에서 나와서 약국을 찾아다녔네. 특히 루이 가 부근의 약국을 샅샅이 뒤졌어. 경찰이라는 신분이 도움이 되더군. 별로 힘들이지 않고 내가 원하던 정보를 얻을 수 있었지. 문제는 그 집에 독약을 팔았다는 약국이 한 군데뿐이라는 거였어. 그 약은 드루아르 노부인에게 판 아트로폰이라는 물약이었네. 아트로폰은 맹독성이어서 그 순간 나는 득의양양했지. 하지만 아트로폰의 증상은 식중독의 증상과 아주 비슷해. 내가 살펴본 드루아르 씨의 증상과는 전혀 달랐지. 게다가 그 처방전은 아주 오래된 것이었어. 드루아르 노부인은 오랫동안 양쪽 눈에 백내장을 앓고 있었던 거야.

실망해서 약국을 나서려고 하는데 약사가 날 불러 세우더군.

"잠깐만요, 푸아로 씨. 지금 생각난 건데 그 처방전을 가지고 온 그 집 하녀가 영국인 약사에게 갈 거라고 했습니다. 거기 가서 한번 알아보시죠."

나는 그 약사의 말대로 경찰의 신분을 이용해서 원하던 정보를 손에 넣을 수 있었네. 드루아르 씨가 죽기 전날 존 윌슨에게 약을 처방했다는 거야. 트리니트린이라는 작은 알약이라고 하더군. 내가 좀 볼 수 있겠냐고 했더니 그 알약을 보여 주었네. 가슴이 쿵쾅쿵쾅 뛰더군. 그 작은 알약은 초콜릿색이었어.

내가 물었지.

"이 알약이 독약입니까?"

"아니, 그렇지는 않습니다."

"이 알약의 효능을 좀 설명해 주시겠습니까?"

"이 약은 혈압 강하제입니다. 심장병에 사용되기도 하죠……. 예를 들면 협심증 같은 경우에 동맥의 긴장을 완화시킵니다. 동맥경화는……."

나는 그의 말을 가로막았어.

"그렇습니까? 전 의학에는 문외한이라서 자세히 설명하셔도 알아듣지 못합니다. 이 약을 먹으면 얼굴이 붉어지기도 하나요?"

"그렇습니다."

"이 알약을 열 알, 아니 스무 알 정도 먹으면 어떻게 될까요?"

"그런 실험은 하지 않는 게 좋을 겁니다."

그가 차갑게 대답했네.

"독약은 아니라고 하셨지 않습니까?"

"독약으로 분류되지 않는 약 중에도 먹으면 죽는 약이 많습니다."

그는 여전히 차가운 말투로 대답하더군.

나는 득의양양하게 약국을 나섰지. 드디어 실마리가 풀리기 시작한 거야.

존 윌슨이 범행에 사용한 도구를 알아냈으니까. 그런데 도대체 동기가 무엇이었을까? 그는 볼일이 있어서 벨기에에 왔고 전에 알고 지내던 드루아르 씨를 찾아가서 그 집에 머물고 있었어. 드루아르 씨의 죽음으로 그가 이득을 볼 일은 없을 것 같았지. 게다가 영국에 알아본 바로는 그가 몇 년 전부터 협심증을 앓고 있었다는 거야. 그러니까 그 알약을 가지고 있는 건 전혀 이상할 게 없었지. 그런데 한 가지 확신이 가는 게 있었네. 누군가가 그 초콜릿 상자에 손을 댔다는 것 말이야. 처음에는 실수로 아직 손대지 않은 새 상자를 열었겠지. 그다음에는 먹고 있던 초콜릿 상자를 열어서 남아 있던 초콜릿 한 개를 꺼낸 거야. 그러고는 그 초콜릿의 내용물을 꺼내고 그 속에 트리니트린 알약을 최대한 많이 집어넣은 거지. 그 초콜릿은 크기가 꽤 컸네. 그 속에 트리니트린이 스무 알이나 서른 알 정도는 충분히 들어갈 수 있을 정도였지. 그런데 도대체 누가 그런 짓을 했을까?

그 집에는 두 명의 손님이 묵고 있었어. 존 윌슨에게는 살해할 수단이 있었고, 생 알라르에게는 살해할 만한 동기가 있었지. 그는 광신도였어. 종교적인 광기만큼 광적인 게 없다는 건 자네도 알고 있을 걸세. 그런데 그는 도대체 어떤 방법으로 존 윌슨의 트리니트린을 손에 넣었던 걸까? 그때 또 한 가지 사소한 생각이 떠올랐네. 사소한 생각이라니까 자네 웃는구먼. 윌슨은 왜 트리니트린이 떨어졌을까? 영국에서 올 때 충분한 양을 가져왔을 텐데 말이야. 나는 다시 한 번 루이 가의 그 집을 찾아갔네. 거기서 그의 방을 청소하고 있는 하녀 펠리시에를 만났지. 나는 그 하녀에게 다짜고짜 윌슨 씨가 얼마 전에 세면대 위에 있던 약병을 잃어버린 게 사실이냐고 물었네. 그녀는 바로 그렇다고 대답하더군. 그 일 때문에 야단을 맞았다고 말이야. 그 영국인은 자기가 병을 깨뜨리고 시치미를 떼고 있다고 생각했지만 자기는 그 약병에 손도 대지 않았다는 거야. 자넷이 한 일이 분명하다고 하더군. 자넷이 특별한 볼일도 없으면서 그 주변을 얼쩡거렸다는 거야.

나는 잠자코 그녀의 말을 듣고 그 집을 나왔네. 알고 싶었던 건 다 알아냈으니까. 이제 내가 추리한 사건의 정황을 증명할 일만 남아 있는 셈이었지. 그 일이 그렇게 쉽지 않을 거라는 느낌이 들었네. 생 알라르가 존 윌슨의 방 세면대에서 약병을 가져갔다는 심증은 있었지만 다른 사람들에게 보여 줄 증거가 필요했어. 그런데 아무 증거도 없었던 거야.

하지만 안심하게나. 결국 훌륭한 증거가 있다는 걸 생각해 냈으니까. 자네 스타일스 사건 때 고생했던 거 기억나나? 헤이스팅스, 그때도…… 살해범을 꼼짝 못 하게 할 증거를 찾아낼 때까지 꽤 오래 걸렸지 않나.

나는 메나르 양에게 면담을 요청했네. 그녀는 즉시 와 주었지. 생 알라르의 주소를 물었더니 곤혹스러운 표정을 짓더군.

"그걸 왜 알고 싶어 하시는 거죠, 푸아로 씨?"

"수사에 필요한 일이라서 그렇소."

그녀는 의심스러워하는 것 같았고 곤란해하는 표정이 역력하더군.

"그분에게 물어보셔도 소용없을 거예요. 그분은 이 세상일에는 전혀 관심이 없는 분이거든요. 자기 주변에서 일어나는 일에는 전혀 신경을 쓰지 않아요."

"그럴지도 모르죠, 마드무아젤. 하지만 그는 드루아르 씨의 오랜 친구였습니다. 내게 들려줄 얘기가 있을지도 모르죠. 과거의 일이나 오래된 원한 관계나…… 오래전의 연애 사건 같은 것 말입니다."

그녀는 얼굴이 붉어진 채 입술을 깨물었네.

"정 그러시다면…… 제가 실수했다는 걸 지금에서야 깨달았어요. 제 부탁을 들어주신 건 정말 감사하지만. 제가 그때는 워낙 경황이 없어서…… 제정신이 아니었어요. 지금 생각해 보니 의심할 만한 일이 전혀 없는 것 같아요. 부탁인데 푸아로 씨, 이 일에서 그만 손 떼 주세요."

나는 그녀를 빤히 쳐다보았네.

"마드무아젤, 개도 냄새를 맡기 어려울 때가 있습니다. 하지만 일단 냄새를 맡으면 어떤 일이 있어도 포기하지 않죠. 훌륭한 종자의 개일수록 더 그럴 겁니다. 그리고 이 에르퀼 푸아로로 말씀드리자면 훌륭한 종자의 개라고 할 수 있죠."

그녀는 아무 말도 하지 않고 가 버렸네. 몇 분 후에 그녀는 알라르의 주소가 적힌 종이쪽지를 가지고 돌아왔지. 밖에서 프랑수아가 나를 기다리고 있더군. 그는 걱정스러운 표정으로 나를 보면서 말했네.

"뭐 좀 새로 찾아내신 게 있나요?"

"아니, 아직 못 찾았네."

"아! 불쌍한 주인님!"

그는 한숨을 내쉬며 그렇게 말했네.

"저도 주인님과 같은 생각을 가지고 있었습니다. 저는 사제들을 좋아하지 않습니다. 집 안에서는 그런 말을 입 밖에 내지 않지만. 여자들은 모두 신앙심이 깊으니까요…… 하지만 마님은 신앙심이 지나치게 깊으셔서…… 비르지니 양도……."

비르지니 양도? 비르지니 양도 신앙심이 깊다는 말인가? 첫날 그녀를 만났을 때 눈물로 얼룩졌던 그녀의 얼굴을 떠올리고 나는 의아한 생각이 들었네.

생 알라르의 주소를 알게 되자 나는 지체하지 않고 아르덴에 있는 그의 저택 근처에 도착했지. 하지만 며칠 후에야 그 집에 들어갈 핑계거리를 만들어 낼 수 있었네. 내가 어떻게 했는지 아나? 배관공으로 가장하고 그 집에 들어갔다네. 그의 침실에 가스가 새는 구멍을 막는 건 아주 간단한 일이었어. 나는 도구를 가지러 나간다는 핑계로 밖으로 나와서 그곳을 자세히 둘러보았지. 그런데 뭘 찾고 있는 건지 나 자신도 알 수가 없었네.

한 가지 꼭 찾아야 할 게 있었지만 그걸 찾을 가능성은 없을 것 같더군. 그가 그런 걸 아무 데나 방치해 두는 위험한 짓을 할 리가 없으니까.

하지만 세면대 위에 있는 작은 선반이 잠겨 있는 걸 보자 그 안에 뭐가 들어 있는지 궁금해서 견딜 수가 없더군. 자물쇠는 간단히 열렸어. 안에는 오래된 병들이 가득 들어 있었지. 나는 떨리는 손으로 그 병들을 하나씩 살펴보았네. 그러다가 나는 갑자기 비명을 질렀네. 내 기분이 어땠을지 상상해 보게. 내 손에 쥐고 있는 작은 약병에는 영국 약국의 상표가 붙어 있었어. 거기에는 '트리니트린 알약. 필요할 때 한 알씩 복용. 존 윌슨.'이라고 적혀 있었어.

나는 놀란 가슴을 억누르면서 선반을 닫고 병을 주머니에 집어넣고는 가스가 새는 곳을 마저 수리했네. 일을 할 때는 항상 꼼꼼하게 해야 하는 법이지. 그런 다음 나는 그곳을 나와서 최대한 빨리 기차를 타고 돌아왔지. 그날 밤늦게 브뤼셀에 도착했네. 이튿날 아침 총경에게 보고서를 쓰고 있는데 편지가 한 장 왔어. 드루아르 노부인이 보낸 편지였어. 즉시 루이 가의 자기 집으로 와 달라는 내용이었네.

프랑수아가 문을 열어 주더군.

"주인마님께서 기다리고 계십니다."

그는 나를 노부인의 방으로 안내했네. 노부인은 커다란 안락의자에 앉아 있더군. 비르지니 양의 모습은 보이지 않았어.

"푸아로 씨."

노부인이 말했네.

"당신이 신분을 감추고 있었다는 걸 방금 알았습니다. 당신은 경찰이라면서요?"

"그렇습니다, 부인."

"제 아들의 죽음에 대해 조사하기 위해 우리 집에 오신 거죠?"

"네, 그렇습니다."

"조사가 어디까지 진행됐는지 말씀해 주실 수 있을까요?"

나는 잠시 망설였네.

"먼저 그 일을 어떻게 알게 되셨는지 듣고 싶습니다, 부인."

"이제 이 세상 사람이 아닌 사람에게서 들은 겁니다."

그녀의 말과 음울한 표정에 가슴이 얼어붙는 것 같더군. 나는 순간 할 말을 잊어버렸네.

"그러니 어디까지 조사가 진행되었는지 있는 그대로 말씀해 주셨으면 합니다."

"부인, 이미 조사는 끝났습니다."

"그럼 제 아들은?"

"살해되셨습니다."

"범인이 누군지 아시나요?"

"네, 알고 있습니다."

"그게 누군가요?"

"생 알라르입니다."

노부인은 고개를 저었네.

"아니에요. 생 알라르 씨는 그런 범죄를 저지를 사람이 아닙니다."

"증거를 확보했습니다."

"다시 부탁드립니다. 수사 과정을 말씀해 주세요."

이번에는 노부인의 부탁대로 진상을 파악하기까지의 과정을 모두 들려주었지. 그녀는 내 말을 주의 깊게 듣더니 마지막에 고개를 끄덕이더군.

"맞아요. 한 가지만 제외하고는 다 맞아요. 제 아들을 살해한 사람은 생 알라르 씨가 아닙니다. 제 아들을 죽인 사람은 어머니인 저예요."

나는 멍하니 그녀를 쳐다보았지. 그녀는 계속 조용히 고개를 끄덕이고 있었어.

"당신에게 사람을 보내길 잘했다는 생각이 듭니다. 비르지니가 수도원으로 떠나기 전에 자기가 한 일을 제게 말해 준 것도 하느님의 섭리입니다. 제 얘길 들어 보세요, 푸아로 씨! 제 아들은 사악한 인간이었습니다. 그 애는 교회를 핍박했어요. 도덕적으로 타락한 삶을 살았습니다. 자신의 영혼뿐 아니라 다른 사람들의 영혼까지 타락시켰어요. 그것뿐이 아니에요. 어느 날 아침에 방에서 나오는데 며느리가 계단에 서 있더군요. 며느리는 편지를 읽고 있었어요. 그때 아들이 슬그머니 며느리 뒤로 가더니 그 애를 있는 힘을 다해 떠밀었습니다. 며느리는 굴러 떨어져서 대리석 계단에 머리를 부딪쳤습니다. 사람들이 일으켰을 때는 이미 죽은 후였어요. 제 아들은 살인자입니다. 그걸 아는 사람은 어미인 저 한 사람뿐입니다."

그녀는 잠시 눈을 감고 있었네.

"제가 얼마나 고통스럽고 절망스러웠는지 모르실 겁니다. 제가 어떻게 해야 했을까요? 경찰에 신고해야 했을까요? 저는 그렇게 하지 못했습니다. 그게 제가 해야 할 도리라는 건 알았지만 제 육신은 너무나 연약했습니다. 게다가 제가 신고한들 경찰에서 저를 믿어 줄 것 같지 않았어요. 얼마 전부터 전 눈이 잘 안 보이게 되었죠. 그들은 제가 잘못 본 거라고 했을 겁니다. 저는 그 사실을 아무에게도 말하지 않았어요. 하지만 양심에 걸려서 견딜 수가 없었습니다. 말하지 않은 것만으로도 공범자가 된 셈이었죠. 제 아들은 며느리의 재산을 상속받았습니다. 게다가 출세를 거듭해서 곧 장관 자리에까지 앉게 된다고들 했죠. 그 아이가 장관에 임명되면 교회를 더 심하게 핍박했을 겁니다.

비르지니의 일도 있었어요. 가엾은 비르지니! 신앙심 깊고 아름다운 그 애가 제 아들에게 마음을 빼앗긴 겁니다. 제 아들에게는 여자들의 마음을 끄는 뭔가가 있나 봅니다. 저는 결말을 이미 알고 있었지만 막을 수가 없었습니다. 애초에 제 아들은 그 애와 결혼할 생각이 전혀 없었죠. 바르지니는 결국 모든 걸 그 애한테 다 빼앗기고 말았습니다.

그때 저는 제가 가야 할 길을 분명하게 깨달았습니다. 그 애는 제 아들입니다. 그 애를 낳은 저에게도 책임이 있다고 생각했죠. 제 아들은 한 여자의 생명을 빼앗고 이제 다른 여자의 영혼까지 죽이려 하고 있었어요.

저는 윌슨 씨의 방에 가서 몰래 약병을 훔쳐 냈습니다. 언젠가 윌슨 씨가 그 약으로 사람을 죽일 수도 있다고 했던 말을 기억하고 있었지요. 그러고는 서재에 들어가서 항상 테이블 위에 놓여 있던 초콜릿 상자를 열었습니다. 처음에는 잘못 알고 새 상자를 열었죠. 먹고 있던 초콜릿 상자도 옆에 놓여 있더군요. 그 상자 안에 남아 있는 초콜릿은 한 개뿐이었습니다. 그걸로 간단히 아들을 죽일 수 있을 거라고 생각했습니다. 초콜릿을 먹는 사람은 제 아들과 비르지니밖에 없었으니까요. 그날 밤 저는 비르지니를 제 곁에 있게 했습니다. 모든 일이 제가 계획한 대로 되었죠……."

노부인은 잠시 말을 멈추고 눈을 감고 있다가 다시 눈을 뜨더군.

"푸아로 씨, 당신의 처분대로 따르겠습니다. 이제 제가 살아갈 날이 얼마 남지 않았다고 하더군요. 저는 선하신 하느님 앞에서 제 행동에 대한 벌을 기꺼이 받을 것입니다. 하지만 이 땅에서도 죗값을 치러야 할까요?"

나는 잠시 대답을 망설였네.

"그런데 그 빈 병 말입니다, 부인."

나는 시간을 벌기 위해서 그렇게 말했네.

"그 병이 어떻게 생 알라르 씨 손에 들어갔을까요?"

"그가 작별인사를 하러 왔을 때 몰래 그의 주머니 속에 넣었습니다. 그 병을 어떻게 처리해야 할지 몰라서. 저는 너무 기력이 없어서 남의 도움 없이는 움직이기 힘들어요. 내 방에 빈 병이 있으면 의심을 살 것 같았죠. 이제 아시겠죠, 푸아로 씨……."

노부인은 상체를 일으켰네.

"생 알라르 씨에게 혐의를 뒤집어씌울 생각은 전혀 없었습니다. 그런 건 꿈에도 생각하지 않았어요. 그의 하인이 빈 병을 발견하면 당연히 쓰레기통에 버릴 거라고 생각했죠."

나는 고개를 숙였네.

"알겠습니다, 부인."

"이제 어떻게 하실 생각인가요, 푸아로 씨?"

그녀의 목소리는 흔들림 없이 의연했고 항상 그랬듯이 머리도 꼿꼿하게 세우고 있었네.

나는 자리에서 일어섰어.

"그럼 이만 돌아가 보겠습니다. 제 나름대로 조사했지만…… 결국 실패했습니다. 사건은 이걸로 종료되었습니다."

푸아로는 잠시 조용히 있다가 말을 이었다.

"노부인은 꼭 1주일 후에 죽었네. 비르지니 양은 수련 기간을 끝내고 정식 수녀가 되었지. 이게 내 이야기의 전부야. 이 사건은 내가 미제로 남긴 사건이라는 걸 인정할 수밖에 없네."

"하지만 그건 실패라고 할 수 없죠. 그런 상황에서는 그게 최선의 방법이었을 테니까요."

내 말에 푸아로는 갑자기 열띤 어조로 말했다.

"아니, 그건 그렇지 않네. 모르겠나? 나는 바보 멍청이 같은 짓을 했단 말일세. 그때 내 작은 회색 뇌세포가 전혀 작동하지 않았던 것 같네. 나는 처음부터 내 손 안에 단서를 쥐고 있으면서도 그걸 몰랐던 거야."

"어떤 단서 말인가요?"

"초콜릿 상자! 아직도 모르겠나? 정상적인 시력을 가진 사람이라면 그런 실수를 할 리가 없지. 나는 드루아르 노부인이 백내장에 걸렸다는 사실을 알고 있었어……. 아트로폰 안약을 사용했다는 얘기를 들었으면 당연히 알았어야 했지. 그 집에서 초콜릿 상자 뚜껑을 바꿔 닫을 만큼 시력이 나쁜 사람은 한 사람밖에 없었어. 나는 초콜릿 상자에서 첫 단서를 잡았으면서도 마지막까지 그것의 진짜 의미를 알아내지 못했던 거야.

내 심리학도 분석이 빗나갔어. 생 알라르 씨가 범인이라면 자신의 유죄를 입증할 약병을 그냥 놔뒀을 리가 없지 않았겠나? 그 약병을 발견했다는 사실이 그가 결백하다는 걸 증명하는 셈이었지. 게다가 나는 비르지니 양에게서 생 알라르 씨가 세상일에 무심한 사람이라는 말을 들어서 알고 있었네.

이런 얘기를 자네에게 모두 털어놓는다는 게 나로서는 정말 자존심 상하는 일이었네. 자네 이외에 다른 사람에게는 한 번도 얘기한 적이 없었어. 노부인이 너무도 단순하면서도 교묘한 방법으로 범행을 저질러서 이 에르퀼 푸아로가 완전히 속아 넘어갔단 말일세! 생각만 해도 얼굴이 화끈거리는군. 이 이야기는 잊어버리게나. 아니야…… 항상 기억해 두는 게 좋겠어. 언제라도 내가 자만에 빠져서 실수하는 것 같으면, 아니 그런 일은 없겠지만…… 혹시라도 그런 일이 생기면 말일세."

나는 웃음이 터지려는 걸 간신히 참고 있었다.

"그럴 때는 '초콜릿 상자'라고 내게 말해 주게, 몬 아미."

"꼭 그렇게 하겠습니다."

"결과적으로 그건 내게 아주 좋은 경험이었네. 현재 유럽에서 가장 머리가 좋다고 인정받는 나라면 그런 실수를 해도 좀 봐줄 수 있지 않겠나?"

"초콜릿 상자."

나는 작은 소리로 중얼거렸다.

"뭐라고, 몬 아미?"

궁금하다는 듯이 앞으로 내민 푸아로의 천진난만한 얼굴을 보자 나는 마음이 약해졌다. 그의 밑에서 일하면서 가끔은 힘들 때도 있었다. 하지만 현재 유럽에서 가장 좋은 머리를 가지고 있지 못한 나 역시 그의 교만을 너그럽게 넘어갈 수 있었다.

"아무것도 아닙니다."

나는 그렇게 얼버무리고 싱긋 웃으며 파이프에 불을 붙였다.

베일을 쓴 여인

푸아로는 얼마 전부터 불만스러워하고 불안해하는 기색이 점점 짙어갔다. 근래 들어 그의 예리한 머리와 탁월한 추리 능력을 발휘할 만한 흥미로운 사건이 없었기 때문이다. 오늘 아침에도 그는 고양이가 재채기를 하는 것 같은 기묘한 소리를 내면서 짜증스럽게 신문을 내팽개쳤다.

"다들 나를 겁내고 있어, 헤이스팅스. 자네 나라 영국에 있는 모든 범인들이 나를 두려워하고 있단 말이야! 고양이가 근처에 있으면 쥐새끼들이 치즈를 보고도 덤벼들지 못하는 법이지."

"대부분 푸아로 씨의 존재조차 모르는 놈들일걸요."

내가 웃으면서 말했다.

푸아로는 못마땅한 표정으로 나를 쳐다보았다. 그는 온 세상 사람들이 에르퀼 푸아로를 생각하고 그의 얘기를 하고 있다는 착각에 빠져 있었다. 런던에서 푸아로의 명성이 자자한 건 사실이지만 그의 존재가 범죄자들의 세계를 공포로 몰아넣고 있다는 건 믿기 힘든 얘기였다.

"요전에 본드 가에서 벌어졌던 백주의 보석 강도 사건은 어떻게 된 거죠?"

"그건 아주 단순한 사건이었어. 물론 내 적성에 맞는 사건은 아니었지. 대담하기는 했지만 교묘하게 꾸민 범죄는 아니었어. 범인은 납이 박힌 지팡이로 보석상 유리 창문을 부수고 비싼 보석을 싹쓸이해 가려고 했지. 용감한 시민들이 곧바로 그자를 붙잡았고 경찰이 도착해서 보석을 움켜쥔 손이 피투성이가 된 범인을 체포했네. 그자는 경찰서로 끌려갔지만 보석이 가짜라는 게 밝혀졌어. 진짜 보석은 공범에게 넘겨준 거야. 좀 전에 말했던 그 용감한 시민 중 하나가 공범이었던 거지. 범인은 감방에 들어가겠지만 출소하면 엄청난 재산이 그를 기다리고 있을 걸세. 그리 나쁘지 않은 상상력이었어.

하지만 나라면 그보다 좀 더 잘할 수 있을 텐데, 헤이스팅스. 가끔 내가 도덕적인 성향을 타고났다는 게 원망스러울 때가 있다네. 법을 어기는 행동을 하면 기분 전환도 되고 재미있을 것 같단 말이지."

"기운 내세요. 전문 분야에서는 독보적인 존재시잖아요."

"하지만 지금 당장 그런 일이 없지 않나!"

나는 신문을 집어 들었다.

"네덜란드에서 한 영국인이 의문의 죽음을 당했다는 기사가 실려 있네요."

"신문이야 늘 그렇지. 그러고는 나중에 그 사람이 통조림 생선을 먹었고 그의 죽음이 자연사였다는 게 밝혀지고 말이야."

"어쩔 수 없네요. 그렇게 못마땅하시다면."

"이것 보게!"

창문 쪽으로 천천히 걸어가던 푸아로가 말했다.

"소설 속에 나오는 '짙은 베일을 쓴 여인'이 이 길로 오고 있어. 계단을 올라왔어. 벨을 누르고 있어. 우리를 찾아온 거야. 뭔가 흥미로운 일이 분명해. 저렇게 젊고 아름다운 여자가 베일을 쓰고 있는 걸 보면 대단한 사건이 틀림없어."

그의 말이 끝나자마자 방문객이 안내를 받아 방에 들어섰다. 푸아로의 말대로 짙은 베일을 쓰고 있었다. 스페인풍의 검은 레이스 베일을 걷어 올리기 전까지는 그녀의 용모가 어떤지 알 수 없었다. 그제야 푸아로의 직감이 적중했다는 걸 알았다. 금발에 푸른 눈을 가진 굉장한 미인이었다. 수수하지만 고급스러운 옷차림에서 상류계층 여성이라는 것을 한눈에 알 수 있었다.

"푸아로 씨."

그녀는 부드럽고 감미로운 목소리로 말했다.

"저는 지금 아주 곤란한 형편에 처해 있답니다. 저를 도와주실 수 있을지 모르겠지만, 선생님의 명성을 듣고 지푸라기라도 잡는 심정으로 찾아왔습니다. 어쩌면 불가능한 일일지도 모르지만요."

"불가능한 일은 언제나 제 흥미를 자극하죠. 말씀해 보시죠, 마드무아젤."

아름다운 방문객은 잠시 머뭇거렸다.

"솔직하게 말씀하셔야 합니다. 조금이라도 제게 숨기시는 게 있으면 곤란하니까요."

"그럼 선생님을 믿고 말씀드리겠어요. 혹시 밀리슨트 캐슬 본이라는 이름 들어 본 적 있으신가요?"

나는 흥미롭게 그녀를 쳐다보았다. 며칠 전에 레이디 밀리슨트가 젊은 사우스셔 공작과 약혼했다는 발표가 있었다. 그녀는 에이레의 가난한 귀족의 다섯 번째 딸이었고 사우스셔 공작은 영국에서 가장 훌륭한 신랑감이었다.

"제가 바로 그 밀리슨트입니다."

여자는 말을 이었다.

"제가 약혼했다는 기사를 읽으셨을 겁니다. 저는 지금 세상에서 가장 행복한 여자여야 해요, 푸아로 씨. 그런데 저는 지금 끔찍한 곤경에 처해 있습니다. 어떤 남자가…… 아주 무서운 남자예요……. 그 남자의 이름은 래빙턴이라고 합니다. 그 사람이…… 어떻게 말씀드려야 할지 모르겠군요. 제가 편지를 쓴 적이 있었어요……. 그때 저는 겨우 열여섯 살이었죠. 그런데 그 남자가……."

"그 래빙턴 씨에게 쓴 편지가 있다는 건가요?"

"아니에요. 그 사람에게 보낸 편지가 아니에요. 젊은 군인에게 보낸 편지였어요……. 제가 무척 좋아하던 사람이었는데……. 그 사람은 전사했어요."

"안됐군요."

푸아로가 위로하듯이 말했다.

"정말 어리석고 바보 같은 편지였어요. 철없던 시절에 쓴. 푸아로 씨, 정말 아무것도 아닌 편지였어요. 하지만 그 편지 속에 다른 의미로 해석할 수도 있는 구절이 있어서……."

"그 편지가 래빙턴 씨의 손에 들어가게 된 거로군요."

"네, 그래요. 그리고 제게 엄청난 액수의 돈을 요구하면서 돈을 주지 않으면 그 편지를 사우스셔 공작에게 보내겠다고 협박했어요. 제 형편으로는 도저히 구할 수 없는 거액이에요."

"저런 나쁜 놈!"

나는 불쑥 그렇게 말했다.

"아, 죄송합니다, 레이디 밀리슨트."

"남편 되실 분에게 모든 걸 고백하는 게 현명한 방법 아닐까요?"

"그건 안 돼요. 푸아로 씨. 그이는 성격이 아주 특이한 사람이에요. 질투심도 강하고 의심도 많아서 무슨 일이든 나쁘게 받아들이죠. 그럴 바에는 당장 파혼하는 편이 나을 거예요."

"저런!"

푸아로가 얼굴을 찡그리면서 말했다.

"제가 어떻게 해 드리면 좋을까요?"

"래빙턴 씨에게 선생님을 만나라고 부탁할 생각이에요. 이 문제를 전적으로 선생님께 맡겼다고 얘기하려고요. 선생님이 그가 요구하는 금액을 깎아 주실 수 있지 않을까요?"

"그가 요구한 액수가 얼마죠?"

"2만 파운드…… 터무니없는 액수죠. 저는 1000파운드도 구하기 힘든 형편인데."

"곧 결혼한다는 걸 담보로 돈을 빌릴 수 있을지도 모르겠군요……. 하지만 그 액수의 절반도 구하기 어려울 겁니다. 게다가…… 돈을 준다는 것 자체가 불쾌하게 생각되는군요. 이 에르퀼 푸아로의 능력으로 마드무아젤을 괴롭히는 악당을 해치우겠습니다. 제게 그 래빙턴이라는 사람을 보내십시오. 그자가 편지를 가지고 올까요?"

여자는 고개를 내저었다.

"가지고 오지 않을 거예요. 아주 주도면밀한 인간이니까요."

"그자가 그 편지를 가지고 있는 건 확실한가요?"

"네. 제가 그의 집에 갔을 때 제게 보여 주더군요."

"그자의 집에 갔다고요? 그건 경솔하셨군요, 마드무아젤."

"그런가요? 저는 너무 절박한 상태여서. 애원을 하면 그의 마음을 돌려놓을 수 있을지도 모른다고 생각했어요."

"허! 그거 참! 래빙턴 같은 놈은 애원한다고 들어줄 인간이 아니죠. 오히려 그 편지가 아가씨에게 그 정도로 중요하다는 걸 증명한 셈이니 좋아했을 겁니다. 대체 어디에 있습니까, 그 잘난 신사 양반은?"

"윔블던 부오나 비스타에 있어요. 저는 그곳에 밤에 갔었어요…….”

“흠.”

푸아로는 신음 소리를 냈다.

“나중에 경찰에 신고하겠다고 했는데도 기분 나쁘게 웃으면서 해볼 테면 해보라고 배짱을 부리더군요.”

“경찰에게 의뢰할 일이 아닌 건 맞군.”

푸아로가 혼잣말처럼 중얼거렸다.

“래빙턴 씨가 이렇게 말했어요. ‘당신이 그렇게 어리석은 여자는 아닐 텐데. 봐, 이게 바로 그 편지야. 이 중국 퍼즐 상자 안에 들어 있어.’ 그러면서 제게 편지를 내밀었어요. 저는 편지를 빼앗으려고 했지만 그가 너무 빨라서 어쩔 수가 없었죠. 그는 음흉하게 웃으면서 편지를 접어 그 상자 안에 넣었어요. ‘여기 있으면 안전해. 상자는 당신이 절대 찾아내지 못할 곳에 감춰 둘 테니까.’ 그렇게 말하면서요. 제가 작은 벽에 있는 금고 쪽으로 눈길을 돌리자 머리를 흔들면서 웃더군요. 그런 곳보다 더 안전한 장소가 있다면서요. 정말 소름 끼치는 인간이에요. 푸아로 씨, 제발 저 좀 도와주세요.”

“이 파파 푸아로를 믿으세요. 제가 해결해 드리죠.”

푸아로가 아름다운 의뢰인을 계단 아래까지 배웅해 주러 내려갔을 때 나는 그녀를 안심시키는 그의 태도에 감탄했다. 그러나 결코 만만치 않은 사건인 것 같았다. 푸아로에게 내 생각을 말하자 그는 씁쓸한 표정으로 고개를 끄덕였다.

“그래…… 전망이 밝지는 않군. 래빙턴 그자가 칼자루를 쥐고 있으니. 당장은 그자의 허점을 찌를 묘안이 생각나지 않는단 말이야."

예상했던 대로 래빙턴이 그날 오후 우리를 찾아왔다. 그를 혐오스러운 인간이라고 한 레이디 밀리슨트의 말은 사실이었다. 계단 아래로 걷어차 버리고 싶어서 구두 끝이 욱신거릴 지경이었다. 그는 푸아로가 점잖게 제안하는 말을 오만불손하게 비아냥거리면서 받아넘겼다. 자기가 그 상황의 열쇠를 쥐고 있다는 듯이 의기양양한 태도였다.

푸아로가 밀리고 있는 듯한 형세였다. 그는 의기소침한 모습을 보이고 있었다.

"그럼, 이만……."

래빙턴이 모자를 집어 들면서 말했다.

"더 이상 얘기해 봐야 진전이 없을 것 같군요. 상황을 이렇게 정리하면 되겠소? 레이디 밀리슨트는 굉장히 매력적인 아가씨이니 가격을 깎아 드리기로 하죠."

그는 음흉하게 웃으면서 말했다.

"1만 8000파운드로 해 드리겠소. 나는 오늘 파리에 갑니다……. 그곳에서 볼일이 좀 있어서요. 화요일에 돌아올 겁니다. 화요일 저녁 때까지 돈이 들어오지 않으면 편지가 공작에게 보내질 거요. 레이디 밀리슨트가 그 돈을 마련할 능력이 없다는 말은 하지 마시오. 그런 미인에게는 기꺼이 돈을 빌려줄 신사분들이 줄을 설 테니까……. 그녀가 제대로 마음만 먹으면 말이오."

나는 화가 치밀어서 앞으로 한 걸음 나섰다. 그러나 래빙턴은 자기가 할 말을 끝내자마자 방에서 휭하니 나가 버렸다.

"빌어먹을!"

"저런 인간은 가만 놔두면 안 됩니다. 이런 모욕을 당하고도 그냥 참고 넘길 건가요?"

"자네는 정의감에 불타고 있군그래……. 하지만 자네의 회색 뇌세포는 정말 형편없군. 나는 래빙턴에게 내가 능력 있는 사람이라는 걸 보여 줄 생각이 없네. 내가 겁쟁이라고 생각할수록 내게 유리하니까 말일세."

"그건 왜죠?"

"그것 참 신기하군! 우연의 일치치고는 말이야."

푸아로가 생각에 잠긴 표정으로 말했다.

"레이디 밀리슨트가 오기 직전에 내가 법을 어기고 싶다는 말을 하지 않았나?"

"그자가 없는 틈을 타서 집 안에 몰래 들어갈 생각인가요?"

나는 너무 놀라서 숨을 훅 들이쉬었다.

"가끔은 헤이스팅스 자네 머리도 놀랄 만큼 빨리 돌아가는군."

"편지를 가지고 갔다면 어쩌죠?"

푸아로는 고개를 흔들었다.

"그럴 가능성은 희박해. 분명히 집 안에 숨겨 두었을 거야. 아무도 못 찾을 거라고 확신하는 곳에."

"그럼 언제…… 그 집에 들어갈 건가요?"

"내일 밤이야. 11시쯤에 출발할 걸세."

예정한 시각에 나는 나갈 준비를 했다. 검은 양복을 입고 검은 모자를 쓴 나를 보고 푸아로가 웃으면서 말했다.

"자네 역할에 딱 맞는 옷을 입었군. 윔블던까지 지하철로 가지."

"뭔가 가지고 가야 하지 않을까요? 부수고 들어갈 도구 같은 거 말입니다."

"헤이스팅스, 이 에르퀼 푸아로는 그런 무지막지한 방법은 쓰지 않네."

나는 그의 말을 못 들은 척했지만 마구 호기심이 발동했다.

부오나 비스타에 있는 작은 정원에 들어선 것은 한밤중이었다. 집 안은 캄캄하고 조용했다. 푸아로는 곧장 집 뒤 창으로 다가가 소리가 나지 않게 조심해서 창틀을 들어 올리고 나에게 안으로 들어가라고 했다.

"이 창문이 열려 있다는 건 어떻게 알았죠?"

나는 작은 소리로 물었다. 정말 이상하다는 생각이 들었다.

"오늘 아침에 창문 자물쇠를 톱으로 잘라 놓았거든."

"뭐라고요?"

"그런 건 간단한 일이지. 나는 여기 와서 가짜 명함과 재프 경감의 정식 명함을 제시했지. 래빙턴이 자기가 집에 없을 때 설치해 달라고 주문한 도난 방지 빗장을 설치하러 왔다고 했네. 경찰의 추천으로 방문했다고 말일세. 가정부는 좋아하면서 문을 열어 주더군.

최근에 그 집에 두 번이나 도둑이 들었다는 거야……. 래빙턴의 다른 고객도 우리와 같은 생각을 했던 게 분명해……. 아무 성과도 없었지만 말이지. 나는 모든 창문을 조사하고 손질을 조금 한 다음 가정부에게 창문에 전기가 흐르고 있으니 내일까지 손대지 말라고 당부했지. 그러고는 예의 바르게 인사를 하고 그 집을 나왔네."

"정말 대단하십니다."

"그 정도는 식은 죽 먹기일세, 몬 아미. 자, 이제 일을 시작해 볼까? 하인들은 꼭대기에서 자고 있으니까 깰 염려는 없을 거야."

"벽에 금고가 붙어 있지 않을까요?"

"금고라고? 말도 안 돼! 금고 같은 건 없네. 래빙턴은 영리한 작자야. 금고보다 훨씬 더 교묘한 장소를 만들어 놓았을 걸세. 금고는 누구든지 가장 먼저 생각해 낼 수 있는 거 아닌가?"

우리는 그곳을 전체적으로 조사하기 시작했다. 그러나 네다섯 시간이나 찾았는데도 성과가 없었다. 푸아로는 잔뜩 화가 난 표정이었다.

"빌어먹을! 이 에르퀼 푸아로가 패배한 건가? 아니야, 절대 그럴 순 없어. 침착하자. 잘 생각해 봐. 차근차근. 자…… 마지막으로…… 우리의 작은 회색 뇌세포를 작동시키는 거야."

그는 잠시 집중해서 생각하는 듯이 눈썹을 찡그렸다. 그때 그의 눈에 내가 익히 알고 있는 짙은 녹색 빛이 떠올랐다.

"내가 어리석었어! 부엌이야!"

"부엌이오?"

내가 소리쳤다.

"말도 안 돼요. 하인들이 수시로 드나드는 곳인데."

"바로 그거야. 백 명 중 아흔아홉은 그렇게 말하겠지. 바로 그것 때문에 부엌이 가장 안전한 장소라는 거야. 온갖 도구가 가득 들어차 있는 곳이니 말이지. 가세, 부엌으로!"

나는 얼토당토않다고 생각하면서도 그의 뒤를 따라갔다. 푸아로는 빵 저장통에 기어들어 가기도 하고 냄비를 두들겨 보기도 하고 가스 오븐에 머리를 처박기도 했다. 나는 그를 보고 있는 게 지루해서 서재로 어슬렁어슬렁 걸어 나왔다. 그곳이야말로 그 편지를 숨길 만한 장소라고 확신하면서 그곳을 더 살펴보았다. 4시 15분이 되자 곧 날이 샐 것 같아서 다시 부엌으로 돌아갔다.

푸아로는 말쑥한 옅은 색 양복이 엉망진창이 된 채 석탄통에 서 있었다. 나는 그의 모습을 보고 아연실색했다. 그는 금방이라도 울음을 터뜨릴 것 같은 표정이었다.

"여보게. 내 모양새를 이렇게 망가뜨리는 건 정말 내 체질에 맞지 않는 일이야, 안 그런가?"

"래빙턴이 석탄 밑에 그 상자를 묻어 두었을 리가 없지 않습니까?"

"자네가 눈을 제대로 뜨고 본다면 내가 살펴보는 게 석탄이 아니라는 걸 알 수 있을 걸세."

그의 말을 듣고 다시 보니 석탄 더미 뒤에 있는 선반에 장작이 쌓여있었다. 푸아로는 장작을 한 개씩 조심스럽게 내리고 있었다. 갑자기 그가 낮게 탄성을 질렀다.

"헤이스팅스, 자네 나이프 좀 주게."

나는 그에게 칼을 건네주었다. 칼을 장작 속에 찔러 보는 것 같더니 갑자기 장작이 둘로 쪼개졌다. 그 장작은 톱으로 반이 잘린 채 가운데에 구멍이 뚫려 있었다. 푸아로는 그 구멍 속에서 작은 중국 상자를 꺼냈다.

"대단해요. 결국 해냈군요!"

저절로 탄성이 흘러나왔다.

"조용히 하게, 헤이스팅스! 큰 소리를 내면 안 돼. 날이 밝기 전에 밖으로 나가세."

푸아로는 상자를 주머니에 집어넣고 날렵하게 석탄통에서 튀어나와 옷에 묻은 먼지를 열심히 털어 냈다. 우리는 들어왔던 대로 그 집을 빠져나와 런던을 향해 급히 걸어갔다.

"정말 엉뚱한 장소에 숨겨 놓았군요!"

아직도 황당하다는 생각이 들었다.

"누군가 장작을 쓸지도 모르는데 말이에요."

"7월인데 누가 장작을 쓰겠나, 헤이스팅스. 게다가 장작더미 맨 밑에 숨겨 놓지 않았나? 아주 기발한 발상이지. 아, 저기 택시가 오는군! 이제 집에 가서 씻고 푹 자야겠네."

나는 전날 밤 너무 흥분했던 탓인지 늦잠을 잤다. 1시가 되기 조금 전에 거실로 어슬렁거리며 나가 보니 놀랍게도 푸아로가 안락의자에 기댄 채 편지를 읽고 있었다. 그의 옆에는 중국 상자가 뚜껑이 열린 채 놓여 있었다.

그는 나를 보자 다정한 미소를 지으며 들고 있는 편지를 툭툭 쳤다.

"레이디 밀리슨트의 말이 맞았어. 공작이 이 편지를 읽으면 절대 그녀를 용서하지 못할 거야. 내가 지금까지 읽어 본 편지 중에서 가장 노골적인 애정 표현이 들어 있네."

"지금 뭐하시는 겁니까, 푸아로?"

나는 못마땅한 말투로 말했다.

"그 편지를 읽은 거예요? 그건 절대로 해서는 안 될 행동인 거 모르세요?"

"이 에르퀼 푸아로는 해도 괜찮네."

그는 태연하게 대꾸했다.

"그리고 또 한 가지. 재프 경감의 정식 명함을 사용한 건 정정당당한 게임이 아니라고 생각하는데요."

"게임을 한 게 아닐세, 헤이스팅스. 난 범죄 사건을 조사하고 있었어."

나는 어깨를 으쓱했다. 이런 견해의 차이는 말싸움으로 해결 날 문제가 아니었다.

"누군가 계단을 올라오고 있군. 틀림없이 레이디 밀리슨트일 거야."

푸아로가 말했다.

우리의 아름다운 의뢰인은 걱정스러운 얼굴로 들어섰다. 그 표정은 푸아로가 들고 있는 편지와 상자를 보는 순간 기쁜 표정으로 바뀌었다.

"오! 푸아로 씨. 정말 대단하시군요! 어떻게 그 편지를 찾아내셨죠?"

"비난받아 마땅한 방법을 썼지요. 그래도 래빙턴은 고발하지 못할 겁니다. 이게 그 편지 맞습니까?"

그녀는 편지를 흘낏 쳐다보았다.

"맞아요. 어떻게 감사드려야 할지! 정말 훌륭하셔요. 그 편지를 어디에 감춰 두었던가요?"

푸아로는 그 편지를 찾은 곳을 얘기했다.

"정말 머리가 비상하시군요!"

그녀는 테이블에서 작은 상자를 집어 들었다.

"이 상자는 기념으로 제가 보관해야겠어요."

"제가 보관하도록 허락해 주셨으면 합니다. 저 역시 기념으로 말이죠."

"이 상자보다 더 훌륭한 답례품을 보내 드리죠……. 제 결혼식 날에. 저는 은혜를 저버리는 사람은 아니니까요, 푸아로 씨."

"제게는 도움을 드렸다는 보람이 수표보다 더 좋은 선물입니다……. 그러니 이 상자는 제게 주시죠."

"아, 그건 안 돼요, 푸아로 씨. 제가 가지고 있어야 해요."

그녀는 웃으면서 큰 소리로 말했다.

그녀가 상자 쪽으로 손을 뻗었지만 푸아로가 더 빨랐다. 푸아로의 손이 상자를 들어 올렸다.

"제 생각은 좀 다릅니다만."

그는 좀 전과는 전혀 다른 목소리로 말했다.

"그게 무슨 말씀이죠?"

그녀의 목소리가 날카로워졌다.

"어쨌든 안에 들어 있던 다른 물건을 꺼내 보겠습니다. 원래의 구멍이 반으로 줄어든 게 보이죠? 위의 구멍에는 협박용 편지가 들어 있었고, 아래 절반에는……."

그는 날렵하게 상자 속에 손가락을 집어넣었다가 꺼내더니 손가락을 폈다. 그의 손바닥에는 반짝이는 커다란 보석 네 개와 커다란 우윳빛 진주 두 알이 놓여 있었다.

"얼마 전에 본드 가에서 도난당한 보석으로 추정됩니다."

푸아로가 중얼거리듯이 말했다.

"재프에게 물어보면 알 수 있겠죠."

바로 그때 놀랍게도 재프가 푸아로의 침실에서 걸어 나왔다.

"마드무아젤도 잘 아는 사이죠?"

푸아로가 정중하게 레이디 밀리슨트에게 말했다.

"빌어먹을! 내가 당했어."

레이디 밀리슨트는 완전히 다른 사람 같았다.

"정말 교활하고 민첩한 노인네로군!"

그녀는 거의 경외심에 가까운 표정으로 푸아로를 쳐다보았다.

"자, 마드무아젤! 이제 게임이 끝난 것 같소만."

재프가 말했다.

"이렇게 빨리 만나게 될 줄은 몰랐소. 당신의 공범도 잡았지. 지난번에 래빙턴을 자처하며 여기에 왔던 그자 말이오. 래빙턴인지, 크로커인지, 리드인지 하는 가명을 쓰는 그자를 네덜란드에서 찔러 죽인 게 당신 동료 중 한 명이겠지? 당신네들은 그자가 물건을 가지고 있을 거라고 생각했어. 그런데 그는 가지고 있지 않았던 거고. 그자는 당신네들을 감쪽같이 속아 넘기고 자기 집에 그 물건을 숨겨 놓았던 거야. 당신은 두 남자를 시켜서 그 물건을 찾게 했지. 그러고 나서 여기 있는 푸아로 씨에게 의뢰를 한 거야. 그런데 운 좋게도 푸아로가 물건을 찾아낸 거지."

"참 말이 많으시군."

레이디 밀리슨트가 말했다.

"이제 그만하시죠. 난 조용히 물러나겠어요. 나로서는 최선을 다 했으니까. 자, 이제 모두 안녕!"

"구두가 영 아니었어."

내가 어안이 벙벙해서 입을 다물지 못하고 있을 때 푸아로가 혼잣말처럼 말했다.

"내가 영국인들을 관찰해 봐서 알고 있는데 말이야. 숙녀들은 신발에 특별히 신경을 쓰더군. 옷은 좀 초라해도 신발은 좋은 걸 신는단 말이지. 그런데 이 레이디 밀리슨트는 옷은 비싼 걸 입었지만 신발은 싸구려를 신었더라고. 자네나 나나 진짜 레이디 밀리슨트를 만난 적이 없지 않나? 진짜 레이디 밀리슨트가 런던에 있을 리가 없지.

그 여자의 외모는 깜빡 속아 넘어갈 정도로 비슷한 점이 많았어. 그런데 방금 말했듯이 처음에는 구두가 의심스러웠고 다음에는 그녀가 하는 얘기나 쓰고 있던 베일이 어딘지 멜로드라마 같더란 말이야. 협박용 편지가 들어 있던 중국 상자는 범죄 조직원 모두가 알고 있었던 게 분명해. 그렇지만 상자를 장작더미에 숨겨 둔 건 살해당한 래빙턴의 아이디어였어.

참, 헤이스팅스! 앞으로는 범죄 조직원들이 나를 모를 거라는 말을 해서 내 기분을 언짢게 하지 말게나. 그자들은 자기네 능력으로 안 되면 내게 의뢰할 정도로 나를 잘 알고 있어. 이번 사건으로 확실하게 증명되지 않았나?"

해상에서 일어난 사건

“클래퍼튼 대령이라고?”

포브스 장군이 비웃음과 콧방귀가 섞인 말투로 말했다.

앨리 헨더슨 양은 상체를 앞으로 내밀었다. 그녀의 머리 위로 부드러운 회색 머리칼 한 가닥이 날렸다. 검은 눈동자는 장난스러운 즐거움으로 반짝거리고 있었다.

“그토록 군인답게 풍채가 당당한 남자인걸요!”

그녀는 짓궂은 의도를 숨기고 머리카락을 쓸어 넘기면서 상대방의 반응을 기다렸다.

“군인답기는!”

예상했던 대로 포브스 장군은 분이 폭발한 모양이었다. 그는 군인다운 자신의 콧수염을 잡아당겼다. 화가 나서 얼굴이 시뻘겋게 달아올라 있었다.

"근위대의 장군님이셨다죠, 그분?"

헨더슨 양은 이 말을 중얼거림으로써, 자신의 계획을 마무리했다.

"흥, 근위대라고? 말도 안 되는 소리! 그자는 보드빌(노래와 춤을 섞은 대중적인 희가극 — 옮긴이) 극장에 서던 광대였어. 이건 분명한 사실이야! 군대에서 프랑스에 파견되었을 때 자두 통조림이나 사과 통조림 세는 일이나 했을걸. 독일군이 폭격할 때 팔에 부상을 입고 제대했는데 어찌어찌해서 레이디 캐링턴의 병원에 들어가게 된 거지."

"거기서 두 사람이 만나게 된 거로군요."

"그래. 그자는 부상당한 영웅 행세를 했지. 캐링턴 부인은 머리는 텅 비었지만 돈은 어마어마하게 많은 여자거든. 죽은 캐링턴 경이 군수품을 공급해서 돈을 엄청나게 벌었지. 남편이 죽은 지 겨우 6개월밖에 되지 않았는데 그자에게 홀딱 빠져서 육군성에 자리를 얻어 준 거야. 클래퍼튼 대령이라고? 흥! 웃기는 얘기지!"

"그리고 전쟁이 나기 전에는 보드빌 극장에 섰었고 말이죠."

헨더슨 양은 머릿속으로 위엄이 넘치는 백발의 클래퍼튼 대령과 흥겹게 노래를 부르는 빨간 코의 희극 배우 사이의 차이를 조화시키려 애쓰며 혼잣말을 했다.

"그렇다니까. 늙은 배싱턴프렌치한테서 들었지. 그자는 배저 코트릴 늙은이에게서 그 얘길 들었다더군. 배저 코트릴은 스눅스 파커에게서 전해들었고."

헨더슨 양은 웃으면서 고개를 끄덕였다.

"이제 이해가 가네요."

그들 곁에 앉아 있던 작은 체구의 남자의 얼굴에 한순간 미소가 스쳐 지나갔다. 헨더슨 양은 그 미소를 놓치지 않았다. 그녀는 관찰력이 꽤 예리한 편이었다. 그 미소는 그녀의 마지막 말 속에 비꼬는 뜻이 담겨 있다는 걸 알아차렸다는 의미였다. 그러나 정작 장군은 비꼬는 말투를 알아차리기는커녕 그 남자가 웃는 것조차 보지 못한 것 같았다.

그는 시계를 보고 일어서며 말했다.

"운동할 시간이군. 배 안에서도 운동을 빼먹을 수는 없지."

그는 열려 있는 문을 통해 갑판으로 나갔다.

헨더슨 양은 미소를 지어 보였던 작은 체구의 남자에게 시선을 던졌다. 같은 배를 탄 여행자와는 언제든 대화할 마음이 열려 있다는 은근한 시선이었다.

"정력적인 분이로군요."

남자가 말했다.

"갑판을 정확히 마흔여덟 번 도신답니다."

헨더슨 양이 대답했다.

"남의 말 하는 것도 무척 좋아해요. 그래서 사람들이 우리를 스캔들 좋아하는 남녀라고 부르죠."

"그건 너무 무례한 말이로군요."

"프랑스 인들은 항상 예의가 바르죠."

헨더슨 양의 말 속에는 상대의 국적을 물어보려는 의도가 숨어 있었다.

“저는 벨기에 사람입니다, 마드무아젤.”

“아! 벨기에 인이시군요.”

“제 이름은 에르퀼 푸아로입니다. 도움이 필요하시면 언제든지 말씀하시죠.”

어디선가 들은 적이 있는 이름이었다. 분명히 들은 적이 있는데. 어디서 들었지?

“배 여행이 마음에 드시나요, 푸아로 씨?”

“솔직히 말해서 그렇지 않습니다. 남의 설득에 넘어가서 오는 게 아니었다고 후회하던 참이에요. 나는 바다라면 질색이거든요. 바다란 놈은 가만히 있는 법이 없죠. 한시도 조용히 있지를 않잖아요?”

“지금은 아주 조용한데요.”

푸아로는 못마땅한 표정을 지으면서도 고개를 끄덕였다.

“지금은 그렇군요. 덕분에 저도 겨우 살아났죠. 이제야 주위를 좀 살펴볼 여유가 생겼어요. 가령 포브스 장군을 다루는 어떤 여성분의 능란한 솜씨 같은 거 말입니다.”

“그건…….”

헨더슨 양이 뭔가 말을 하려다 멈추었다.

에르퀼 푸아로는 고개를 숙이면서 말했다.

“스캔들을 알아내는 솜씨 말입니다. 정말 예술이더군요.”

헨더슨 양은 쑥스러워하는 기색도 없이 웃었다.

“근위대 장교 얘기 말인가요? 그 얘기를 꺼내면 노인네가 화가 나서 씩씩댈 걸 알고 있었죠."

그녀는 은밀한 얘기를 하려는 듯이 상체를 앞으로 내밀었다.

"사실 저도 스캔들을 꽤나 좋아하거든요. 고약한 스캔들일수록 더 흥미진진한 법이죠."

푸아로는 물끄러미 그녀를 쳐다보았다. 잘 다듬어진 날씬한 몸매, 예리한 검은 눈동자, 회색 머리칼. 그녀는 45세인 자기 나이로 보이는 외모에 만족하고 있는 것처럼 보였다.

그때 앨리가 갑자기 큰 소리로 말했다.

"아! 방금 생각났어요! 유명한 탐정이시죠?"

푸아로는 다시 허리를 굽히며 순순히 시인했다.

"정말 총명하신 분이로군요, 마드무아젤."

"정말 흥미진진하네요. 추리 소설에 나오는 것처럼 지금 범인을 추격하는 중이신가요? 혹시 이 배 안에 범인이 있어요? 어머나, 제가 너무 조심성이 없죠?"

"아니, 그렇지 않습니다. 실망시켜 드려서 죄송합니다만, 저는 여러분들처럼 그냥 여행을 온 것뿐입니다."

그가 너무 우울한 목소리로 말하는 바람에 헨더슨 양은 다시 웃음을 터뜨렸다.

"아! 그러시군요. 이 배는 내일 알렉산드리아에 도착해요. 이집트에 처음 오신 건 아니죠?"

"실은 처음입니다, 마드무아젤."

헨더슨 양이 조금 갑작스럽게 자리에서 일어섰다.

"장군님이 운동하시는 데 같이 해 드려야 할 것 같아요."

푸아로는 예의 바르게 의자에서 일어났다.

그녀는 가볍게 목례를 남기고 갑판으로 나갔다.

푸아로의 눈에 잠시 당황스러운 표정이 스쳐 지나갔다. 그러나 그는 곧 입가에 미소를 머금고 문으로 머리를 내민 채 갑판을 내다보았다. 헨더슨 양은 난간에 기대서서 키가 크고 군인처럼 보이는 남자와 얘기를 하고 있었다.

푸아로의 얼굴에 미소가 점점 번져 갔다. 그는 등껍질 속에 몸을 웅크린 거북이처럼 조심스럽게 흡연실로 내려갔다. 그곳에는 아무도 없었다. 그러나 그는 그 행운이 오래가지 않을 거라고 생각했다.

아니나 다를까 클래퍼튼 부인이 바에서 문을 통해 들어왔다. 정성스럽게 웨이브를 준 연한 금발에 망을 쓰고 마사지와 다이어트로 가꾼 몸매를 멋진 운동복으로 감싸고 있었다. 그녀에게서는 자신이 원하는 것은 무엇이든 가장 비싼 가격을 주고 사들이는 여자의 당당함이 엿보였다.

"존? 어머나! 안녕하세요, 푸아로 씨. 혹시 존 못 보셨어요?"

"오른쪽 갑판에 계시던데요, 마담. 제가 불러 드릴까요?"

그녀는 손짓으로 괜찮다고 하면서 말했다.

"잠깐 여기 있으려고요."

그녀는 여왕처럼 위엄 있는 태도로 푸아로의 맞은편 의자에 앉았다. 멀리서 보면 스물여덟 살 정도로 볼 수도 있을 것 같았다. 그러나 가까이서 보니 정성껏 화장을 하고 눈썹 손질을 잘 했는데도 실제 나이인 마흔아홉 살보다 훨씬 더 많은 쉰다섯은 되어 보였다. 그녀의 눈은 눈동자가 작았고 옅은 하늘색이었다.

"어젯밤 식사할 때 푸아로 씨를 못 만나서 섭섭했어요. 하긴 파도가 좀 거칠기는 했었죠."

"정말 고약했습니다."

푸아로는 넌더리가 난다는 듯이 말했다.

"나는 뱃멀미를 안 하니 천만다행이지 뭐예요. 다행이라고 한 건 내가 심장이 약해서 하는 말이에요. 뱃멀미를 하면 죽을지도 모르니까요."

"심장이 안 좋으신가요, 마담?"

"네. 항상 조심해야 해요. 절대 몸을 피로하게 해서는 안 된답니다. 의사들이 모두들 그렇게 말하는걸요."

클래퍼튼 부인은 자신이 가장 흥미 있는 주제인 건강에 대해서 늘어놓기 시작했다.

"존은 제가 일을 너무 많이 할까 봐 하도 신경을 써서 자기가 늘 지쳐 있답니다. 전 아주 열정적으로 살고 있거든요. 제 말이 무슨 뜻인지 아시겠죠, 푸아로 씨?"

"알고말고요."

"그이는 늘 이렇게 말한답니다. '채소를 더 많이 먹도록 해요, 애들린.' 하지만 전 그렇게 못 해요. 삶은 즐겨야 하는 거 아닌가요? 사실 전 전쟁 중에 젊은 시절을 허무하게 보내 버렸어요. 우리 병원에…… 우리 병원 얘기 들으셨겠죠? 물론 간호사나 직원들이 있기는 하지만…… 실제로 병원을 이끌어 가는 사람은 저니까요."

그녀는 한숨을 내쉬었다.

"정말 열정적이십니다, 마담."

푸아로는 상투적인 말로 그녀의 말에 맞장구를 쳤다.

클래퍼튼 부인은 젊은 여자처럼 소리 높여 웃으면서 말했다.

"다들 그렇게 말한답니다! 하지만 말도 안 되는 소리죠. 저는 마흔세 살보다 젊어 보이려고 하지는 않으니까요."

그녀는 거짓말을 사실처럼 뻔뻔스럽게 말하는 재주가 있는 것 같았다.

"사람들은 제 나이를 믿을 수 없다고 해요. '당신은 정말 생기가 넘쳐요, 애들린.' 이렇게들 말하죠. 하지만, 푸아로 씨. 생기가 넘치지 않으면 달리 어떤 상태가 될 수 있나요?"

"죽은 거나 다름없는 상태죠."

푸아로가 대답했다.

클래퍼튼 부인은 얼굴을 찡그렸다. 대답이 마음에 들지 않는 모양이었다. 자기를 놀리고 있는 거라고 생각했는지 일어나면서 쌀쌀맞게 말했다.

"존을 찾으러 가야겠어요."

그녀는 문을 나가다가 가방을 떨어뜨렸다. 가방이 열리면서 안에 들어 있던 물건이 사방으로 흩어졌다. 푸아로는 씩씩하게 달려가서 립스틱, 화장품 케이스, 담배 케이스, 라이터 등 떨어진 물건을 주워 모았다. 클래퍼튼 부인은 정중하게 인사를 하고 갑판으로 나가면서

"존!" 하고 남편을 불렀다.

클래퍼튼 대령은 헨더슨 양과 이야기를 나누는 데 정신이 팔려 있었다. 그는 부인이 오는 걸 보자 황급히 다가와서 갑판 의자에 앉게 했다. 이 의자 괜찮을까? 다른 곳이 나을까? 자상한 배려로 가득 찬 정중한 태도였다. 푸아로는 '부인을 공경하는 남편이 부인을 망친다'는 말이 사실이라는 생각을 했다.

앨리 헨더슨 양은 뭔가 못마땅한 표정으로 수평선을 바라보고 있었다.

푸아로는 흡연실 문 안에서 그 모습을 지켜보고 있었다.

그때 등 뒤에서 거칠고 쉰 목소리가 들려왔다.

"내가 저 여자 남편이라면 살인 청부 업자를 시켜서 죽여 버릴 거야."

그렇게 말한 사람은 젊은 선원들에게 차 농장의 대부라고 불리는 노인이었다. 그는 발을 질질 끌며 안으로 들어서서 "보이! 위스키 가져와!"라고 소리쳤다.

푸아로는 허리를 굽혀 찢어진 종잇조각을 집어 들었다. 좀 전에 클래퍼튼 부인이 핸드백을 떨어뜨렸을 때 함께 쏟아진 것이었다. 그것은 약 처방전으로 디기탈린이라는 약명이 적혀 있었다. 푸아로는 나중에 클래퍼튼 부인에게 전해 줄 생각으로 그 쪽지를 주머니에 넣었다.

"내 말이 틀림없어. 아주 악독한 여자야. 푸나에서 저 여자하고 똑같은 여자를 본 적이 있어. 그때가 아마 1887년이었을걸."

"누가 그 여자를 청부살해했나요?"

푸아로가 물었다.

"남편을 하도 들볶아서 1년도 못 돼서 무덤으로 보내 버렸지. 클래퍼튼도 저렇게 마누라를 제멋대로 내버려 뒀다가는 큰코다칠걸."

"부인이 돈주머니를 틀어잡고 있으니까요."

푸아로가 진지하게 말했다.

노인이 호탕하게 웃으면서 말했다.

"정곡을 찔렀군. 돈주머니를 틀어잡고 있다! 하, 하!"

젊은 아가씨 둘이 흡연실로 뛰어 들어왔다. 한 아가씨는 주근깨투성이인 둥근 얼굴에 검은 머리를 바람에 휘날리고 있었고 다른 아가씨도 얼굴에 주근깨가 많았지만 머리는 갈색이었다.

"탈출시킬 거예요!"

키티 무니가 소리쳤다.

"팸과 내가 클래퍼튼 대령님을 탈출시킬 거예요."

"그분의 부인에게서!"

패멀라 크리건도 숨을 헐떡이며 말했다.

"그분은 애완동물처럼……."

"부인은 정말 끔찍한 여자예요. 대령님이 아무것도 마음대로 못하게 한다니까요."

두 아가씨가 소리를 질렀다.

"부인과 함께 있지 않을 때는 헨더슨이라는 여자에게 붙잡혀서……."

"그 여자는 부인보다 예쁘기는 하지만 나이가 너무 많아요……."
두 아가씨는 킥킥대면서 뛰어나갔다.
"구출할 거예요! 꼭 구해낼 거라고요!"

클래퍼튼 대령 구출 작전이 즉흥적인 농담이 아니라 이미 계획된 일이었다는 사실이 그날 밤 분명하게 드러났다.

열여덟 살인 팸 크리건이 에르퀼 푸아로를 찾아와서 이렇게 말했다.

"푸아로 씨, 우리를 지켜봐 주세요. 부인이 보는 앞에서 대령님을 갑판으로 데리고 나올 테니까. 그분과 달빛을 받으며 산책할 거예요."

바로 그 시각에 클래퍼튼 대령은 자기 부인에게 이렇게 말했다.

"롤스로이스가 비싸다는 건 알아요. 그렇지만 그런 차는 일생 동안 탈 수 있잖아요. 지금 내 차는……."

"내 차죠, 존."

클래퍼튼 부인의 목소리는 듣는 사람의 귀가 찢어질 만큼 날카로웠다. 클래퍼튼은 부인의 불손한 태도에 아무런 불만을 나타내지 않았다. 이미 익숙해져 있는 걸까, 아니면…….

"아니면?"

푸아로는 혼자 깊은 생각에 잠겨 있었다.

"물론 당신 차지."

클래퍼튼은 아내에게 고개를 숙이고 그걸로 말을 끝맺었다. 전혀 동요되지 않은 듯한 태도였다.

'진정한 신사가 여기 있구먼.'

푸아로는 속으로 생각했다.

'하지만 포브스 장군 말로는 클래퍼튼이 신사 계층이 아니라던데. 이거 궁금해지는걸.'

누군가 브리지 게임을 제안했다. 클래퍼튼 부인과 포브스 장군, 그리고 매처럼 눈매가 날카로운 부부가 자리에 앉았다. 헨더슨 양은 자기는 빼 달라고 하면서 갑판으로 나갔다.

"남편께서는 어디 계신가요?"

포브스 장군이 머뭇거리며 물었다.

"존은 브리지 게임 안 해요. 정말 따분하기 짝이 없는 사람이죠."

클래퍼튼 부인이 말했다.

네 명의 브리지 게임 멤버가 카드를 나누기 시작했다.

팸과 키티는 클래퍼튼 대령에게 가서 그의 팔을 하나씩 잡았다.

"우리랑 같이 갑판으로 가요. 달이 환하게 떴어요."

팸이 졸랐다.

"바보 같은 짓 그만둬요, 존. 감기라도 들면 어쩌려고 그래요?"

클래퍼튼 부인이 날카롭게 말했다.

"우리랑 같이 있으면 감기 같은 건 안 걸려요. 우리는 아주 뜨겁거든요."

키티가 킥킥대며 말했다.

대령은 웃으면서 두 아가씨와 함께 방에서 나갔다.

푸아로는 클래퍼튼 부인이 클로버 두 장을 들었는데도 게임을 포기하는 모습을 유심히 지켜보았다.

푸아로는 갑판 산책로로 나갔다. 헨더슨 양이 난간에 서 있었다. 누군가 옆에 있어 줄 사람을 찾는 듯이 주위를 둘러보는 그녀의 얼굴에 눈물 자국이 보였다.

푸아로는 그녀와 얼마 동안은 대화를 나누었으나 곧 침묵에 잠겼다. 그러자 헨더슨 양이 물었다.

"무슨 생각을 하고 계신 거죠?"

"제가 알고 있던 영어 표현에 대해 생각하던 참입니다. 클래퍼튼 부인이 이렇게 말하더군요. '존은 브리지 게임을 안 해요.' 보통은 브리지 게임을 '못한다'고 하지 않나요?"

앨리가 은근슬쩍 말했다.

"그 부인은 남편이 브리지 게임을 하지 않는 걸 자신에 대한 모욕이라고 생각하는 거예요. 대령이 그런 여자와 결혼한 건 정말 어리석은 일이었어요."

푸아로는 어둠 속에서 미소를 지었다.

"그런 결혼도 성공할 수 있다고 생각하지 않으세요?"

"그런 여자와 결혼해서 행복할 수 있다는 말인가요?"

푸아로는 어깨를 으쓱했다.

"악독한 여자들에게 헌신적인 남편이 있는 경우가 많죠. 그게 바로 자연의 미스터리입니다. 부인이 하는 말이나 행동이 대령을 전혀 화나게 하지 않는 것 같더군요."

헨더슨 양이 대답할 말을 생각하고 있을 때 흡연실 창으로 클래퍼튼 부인의 찢어질 것 같은 목소리가 들렸다.

"난 이제 그만하겠어요. 여기는 너무 답답해요. 갑판에 나가서 시원한 공기 좀 마셔야겠어요."

헨더슨 양은 "이제 가서 자야겠어요. 안녕히 주무세요."라고 말하며 가 버렸다.

푸아로는 라운지로 천천히 걸어갔다. 클래퍼튼 대령과 두 아가씨 외에는 아무도 없었다. 대령은 아가씨들에게 트럼프 마술을 보여 주고 있었다. 푸아로는 카드를 섞고 나누는 능숙한 대령의 솜씨에 감탄하며 그가 보드빌 극장에 섰던 경력이 있다던 장군의 말을 기억해 냈다.

"브리지 게임은 안 하시지만 카드 만지는 건 좋아하시나 보군요."

"브리지 게임을 하지 않는 이유가 따로 있습니다."

클래퍼튼은 매력적인 미소를 지으며 말했다.

"푸아로 씨에게도 한번 보여 드리죠."

그는 재빠르게 카드를 나눠 주고 말했다.

"자기 카드를 보세요. 어떻습니까?"

그는 어리둥절해하는 키티의 표정을 보면서 웃음을 터뜨렸다. 그는 자신의 패를 테이블 위에 펼쳤다. 다른 세 사람도 패를 펴 보았다. 키티의 패는 전부 클로버였고, 푸아로는 전부 하트, 팸은 다이아몬드, 클래퍼튼 대령의 패는 스페이드였다.

"이제 아셨습니까? 저는 자기편이든 상대편이든 마음대로 카드를 줄 수 있습니다. 그런 사람은 친구들끼리 하는 게임에 끼면 안 됩니다. 제가 게임에서 이기면 지저분한 소문이 따라다니게 되죠."

"와! 정말 대단해요."

키티가 탄성을 질렀다.

"어떻게 그렇게 할 수 있죠? 정말 굉장해요. 분명히 정상적으로 패를 나누는 것 같았는데."

"빠른 손놀림으로 눈을 속이는 거죠."

푸아로가 무게를 잡으며 말했다. 그 순간 그는 클래퍼튼의 표정이 갑자기 변하는 것을 보았다.

자신이 잠시 방심했다는 걸 깨달은 듯한 표정이었다.

푸아로는 미소를 지었다. 마술사가 상류층 신사의 가면 사이로 스스로를 드러낸 셈이었다.

배는 다음 날 새벽 알렉산드리아에 도착했다.

푸아로가 아침 식사를 마치고 갑판에 나갔을 때 두 아가씨가 상륙할 준비를 하고 클래퍼튼 대령과 얘기하고 있었다.

"이제 내려야 해요."

키티가 재촉했다.

"곧 여권 검사를 할 거예요. 같이 가실 거죠? 우리끼리 상륙하게 할 건 아니죠? 우리한테 무서운 일이 생길지도 모르잖아요."

"아가씨들끼리 가는 건 당연히 안 될 말이지. 그런데 내 아내가 그럴 기력이 있을지 모르겠군."

클래퍼튼 대령이 웃으며 말했다.

"그럼 어떡해요? 부인은 그냥 배에서 쉬게 하면 되잖아요."

팸이 졸라 댔다.

클래퍼튼 대령은 망설이는 것 같았다. 부인에게서 벗어나고 싶은 마음이 간절해 보였지만 푸아로를 의식해서인지 이렇게 말했다.

"푸아로 씨. 상륙하실 건가요?"

"아뇨, 나는 생각 없습니다."

"나는…… 나는 애들린과 잠시 얘기를 좀 해 봐야겠군요."

클래퍼튼 대령은 마음을 정한 모양이었다.

"우리도 같이 가요."

팸은 푸아로에게 눈을 찡긋해 보였다.

"부인도 같이 가지고 권해 봐야죠."

그녀가 덧붙였다.

클래퍼튼 대령은 그 제안에 확실히 마음이 놓이는 표정이었다.

"그럼 같이 가지."

세 사람은 B갑판의 통로를 함께 걸어갔다.

푸아로의 선실은 클래퍼튼 부인의 선실 맞은편에 있었지만 그는 호기심에 이끌려 그들을 따라갔다.

클래퍼튼 대령은 약간 긴장한 태도로 선실 문을 두드렸다.

"여보, 깨어 있소?"

안에서 클래퍼튼 부인의 졸린 듯한 목소리가 들렸다.

"아! 귀찮게 왜 그래요?"

"나요. 같이 상륙하지 않겠소?"

"싫어요."

날카롭고 단호한 목소리였다.

"어젯밤에 한숨도 못 잤어요. 오늘은 종일 침대에 있을래요."

팸이 재빨리 끼어들었다.

"클래퍼튼 부인, 같이 가셔요. 정말 가기 싫으신 거예요?"

"싫다니까."

클래퍼튼 부인의 목소리가 더 날카로워졌다.

클래퍼튼 대령은 문의 손잡이를 돌려 보았지만 꿈쩍도 하지 않았다.

"대체 왜 그래요, 존! 문은 잠겨 있어요. 승무원이 귀찮게 할까 봐 잠가 놨어요."

"여보, 미안한데. 여행 안내서 좀 가져가려고 그래."

클래퍼튼 부인이 쏘아붙였다.

"안 돼요. 침대에서 안 나갈 거니까. 그냥 가요, 존. 나 좀 쉬게 내버려 두란 말이에요."

"알았소, 그럼 쉬어요, 여보."

대령은 문에서 물러섰다.

팸과 키티가 그를 에워쌌다.

"빨리 가요. 모자를 쓰고 있어서 다행이에요. 아, 참! 여권이 선실에 있는 거 아니에요?"

"사실은 내 주머니 속에 있어."

대령이 말하자 키티가 그의 팔을 꽉 잡으며 소리쳤다.

"다행이에요! 이제 빨리 가요!"

푸아로는 난간에 기댄 채 세 사람이 배에서 내리는 모습을 지켜보고 있었다.

옆에서 누군가 가늘게 숨을 내쉬는 기척에 돌아보니 헨더슨 양이 서 있었다. 그녀의 눈은 멀어져 가는 세 사람의 뒷모습을 쫓고 있었다.

"결국 상륙했군요."

그녀가 심드렁하게 말했다.

"당신도 갈 건가요?"

그녀는 햇볕 가리는 모자를 쓰고, 편한 신발을 신고, 멋진 가방을 들고 있었다. 육지에 오르려는 복장을 한 게 분명했다. 그런데도 그녀는 잠시 사이를 두었다가 고개를 흔들면서 말했다.

"아니에요. 전 배에 남아 있을래요. 편지 쓸 게 많거든요."

그러더니 뒤돌아서 가 버렸다.

포브스 장군이 갑판을 마흔여덟 번 돌고 나서 나타났다. 그는 멀어져 가는 대령과 두 아가씨를 바라보며 말했다.

"전략이 들어맞았군! 부인은 어디 있지?"

클래퍼튼 부인은 오늘 하루 종일 침대에서 조용히 쉴 모양이라고 푸아로가 설명했다.

"그 말을 믿으면 안 되지!"

노장군은 뭔가 알고 있다는 듯이 눈을 지그시 감으며 말했다.

"점심때가 되면 부인이 일어나서 불쌍한 그 남자가 자기 승낙 없이 배에서 내렸다고 한바탕 난리를 피울걸."

그러나 장군의 예언은 빗나갔다. 클래퍼튼 부인은 점심 식사에 나타나지 않았고 대령과 아가씨들이 4시에 배에 돌아올 때까지도 나타나지 않았다.

푸아로는 선실에서 그녀의 남편이 죄 지은 사람처럼 조심스럽게 선실 문을 노크하는 소리를 들었다. 여러 번 노크하는 소리가 들리고 다음에는 손잡이를 잡고 흔드는 소리가 들리더니 승무원을 부르는 큰 고함이 들렸다.

"안에서 아무 대답이 없어요. 열쇠 가지고 있어요?"

푸아로는 급히 침대에서 내려와 통로로 나갔다.

소문은 산불처럼 순식간에 배 안으로 퍼져 나갔다. 사람들은 두려움과 믿을 수 없다는 표정이 뒤섞인 얼굴로 클래퍼튼 부인이 침대에서 살해된 채 발견되었다는 소식을 들었다. 원주민들이 쓰는 칼이 그녀의 심장을 관통했고 선실 바닥에 호박 목걸이가 떨어져 있었다고 했다.

소문은 꼬리에 꼬리를 물고 퍼졌다. 그날 배에 탔던 목걸이 상인들이 모두 불려 가서 조사를 받았다! 선실 서랍에 들어 있던 많은 현금이 없어졌다! 수표를 추적했다! 수표가 추적이 됐다! 추적이 되지 않았다! 엄청나게 비싼 보석이 없어졌다! 보석은 하나도 없어지지 않았다! 승무원이 체포되어 범행을 자백했다!

"그중에서 어느 게 진실이죠?"

헨더슨 양이 푸아로를 불러 세우고 물었다. 그녀의 얼굴은 창백하게 질린 채 두려움에 가득 차 있었다.

"난들 알 재주가 있나요?"

"탐정님은 틀림없이 알고 있을 거예요."

밤늦은 시각이라 대부분의 승객들이 자기 선실로 들어가고 없었다. 헨더슨 양은 푸아로를 바람이 들이치지 않는 쪽에 있는 의자로 데리고 갔다.

"이제 얘기 좀 해 주세요."

그녀가 명령하듯이 말했다.

푸아로는 그녀를 찬찬히 쳐다보면서 말했다.

"흥미로운 사건이로군요."

"엄청나게 비싼 보석이 없어졌다는 게 사실인가요?"

푸아로는 고개를 저었다.

"아닙니다. 보석은 없어지지 않았습니다. 서랍에 넣어둔 약간의 현금이 없어졌을 뿐입니다."

헨더슨 양은 소름이 끼친다는 듯이 몸서리를 치며 말했다.

"이제 무서워서 배는 못 탈 것 같아요. 피부가 검은 원주민들이 한 짓이라는 단서가 있나요?"

"아니, 없습니다."

에르퀼 푸아로가 대답했다.

"모든 게 좀…… 이상하지 않아요?"

헨더슨 양이 날카롭게 물었다.

푸아로는 두 손을 벌리고 말했다.

"그게 말입니다. 사건이 일어난 정황을 따져봅시다. 클래퍼튼 부인은 시체로 발견되기 적어도 다섯 시간 전에 사망했습니다. 약간의 현금이 없어졌죠. 부인의 침대 옆 바닥에 목걸이가 떨어져 있었죠. 문은 잠겨 있었고 열쇠는 사라졌습니다. 창문은…… 둥근 창이 아니라 그냥 창문이죠. 그런데 그 창은 갑판으로 나 있었고 열려 있었습니다."

"그런데요?"

여자는 궁금해서 못 견디겠다는 듯이 재촉했다.

"이런 특이한 상황에서 범인이 살인을 저질렀다는 게 이상하다고 생각하지 않으십니까? 배에 타도록 허락을 받은 그림엽서 상인, 환전상, 목걸이 상인들은 모두 경찰이 얼굴을 알고 있는 사람들이었습니다."

"승무원들은 항상 선실 문을 잠그잖아요."

"그렇죠. 좀도둑을 방지하기 위해서. 하지만 이번 경우는…… 살인이었습니다."

"정확하게 무슨 생각을 하고 계신 거죠, 푸아로 씨?"

그녀는 답답해서 숨이 막힐 것 같은 목소리로 물었다.

"잠겨 있었던 문에 대해서 생각하고 있었습니다."

헨더슨 양은 잠시 생각하더니 말했다.

"그게 문제가 되는 것 같지는 않은데요. 범인이 문으로 들어와서 문을 잠그고 열쇠를 가지고 갔다. 범죄가 빨리 발견되는 걸 막기 위해서. 범인이 머리를 쓴 거죠. 오후 4시까지 범행이 발각되지 않았잖아요."

"아닙니다, 마드무아젤. 제 말의 요점을 이해하지 못하시는군요. 범인이 어떻게 나갔느냐가 아니라 어떻게 들어갔느냐가 문제입니다."

"당연히 창문을 통해서 들어갔겠죠."

"그럴 수도 있겠죠. 하지만 그 창은 너무 좁아요. 게다가 갑판 위에는 항상 사람들이 지나다닌다는 걸 생각해야죠."

"그렇다면 문으로 들어갔겠죠."

헨더슨 양이 조바심을 내며 말했다.

"잊으셨군요, 마드무아젤. 클래퍼튼 부인은 안에서 문을 잠갔습니다. 오늘 아침 클래퍼튼 대령이 배에서 내리기 전에 이미 문은 잠겨 있었어요. 대령도 열어 보려고 했었죠. 우리 모두 보고 있었고요."

"말도 안 돼요. 문이 잘 열리지 않았거나 아니면 대령이 손잡이를 제대로 돌리지 않았겠죠."

"하지만 그건 대령이 한 말이 아닙니다. 우리는 실제로 클래퍼튼 부인이 그렇게 말하는 걸 들었어요."

"우리라뇨?"

"무니 양, 크리건 양, 클래퍼튼 대령, 그리고 나."

앨리 헨더슨은 단정하게 신발을 신은 발을 톡톡 쳤다. 그녀는 잠시 말이 없다가 약간 초조한 말투로 말했다.

"그러니까 거기서 뭘 추리하신다는 거죠? 클래퍼튼 부인이 문을 잠갔다면 부인이 문을 열 수 있었을 것 아니에요?"

푸아로는 반짝이는 눈을 그녀에게로 향했다.

"맞습니다. 이제야 내 말을 좀 이해하는 것 같군요. 클래퍼튼 부인이 열쇠로 문을 열고 살인범을 들어오게 한 거죠. 부인이 목걸이 상인에게 문을 열어 주었다고 생각하는 건 아니겠죠?"

헨더슨 양이 반박했다.

"노크한 사람이 누군지 몰랐을 수도 있잖아요. 범인이 노크를 하고, 부인이 일어나서 문을 열어 주고, 그가 억지로 밀고 들어와서 부인을 살해한 거죠."

푸아로는 고개를 흔들었다.

"그와 반대입니다. 부인은 칼에 찔렸을 때 침대에 편안하게 누워 있었습니다."

헨더슨 양이 그를 빤히 쳐다보다가 다급하게 물었다.

"그럼 어떻게 된 거죠?"

푸아로는 웃으면서 말했다.

"부인은 노크한 사람이 누군지 알기 때문에 들어오게 한 겁니다. 그렇게 생각하지 않으세요?"

"그럼……."

헨더슨 양이 약간 갈라진 목소리로 말을 이었다.

"살인범이 승객 중 한 사람이라는 말인가요?"

푸아로는 고개를 끄덕였다.

"정황상 그런 것 같습니다."

"그렇다면 바닥에 떨어져 있었던 목걸이는 사람들을 속이기 위한 눈가림이란 말이로군요."

"그렇죠."

"돈을 훔쳐간 것도요?"

"맞습니다."

잠시 침묵하던 헨더슨 양이 천천히 말했다.

"클래퍼튼 부인은 정말 혐오스러운 여자였어요. 승객 중에서 그 여자를 좋아하는 사람은 아무도 없었을 거예요. 하지만 그렇다고 죽이기까지 할 이유를 가진 사람도 없을 텐데."

"부인의 남편을 제외하고."

"설마……."

"이 배에 타고 있는 사람들 모두 클래퍼튼 대령이 부인을 청부살인해도 당연하다는 생각을 하고 있었죠. 그렇게들 말하더군요."

앨리 헨더슨은 푸아로를 쳐다보며 다음 말을 기다렸다.

"하지만 이 말을 하지 않을 수 없군요. 나 역시 선량한 대령이 부인에게 분개하고 있다는 걸 전혀 느끼지 못했습니다. 또 하나 중요한 건 그에게 알리바이가 있다는 점이죠. 그는 두 아가씨와 하루 종일 같이 있다가 4시에 배에 돌아왔습니다. 클래퍼튼 부인이 사망한 지 몇 시간이 지났을 때였죠."

또다시 침묵이 흘렀다. 앨리 헨더슨이 조용히 말했다.

"그럼 범인이 승객 중 하나라고 생각하는 건가요?"

푸아로는 고개를 숙였다.

앨리 헨더슨이 갑자기 웃음을 터뜨렸다. 대담하고 도전적인 웃음이었다.

"그 추리는 증명하기 어려울 것 같은데요, 푸아로 씨. 이 배에 승객이 얼마나 많은지 아시죠?"

푸아로는 그녀에게 허리를 굽혀 인사하며 말했다.

"영국 추리 소설에 나오는 구절을 인용하죠. '내게는 내 방법이 있네, 왓슨.'"

다음 날 저녁 식사 때 모든 승객이 자신의 접시 밑에서 쪽지를 발견했다. 8시 30분에 중앙 라운지로 오라는 내용이 타이프로 쳐져 있는 쪽지였다. 사람들이 모여들자 선장이 평상시에 오케스트라가 연주되는 단 위로 올라가서 말했다.

"승객 여러분, 아시는 바와 같이 어제 이 배 안에서 비극적인 사건이 일어났습니다. 여러분 모두 이 흉악한 범인을 잡는 일에 기꺼이 협조해 주실 거라고 믿습니다."

그는 잠시 말을 멈추고 헛기침을 했다.

"마침 이 배에 에르퀼 푸아로 씨가 타고 계십니다. 여러분 모두 이런 일에 많은 경험을 가지고 계신 푸아로 씨를 잘 아실 겁니다. 그분의 말씀을 함께 들어 보시죠."

그때 식사 자리에 나타나지 않았던 클래퍼튼 대령이 들어와서 포브스 장군 옆자리에 앉았다. 슬픔에 빠진 남자의 모습이었다. 속박에서 풀려나 안심하는 사람으로는 보이지 않았다. 훌륭한 연기를 하고 있는 걸까, 아니면 그 악독한 아내를 정말 사랑하는 걸까?

"푸아로 씨, 말씀해 주시죠."

선장이 단에서 내려가자 푸아로가 단 위에 올라섰다. 그는 웃으면서 관중을 둘러보았다. 거드름을 피우는 것 같은 그의 모습은 약간 희극적이었다.

"신사 숙녀 여러분! 제 얘기를 관대하게 들어 주시면 감사하겠습니다. 방금 선장님께서 말씀하신 대로 저는 이런 일에 많은 경험을 가지고 있습니다. 그리고 이번 사건과 같은 특별한 사건의 바닥을 파헤치는 제 나름대로의 방법이 있습니다."

그가 손짓을 하자 승무원이 앞으로 나와서 종이에 싸인 커다란 물건을 내밀었다.

"지금부터 제가 하는 일을 보고 조금 놀라실 겁니다."

푸아로가 미리 경고했다.

"저를 괴짜라고 생각하거나 미쳤다고 할지도 모릅니다. 그렇지만 장담컨대 제 기이한 행동 뒤에는 영국인들이 자주 쓰는 말처럼 저 나름의 방법이 있습니다."

그의 눈이 잠시 헨더슨 양의 눈과 마주쳤다. 그는 종이에 싸인 물건을 풀기 시작했다.

"신사 숙녀 여러분! 지금부터 클래퍼튼 부인을 죽인 범인을 밝혀 줄 중요한 증인을 보여 드리겠습니다."

푸아로는 익숙한 솜씨로 포장지를 풀고 안에 들어있던 물건을 꺼냈다. 거의 사람 크기와 똑같은 나무 인형이었다. 벨벳으로 된 옷과 레이스가 달린 칼라를 입고 있었다.

"자, 아서!"

푸아로의 목소리는 평소와 약간 달랐다. 외국인의 발음이 아니라 런던 사투리까지 섞인 확실한 영국 발음이었다.

"말해 줄 수 있겠니? 다시 말해 줄 수 있지? 클래퍼튼 부인의 죽음에 대해서 모든 걸 말해 줘."

인형의 목이 약간 흔들리더니 나무 턱이 아래로 툭 떨어지고 덜커덕거렸다. 그러고는 날카로운 여자의 목소리가 들렸다.

"대체 왜 그래요, 존? 문은 잠겨 있어요. 승무원이 귀찮게 할까 봐 잠가 놨어요."

그때 "앗!" 하는 비명과 함께 의자가 넘어지는 소리가 들렸다. 한 남자가 비틀거리며 일어섰다. 그는 손으로 목을 잡고 뭔가 말하려고 안간힘을 쓰고 있었다. 그러더니 갑자기 그의 몸이 앞으로 고꾸라졌다.

클래퍼튼 대령이었다.

푸아로와 배 안의 담당 의사가 쓰러진 남자 앞에서 일어섰다.

"사망했습니다. 심장마비입니다."

의사가 짧게 말했다.

푸아로는 고개를 끄덕였다.

"속임수가 발각된 충격 때문에 심장마비를 일으켰군."

그는 포브스 장군을 돌아보며 말했다.

"장군, 보드빌 극장 얘기로 이 사건에 중요한 힌트를 주신 분이 바로 장군이셨습니다. 나는 이 사건을 생각하고 또 생각했죠. 그때 그 아이디어가 떠올랐습니다. 클래퍼튼이 전쟁이 나기 전에 복화술사였다는 가정을 해 보았죠. 클래퍼튼 부인이 죽은 후에 세 사람이 안에서 부인의 목소리를 듣는다는 설정이 가능해지더군요."

앨리 헨더슨은 푸아로 옆에 서 있었다. 그녀의 눈은 슬픔과 고통으로 가득 차 있었다.

"대령이 심장이 약하다는 걸 알고 계셨나요?"

"짐작은 하고 있었죠……. 클래퍼튼 부인이 자기가 심장이 약하다고 했지만 부인은 아픈 것처럼 보이기를 좋아하는 여자라는 생각이 들었습니다. 우연히 디기탈린을 강하게 처방한 종이를 주웠죠. 디기탈린은 심장약이지만 그 약은 클래퍼튼 부인의 약은 아니었습니다. 디기탈린을 복용하면 동공이 확대되죠. 그러나 클래퍼튼 부인의 동공은 커져 있지 않았어요. 하지만 대령의 눈을 보았을 때 동공이 커져 있다는 걸 발견했죠."

앨리가 중얼거리듯 말했다.

"그럼, 이런 결말을 맞을 거라는 걸 미리 알고 있었나요?"

"이게 최선의 방법이라고 생각하지 않으시나요, 마드무아젤?"

푸아로가 말했다.

그는 그녀의 눈에 고인 눈물을 보았다.

"당신은 처음부터 모든 걸 알고 있었어요……. 내가 그이를 좋아한다는 걸……. 하지만 그이는 나를 좋아하지 않았어요……. 노예 같은 삶을 살고 있다는 걸 깨닫게 해 준 건…… 그 여자애들…… 젊음이었어요. 그이는 너무 늦기 전에 자유를 찾고 싶었던 거예요……. 그래요. 그래서 그렇게 된 거예요……. 언제부터 그걸 알아차린 거죠? 그이가 범인이라는 걸."

"대령은 자제력이 대단한 사람이었죠. 자기 아내가 아무리 분통 터지는 행동을 해도 전혀 동요하지 않는 것처럼 보였습니다. 그건 아내의 그런 행동에 익숙해져서 더 이상 고통스럽게 느끼지 않게 되었거나, 아니면 그러니까…… 나는 후자라는 판단을 내렸죠……. 그리고 결국 내 판단이 옳았던 겁니다.

공교롭게도 그는 자신의 마술 실력을 보여 줬죠……. 범행을 저지르기 전날 밤에. 그때 그는 아차 하는 표정을 지었습니다. 하지만 클래퍼튼 같은 남자가 자신의 정체를 실수로 드러낼 리가 없죠. 그렇게 한 데는 나름대로의 이유가 있었던 겁니다. 사람들이 그를 마술사였다고 생각하면 복화술사일 거라는 생각은 하지 못할 테니까요."

"그럼 우리가 들은 그 목소리는…… 클래퍼튼 부인의 목소리였나요?"

"이 배에 부인의 목소리와 비슷한 목소리를 가진 승무원이 있었습니다. 나는 그 아가씨에게 단 뒤에 숨어 있으라고 하고 그 말을 하도록 가르쳤습니다."

"속임수였군요……. 잔인한 속임수!"

엘리가 소리쳤다.

"나는 살인은 절대 용서하지 않습니다."

에르퀼 푸아로가 말했다.

당신은 정원을 어떻게 가꾸십니까?

에르퀼 푸아로는 편지를 자기 앞에 가지런하게 정돈했다. 그러고는 맨 위에 있는 편지를 집어 들고 주소를 훑어본 다음 이런 용도로 식탁 위에 항상 올려 둔 칼로 봉투를 자르고 내용물을 꺼냈다. 안에는 자주색 봉랍으로 밀봉된 또 다른 봉투가 들어 있었고 '사적이고 비밀을 요함'이라고 쓰여 있었다.

에르퀼 푸아로의 눈썹이 달걀 모양의 얼굴 위에서 약간 치켜 올라갔다.

"인내심을 가져야 해!"

그는 입속으로 중얼거리면서 다시 한 번 종이 자르는 칼로 봉투를 잘랐다. 이번에는 안에 편지가 들어 있었다. 불안하고 삐죽삐죽한 글씨가 쓰여 있고 군데군데 진하게 밑줄을 친 부분도 있었다.

에르퀼 푸아로는 편지를 펼쳐 들고 읽기 시작했다.

편지 위에 또다시 '사적, 비밀요(要)'라고 쓰여 있고 오른쪽에는 주소가 있었다.

차먼스 그린, 벅스, 로즈뱅크.

날짜는 3월 21일자로 되어 있었다.

친애하는 푸아로 씨

제 오랜 친구의 권유로 갑자기 편지를 드리게 되었습니다. 그 친구는 제가 요즘 심각한 고민에 빠져 있는 걸 보다 못해 선생님께 상의해 볼 것을 권유했습니다. 그 친구도 제 사정을 자세히 알고 있는 것은 아닙니다. 이 일은 순전히 저희 집안의 사적인 일이기에 아무에게도 말하지 않았습니다. 그 친구는 선생님이 매우 신중하신 분이니 경찰이 개입하게 될 걱정은 하지 않아도 된다고 하더군요.

제가 의심하고 있는 일이 사실로 밝혀진다고 해도 경찰의 손에 넘겨지는 건 원하지 않습니다. 제가 요사이 불면증에 시달리는 데다가 작년 겨울에 큰 병을 앓고 난 후라 경황이 없어서 직접 조사할 엄두가 나지 않습니다. 조사할 수 있는 방법도 모르고 그럴 만한 능력도 없습니다. 다시 말씀드리지만 이 일은 매우 미묘한 집안일이니 절대로 세상에 알려져서는 안 됩니다. 진실을 분명히 알게 되면 차후의 문제는 제가 알아서 처리하겠습니다. 꼭 그래야만 합니다. 이 사건을 맡아 주실 의향이 있으시다면 위의 주소로 연락 주시기 바랍니다.

푸아로는 이 편지를 두 번이나 읽고 나서 다시 눈썹을 미세하게 치켜 세웠다. 그러고는 다시 편지를 옆에 내려놓고 쌓여 있는 편지 중에서 다음 봉투를 집어 들었다.

정확히 10시에 그는 사무실로 들어섰다. 사무실에는 그의 개인 비서인 레몬 양이 그날 할 일을 지시받기 위해 기다리고 있었다. 레몬 양은 마흔여덟 살의 노처녀로 외모는 그다지 매력적인 편이 못 되었다. 그녀의 얼굴은 전체적으로 광대뼈가 심하게 튀어나와 있었다. 푸아로 못지않게 그녀 역시 정리정돈에 철저했다. 머리는 꽤 좋은 편이었지만 시키지 않으면 스스로 머리 쓰는 걸 싫어하는 성격이었다.

푸아로는 레몬 양에게 그날 아침에 배달된 편지를 건네주었다.

"이것 좀 부탁해요. 이 편지에 적당히 거절하는 답장을 써서 보내도록 해요."

레몬 양은 다양한 내용의 편지를 재빨리 훑어보고는 각각의 편지에 상형문자 같은 글자를 휘갈겨 썼다. 이 글씨들은 그녀만 알아볼 수 있는 일종의 암호 같은 것이었다. '부드럽게', '단호하게', '애교스럽게', '퉁명스럽게' 등등. 그런 다음 그녀는 고개를 끄덕이고 푸아로의 지시를 기다리는 듯이 그를 쳐다보았다.

"준비됐습니다, 푸아로 씨."

그녀는 속기장에 받아쓸 준비를 하면서 연필을 집어 들었다.

"레몬 양, 이 편지를 어떻게 생각하시오?"

레몬 양은 미간을 약간 찡그리면서 연필을 내려놓고 편지를 다시 읽기 시작했다.

그녀에게 편지 내용은 적당한 답변을 작성하는 것 이외에는 아무런 의미도 없었다. 그녀의 상사는 아주 드물기는 하지만 업무적인 능력과 상관없는 인간적인 능력을 요구하는 일을 시켰다. 그것은 레몬 양에게 다소 성가신 일이었다. 그녀는 다른 사람들의 일에 철저하게 무관심한 기계와도 같았다. 인생에서 그녀에게 진정으로 중요한 일은 다른 모든 서류 정리를 잊어버려도 될 만큼 완벽한 서류 정리 체계를 만드는 것이었다. 그녀는 꿈속에서도 그런 시스템을 생각했다. 그러나 그녀는 순수한 인간적인 문제에 대해 탁월한 통찰력을 가지고 있었고 푸아로도 그녀의 그런 능력을 잘 파악하고 있었다.

"어떻겠소?"

"이 노부인은 심한 폭풍에 시달리고 있는 것 같군요."(Old lady got the wind up pretty badly.)

"아! 그렇소? 그녀의 마음속에 바람이 불고 있다는 거로군."

레몬 양은 푸아로가 이 정도의 비유는 알아들을 수 있을 만큼 오래 영국에서 살았다고 생각해서 대답은 하지 않았다.('get the wind up'은 '겁을 집어먹다'는 뜻의 비격식 숙어 — 옮긴이) 그녀는 이중 봉투를 흘끗 쳐다보고 말했다.

"비밀이니 알리지 말라고 난리군요. 그 점을 꽤나 강조하면서도 정작 무슨 일인지 아무 설명도 없네요."

"그러게 말이오. 나도 그 점을 생각했소."

레몬 양의 손이 다시 속기장 위로 올라갔다. 이번에는 에르퀼 푸아로도 반응을 보였다.

"그쪽에서 여기로 올 생각이 없다면 내가 그쪽에서 정한 시각에 찾아가겠다고 써요. 타이프로 치지 말고 직접 손으로 쓰는 게 좋겠소."

"알겠습니다, 푸아로 씨."

푸아로는 다른 몇 통의 편지를 더 보여 주었다.

"이건 청구서요."

레몬 양의 손이 민첩하게 편지를 분류했다.

"이 두 건만 제외하고 모두 지불하겠습니다."

"그건 왜? 잘못된 건 없는 것 같은데."

"거래하기 시작한 지 얼마 되지 않은 곳이에요. 거래를 트기 시작했는데 너무 빨리 돈을 지불하면 의심을 살 수도 있어요. 나중에 외상 거래를 하려고 무리하게 신용을 얻으려는 것처럼 보이거든요."

"아! 그런 게 있었군."

푸아로가 혼자 중얼거렸다.

"영국 상인들에 대한 탁월한 식견에 경의를 표할 뿐이오."

"그들에 대해서라면 제가 모르는 게 없을 겁니다."

레몬 양이 진지한 표정으로 말했다.

에밀리아 바로비 양에게 보낸 편지에 답장이 오지 않았다. 에르퀼 푸아로는 노부인이 스스로 수수께끼를 해결한 모양이라고 생각했다. 그렇다고 해도 그의 도움이 필요하지 않게 되었다는 정중한 사절의 답장을 보내지 않은 것은 다소 의외였다.

닷새 후 레몬 양이 아침 지시를 받고 나서 말했다.

"편지를 보냈던 바로비 양 말인데요. 답장이 오지 않을 수밖에 없더군요. 그분이 돌아가셨답니다."

"허허! 돌아가셨다고?"

푸아로의 나직한 말은 질문이라기보다는 대답처럼 들렸다.

레몬 양은 핸드백을 열고 잘라 낸 신문을 꺼냈다.

"지하철에서 보고 찢어 왔어요."

레몬 양은 '찢어 왔다'고 했지만 기사는 가위로 깔끔하게 잘려 있었다. 푸아로는 속으로 레몬 양의 빈틈없는 성격에 새삼 감탄하면서 《모닝 포스트》의 '출생, 사망, 결혼' 광고를 읽었다.

> 3월 26일, 차먼스 그린, 로즈뱅크 저택의 에밀리아 제인 바로비, 73세에 갑작스러운 죽음을 맞이했습니다. 가족의 요청에 따라 조화는 사양합니다.

푸아로는 기사를 읽고 나서 입속으로 중얼거렸다.

"갑작스러운 죽음이라……."

그러고는 기운차게 말했다.

"레몬 양, 지금 당장 편지를 써 주겠소?"

레몬 양은 연필을 들어 올렸다. 그녀의 생각은 여전히 서류 분류 시스템에 머무르고 있었지만 손가락은 빠르고 정확하게 속기를 쓰고 있었다.

친애하는 바로비 양

아직 답장을 받지 못했습니다만, 이번 금요일에 차먼스 그린 근처에 볼일이 있어서 그날 찾아뵙고 일전에 말씀하신 문제에 대해 상세히 의논을 드리고자 합니다.

에르퀼 푸아로

"이 편지를 타이핑해 줘요. 지금 당장 부치면 오늘 밤에 차먼스 그린에 도착할 거요."

다음 날 아침, 검은 테가 둘러진 봉투가 도착했다.

친애하는 푸아로 씨

저의 이모님이신 바로비 양에게 보내신 편지에 대한 회답입니다. 이모님은 지난 26일에 세상을 떠나셨습니다. 말씀하신 일은 이제 필요하지 않게 되었습니다.

메리 델라폰테인

푸아로는 혼자 미소를 지으며 중얼거렸다.

"아무 소용이 없게 되었다……. 흠, 그건 두고 봐야 알 일이지. 우선 차먼스 그린으로 가야겠군."

로즈뱅크 저택은 이름에 어울릴 만한 아름다운 집이었고 그녀의 계층과 품격에 어울리는 곳이었다.

에르퀼 푸아로는 현관으로 이어지는 좁은 샛길을 걸어 올라가다가 잠시 걸음을 멈추었다. 그는 양쪽으로 깔끔하게 가꾸어진 화단을 흐뭇한 표정으로 쳐다보았다. 가을에 화사하게 피어날 장미 나무가 심겨 있었고, 지금은 수선화와 이른 튤립과 파란 히아신스가 아름다운 자태를 뽐내고 있었다. 특이하게도 마지막 화단은 조개껍질로 가장자리가 둘러져 있었다.

푸아로는 혼자 중얼거렸다.

"영국 동요에 이런 게 있었지.

'심술 맞은 메리 마님,

정원을 어떻게 가꾸시나요?

새조개와 때죽나무,

예쁜 하녀들이 줄지어 서 있고.'

줄지어 서 있지까지는 않더라도 예쁜 하녀가 적어도 하나쯤 튀어나와서 가사를 현실로 만들어 줄 법도 한데."

그때 정말 현관문이 열리더니 모자를 쓰고 앞치마를 두른 깔끔한 젊은 하녀가 나타났다. 그녀는 빽빽하게 콧수염을 기른 외국인 신사가 정원에서 혼자 중얼거리고 있는 모습을 수상쩍은 표정으로 쳐다보았다. 둥글고 푸른 눈동자와 장밋빛 뺨을 가진 예쁘장한 아가씨였다.

푸아로는 정중하게 모자를 들어 올리고 인사를 건넸다.

"실례합니다만, 에밀리아 바로비 양이 여기 살고 계신가요?"

하녀는 놀랐는지 헉하는 소리를 냈다. 동그란 눈이 더 동그래졌다.

"아, 모르셨나요? 돌아가셨어요. 갑자기. 화요일 밤에."

하녀는 두 개의 강한 본능 사이에서 망설이는 것처럼 보였다. 하나는 외국인에 대한 경계심이었고 다른 하나는 그녀의 계층에 속한 사람들이 느끼는, 다른 사람의 질병과 죽음을 알려 주는 미묘한 즐거움 같은 것이었다.

"저런! 정말 놀라운 일이로군요!"

푸아로는 천연덕스럽게 말했다.

"오늘 찾아뵙기로 약속했는데. 그럼 여기 사시는 다른 부인을 만나 뵐 수 있을까요?"

하녀는 미심쩍은 표정으로 물었다.

"마님을요? 마님이 만나 주실지 모르겠네요."

"만나 보겠다고 하실 겁니다."

푸아로는 이렇게 말하면서 명함을 내밀었다.

푸아로의 위엄 있는 말투가 효과가 있었는지 발그스름한 뺨의 하녀는 아까보다는 공손하게 푸아로를 홀의 오른쪽에 있는 응접실로 안내했다. 그러고는 명함을 손에 들고 여주인을 부르러 갔다.

에르퀼 푸아로는 응접실 안을 둘러보았다. 어느 집에서나 볼 수 있는 평범한 응접실이었다. 가장자리에 띠를 두른 연갈색 벽지와 모호한 색의 크레톤 사라사 벽걸이, 장밋빛 쿠션과 커튼, 갖가지 도자기 장식품, 주인의 개성이 돋보일 만한 특별한 것은 없었다.

예민한 감각을 타고난 푸아로는 문득 자기를 주시하고 있는 시선을 느끼고 주위를 휙 둘러보았다. 한 아가씨가 프랑스풍의 문 앞에서 있었다. 몸집이 자그마하고 얼굴에 병색이 감도는 검은 머리의 아가씨였다. 그녀는 의심스러운 눈빛으로 푸아로를 쳐다보고 있었다.

그녀가 들어서자 푸아로는 가볍게 고개를 숙여 인사했다.

그녀는 다소 퉁명스럽게 말했다.

"여긴 왜 오신 거죠?"

푸아로는 대답 대신 눈썹을 약간 치켜세웠다.

"변호사는 아니시죠?"

그녀의 영어는 꽤 훌륭한 편이었지만 아무도 그녀를 영국인으로 생각하지는 않을 것 같았다.

"변호사가 올 일이라도 있나요, 마드무아젤?"

아가씨는 불쾌한 표정으로 푸아로를 쳐다보며 말했다.

"변호사일지도 모른다고 생각했어요. 변호사가 찾아와서 그분이 자기가 한 일이 무슨 일인지도 모르고 했다는 얘기를 할지도 모른다고 말이에요. 전에 그런 얘기를 들은 적이 있어요. 부당 위압인가 뭔가 하는 그런 거 말이에요. 하지만 이건 분명히 그런 경우가 아니에요. 그분은 정말 제게 돈을 주고 싶어 하셨어요. 그러니까 제가 그 돈을 받는 건 정당한 거예요. 필요하다면 제가 변호사를 대겠어요. 그 돈은 제 돈이에요. 그분이 그렇게 쓰셨으니까 당연히 제 돈이죠."

턱을 앞으로 내밀고 눈을 희번덕거리는 모습이 무척 심통 맞게 보였다.

그때 문이 열리고 키가 큰 여자가 들어와서, "카트리나!" 하고 불렀다.

아가씨는 어깨를 으쓱하고는 얼굴을 붉히며 뭔가 중얼거리면서 프랑스식 문으로 나갔다.

푸아로는 한 마디 말로 상황을 정리한 키 큰 여자 쪽으로 고개를 돌렸다. 그녀의 말투에는 권위와 좋은 가문에서 자란 사람들 특유의 빈정거림이 담겨 있었다.

푸아로는 단번에 이 여자가 이 집의 주인인 메리 델라폰테인이라는 걸 알아차렸다.

"푸아로 씨인가요? 제가 편지를 보냈었죠. 제 편지를 못 받으셨나요?"

"아! 제가 런던을 떠나 있어서 못 받았습니다."

"그러셨군요. 제 소개를 하죠. 제 이름은 델라폰테인입니다. 이쪽은 제 남편이고, 바로비 양은 제 이모님이십니다."

델라폰테인 씨가 너무 조용히 들어오는 바람에 푸아로는 그가 들어오는 것조차 알아차리지 못했다. 그는 키가 크고 머리가 희끗희끗했다. 어딘지 우유부단해 보이는 데가 있는 남자였다. 그는 신경질적으로 턱을 손가락으로 치켜드는 버릇이 있었다. 자주 자기 아내 쪽을 쳐다보는 것이 어떤 대화든 그녀가 주도하기를 바라는 것처럼 보였다.

푸아로가 말했다.

"불행한 일을 당하신 와중에 폐를 끼치게 되어 죄송합니다."

"이모님이 돌아가신 걸 모르셨으니 그럴 수도 있죠. 이모님은 화요일 저녁에 돌아가셨습니다. 전혀 예상하지 못했던 일이었죠."

"정말 뜻밖의 일이었습니다. 엄청난 충격이었죠."

델라폰테인 씨가 말했다. 그의 눈은 외국인 소녀가 사라진 문 쪽을 향하고 있었다.

"실례했습니다. 그럼 저는 이만 가 보겠습니다."

에르퀼 푸아로는 이렇게 말하고 일어나서 문 쪽으로 한 발을 내딛었다.

"잠깐만요!"

델라폰테인 씨가 말했다.

"그러니까…… 에밀리아 이모님과 약속을 하셨다고 했나요?"

"그렇습니다."

"무슨 용건이었는지 말씀해 주시겠습니까?"

그의 아내가 말했다.

"저희들이 할 수 있는 일이 있다면……."

"사적인 일이었습니다. 사실 저는 사립 탐정입니다."

푸아로가 말했다.

델라폰테인 씨는 만지작거리던 작은 도자기 인형을 넘어뜨렸다. 부인도 당황한 표정이었다.

"사립 탐정이라고요? 그런데 이모님과 약속을 했단 말인가요? 도저히 상상이 안 되는 일이로군!"

그녀는 푸아로를 쳐다보면서 말했다.

"좀 더 자세히 말씀해 주시겠어요, 푸아로 씨? 그건…… 정말 생각지도 못했던 일이로군요."

푸아로는 잠시 망설이다가 신중하게 입을 열었다.

"저로서는 어떻게 해야 할지 난감하군요."

"이모님이 러시아 인 얘기를 하지 않으시던가요?"

"러시아 인이오?"

"그래요, 볼셰비키, 공산당원, 뭐 그런 거 말입니다."

"헨리, 쓸데없는 말 하지 말아요!"

그의 아내가 나섰다.

"미안, 미안해요. 난 너무 뜻밖이라서."

델라폰테인 씨는 기가 죽은 목소리로 말했다.

메리 델라폰테인은 푸아로를 빤히 쳐다보았다. 그녀의 눈은 물망초처럼 짙은 파란색이었다.

"자세한 이야기를 들려주시면 감사하겠습니다, 푸아로 씨. 여쭤봐야 할 만한 이유가 있어서 그럽니다."

델라폰테인 씨는 경계하는 눈치였다.

"그럴 필요 없을 것 같아, 여보. 뭐 별다른 내용도 없는 것 같은데."

부인이 다시 강한 시선으로 그를 압도했다.

"푸아로 씨?"

에르퀼 푸아로는 천천히 침착하게 고개를 저었다. 유감스럽다는 뜻이 담겨 있었지만 단호한 거절의 몸짓이었다.

"유감스럽지만, 지금으로서는 아무 말씀도 드릴 수가 없군요."

그는 인사를 하고 모자를 집어 들고 문으로 걸어갔다. 메리 델라 폰테인도 그를 따라 홀로 나왔다.

현관 앞에서 푸아로는 걸음을 멈추고 그녀를 쳐다보며 말했다.

"부인은 정원을 좋아하시나 봅니다."

"네, 그래요. 정원 손질하는 데 많은 시간을 보내죠."

"좋은 취미를 가지셨군요."

그는 다시 한 번 인사를 하고 문을 향해 성큼성큼 걸어갔다. 그는 문을 나서면서 오른쪽을 흘낏 쳐다보았다. 그의 주의를 끄는 것이 두 가지 있었다. 하나는 2층 창문에서 그를 내려다보고 있는 병색 짙은 얼굴이었고, 다른 하나는 거리 반대쪽에서 군인 같은 걸음걸이로 왔다 갔다 하고 있는 남자였다.

에르퀼 푸아로는 혼자 중얼거렸다.

"확실해! 이 구멍에 쥐가 있어. 그렇다면 고양이는 지금 어떻게 해야 하지?"

그는 가까운 우체국으로 가기로 결정했다. 거기서 두 군데 전화를 걸었다. 결과는 만족스러운 듯했다. 그는 곧장 차먼스 그린 경찰서로 가서 심스 경감을 만났다.

체격이 크고 뚱뚱한 심스 경감은 그를 반갑게 맞이했다.

"푸아로 씨죠? 그럴 거라고 생각했습니다. 방금 경찰서장에게서 탐정님이 오신다는 연락을 받았습니다. 제 방으로 가시죠."

경감은 문을 닫고 푸아로에게 의자에 앉으라는 손짓을 하고 나서 자신도 의자에 앉았다. 그는 방문객을 날카로운 눈으로 살펴보고 있었다.

"행동이 상당히 빠르시군요, 푸아로 씨. 우리가 사건을 파악하기도 전에 로즈뱅크 사건을 조사하기 시작하셨으니 말입니다. 어디서 단서를 얻으신 거죠?"

푸아로는 그가 받은 편지를 꺼내서 경감에게 건네주었다. 경감은 흥미롭게 편지를 읽어 나갔다.

"아주 흥미롭군요. 문제는 내용을 여러 가지로 해석할 수 있다는 겁니다. 좀 더 분명하게 썼더라면 좋았을 텐데 말이죠. 그랬더라면 그 편지가 우리에게도 큰 도움이 되었을 텐데. 아쉽군요."

"도움이 필요하지 않았을지도 모르죠."

"무슨 뜻입니까?"

"그랬더라면 지금 부인이 살아 있을지도 모른다는 말입니다."

"그런 생각까지 하셨나요? 흠…… 그럴 수도 있었을까요?"

"그래서 부탁하는 건데, 경감님. 사건의 경위를 말씀해 주십시오. 사실 저는 아무것도 아는 게 없습니다."

"그건 어렵지 않은 일입니다. 이 노부인은 화요일 저녁 식사를 한 후에 갑자기 상태가 나빠졌습니다. 아주 위급한 상태였죠. 경련과 발작과 다른 여러 가지 증상도 나타났다고 합니다. 의사를 부르러 보냈지만 의사가 도착했을 때는 이미 사망한 후였습니다. 발작으로 인한 사망이라는 의견이었지만 의사는 뭔가 미심쩍은지 망설이는 기색으로 사망 진단서를 발급할 수 없다고 했죠. 그 저택의 가족들은 지금 그런 상태로 시체 해부 결과가 나오기만 기다리고 있습니다. 우리는 그보다 좀 더 자세한 걸 알고 있습니다. 의사가 바로 귀띔을 해 줬거든요. 의사와 경찰의가 함께 시체를 해부했죠. 결과는 아주 명백했습니다. 바로비 양의 사망 원인은 다량의 스트리크닌이었습니다."

"그랬군요!"

"그렇습니다. 정말 끔찍한 일이죠. 문제는 누가 그 약을 바로비 양에게 먹였느냐는 겁니다. 사망 직전에 먹은 게 분명한데, 처음에는 저녁 식사 때 먹은 음식에 넣었을 거라고 추정했지만, 솔직하게 말씀드려서 그 추측은 완전히 빗나갔습니다. 그 사람들은 커다란 그릇에서 아티초크 수프를 덜어 먹었고, 생선 파이와 사과 타르트를 먹었습니다.

바로비 양, 델라폰테인 씨, 그의 아내, 이렇게 세 사람이었죠. 바로비 양에게는 전속 간호사 역할을 하는 러시아계의 혼혈 소녀가 딸려 있었지만 그 여자는 그 사람들과 같이 식사를 하지 않았답니다. 평소에도 가족이 식당에서 나가고 난 후에 혼자서 식사를 한다고 합니다. 하녀도 한 명 있지만 그날 밤에는 외출을 했다더군요. 수프는 스토브 위에, 생선 파이는 오븐에, 사과 타르트는 식은 채 놔두고 나갔다고 합니다. 세 사람이 모두 같은 음식을 먹은 거죠. 그렇지 않다고 해도 그런 방법으로 누군가에게 스트리크닌을 먹일 수는 없을 거란 말입니다. 그 독약은 담즙처럼 아주 쓴 맛이 난다고 하더군요. 의사는 1000분의 1로 희석해도 혀가 그 맛을 느낄 수 있을 정도라고 했습니다."

"커피라면 어떨까요?"

"커피라면 가능성이 좀 커지지만 바로비 양은 커피를 마시지 않는답니다."

"그렇군요. 정말 어려운 사건이군요. 식사 때 바로비 양은 뭘 마셨나요?"

"물만 마셨답니다."

"점점 더 어려워지는군요."

"정말 골치 아픈 사건이죠."

"재산이 있었나요? 그 노부인 말입니다."

"아주 부유한 것 같아요. 아직 정확한 걸 조사하지는 않았지만, 내가 알아낸 바로는 델라폰테인 집안은 경제적으로 꽤 곤란한 것 같더군요. 그 저택을 유지하는 것도 노부인의 도움이 컸던 것 같습니다."

푸아로는 희미하게 미소를 지으며 말했다.

"그렇다면 델라폰테인 씨 부부를 의심하시는 건가요? 두 사람 중

누구죠?"

"특별히 어느 쪽을 의심하고 있다고 할 수는 없지만, 두 사람은 노부인의 유일한 친척이니까요. 부인이 사망하면 그들에게 꽤 많은 재산이 들어오게 될 건 분명합니다. 인간의 본성이 다 그런 거 아닙니까?"

"때로는 비인간적인 쪽으로 흐르기도 한다는 거군요. 맞는 말씀입니다. 그런데 노부인은 다른 음식을 먹거나 마시지는 않았나요?"

"그게 사실은……."

"뭔가 있군요. 뭔가 아는 게 있을 거라고 생각했죠. 확실한 단서를 가지고 있는 건가요? 수프, 생선 파이, 사과 타르트, 이제 사건의 핵심에 다가서고 있는 것 같군요."

"핵심에 도달했다고 할 수는 없지만…… 사실 노부인은 식사하기 전에 오블라토(녹말과 한천으로 만드는 얇은 막. 사탕과자의 포장이나 약 포장에 사용된다 — 옮긴이)를 먹었습니다. 그건 캡슐도 아니고 알약도 아니죠. 가루약을 오블라토에 싸서 먹은 겁니다. 소화에는 해를 끼치지 않고 약을 먹는 방법이죠."

"아주 좋은 정보로군요. 스트리크닌으로 알약을 채우고 다른 약과 바꿔치기하는 것쯤은 쉬운 일이죠. 물과 함께 목구멍으로 넘기면 아무 맛도 못 느낄 테니까요."

"맞는 말씀입니다. 문제는 노부인에게 그 알약을 준 사람이 그 아가씨라는 겁니다."

"러시아 아가씨 말입니까?"

"그렇습니다. 카트리나 리거. 그 아가씨는 바로비 양의 잔심부름도 하고 간호사 역할도 했죠. 이것저것 시키는 일이 많았던 모양입니다. 이걸 갖고 와라, 저걸 가져가라, 등을 문질러라, 약을 쏟아라, 약국에 갔다 와라. 뭐 이런 거였겠죠. 그런 노부인 시중을 든다는 게 얼마나 힘든 일인지 아실 겁니다. 겉으로는 친절하게 대하는 척하면서 실제로는 흑인 노예처럼 부렸던가 봅니다."

푸아로는 미소를 지었다.

심스 경감은 얘기를 계속했다.

"내 말은 친절하다는 말이 가당치 않다는 겁니다. 하지만 그 아가씨가 왜 노부인에게 독약을 먹였겠습니까? 바로비 양이 죽으면 그 아가씨는 직업을 잃게 될 텐데요. 그런 일자리를 구하는 건 쉽지 않은 일인데 말입니다. 그 아가씨가 제대로 훈련을 받은 것도 아니고."

"오블라토가 들어 있던 통이 아무렇게나 방치되었다면 누군가 그럴 기회가 있었을 수도 있겠군요."

"당연히 우리도 조사를 했습니다. 극비리에 말이죠. 언제 마지막 처방전이 쓰였고 평소에 어디에 보관하는지. 끈기와 노력이 없으면 힘든 일이죠. 결국 그런 게 마지막에 승리하는 비결 아니겠습니까? 바로비 양의 고문 변호사에게도 혐의를 두고 있습니다. 내일 그 사람을 만나기로 했습니다. 다음에는 은행 지점장. 아직도 할 일이 엄청나게 많습니다."

푸아로가 일어서면서 말했다.

"부탁이 있습니다, 심스 경감. 일이 진행되는 상황을 간략하게라도 알려 주시죠. 이게 제 전화번호입니다."

"그러죠, 푸아로 씨. 두 사람의 머리가 한 사람의 머리보다 나을 테니까요. 푸아로 씨도 그런 편지를 받았으니 이 사건을 조사할 의무가 있다고 봐야겠죠."

"뭐라고 감사해야 할지 모르겠군요."

푸아로는 악수를 하고 밖으로 나갔다.

다음 날 오후, 푸아로에게 전화가 걸려 왔다.

"푸아로 씨? 심스 경감입니다. 우리가 얘기하던 그 사건 말입니다. 실마리가 풀리기 시작했어요. 아주 재미있을 것 같은데요."

"정말입니까? 어서 말씀해 주시죠."

"그러니까. 이게 아주 중요한 문제란 말이죠. B양이 조카에게는 작은 유산만 남기고 K에게 나머지 재산을 몽땅 남긴 겁니다. 헌신적인 보살핌과 친절에 보답하기 위해서. 그런 말이 유언장에 쓰여 있었어요. 이걸로 사건의 양상이 완전히 달라진 셈이죠."

푸아로의 머릿속에 하나의 그림이 떠올랐다. 시무룩한 얼굴과 "그 돈은 제 돈이에요. 그분이 그렇게 쓰셨으니까 당연히 제 돈이죠."라고 열변을 토하던 목소리였다.

유언장이 공개되어도 카트리나는 놀라지 않을 것이다. 이미 알고 있으니까.

심스 경감의 목소리가 계속 전화기를 타고 울려왔다.

"두 번째 단서. K 말고는 오블라토에 손을 댄 사람이 아무도 없었답니다."

"확실한가요?"

"그 아가씨도 그 사실을 부인하지 않았습니다. 이 점을 어떻게 생각하십니까?"

"아주 재미있군요."

"한 가지 더 필요한 게 있습니다. 스트리크닌이 어떻게 그 아가씨 손에 들어갔는지 증거를 잡아야죠. 그건 어렵지 않을 것 같습니다만."

"하지만 아직까지는 증거를 잡은 게 아니지 않습니까?"

"시작한 지 얼마 되지 않았습니다. 오늘 아침에야 검시 심문이 있었죠."

"어떻게 됐나요?"

"일주일 동안 연기되었습니다."

"그럼 그 젊은 여자 K는?"

"용의자로 잡아 두었죠. 만약의 경우에 대비해서. 한패가 있을지도 모르고 그 여자를 빼돌릴 수도 있으니까요."

"그럴 일은 없을 겁니다. 그 아가씨에게는 친구가 없을 테니까요."

"그럴까요? 어떤 근거로 그렇게 생각하시는 거죠, 푸아로 씨?"

"그저 제 생각일 뿐입니다. 다른 단서는 없나요?"

"직접적인 단서가 될 만한 건 없습니다. B양이 최근에 주식에 손을 대서 꽤 많은 손해를 본 것 같습니다. 이것도 꽤 흥미로운 사실 아닌가요? 하지만 이 일이 사건과 직접적인 관계가 있는지는 모르겠습니다. 지금으로서는."

"그렇군요. 아마도 그럴 겁니다. 어쨌든 감사합니다. 전화를 주셔서 정말 고맙습니다."

"천만에요. 저는 약속은 꼭 지키는 사람입니다. 흥미를 가지실 거라고 생각했죠. 사건이 종결될 때까지 푸아로 씨가 도움을 주실지 누가 압니까?"

"그 말씀을 들으니 으쓱해지는군요. 제가 카트리나의 공범을 잡는다면 도움이 될까요?"

심스 경감은 놀란 목소리로 말했다.

"그 아가씨는 친구가 없다고 하지 않았나요?"

"제가 틀렸습니다. 친구가 한 명 있습니다."

경감이 더 질문을 하기 전에 푸아로는 전화를 끊었다.

푸아로는 심각한 표정으로 레몬 양이 타자를 치고 있는 옆방으로 들어갔다. 레몬 양은 그의 발걸음 소리를 듣자 키에서 손을 떼고 지시를 기다리는 듯이 그를 올려다보았다.

"레몬 양, 간단한 이야기인데 한번 생각해 보시겠소?"

레몬 양은 체념한 듯한 표정으로 두 손을 무릎 위에 올려놓았다. 그녀는 타이프를 치고, 청구서를 지불하고, 서류를 정리하고, 약속을 기록하는 일은 좋아했지만 자신을 가상의 상황 속 주인공으로 상상해 보라는 주문은 탐탁지 않아 했다. 그러나 그녀는 이것도 업

무의 일부로 받아들여야 한다고 생각하는 것 같았다.

"당신은 러시아 아가씨요."

"네."

레몬 양은 일부러 영국인처럼 보이려는 것처럼 대답했다.

"당신은 이 나라에서 친구도 없이 외롭게 생활하고 있소. 당신이 러시아로 돌아가고 싶지 않은 데에는 몇 가지 이유가 있지. 현재 당신은 어떤 노부인의 시중을 들고 있소. 간호사 역할도 하고 말동무도 하면서 온순하게 그 부인의 말을 잘 따르고 불평 한마디 하지 않고 있소."

"네."

레몬 양은 순순히 대답했지만 자신이 어떤 노부인에게 온순하게 대한다는 건 도무지 상상이 되지 않는 일이었다.

"그 노부인은 당신을 무척 좋아하게 되었지. 그녀는 자신의 재산을 당신에게 물려주기로 결심했소. 그리고 당신에게도 그런 말을 한 거요."

푸아로는 잠시 말을 멈추었다.

레몬 양은 다시 "네."라고 대답했다.

"그런데 그 노부인은 한 가지 새로운 사실을 알게 되었소. 아마도 돈과 관련된 문제였을 거요. 당신이 노부인에게 정직하지 못하다는 사실을 알게 되었을 수도 있고 어쩌면 그보다 훨씬 더 심각한 문제였을지도 모르지. 맛이 이상한 약을 먹였다든가 몸에 해로운 음식을 주었다든가 하는. 어쨌든 노부인은 당신을 의심하기 시작했고 아주 명망이 높은 사립 탐정, 그러니까 가장 유명한 사립 탐정인 나에게 편지를 쓰게 되었소. 얼마 후에 나는 그 부인을 방문하게 되었지. 그 일은 불에 기름을 부은 격으로 엄청난 일을 재촉하게 된 거요. 명탐정이 도착했을 때 그 노부인은 이미 죽은 후였소. 그리고 재산은 당신 손에 들어가게 된 거요……. 어떻소, 그럴듯한 줄거리라고 생각되지 않소?"

"네, 아주 그럴듯한 얘기로군요."

레몬 양이 대답했다.

"러시아 인에게는 아주 그럴 법한 이야기죠. 개인적으로 저라면 그런 일자리는 절대 맡지 않겠지만요. 저는 제 업무가 정확하게 정해져 있는 일을 좋아합니다. 더군다나 사람을 죽인다는 건 꿈에도 생각할 수 없는 일이죠."

푸아로는 한숨을 내쉬었다.

"내 친구 헤이스팅스가 너무 그립군. 그 친구는 정말 상상력이 풍부하거든. 워낙 로맨틱한 친구라서 상상이 늘 빗나가기는 하지만. 그것만으로도 내게는 꽤 도움이 되는데 말이야."

레몬 양은 아무 말도 하지 않았다. 앞에 놓인 타이프 용지를 쳐다보는 표정이 빨리 타이프를 치고 싶은 모양이었다.

"그럴듯하단 말이지?"

푸아로가 혼자 중얼거리듯이 말했다.

"그렇게 생각되지 않으세요?"

"내 생각에도 그럴듯하다는 게 문제야."

푸아로가 다시 한숨을 내쉬었다.

전화벨이 울리자 레몬 양은 전화를 받기 위해 방에서 나갔다. 그녀는 돌아와서 "또 심스 경감님이 전화하셨습니다."라고 말했다.

푸아로는 황급히 전화기로 달려갔다.

"여보세요? 뭐라고 하셨죠?"

심스 경감이 말을 반복했다.

"그 여자의 침실에서 스트리크닌 통이 발견되었습니다. 매트리스 밑에 감춰 놓았더랍니다. 방금 경사가 그 뉴스를 가지고 들어왔습니다. 이제 사건이 종결된 것 같군요."

"그렇군요. 이제 사건이 마무리된 것 같네요."

그의 목소리는 조금 전과는 달리 갑자기 자신감에 가득 찬 것 같았다.

그는 전화를 끊고 책상 앞에 앉아서 기계적인 동작으로 책상 위에 있는 물건들을 정리했다. 그러면서 혼자 중얼거렸다.

"뭔가 잘못된 거야. 그렇게 느껴져. 아니 느껴지는 게 아니야. 내 눈으로 본 게 틀림없어. 작은 회색 뇌세포! 생각 좀 해 봐! 생각을 해 보라고! 모든 게 논리적이고 질서정연한가? 그 아가씨…… 돈에 대한 걱정. 마담 델라폰테인. 그녀의 남편. 러시아 인에 대해 그가 했던 말…… 멍청하다고 했지. 하지만 멍청한 건 그 남자야. 그 방. 정원. 아! 맞아! 그 정원!"

그는 몸이 굳어 버린 것처럼 딱딱한 자세로 앉아 있었다. 그의 눈에 녹색 빛이 반짝거렸다. 그는 벌떡 일어나서 옆방으로 달려갔다.

"레몬 양, 하던 일은 그만두고 나 대신 조사를 좀 해 줘야겠소."

"조사라고요? 푸아로 씨. 저는 그런 일은 잘 못……."

푸아로는 그녀의 말을 가로막았다.

"전에 상인에 대한 건 뭐든지 안다고 했었지?"

"네, 그랬죠."

레몬 양이 자신만만하게 말했다.

"그렇다면 문제는 간단하군. 차먼스 그린으로 가서 생선 가게를 찾아봐요."

"생선 가게요?"

레몬 양이 놀란 표정으로 물었다.

"그래요. 로즈뱅크 저택에 생선을 대주는 생선 장수를 찾아요. 그 사람을 찾거든 이걸 물어봐요."

그는 레몬 양에게 종이 한 장을 내밀었다. 레몬 양은 종이를 받아 들고 무표정하게 읽고 나서 고개를 끄덕이고 타자기 뚜껑을 닫았다.

"나도 차먼스 그린에 같이 갈 거요. 레몬 양은 생선 가게로 가고 나는 경찰서로 가는 거요. 베이커 가에서 30분밖에 안 걸리는 곳이요."

목적지에 도착하자 심스 경감이 놀란 표정으로 그를 맞았다.

"정말 빠르군요, 푸아로 씨. 전화로 얘기한 지 겨우 한 시간밖에 안 됐는데."

"부탁드릴 게 있습니다. 카트리나라는 아가씨를 만나게 해 주십시오. 그 이름이 맞나요?"

"카트리나 리거입니다. 안 될 것도 없지요."

카트리나라는 아가씨는 전보다 더 병색이 짙었고 더 침울해 보였다.

푸아로는 부드러운 어조로 말했다.

"내가 적이 아니라는 걸 믿어 주면 좋겠소. 그리고 내게 사실대로 말해 주길 바랍니다."

그녀의 눈빛이 반발심으로 번뜩였다.

"나는 사실대로 말했어요. 모든 사람에게 사실대로 말했다고요! 부인이 독살되었다지만 독을 넣은 건 내가 아니에요. 모두 잘못된 거라고요. 당신네들은 내가 재산을 차지하지 못하게 하려고 그러는 거죠?"

그녀의 목소리는 쉿소리처럼 거칠었다. 구석에 몰린 가엾은 쥐 같다고 푸아로는 생각했다.

"아가씨 이외에 스트리크닌을 다루었던 사람이 아무도 없었나요?"

"그렇다고 말했잖아요. 그날 오후에 약국에서 지어 온 거라고요. 내 핸드백에 넣어 가지고 와서…… 그게 저녁 식사하기 바로 전이었어요. 상자를 열고 물 한 컵과 함께 바로비 양에게 드렸어요."

"아가씨 말고 그 약에 손댄 사람이 없었단 말이죠?"

"그렇다니까요."

구석에 몰린 쥐가 간신히 용기를 내서 말하고 있었다.

"그리고 바로비 양은 저녁 식사 때 우리에게 얘기했던 것 말고는 먹은 게 없다고 했죠? 수프, 생선 파이, 타르트. 맞죠?"

"네."

절망적인 "네."였다. 아무 곳에서도 빛을 발견하지 못하는, 불만으로 들끓는 어두운 눈이었다.

푸아로는 그녀의 어깨를 가만히 두드렸다.

"용기를 내요, 마드무아젤. 곧 자유로운 몸이 될 거요. 게다가 재산도 편안한 생활도……."

그녀는 의아한 표정으로 푸아로를 쳐다보았다.

그녀가 나가자 심스 경감이 그에게 말했다.

"전화에서 한 얘기를 도저히 이해하지 못하겠군요. 그 아가씨에게 친구가 있다고 한 거 말입니다."

"친구가 한 명 있습니다. 바로 납니다!"

에르퀼 푸아로는 그렇게 말하고 경감이 정신을 차리기도 전에 경찰서를 빠져나왔다.

레몬 양은 그린 캣 다방에 제시간에 도착했다. 그리고 곧바로 용건으로 들어갔다.

"그 남자의 이름은 러지고 가게는 하이스트리트에 있더군요. 탐정님 생각이 정확히 들어맞았어요. 정확히 한 다스 반이라고 했어요. 그 남자가 한 말을 그대로 적어 왔습니다."

그녀는 종이를 푸아로에게 건네주었다.

푸아로는 고양이가 기분 좋을 때 내는 그르렁거리는 소리를 냈다.

에르퀼 푸아로는 로즈뱅크 저택으로 갔다. 앞뜰에 들어설 때 해가 그의 뒤에서 저물고 있었다. 메리 델라폰테인이 나오다가 그를 발견했다.

"푸아로 씨?"

그녀의 목소리에는 놀란 기색이 역력했다.

"또 오셨네요."

"네, 또 왔습니다."

푸아로는 잠시 말을 멈추었다가 말했다.

"처음 여기 왔을 때 이런 동요가 생각났습니다.

'심술 맞은 메리 마님,

정원을 어떻게 가꾸시나요?

새조개와 때죽나무,

예쁜 하녀들이 줄지어 서 있고.'

그런데 새조개가 아니고 굴 껍데기였죠, 마드무아젤."

그는 손가락으로 굴 껍데기를 가리켰다.

그녀가 꿀꺽 침을 삼키는 소리가 들렸다. 그녀는 잠시 얼어붙은 것처럼 그 자리에 서 있었다.

그녀의 눈이 그에게 묻고 있었다.

푸아로는 고개를 끄덕였다.

"그렇습니다, 다 알고 있어요! 하녀는 식사 준비를 끝내고 외출했습니다. 하녀도 카트리나도 그날 먹은 음식이 그게 전부라고 증언했죠. 부인이 상냥한 이모님을 위해서 굴을 한 다스 반이나 사 가지고 돌아온 걸 아는 사람은 부인과 부인의 남편뿐이었습니다. 굴 속에 스트리크닌을 넣는 것은 쉬운 일이었죠. 굴은 씹지 않고 그냥 삼키니까. 이렇게 말이죠. 그렇지만 껍질은 남게 되죠. 껍질을 쓰레기통에 버릴 수는 없었을 겁니다. 하녀가 보면 안 되니까요. 그래서 부인은 그 껍데기를 화단 가장자리를 장식하는 데 쓰기로 한 거죠. 그런데 그러기에는 굴 껍데기가 부족했던 겁니다. 가장자리를 완전히 둘러서 장식하지 못하는 바람에 멋진 정원의 균형을 망가뜨리고 말았죠. 몇 개의 굴 껍데기가 이 외국인의 눈에 금방 뜨였던 겁니다. 내가 처음 이 집을 찾아왔을 때 그게 눈에 거슬리더군요."

메리 델라폰테인이 말했다.

"그 편지 때문에 그런 추측을 하게 된 거로군요. 이모님이 편지를 보내신 건 알았지만 어디까지 얘기했는지는 몰랐어요."

푸아로는 대답을 피했다.

"적어도 집안 문제라는 정도는 알고 있었죠. 카트리나에 관한 일이었다면 그렇게 감출 필요는 없었을 테니까요. 나는 부인이나 남편분이 바로비 양의 주식에 손을 댔다는 걸 알고 있었습니다. 그리고 그분이 그 사실을 알게 되자……."

메리 델라폰테인이 고개를 끄덕였다.

"오랫동안 그런 짓을 해 왔어요. 조금씩 조금씩. 이모님이 그걸 알아차릴 만큼 총기가 있으신 줄 몰랐어요. 그런데 이모님이 사립 탐정에게 편지를 보냈다는 걸 알게 되었죠. 그리고 저도 이모님이 재산을 카트리나에게 물려 줄 거라는 사실을 알게 된 거에요. 그 보잘것없는 계집애한테 말이에요!"

"그래서 당신은 스트리크닌을 카트리나의 방에 갖다 놓은 겁니까? 이제 모든 게 설명이 되는군요. 당신은 자신과 남편의 죄가 내게 발각될까 봐 아무 죄도 없는 여자에게 살인죄를 뒤집어씌운 겁니다. 당신은 그 여자가 불쌍하지도 않은가요?"

메리 델라폰테인은 어깨를 으쓱했다. 그녀의 물망초 같은 파란 눈이 푸아로의 눈을 똑바로 응시하고 있었다. 푸아로는 처음 이 저택을 찾아왔던 날 그녀의 완벽했던 연기와 남편의 서툴렀던 연기를 떠올렸다. 그녀는 머리는 비상했지만 마음은 비인간적인 여자였다.

"불쌍하다고? 그 천하고 교활한 생쥐 같은 년이?"

경멸에 가득 찬 그녀의 음성이 날카롭게 울려 퍼졌다.

에르퀼 푸아로는 천천히 말했다.

"부인은 일생 동안 오직 두 가지만을 사랑해 왔습니다. 하나는 부인의 남편입니다."

그는 그녀의 입술이 파르르 떨리는 것을 보았다.

"그리고 또 하나는 부인의 정원입니다!"

푸아로는 주위를 둘러보았다. 그의 시선은 화단에 피어 있는 꽃들에게 자기가 지금까지 한 일과 지금부터 하려는 일에 대해 용서를 빌고 있는 것 같았다.

빅토리 무도회 사건

전에 벨기에 경찰서장이었던 내 친구 에르퀼 푸아로는 우연한 기회로 스타일스 사건에 관여하게 되었다. 그 사건을 해결한 덕분에 푸아로는 명성을 얻게 되었고 그 계기로 범죄 사건 해결에 전념하기로 마음을 굳혔다. 그 당시 솜므 전투에서 부상을 당하고 육군에서 제대한 나는 런던에 있는 푸아로의 집에 기거하게 되었고 덕분에 푸아로가 맡은 사건들을 대부분 옆에서 직접 보고 들을 수 있었다. 그런 이유로 주위에서 줄곧 푸아로의 사건 중에서 흥미로운 것들을 골라 기록해 보라는 제안을 받아왔다.

나는 그 당시 세간의 큰 관심을 끌어 모았던 그 기이한 사건부터 시작하는 게 좋을 거라고 생각했다.

그 사건은 바로 빅토리 무도회 사건이다.

이 사건은 더 복잡하고 어려운 사건들만큼 푸아로의 독특한 사건 해결 능력을 충분히 증명한 사건은 아닐지도 모른다. 그러나 세간의 이목을 집중시켰다는 점과 유명 인사들이 연루되었다는 점, 그리고 언론의 뜨거운 조명을 받았다는 점에서 중요한 사건임에 틀림없다. 나는 오랫동안 이 사건을 해결한 사람이 푸아로라는 사실을 세상에 알려야 한다는 일종의 책임감을 느껴 왔다.

화창한 봄날 아침이었다. 우리는 푸아로의 방에 앉아 있었다. 평소처럼 말쑥하게 옷을 차려입은 작은 체구의 내 친구는 달걀 모양의 머리를 한쪽으로 비스듬하게 기울이고 새로 산 포마드를 정성껏 콧수염에 바르고 있었다. 푸아로의 이런 순수한 허영심은 그의 독특한 성격의 일부분이었고 정돈되고 체계적인 것을 좋아하는 그의 취향과도 일치하는 것이었다. 나는 생각에 잠겨서 읽고 있던《데일리 뉴스몽어》를 바닥에 떨어뜨렸다. 그때 푸아로의 목소리가 갑자기 정신을 차리게 했다.

"무슨 생각을 그렇게 골똘히 하고 있는 건가?"

"사실은 빅토리 무도회 사건 때문에 머리를 쥐어짜고 있었습니다. 그 수수께끼 같은 사건 말입니다. 신문이 완전히 그 사건으로 도배가 되어 있는데요."

나는 그렇게 말하면서 손가락으로 신문을 툭툭 쳤다.

"그런가?"

"읽으면 읽을수록 모든 게 미스터리네요."

나는 사건에 점점 더 흥미를 느꼈다.

"도대체 크론쇼 경을 죽인 범인이 누굴까요? 코코 코트네이가 같은 날 밤에 죽은 게 단순한 우연일까요? 아니면 고의적인 사고였을까요? 그 여자가 일부러 치사량의 코카인을 먹은 걸까요?"

나는 극적인 효과를 노려 잠시 멈추었다가 덧붙였다.

"이런 것들을 자문하고 있는 중입니다."

그러나 푸아로는 내 작전에 말려들지 않았다. 그는 거울을 뚫어지게 들여다보며 중얼거렸다.

"이 포마드는 콧수염에 안성맞춤인걸!"

그러나 나와 눈이 마주치자 급히 대꾸했다.

"그렇구먼. 그래, 자네는 그 질문에 어떤 대답을 할 텐가?"

내가 대답하기 전에 문이 열리고 하숙집 아주머니가 들어와서 재프 경감이 왔다고 알려 주었다.

이 런던 경시청의 경관은 우리와 오랫동안 알고 지내는 사이였다. 우리는 그를 반갑게 맞이했다.

"재프, 무슨 바람이 불어서 여기까지 행차하셨나?"

푸아로가 큰 소리로 말했다.

"안녕하십니까, 푸아로 씨."

재프는 의자에 앉으면서 나에게 목례를 보냈다.

"푸아로 씨에게 딱 맞을 것 같은 사건이 있어서요. 맡아 보실 의향이 있나 해서 왔습니다."

푸아로는 재프의 능력을 꽤 높이 평가하면서도 체계적이지 못한 그의 수사 방법을 못마땅하게 여겼다. 그러나 내가 보기에 그의 가장 큰 능력은 상대방에게 호의를 베푸는 척하면서 오히려 호의를 얻어 내는 교묘한 기술에 있었다.

"바로 그 빅토리 무도회 사건입니다. 흥미진진할 것 같지 않습니까?"

재프가 슬쩍 낚싯밥을 던졌다.

푸아로는 나를 보면서 웃었다.

"여기 헤이스팅스라면 구미가 당길 걸세. 방금 그 사건 얘기를 늘어놓던 참이야. 안 그런가, 몬 아미?"

"그러시다면……."

재프는 금방 태도가 달라져서 우쭐대며 말했다.

"푸아로 씨도 당연히 관심이 있으시겠군요. 이런 사건의 내막을 알고 있다는 것도 경력에 큰 도움이 되실 겁니다. 그럼, 이제 본론으로 들어가기로 하죠. 대략적인 내용은 알고 계시죠, 푸아로 씨?"

"신문에 난 기사 정도는 알고 있네. 기자들의 상상력은 믿을 게 못 되기는 하지만. 사건의 전모를 얘기해 보게나."

재프는 편하게 다리를 꼬고 앉아서 이야기를 시작했다.

"온 세상이 다 알고 있는 일입니다만, 지난 화요일에 성대한 빅토리 무도회가 열렸습니다. 요즘에는 별 볼일 없는 파티도 무도회라고 떠들어 대지만 그건 진짜 대단한 무도회였지요. 컬로서스 홀에서 열렸는데 런던의 내로라하는 유명 인사는 전부 모였답니다. 크론쇼 경과 일행도 포함해서요."

"그의 신상 자료는?"

푸아로는 잠시 멈추었다가 다시 말했다.

"약력이라고 해야 하나, 아니 이력이라고 하는 게 맞나?"

"크론쇼 경은 5대 자작으로 나이는 25세이고 부유한 독신자고 연극을 대단히 좋아합니다. 항간에는 올버니 극장의 코트네이 양과 약혼했다는 소문도 나돌고 있습니다. 친구들은 코트네이 양을 그냥 코코라고 부른답니다. 굉장히 매력적인 여성이죠."

"계속하게."

"크론쇼 일행은 여섯 명이었습니다. 크론쇼 경과 그의 백부 유스터스 벨테인, 아름다운 미국인 미망인 맬러비 부인, 젊은 배우 크리스 데이비드슨과 그의 아내, 마지막으로 코코 코트네이 양입니다. 아시다시피 가면 무도회였으니까 크론쇼 경 일행은 그 뭐라던가, 옛날 이탈리아 희극 인물로 분장을 하고 참석했죠."

"'코메디아 델라르테'라는 이탈리아 전통극이지."

푸아로가 낮게 중얼거렸다.

"어쨌든 그 의상은 유스터스 벨테인 씨의 수집품 중 하나인 도자기 인형 세트를 모방한 것이었죠. 크론쇼 경은 할리퀸, 벨테인 씨는 푼치넬로, 맬러비 부인은 상대역인 풀치넬라, 데이비드슨 부부는 피에로와 피에레테, 코트네이 양은 당연히 할리퀸의 상대역인 콜롬비나로 분장했습니다. 그런데 그날 초저녁부터 뭔가 분위기가 이상했습니다. 크론쇼 경은 침울한 표정이었고 여느 때와 다르게 행동했죠.

저녁 식사를 하기 위해 주인이 예약해 둔 작은 식당에 모였을 때 크론쇼 경과 코트네이 양이 서로 한 마디도 하지 않는다는 걸 일행이 눈치 챘죠. 코트네이 양은 울고 있었던 게 분명했고 히스테리를 일으키기 직전인 것 같았습니다. 결국 아주 불편한 식사 자리가 되고 말았죠. 일행이 식당을 나설 때 코트네이 양은 크리스 데이비드슨을 돌아보며 '무도회가 넌더리난다'면서 집으로 데려다 달라고 했죠. 마치 크론쇼 경이 들으라는 듯이 큰 소리로 말입니다. 젊은 배우는 크론쇼 경을 쳐다보면서 우물쭈물할 수밖에 없었겠죠. 결국 배우는 두 사람을 식당으로 다시 데리고 갔습니다.

그는 두 사람을 화해시키려고 했지만 아무 소용이 없었던가 봅니다. 데이비드슨은 어쩔 수 없이 택시를 잡고 계속 울고 있는 코트네이 양을 그녀의 아파트로 데려다 주었죠. 코트네이 양은 흐트러진 모습이었지만 속사정을 털어놓지는 않고 '그 인간 후회하게 만들어 주겠어!'라는 말만 되풀이했다고 합니다.

코트네이 양의 죽음이 우연한 사고가 아니었다고 추정할 수 있는 단서는 이것뿐입니다. 그렇기 때문에 그렇게 단정 짓는 건 경솔한 일일 것 같습니다. 데이비드슨이 간신히 그녀를 진정시켰을 때는 컬로서스 홀로 되돌아가기에는 너무 늦은 시간이었죠. 그래서 그는 바로 첼시 가에 있는 자신의 아파트로 돌아갔습니다. 그리고 얼마 후에 돌아온 그의 아내에게서 그가 떠난 후에 일어난 끔찍한 사건을 듣게 된 거죠.

크론쇼 경은 무도회가 진행될수록 기분이 점점 더 나빠졌던 모양입니다. 그는 자기 일행과 떨어져 있었기 때문에 그날 저녁에 그를 본 사람이 거의 없었답니다. 새벽 1시 30분쯤 그랑 코티용 춤이 시작되기 직전에 경의 동기생인 딕비 대위가 연주석에서 무도회 광경을 내려다보고 있는 경의 모습을 보았다고 합니다.

'이보게, 크론쇼!'

딕비 대위는 큰 소리로 그를 불렀죠.

'이리 내려와서 함께 어울리지 그러나! 왜 거기서 우거지상을 하고 있는 건가? 빨리 내려오라고. 지금 멋진 래그 음악이 나오고 있어.'

'알겠네! 거기서 잠깐 기다리게. 사람들 속에 섞이면 못 찾을 테니까.'

크론쇼 대위는 그렇게 말하고 그 자리를 떠났습니다. 딕비 대위는 데이비드슨 부인과 함께 경이 내려오기를 기다렸죠. 그런데 몇 분이 지나도 크론쇼 경이 나타나지 않았던 겁니다. 딕비 대위는 '내가 밤새 자기를 기다릴 거라고 생각했다면 오산이지.'라면서 분통을 터뜨렸습니다.

그때 맬러비 부인이 다가오자 두 사람은 상황을 설명했죠.

'어머나! 오늘 밤은 그분이 기분이 무척 언짢으신가 보네요. 당장 찾아봐야죠.'

아름다운 미망인은 쾌활하게 큰 소리로 말했답니다.

모두들 경을 찾기 시작했지만 어디서도 그의 모습은 보이지 않았죠. 그때 맬러비 부인이 한 시간 전에 식사를 했던 식당에 크론쇼 경이 있을지도 모른다는 생각을 했습니다. 일행이 그곳으로 갔을 때는 처참한 광경이 펼쳐져 있었습니다. 할리퀸이 분명 그곳에 있기는 했지만 심장에 테이블 나이프가 꽂힌 채 바닥에 쓰러져 있었던 겁니다!"

재프는 거기서 말을 멈췄다.

푸아로는 고개를 끄덕이면서 전문가다운 관심을 드러냈다.

"흥미로운 사건이로군! 범인에 대한 단서는 없었나? 하긴 있을 리가 없지."

"그렇습니다."

경감은 얘기를 이어 갔다.

"나머지는 푸아로 씨도 알고 계실 겁니다. 비극이 겹쳐서 일어났죠. 다음 날 모든 신문에 인기 여배우 코트네이 양이 자신의 침대에서 시체로 발견되었고 사인은 코카인 복용에 의한 것이라는 간단한 기사가 실렸습니다. 그런데 그것은 우연한 사고였을까요, 아니면 자살이었을까요? 증언 심문을 한 코트네이 양의 하녀가 주인이 마약 상습 복용자라는 사실을 시인했습니다. 그래서 일단 과실치사로 판단되었습니다. 그러나 처음부터 자살 가능성을 배제할 수는 없습니다. 코트네이 양의 죽음은 전날 밤 크론쇼 경과의 불화의 원인에 대해 아무 단서도 남기지 않았죠. 그런 점에서 더 불행한 사건이었습니다.

그런데 시체 근처에서 작은 에나멜 상자 하나가 발견되었죠. 상자에 다이아몬드로 '코코'라고 새겨져 있었고 코카인이 절반쯤 들어 있었습니다. 코트네이 양의 하녀는 그 상자가 여주인의 것이고 최근에 주인이 그 상자를 항상 몸에 지니고 다녔다고 했습니다. 코트네이 양은 코카인에 단단히 중독되어 있었던 모양입니다."

"크론쇼 경도 코카인을 복용했나?"

"아닙니다. 크론쇼 경은 마약에 대해서 특별히 강경한 입장을 취하고 있었습니다."

푸아로는 생각에 잠긴 듯이 고개를 끄덕였다.

"그 상자가 크론쇼 경의 물건이었다면 코트네이 양이 마약 중독자라는 걸 알고 있었다는 게 되는군. 상당히 암시적이군, 그렇지 않은가, 재프?"

"글쎄요."

재프가 말을 흐렸다.

"사건의 정황은 대충 이렇습니다. 어떻게 생각하십니까?"

재프가 물었다.

"아직 발표되지 않은 단서는 없나?"

"있습니다. 이런 게 발견되었습니다."

재프는 주머니에서 조그만 물건을 꺼내서 푸아로에게 건넸다. 그것은 짙은 초록빛 구슬 모양의 실크로 만든 술이었는데 함부로 잡아 뜯은 것처럼 끝이 너덜너덜했다.

"죽은 사람의 손에서 이걸 발견했습니다. 손에 꽉 움켜쥐고 있었죠."

경감이 말했다.

푸아로는 아무 말도 없이 그 술을 되돌려주면서 말했다.

"크론쇼 경에게 적이 있었나?"

"아닙니다. 그는 적을 만들 사람이 아닙니다. 크론쇼 경은 평판이 좋은 청년이었죠."

"그의 죽음으로 이득을 얻을 만한 사람은?"

"크론쇼 경이 죽으면 그의 백부인 유스터스 벨테인이 경의 작위와 재산을 물려받게 됩니다. 그에게 한두 가지 의심스러운 점이 있기는 합니다. 그날 그 작은 식당에서 격렬하게 싸우는 소리를 들었다는 사람이 여럿 있습니다. 다투던 사람 중 하나가 유스터스 벨테인이라고 합니다. 분에 못 이겨서 탁자 위에 있던 나이프를 집어 들고 살인을 저질렀다면 앞뒤가 들어맞긴 합니다만."

"벨테인 씨는 말다툼을 벌인 이유가 뭐라고 하던가?"

"하인 하나가 술에 취해 있어서 나무랐다고 합니다. 게다가 그때가 1시 30분이 아니라 1시경이었다고 하더군요. 하지만 딕비 대위는 시간을 꽤 정확하게 증언하고 있습니다. 대위가 크론쇼 경에게 말을 걸고 나서 그의 시체가 발견될 때까지 겨우 10분밖에 지나지 않았다는 겁니다."

"어쨌든 푼치넬로로 분장한 벨테인 씨는 등이 튀어나오고 주름이 진 옷을 입었겠군."

"의상까지는 상세하게 모릅니다."

재프는 푸아로를 의아하다는 표정으로 쳐다보았다.

"그런데 의상이 이 사건과 무슨 관계가 있습니까?"

"흠, 모르겠나?"

푸아로의 미소에서 희미하게 비웃음이 비쳤다. 그는 나직한 목소리로 말을 이었다. 푸아로의 눈이 녹색으로 빛나고 있었다. 나에게는 익숙한 눈빛이었다.

"그 작은 식당에 커튼이 쳐져 있지 않았나?"

"네, 그런데……."

"커튼 뒤에 한 사람이 숨을 만한 공간이 있었겠지?"

"네, 벽에 움푹 파인 공간이 있었습니다. 그런데 그걸 어떻게 아셨죠? 그곳에 가 본 적도 없으시잖아요, 푸아로 씨."

"가 보지는 않았네, 재프. 커튼은 내 머릿속에서 생각해 낸 걸세. 커튼이 없으면 이 드라마가 설정이 되지 않으니까. 드라마는 앞뒤가 들어맞아야지. 그건 그렇고 의사는 안 불렀다던가?"

"당연히 의사를 불렀죠. 하지만 소용없는 일이었습니다. 피해자가 즉사했으니까요."

푸아로는 안됐다는 표정으로 고개를 끄덕였다.

"아, 그렇군. 알겠네. 그런데 의사가 검시하고 나서 증언을 하던가?"

"네."

"뭔가 특별한 증후가 있다고 하지 않았나? 시체의 상태를 보고 이상하다고 놀라는 것 같지 않았냐는 말일세."

재프는 작은 체구의 푸아로를 정색을 하고 쳐다보았다.

"푸아로 씨. 지금 뭘 생각하고 있는지 모르겠지만 의사는 시체의 팔다리에 긴장과 경직이 있다고 했습니다. 그런데 그 이유를 설명할 수 없다면서 무척 당황스러워하더군요."

"그렇군! 그래! 바로 그거야, 재프. 그게 중요한 단서일세."

재프는 그게 왜 중요한 단서가 되는지 어리둥절해하는 것 같았다.

"독살을 생각하는 거라면 독살하고 나서 다시 칼로 찌르는 사람이 있을까요?"

"그건 있을 수 없는 일이지."

푸아로는 태연한 표정을 짓고 있었다.

"더 보고 싶으신 게 있나요? 혹시 시체가 발견된 방을 조사할 생각이시라면……."

푸아로는 필요 없다는 듯이 손을 내저었다.

"전혀 그럴 필요 없네. 경감이 얘기해 준 것 중에서 흥미 있는 게 딱 한 가지 있군. 마약에 대한 크론쇼 경의 견해 말일세."

"그럼 보고 싶은 게 없으시다는 말인가요?"

"한 가지 있긴 하네만."

"그게 뭡니까?"

"의상을 본떠서 만들었다는 도자기 인형 세트를 보고 싶네."

재프는 어이없다는 표정으로 푸아로를 빤히 쳐다보았다.

"네? 푸아로 씨, 정말 재미있는 분이시군요!"

"보여 줄 수 있겠나?"

"원하신다면 지금 당장 버클리 스퀘어로 가죠. 벨테인 씨, 아니 이제 경이라고 불러 드려야겠군요. 그분도 거절하지 않을 겁니다."

우리는 즉시 택시를 타고 출발했다. 이제 크론쇼 경이 된 벨테인 씨는 집에 없었다. 재프의 요청으로 우리는 고급 수집품이 보관되어 있는 '도자기실'로 안내되었다. 재프는 입을 딱 벌리고 주위를 두리번거렸다.

"대체 여기서 뭘 어떻게 찾아내겠다는 건가요, 푸아로 씨?"

그러나 푸아로는 벌써 장식용 벽난로 앞에 의자를 끌어다가 민첩한 개똥지빠귀처럼 의자 위에 폴짝 뛰어올랐다. 거울 위의 작은 선반에는 여섯 개의 도자기 인형이 나란히 놓여 있었다. 푸아로는 그 인형들을 자세히 살펴보면서 설명했다.

"자, 보게나. 이탈리아의 고전 희극에 나오는 등장인물들이야. 세 쌍이로군! 할리퀸과 콜롬비나, 피에로와 피에레테. 이건 흰색과 녹색의 정교한 복장을 하고 있군. 그리고 자색과 황색의 푼치넬로와 풀치넬라. 푼치넬로의 의상은 정말 섬세하군. 주름 장식에 테두리 장식, 등은 솟아오르게 만들고, 실크해트까지. 내가 생각했던 그대로야. 정말 정교해."

그는 인형을 조심스럽게 제자리에 놓고 의자에서 뛰어내렸다.

재프는 못마땅한 표정이었지만 푸아로가 설명해 줄 생각이 전혀 없어 보이자 억지로 표정 관리를 하는 것 같았다. 우리 일행이 돌아갈 차비를 하고 있을 때 저택의 주인이 방으로 들어왔다. 재프는 우리를 그에게 소개했다.

6대 크론쇼 자작은 50세가 넘어 보였다. 태도는 정중하고 세련됐지만 잘생긴 얼굴에는 어딘지 나른하고 방탕한 분위기가 엿보였다.

첫눈에 마음에 들지 않는 타입이었다. 그는 지나칠 정도로 정중하게 인사를 하고나서 명탐정 푸아로의 명성은 익히 들어 알고 있다면서 자기가 할 수 있는 대로 도와주겠다고 말했다.

"경찰이 최대한 노력하고 있습니다."

푸아로가 말했다.

"하지만 제 조카의 죽음이 영영 미궁에 빠지지나 않을까 걱정입니다. 모든 게 수수께끼투성이로군요."

푸아로는 그를 날카롭게 지켜보고 있었다.

"혹시 조카분이 원한을 살 만한 사람이 있습니까?"

"전혀요. 그건 확실합니다."

그는 잠시 말을 끊었다가 말했다.

"더 물어보고 싶으신 게 있으시면……."

"네, 한 가지 궁금한 게 있습니다."

푸아로가 진지하게 말했다.

"그 의상은 인형의 의상을 똑같이 본떠서 만든 겁니까?"

"네. 아주 세밀한 부분까지 똑같게 만든 겁니다."

"감사합니다, 크론소 경. 제가 확인하고 싶었던 건 바로 그 점이었습니다. 그럼, 저는 이만 실례하겠습니다."

우리는 서둘러 거리로 나왔다.

재프가 말했다.

"이제 어디로 가실 건가요? 저는 경시청으로 가서 보고를 해야 합니다."

"그러게나. 억지로 붙잡아 둘 순 없지. 나는 한 가지 더 알아볼 게 있어서. 그러면……."

"그러면요?"

"사건이 종결되는 거지."

"뭐라고요? 농담이시겠죠. 누가 크론쇼 경을 살해했는지 아신단 말입니까?"

"확실히 알고 있네."

"누굽니까? 유스터스 벨테인입니까?"

"아, 자네도 내 약점을 알고 있지 않나. 마지막 순간까지 내 손 안에 사건의 실마리를 쥐고 있고 싶어 하는 거 말일세. 하지만 걱정 말게. 때가 되면 모든 걸 밝힐 테니까. 명예는 경감에게 돌리지. 난 그런 건 별로 관심 없으니까. 단 한 가지 조건이 있네. 내 방식대로 사건을 해결하는 걸 눈감아 준다는 조건이네."

"흠. 아주 공평한 거래로군요. 그 방식으로 사건이 해결된다면 말이죠. 정말 입이 무거우시군요. 제가 졌습니다."

재프의 말에 푸아로는 씩 웃어 보였다.

"그럼, 저는 이만 경시청으로 가 보겠습니다."

재프는 성큼성큼 거리를 가로질러 갔다.

푸아로는 지나가는 택시를 세웠다.

"어디로 가는 거죠?"

"데이비드슨 부부를 만나러 첼시 가로 가는 걸세."

푸아로는 운전기사에게 목적지를 알려 주었다.

"새 크론쇼 경을 어떻게 생각하세요?"

"헤이스팅스, 자네는 어떻게 생각하나?"

"첫눈에 믿을 수 없는 사람이라는 느낌이 들더군요."

"이야기책에 나오는 '사악한 백부' 같다는 말인가?"

"그렇게 생각되지 않으세요?"

"나 말인가? 난 크론쇼 경이 우리에게 꽤 친절하게 대해 주었다고 생각하네만……."

푸아로는 모호하게 말끝을 흐렸다.

"그거야 그럴 만한 이유가 있어서겠죠."

푸아로는 나를 보면서 고개를 저었다. 그러고는 혼자 중얼거렸다. "체계적이지 못해."라고 말하는 것 같았다.

데이비드슨 부부는 맨션 아파트 4층에 살고 있었다. 데이비드슨 씨는 외출 중이었고 부인은 집에 있었다. 우리는 길고 천장이 낮은 방으로 안내되었다. 동양풍의 벽걸이가 걸려 있는 방 안은 답답하고 음울했고 강한 향(香) 냄새가 진동했다. 데이비드슨 부인은 자그마한 체구의 상당한 미인이었다. 연한 파란색의 눈이 빈틈없고 계산적인 느낌으로 번들거리지만 않았다면 그녀의 가녀린 외모가 애잔하고 매력적으로 보였을 것 같았다.

우리가 온 이유를 푸아로가 설명하자 그녀는 슬픈 표정으로 고개를 저었다.

"불쌍한 크론치. 불쌍한 코코. 남편과 저는 코코를 무척 좋아했어요. 코코가 죽다니. 정말 믿어지지가 않아요. 우리에게는 너무 큰 충격이에요. 그런데 제게 물어보시고 싶은 게 뭔가요? 그 끔찍한 날 밤 일을 다시 말씀드려야 하나요?"

"아닙니다. 부인의 마음을 괴롭게 할 생각은 추호도 없습니다. 필요한 얘기는 재프 경감에게서 이미 들었습니다. 단지 그날 밤 부인께서 입고 계셨던 의상을 한번 봤으면 합니다."

부인은 약간 놀라는 표정이었지만 푸아로는 차분하게 말을 이었다.

"저는 항상 제 나라 방식으로 사건을 해결합니다. 그 점을 이해해 주셨으면 합니다, 부인. 저는 항상 범죄를 재구성하는 방식으로 사건을 풀어 가죠. 이번 사건도 연극으로 재구성하려면 의상이 꼭 필요합니다."

데이비드슨 부인은 아직도 미심쩍은 표정을 짓고 있었다.

"범죄를 재구성한다는 말은 저도 들었어요. 하지만 그렇게 상세한 부분까지 신경을 쓰시는 줄은 몰랐네요. 당장 그 드레스를 가져오죠."

부인은 곧 하얀 공단과 녹색의 앙증맞은 드레스를 가지고 돌아왔다. 푸아로는 그녀에게서 드레스를 받아들고 살펴보더니 다시 돌려주었다.

"감사합니다, 부인. 그런데 안타깝게도 술 장식 하나가 없어진 것 같군요. 여기, 어깨에 달려 있던 것 말입니다."

"네. 무도회에서 떨어졌어요. 제가 주워서 크론쇼 경에게 나 대신 갖고 있으라고 드렸어요."

"그때가 저녁 식사를 하고 난 후였나요?"

"네."

"사건이 일어나기 훨씬 전은 아니겠군요. 아마도?"

데이비드슨 부인의 푸른 눈에 희미하게 경계하는 빛이 떠올랐다. 그녀는 재빨리 대답했다.

"아니에요. 훨씬 전이었어요. 분명히 저녁 식사 직후였어요."

"네, 그렇군요. 이제 됐습니다. 성가시게 해 드렸군요. 그럼 저희들은 이만 물러가겠습니다, 부인."

건물을 나올 때 내가 말했다.

"이제 녹색 술 장식의 수수께끼가 설명이 된 셈이군요."

"아직 모르겠어."

"그게 무슨 말씀이죠?"

"내가 드레스 살펴보는 것 봤나, 헤이스팅스?"

"봤습니다."

"그게 말이야. 없어진 술 장식이 부인이 말한 것처럼 뜯어져 나간 게 아니었어. 일부러 잘라 낸 거야. 가위로. 실밥이 고르게 풀려 있었단 말이지."

"맙소사! 일이 점점 더 복잡해지는군요."

"아니. 오히려 그 반대야."

푸아로가 태연하게 말했다.

"점점 더 단순해지고 있어."

"푸아로!"

나는 소리를 질렀다.

"정말 두 손 두 발 다 들었습니다! 무슨 사건이든 단순하게 해결해 버리는 걸 보면 정말 약이 올라 죽을 것 같아요!"

"하지만 내가 사건을 설명할 때는 항상 그렇게 단순하지는 않지."

"그게 더 화가 나요! 마지막에 설명을 들으면 나도 할 수 있었을 것 같은 생각이 든단 말입니다."

"자네도 할 수 있을 걸세. 헤이스팅스. 분명히 할 수 있어. 생각을 정리하는 습관을 들이는 수고를 마다하지만 않으면 말일세. 체계가 없으면……."

"알았어요. 알았어."

나는 황급히 말했다. 푸아로의 웅변이 시작되면 끝없이 이어질 게 뻔했다. 자기가 좋아하는 주제라면 장황하게 늘어놓는 게 그의 습관이었다.

"이제 뭘 해야 하죠? 정말 범죄를 재구성할 생각인가요?"

"그럴 것까진 없을 것 같네. 연극은 이미 끝났어. 한 가지만 덧붙이면 되네…… 할리퀸!"

푸아로는 다음 화요일을 그 수수께끼 같은 연극을 공연하는 날로 정했다. 준비하는 과정은 흥미진진했다. 방 한쪽에 두꺼운 커튼이 쳐지고 한쪽에는 하얀 칸막이가 세워졌다. 그다음에는 한 남자가 조명 기구를 가지고 왔고 마지막으로 도착한 연극배우들은 임시 분장실로 꾸며진 푸아로의 침실로 들어갔다.

8시가 되기 조금 전에 재프가 도착했다. 그의 얼굴에는 푸아로의 계획을 탐탁지 않아 하는 표정이 역력했다.

"푸아로 씨답게 연극적인 발상이로군요. 하지만 나쁠 건 없을 것 같네요. 푸아로 씨 말대로라면 우리의 수고를 많이 덜게 될지도 모르고. 처음부터 사건을 아주 쉽게 풀어 가는 것 같더군요. 물론 나도 냄새는 맡고 있었지만……."

나는 재프가 진실을 왜곡하고 있다는 걸 직감적으로 느꼈다.

"하지만 푸아로 씨의 방식을 인정하기로 했으니 약속은 지켜야죠. 아! 다들 오네요."

가장 먼저 크론쇼 경이 맬러리 부인과 함께 등장했다. 맬러리 부인은 검은 머리의 아름다운 여자였지만 어딘지 신경질적으로 보였다. 그다음으로 데이비드슨 부부가 나타났다. 크리스 데이비드슨은 키가 크고 피부가 검은 편이었다. 꽤 미남이었고 배우답게 여유 있고 기품 있는 태도가 인상적이었다.

푸아로는 칸막이를 마주 보는 자리에 좌석을 배열했다. 눈부신 조명이 칸막이를 비추었다. 푸아로는 스위치를 내려서 방 안을 어둡게 했다. 어둠 속에서 푸아로의 목소리가 울렸다.

"신사 숙녀 여러분, 제가 설명을 해 드리겠습니다. 지금부터 여섯 명의 배우가 스크린을 지나갈 겁니다. 모두 여러분에게 낯익은 인물들입니다. 피에로와 피에레테, 익살꾼 푼치넬로, 우아한 풀치넬라. 경쾌한 춤을 추는 아름다운 콜롬비나, 인간에게는 보이지 않는

요정 할리퀸!"

소개말과 함께 연극이 시작되었다.

푸아로가 소개한 인물들이 차례로 스크린 앞에 튀어 올라와서 잠시 포즈를 취하고 사라졌다. 불이 켜지자 관객들은 가벼운 한숨 소리를 냈다. 모두들 어리둥절하고 긴장한 표정이었다.

나는 맥이 빠지는 느낌이었다. 만일 범인이 우리 가운데 있고 그 범인이 이 연극을 보고 내뺄 거라고 예상했다면 그 계획은 완전히 실패했다고 볼 수밖에 없었다. 그러나 푸아로는 전혀 동요하는 기색이 보이지 않았다. 그는 오히려 환하게 웃으면서 앞으로 나섰다.

"자, 신사 숙녀 여러분, 이제 한 분씩 차례로 방금 보신 게 무엇이었는지 말씀해 주시기 바랍니다. 크론쇼 경부터 시작해 주시겠습니까?"

경은 당황한 표정이었다.

"무슨 말씀인지 잘 모르겠소만."

"지금 방금 보신 것을 그대로 말씀해 주시면 됩니다."

"그러니까…… 그게, 여섯 명의 배우가 스크린 앞을 지나갔고 이탈리아 고전 희극 분장을 하고 있었던 것 같은데. 아니면, 그…… 그날 밤 우리가 했던 것과 똑같은 분장을 하고 있었다고 할 수도 있고."

"그날 밤은 생각하실 필요 없습니다, 크론쇼 경."

푸아로가 그의 말을 막았다.

"첫 번째가 제가 듣고 싶었던 말씀입니다. 부인, 부인께서도 크론쇼 경과 같은 생각이신가요?"

푸아로는 그렇게 말하면서 맬러리 부인을 쳐다보았다.

"아, 네. 나도 물론 같은 생각이에요."

"이탈리아 희극 분장을 한 여섯 명의 배우를 보셨다는 말씀에 동의하시나요? 데이비드슨 씨?"

"그렇습니다."

"부인도 그렇습니까?"

"네."

"헤이스팅스? 재프? 모두 같은 생각인가요?"

그는 우리를 둘러보았다. 그의 얼굴은 약간 창백했고 눈동자는 고양이의 눈동자 같은 녹색이었다.

"그런데 말입니다. 여러분은 모두 틀렸습니다! 여러분의 눈은 여러분을 속였습니다. 빅토리 무도회가 열리던 날 밤, 여러분의 눈은 여러분에게 거짓말을 했습니다. 여러분의 눈이 보는 것과 진실을 보는 것이 반드시 일치하지는 않습니다. 제 말은 생각의 눈으로 봐야 한다는 것입니다. 작은 회색 뇌세포를 사용해서 보면 오늘 밤, 그리고 빅토리 무도회가 열린 날 밤에 여러분이 본 사람이 여섯 명이 아니고 다섯 명이라는 걸 알 수 있을 겁니다! 자, 보십시오!"

다시 불이 켜졌다. 배우 한 사람이 스크린 앞으로 튀어 올라왔다. 피에로였다.

"이 사람은 누구일까요? 피에로일까요?"

푸아로가 물었다.

"그렇습니다."

모두가 대답했다.

"다시 한 번 보십시오."

배우는 재빠른 동작으로 헐렁한 피에로 의상을 벗었다. 무대 조명을 받고 서 있는 것은 눈부신 할리퀸이었다! 그와 동시에 비명이 들리고 의자가 나동그라졌다.

"빌어먹을!"

데이비드슨이 거칠게 소리쳤다.

"빌어먹을! 대체 어떻게 알아낸 거지?"

수갑이 채워지는 소리가 들리고 재프의 차분한 목소리가 들렸다.

"당신을 크론쇼 자작을 살해한 혐의로 체포하겠소. 크리스 데이비드슨. 지금부터 당신이 하는 말은 당신에게 불리한 증거로 사용될 수 있소."

15분 뒤에 간단한 저녁 식사가 나왔다. 푸아로는 만면에 웃음을 띤 채 우리의 열띤 질문에 친절하게 답변하고 있었다.

"아주 간단한 일이었습니다. 녹색 술 장식을 발견했을 때 그것이 범인의 의상에서 뜯겨 나간 거라는 걸 알았죠. 그래서 피에레테는 용의선상에서 제외했습니다. 테이블 나이프로 폐부를 찌르려면 상당한 힘이 필요하니까요. 그래서 범인을 피에로라고 판단한 겁니다. 그러나 피에로는 살인이 일어나기 거의 두 시간 전에 무도회장을 떠났습니다. 그러니까 피에로는 나중에 다시 돌아와서 크론쇼 경을 살해했거나 아니면 떠나기 전에 경을 살해했거나 둘 중 하나여야 합니다. 그게 불가능한 일이었을까요?

그날 밤 저녁 식사 후에 크론쇼 경을 본 사람이 누구였죠? 데이비드슨 부인 한 사람뿐입니다. 나는 부인의 진술이 없어진 술 장식을 설명하기 위해 교묘하게 꾸며 낸 거짓말일 거라고 생각했습니다. 물론 그 술 장식은 부인이 남편의 의상에서 뜯겨 나간 술 장식을 대신하기 위해 자기 의상에서 잘라 낸 것이었죠. 그렇다면 1시 30분에 무도회장 안에서 사람들의 눈에 뜨였던 할리퀸은 누군가 변장한 것이었다는 말이 됩니다. 나는 처음에 벨테인 씨가 공범일 가능성을 염두에 두었습니다. 그러나 벨테인 씨의 정교한 의상으로 푼치넬로와 할리퀸의 1인 2역을 연출하는 것은 불가능한 일이었죠. 그러나 비슷한 키에 젊은 직업 배우인 데이비드슨이라면 아주 간단한 일이었습니다.

하지만 한 가지 걸리는 게 있었습니다. 그것은 의사가 두 시간 전에 사망한 사람과 10분 전에 사망한 사람을 구별하지 못할 리가 없다는 것이었습니다. 의사는 분명히 그 차이를 알고 있었을 겁니다. 그러나 의사가 사체를 검시하기 위해 불려 갔을 때 그는 피해자가 죽은 지 얼마나 되었느냐는 질문은 받지 않았죠. 그는 10분 전에도 피해자가 살아 있는 걸 본 사람들이 있다는 말을 들었기 때문에 사체 부검에서 비정상적인 경직을 발견했다고만 진술했던 겁니다.

그다음부터는 저의 가설이 모두 맞아떨어졌죠. 데이비드슨은 저녁 식사 직후에 크론쇼 경을 살해한 겁니다. 여러분도 기억하시겠지만 식당으로 크론쇼 경을 데리고 돌아왔을 때 그를 살해했습니다. 그러고 나서 코트네이 양을 바래다 준다는 구실로 무도회장을 나와 그녀의 아파트 앞까지 함께 가서 문 앞에서 헤어진 후에 황급히 컬로서스 홀로 돌아온 겁니다. 그가 증언한 것처럼 아파트 안에 들어가서 그녀를 위로했던 게 아니죠. 이번에는 피에로가 아닌 할리퀸으로 분장하고 말입니다. 겉에 입었던 의상만 벗어 버리면 변장하는 건 아주 간단한 일이었을 테니까요."

사망한 피해자의 백부는 혼란스러운 표정으로 앞으로 나섰다.

"그렇다면 데이비드슨은 처음부터 희생자를 살해할 준비를 하고 무도회장에 왔다는 얘긴데, 도대체 살해 동기가 뭡니까? 왜 죽였는지 그 이유를 이해할 수가 없군요."

"아! 그건 제2의 비극과 연결됩니다. 코트네이 양의 죽음 말입니다. 모두들 지나쳐 버린 단순한 사실이 하나 있습니다. 코트네이 양은 코카인 중독으로 사망했습니다. 그런데 그녀의 코카인은 크론쇼 경의 시체에서 발견된 에나멜 상자 안에 들어 있었습니다. 그렇다면 코트네이 양은 자신을 죽음에 이르게 한 그 약을 어디서 구했을까요? 그 약을 그녀에게 줄 수 있었던 단 한 사람. 그는 데이비드슨이었죠.

이것으로 모든 게 설명이 됩니다. 코트네이 양의 데이비드슨과의 친분과 그에게 집에까지 데려다 달라고 부탁했던 게 모두 설명이 되죠. 마약 복용에 대해서 강경한 반대론자였던 크론쇼 경은 코트네이 양이 마약 중독이라는 걸 알게 되었고 데이비드슨이 마약을 공급하는 것으로 의심했습니다. 당연히 데이비드슨은 그 사실을 부인했겠죠. 그러나 크론쇼 경은 무도회장에서 코트네이 양의 입에서 직접 진실을 알아내기로 마음먹었습니다. 크론쇼 경은 불쌍한 코트네이 양은 용서할 수 있었지만 마약을 팔아서 살아가는 인간에게는 자비를 베풀 수 없었던 겁니다. 데이비드슨은 불법 마약 거래가 들통 나자 자신의 파멸이 눈앞에 닥쳤다는 위기감을 느꼈습니다. 그는 어떤 일이 있어도 크론쇼 경의 입을 막을 결심을 하고 무도회장에 갔던 겁니다."

"그럼 코코의 죽음은 과실치사였나요?"

"저의 추측으로는 데이비드슨이 교묘하게 짜맞춘 사고였던 것 같습니다. 코트네이 양은 크론쇼 경에게 무척 화가 나 있었습니다. 그가 자신을 책망한 데다 코카인을 빼앗아 갔기 때문이었죠. 데이비드슨은 '고집쟁이 노인네'에 대한 반발로 코트네이 양에게 더 많은 코카인을 주고 약을 더 많이 복용하도록 부추겼을 겁니다."

"한 가지 더 묻고 싶은데요. 벽감과 커튼 말입니다. 그게 있다는 걸 어떻게 아셨죠?"

내가 호기심을 이기지 못하고 물었다.

"그건 아주 간단한 일이었네. 하인들이 그 작은 방을 수시로 드나드는데 시체가 발견되었을 때처럼 그 방에 그냥 방치되었을 리가 없지 않나? 방 안에 분명히 시체를 숨겨 둘 만한 장소가 있었을 거라는 추론이 가능하지. 그래서 커튼과 그 뒤의 벽감이 있을 거라고 추리한 거라네. 데이비드슨은 시체를 끌어다가 그곳에 숨겨 두었다가 나중에 특별석 안에서 사람들의 주의를 끌고는 마지막으로 무도회장을 떠나기 직전에 다시 그 시체를 끌어낸 거야. 아주 치밀하게 짜인 계획이었지. 정말 머리 회전이 빠른 사내야!"

그러나 나는 푸아로의 녹색 눈에서 소리 없는 그의 목소리를 분명히 읽을 수 있었다.

"그렇지만 물론 이 에르퀼 푸아로의 머리를 따라오지는 못했지!"

클래펌 요리사의 모험

그 당시 나는 내 친구 에르퀼 푸아로와 함께 살고 있었다.

매일 아침 그에게 조간지《데일리 블레어》의 머리기사를 읽어 주는 게 나의 하루 일과 중 하나였다.

《데일리 블레어》는 선정적인 기사를 최대한 활용하는 신문이었다. 살인이나 강도 사건 같은 기사가 절대로 뒷면에 조용히 감춰져 있는 법이 없었다. 그날도 예외 없이 1면에 큰 글자로 눈에 확 들어오게 실려 있었다.

5만 파운드의 유가증권을 지닌 은행원 행방불명되다.

불행한 가정생활을 비관한 남편, 가스 오븐에 머리를 넣고 자살하다.

21세의 미모의 타이피스트 실종. 에드나 필드는 어디에?

"푸아로, 골라잡아 보세요. 실종된 은행원, 의문의 자살, 행방불명된 타이피스트. 이 중에서 어느 걸로 하시겠어요?"

내 친구는 흥미를 보이지 않았다. 조용히 고개만 저을 뿐이었다.

"별로 끌리는 게 없군그래. 오늘은 그냥 편하게 보내고 싶네. 특별히 흥미 있는 사건이 아니면 움직이지 않을 생각이야. 아주 중요한 일을 처리해야 하니 말일세."

"무슨 일인데요?"

"내 옷 말이야, 헤이스팅스. 내가 착각한 게 아니라면, 내 새 회색 양복에 기름얼룩이 묻어 있다네. 딱 한 군데긴 하지만 신경이 쓰여서 안 되겠어. 겨울 코트에도 키팅스 파우더를 뿌려 놔야겠고. 콧수염도 정리하고 포마드를 발라 손질을 해야겠어."

"그런데 말이죠……."

나는 창가로 걸어가면서 말했다.

"그 거창한 계획이 제대로 실행될지 모르겠네요. 벨이 울렸어요. 손님이 왔나 봅니다."

"국가의 운명이 달린 문제가 아니라면 난 손대지 않겠네."

푸아로가 거드름을 피우며 말했다.

잠시 후에 뚱뚱한 여자가 시뻘건 얼굴로 우리가 있는 방으로 뛰어 들어왔다. 층계를 급하게 올라오느라고 숨이 턱에 차서 헉헉거리고 있었다.

"선생님이 푸아로 씨인가요?"

여자가 의자에 털썩 주저앉으며 말했다.

"제가 에르퀼 푸아로입니다, 부인."

"제가 생각했던 것하고는 전혀 딴판이시네요."

여자는 실망스럽다는 표정으로 푸아로를 쳐다보며 말했다.

"신문 기사에는 아주 머리가 비상한 탐정이라고 실렸던데. 돈을 써서 그런 기사가 나가게 한 건가요? 아니면 신문이 제멋대로 그런 기사를 쓴 건가요?"

"부인!"

푸아로가 가슴을 펴고 자세를 바로 잡으며 말했다.

"어머나, 죄송해요. 요새 신문이 어떤지 아시잖아요. '신부가 미혼인 친구에게 보내는 글'이라는 제목을 보고 재미있을 것 같아서 읽어 봤더니 무슨 약이 좋다, 샴푸는 어떤 걸 써라. 온통 그런 광고뿐이더군요. 제 말을 너무 기분 나쁘게 듣지 마세요. 제가 찾아온 용건을 말씀드리죠. 저희 집 요리사를 찾아 주셨으면 해서 찾아왔어요."

푸아로는 멍한 표정으로 그녀를 쳐다보고 있었다. 언변이라면 누구에게도 지지 않는 푸아로가 갑자기 말문이 막힌 모양이었다. 나는 웃음이 터질 것 같아서 얼굴을 돌렸다.

부인이 말을 이었다.

"그 실업 수당인가 뭔가 하는 게 문제예요. 그것 때문에 하인들이 타이피스트니 뭐니 그런 게 되고 싶어 한다니까요. 제 말은 실업수당 제도를 없애야 한다는 거예요. 전 우리 하인들이 도대체 뭐가 불만인지 모르겠어요. 일주일에 한 번씩 점심 때부터 밤까지 쉬게 해 주고, 일요일은 교대로 쉬게 하고, 세탁도 밖에서 따로 해 오고, 먹는 것도 우리 식구와 똑같이 먹게 해 주는데 말이에요. 우리 집은 최고급 버터만 쓰고 마가린 같은 건 절대 쓰지 않거든요."

부인은 숨을 고르기 위해서 잠시 말을 중단했다. 푸아로는 그 순간을 놓치지 않고 자리에서 일어나 약간 거만한 말투로 말했다.

"뭔가 잘못 알고 계신 것 같군요, 부인. 집 안에서 일하는 하인들의 문제를 조사하는 건 제 일이 아닙니다. 저는 사립 탐정입니다."

"저도 알아요. 그래서 제 요리사를 찾아 달라고 말씀드린 거예요. 수요일에 말 한 마디 없이 집을 나가서는 아직까지 돌아오지 않는다니까요."

"그거 안됐군요. 하지만 저는 그런 일은 맡지 않습니다. 그럼 안녕히 가십시오."

방문객은 화가 났는지 코웃음을 쳤다.

"아, 그러세요? 대단하신 탐정이신가 보네요. 정부의 기밀 문제라든가 백작 부인의 보석이 없어졌다든가, 뭐 그런 사건만 취급하신다는 뜻인가요? 저 같은 지위에 있는 여자들에게는 하인들이 왕관 못지않게 중요하다는 걸 모르시는군요. 다이아몬드나 진주를 달고 자동차를 타고 다니는 귀부인은 아무나 되는 게 아니잖아요. 하지만 훌륭한 요리사를 잃는 건 귀부인이 진주를 잃어버리는 것만큼 큰일이라고요."

그 순간 푸아로는 갑자기 자존심을 버리고 유머 감각을 되찾은 것 같았다. 그는 큰 소리로 웃으면서 다시 자리에 앉았다.

"부인 말씀에도 일리가 있습니다. 제가 잘못한 것 같군요. 부인의 말씀이 맞습니다. 당연하고 이치에 맞는 말씀이에요. 이 사건은 아주 특별한 사건이 되겠군요. 지금까지 행방불명된 하인을 찾는 일을 맡아 본 적은 없으니까 말입니다. 사실 부인이 오시기 직전에 국가의 운명이 달린 일이 아니면 절대로 맡지 않겠다고 말했습니다만. 알겠습니다! 부인의 소중한 요리사가 수요일에 외출한 후로 아직까지 돌아오지 않았다는 말씀이죠? 그러니까 그저께로군요."

"맞아요. 그날이 제 하녀가 쉬는 날이었어요."

"혹시 요리사에게 무슨 사고가 난 게 아닐까요? 병원에 알아보셨습니까?"

"저도 어제는 그렇게 생각했어요. 그런데 글쎄 오늘 아침에 짐을 가지러 사람을 보냈더라고요. 제게는 작별 인사 한마디 없이 말이에요. 제가 집에 있었다면 그냥 보내지 않았을 거예요. 저를 그렇게 취급하다니! 그때 제가 푸줏간에 갔었거든요."

"요리사가 어떻게 생겼는지 설명해 주시겠습니까?"

"중년 아줌마고, 체격은 통통한 편이고, 머리는 검은색인데 지금은 희끗희끗해요. 아주 괜찮은 여자죠. 우리 집에 오기 전에 있던 집에서는 10년이나 있었다더군요. 이름은 엘리자 던이에요."

"혹시 수요일에 부인께서 요리사를 나무라거나 하시지는 않았나요?"

"전혀 그런 일은 없었어요. 그래서 더 이상하다는 거예요."

"댁에 하인이 몇 사람이나 있습니까?"

"둘이에요. 식사 시중을 드는 애니라고 아주 싹싹한 아이죠. 약간 건망증이 있고 젊은 남자들한테 정신이 팔려 있기는 하지만 일을 시키면 썩 잘 해낸답니다."

"그 하녀와 요리사는 사이가 좋았나요?"

"가끔 사이가 나쁠 때도 있었지만 대체로 꽤 잘 지내는 편이었어요."

"애니는 이 일에 대해서 뭔가 짐작 가는 게 없다고 하던가요?"

"네, 전혀 모르겠다고 했어요. 하지만 하인들은 자기네들끼리 한통속이잖아요."

"그렇군요. 그 점을 조사해 봐야겠군요. 사시는 곳이 어디라고 하셨죠, 부인?"

"클래펌이에요. 프린스 앨버트 가 88번지."

"알겠습니다, 부인. 지금은 일단 돌아가십시오. 오늘 중으로 댁에 찾아뵙겠습니다."

토드 부인. 우리의 새로운 손님의 이름이었다.

토드 부인이 사무실을 떠나고 나자 푸아로는 약간 후회하는 듯한 표정으로 나를 쳐다보았다.

"헤이스팅스. 이 일은 우리가 맡았던 사건 중에서 정말 특이한 사건이지 않나? 클래펌의 요리사 실종 사건! 이 얘긴 재프 경감 귀에는 절대로 들어가면 안 되네."

이렇게 말하고 나서 푸아로는 다리미를 꽂은 다음 회색 양복 위에 압지를 올려놓고 조심스럽게 기름 얼룩을 뺐다. 유감스럽게도 그의 수염을 손질하려던 계획은 다음 날로 연기되었다.

우리는 클래펌으로 출발했다.

프린스 앨버트 가에는 같은 모양의 작은 집들이 늘어서 있었다. 어느 집이나 창문에 깨끗한 레이스 커튼이 걸려 있고 반짝반짝 빛나는 놋쇠 손잡이가 달려 있었다.

88번지의 벨을 누르자 문이 열리고 예쁘장한 얼굴의 깔끔한 하녀가 나타났다. 토드 부인이 우리를 맞이하기 위해 현관으로 나왔다.

"가지 말고 기다려, 애니. 이 신사분은 탐정이신데 네게 몇 가지 물어보실 게다."

애니의 얼굴에는 놀라움과 호기심이 뒤섞인 표정이 떠올랐다.

"감사합니다, 부인. 이 아가씨에게 몇 가지 질문을 하려고 하는데 괜찮으시다면 자리를 좀 피해 주시겠습니까?"

우리는 작은 응접실로 안내되었고 토드 부인은 마땅치 않은 표정으로 방을 나갔다. 푸아로는 하녀에게 반대 심문을 시작했다.

"애니 양. 아가씨가 내게 해 줄 얘기는 아주 중요해요. 이 사건의 단서를 제공해 줄 수 있는 사람은 애니 양뿐입니다. 애니 양의 도움이 없으면 우리는 사건을 해결할 수 없어요."

애니의 얼굴에서 놀란 표정이 사라지고 즐거운 기대감이 드러났다.

"알겠어요. 제가 알고 있는 건 모두 말씀드릴게요."

"좋아요."

푸아로는 애니를 칭찬하는 듯이 웃음을 지었다.

"먼저 아가씨의 생각을 물어보고 싶습니다. 애니 양은 아주 머리가 좋은 아가씨로 보이는군요. 엘리자의 실종에 대해서 어떻게 생각하죠?"

칭찬을 받자 기분이 좋아진 애니는 흥분해서 이야기를 쏟아 내기 시작했다.

"백인 노예 상인이 틀림없어요. 저는 처음부터 그렇게 말했어요. 엘리자 아줌마는 항상 노예 상인을 조심하라고 말했거든요. '향수는 냄새도 맡지 말고 과자는 절대 먹지 마라. 아무리 점잖은 신사라도!' 제게 입버릇처럼 그렇게 말했어요. 그 사람들이 아줌마를 데려간 거예요. 틀림없다니까요. 아마 터키나 동양 어느 나라로 가는 배에 태워 갔을 거예요. 그곳 사람들은 뚱뚱한 여자를 좋아한다고 하더라고요."

푸아로는 여전히 위엄 있고 진지한 표정을 짓고 있었다.

"그렇다면 트렁크를 가지러 사람을 보낸다는 게 좀 이상하지 않을까요?"

"글쎄요, 그건 잘 모르겠어요. 아줌마가 외국에서 자기 물건이 필요했겠죠."

"누가 트렁크를 가지러 왔죠? 남자였나요?"

"카터 패터슨이었어요."

"아가씨가 짐을 챙겨 주었나요?"

"아니요. 짐은 이미 다 싸서 묶어 놓았던걸요."

"아! 그랬군. 그거 재미있군. 그렇다면 요리사가 수요일에 집을 떠날 때 이미 돌아오지 않을 작정을 했던 거로군요. 그렇지 않습니까?"

"맞아요. 듣고 보니 그러네요."

애니는 깜짝 놀란 표정을 짓고 있었다.

"거기까지는 생각을 못 했어요. 그렇다고 해도 백인 노예 상인이 한 짓이 틀림없어요."

애니는 아쉽다는 듯이 덧붙였다.

"그럴지도 모르죠."

푸아로가 진지하게 말했다. 그리고 말을 이었다.

"두 사람은 한 방을 쓰고 있나요?"

"아니에요, 각자 다른 방을 써요."

"엘리자가 현재 하고 있는 일에 대해서 불평한 적은 없었습니까? 두 사람 모두 이곳 생활에 불만은 없었나요?"

"아줌마는 한 번도 이 집을 떠난다는 말을 한 적이 없었어요. 이 집은 꽤……."

애니는 잠시 망설였다.

"편하게 얘기해요. 주인마님에게는 아무 말도 하지 않을 테니까."

푸아로가 친절하게 말했다.

"마님이 좀 까다로우시긴 하지만 식사도 고급이고 넉넉해서 좋아요. 저녁에는 뜨거운 수프도 먹을 수 있고 외출도 자주 할 수 있어요. 튀긴 고기도 실컷 먹을 수 있고. 혹시 아줌마가 다른 데로 갈 생각이 있었다고 해도 이런 식으로 그만두지는 않았을 거예요. 적어도 이달까지는 있었겠죠. 이렇게 일을 그만두면 마님이 이달 치 월

급을 주지 않을 테니까요."

"일이 힘들지는 않았고요?"

"마님은 워낙 깐깐하셔서 늘 구석구석 먼지를 찾아내시죠. 그리고 하숙생이 한 사람 있어요. 이 집에서는 하숙 손님이라고 부르죠. 그분은 주인어른과 같이 아침과 저녁 식사만 하셔요. 두 분 다 하루 종일 시내에 가 계시거든요."

"주인어른은 좋은 분인가요?"

"좋은 분이세요. 아주 조용하시죠. 좀 인색한 편이긴 하지만요."

"엘리자가 집을 나가기 전에 마지막으로 무슨 말을 했는지 혹시 기억합니까?"

"네. 기억나요. '식당에서 삶은 복숭아가 남으면 그걸 저녁으로 먹자. 베이컨과 감자튀김이랑 같이.'라고 했어요. 아줌마는 삶은 복숭아를 무척 좋아했거든요. 그 사람들이 삶은 복숭아로 아줌마를 꾀어 냈다고 해도 이상하지 않을 정도로요."

"수요일이 엘리자가 정기적으로 쉬는 날이었습니까?"

"네. 아줌마가 쉬는 날은 수요일이고 저는 목요일이에요."

푸아로는 몇 가지 더 물어본 다음 이제 됐다고 말했다. 애니가 방에서 나가자 곧바로 토드 부인이 들어왔다. 그녀는 무슨 대화를 나누었는지 무척 궁금한 표정이었다.

부인은 우리가 애니와 대화를 나누는 동안 밖에 나가 있게 한 게 꽤 불쾌했던 모양이었다. 그러나 푸아로는 눈치 빠르게 부인의 기분을 풀어 주었다.

"부인처럼 뛰어난 지성을 겸비한 분은 우리 같은 탐정들이 쓰는 우회적인 방법이 답답하게 여겨지실 겁니다. 머리 회전이 빠른 분이 우둔한 방법을 참아내려면 인내심이 필요하죠."

토드 부인의 불편한 심기를 달래 준 푸아로는 화제를 그녀의 남편에게로 돌려서 그가 시내에 있는 회사에 다닌다는 것과 매일 저녁 6시 이후에 돌아온다는 사실을 알아냈다.

"주인께서도 이 일 때문에 신경을 쓰시겠군요."

"아니에요. 남편은 전혀 걱정하지 않아요. 남편은 다른 하인을 쓰면 되지 뭘 그러냐는 거예요. 남편이 너무 무심해서 화가 날 때가 한두 번이 아니에요. 배은망덕한 요리사는 내보내는 게 낫다는 거죠."

"이 집에 계시는 다른 분은 어떻습니까, 부인?"

"우리 집에서 하숙하는 심프슨 씨 말씀인가요? 그 사람은 아침저녁 식사 외에는 전혀 신경 쓸 일이 없어요."

"무슨 일을 하시는 분인가요?"

"은행원이에요."

그녀는 은행 이름을 얘기했다. 나는《데일리 블레어》에서 읽은 기사를 떠올렸다.

"젊은 분인가요?"

"스물여덟이라고 하더군요. 아주 조용한 젊은이예요."

"가능하다면 그 청년하고 주인어른과 좀 얘기를 나눴으면 합니다. 오늘 밤에 다시 찾아오겠습니다. 이제 좀 쉬시는 게 좋을 것 같군요, 부인. 피곤해 보이십니다."

"저도 좀 쉬어야겠다고 생각하던 참이에요. 첫 번째로는 엘리자 때문에 신경을 써서 그렇고요, 그 다음으로는 어제 온종일 물건을 사러 다닌 것 때문에요. 세일할 때 물건을 사려면 얼마나 힘든지 아시죠, 푸아로 씨. 게다가 집안일이 산더미 같이 쌓여 있어서. 애니 혼자서는 그 일을 다 할 수가 없거든요. 애니도 집안일을 내팽개치고 그만두겠다고 갑자기 통보할지도 모르죠. 어쨌든 이래저래 저는 완전히 녹초가 되었답니다."

푸아로는 부인을 동정하는 말을 건네고 그 집을 떠났다.

"묘한 우연의 일치로군요. 은행 돈을 횡령한 데이비스가 심프슨 씨와 같은 은행에 근무하고 있다는 거 말이에요. 둘 사이에 무슨 관계가 있는 걸까요?"

푸아로는 싱긋 웃으며 말했다.

"은행 돈을 횡령한 은행원과 행방불명된 요리사. 둘 사이에 어떤 연관성이 있다고 보기는 힘들 것 같네. 데이비스가 심프슨을 방문했고 요리사에게 반해서 도피 행각을 벌이자고 꼬이지 않았다면 말일세."

나는 웃음을 터뜨렸지만 푸아로는 여전히 심각한 표정이었다.

"그보다 더 나쁜 짓을 했을지도 모르지."

푸아로는 웃는 나를 책망하듯이 말했다.

"헤이스팅스, 만일 자네가 유배를 가야 한다면 예쁜 여자보다는 솜씨 좋은 요리사가 더 유용하지 않겠나?"

푸아로는 잠시 말을 멈추었다가 다시 이었다.

"정말 특이한 사건이로군. 모순투성이지만 아주 흥미로워. 아주 흥미진진한 사건이야."

그날 저녁 우리는 프린스 앨버트 가 88번지를 다시 방문해서 토드 씨와 심프슨 씨를 면담했다. 토드 씨는 뺨이 움푹 파이고 길고 뾰족한 턱에 우울해 보이는 인상의 40대 남자였다.

"아, 그렇군요."

토드 씨는 모호하게 말했다.

"엘리자 일로 오셨군요. 엘리자는 훌륭한 요리사죠. 절약할 줄도 알고. 저는 경제적인 걸 중요하게 생각하는 편이거든요."

"엘리자가 갑자기 말도 없이 나간 것에 대해 뭔가 짐작 가시는 일이라도 있습니까?"

그는 여전히 모호하게 답했다.

"글쎄요. 하인들이 다 그렇지 않습니까? 제 아내는 지나치게 걱정하고 있는 것 같더군요. 제 생각에는 아주 간단한 문제인데 말입니다. 저는 아내에게 다른 하인을 구하면 되지 않느냐, 이미 벌어진 일인데 걱정한다고 달라질 게 있느냐고 말했습니다."

심프슨 역시 별로 도움이 되지 않았다. 그는 안경을 쓰고 있었고 조용하고 차분한 청년이었다.

"본 적이 있습니다. 나이 든 여자분 아닌가요? 물론 제가 항상 보는 하녀는 애니입니다만. 좋은 아가씨죠. 아주 친절하고."

"두 사람이 서로 사이가 좋았나요?"

심프슨은 잘 모르지만 아마 그랬을 거라고 대답했다.

"별로 도움 될 만한 건 건지지 못한 것 같군."

푸아로가 집을 나서면서 말했다. 토드 부인이 푸아로를 붙잡고 또다시 지루한 하소연을 늘어놓는 바람에 우리는 늦게야 그 집을 나설 수 있었다.

"실망하셨나 보네요. 뭔가 건질 수 있을 거라고 생각했던 거죠?"

푸아로는 고개를 저었다.

"가능성은 있었지만 그럴 거라고 기대한 건 아니네."

다음 날 아침 푸아로 앞으로 편지 한 통이 도착했다. 편지를 읽는 푸아로의 얼굴이 붉으락푸르락했다. 그는 편지를 읽고 나서 내게 건네주었다.

> 사정이 생겨서 토드 부인은 푸아로 씨에게 의뢰한 사건을 취소하게 되었습니다. 부인은 남편과 이 문제에 대해 상의한 결과 집안일에 사립 탐정을 끌어들이는 것은 좋지 않다고 판단했습니다. 토드 부인은 수수료로 1기니를 동봉합니다.

푸아로는 화가 나서 소리쳤다.

"빌어먹을! 에르퀼 푸아로를 이런 식으로 쫓아 버리겠다는 거야? 특별히 은혜를 베풀어서 하찮은 사건을 조사해 주려고 했더니 나를 이런 식으로 잘라 내다니. 이건 토드 씨가 시킨 일이 분명해. 하지만 난 그럴 수 없어. 절대로 안 될 말이야. 필요하다면 내가 돈을 써서라도 이 사건을 끝까지 파헤치고 말겠어."

"그런데 무슨 수로 조사하죠?"

푸아로는 마음이 조금 가라앉은 것 같았다.

"우선 신문에 광고를 내야지. '엘리자 던, 이 주소로 연락 바람. 연락하면 도움 되는 일이 있음.' 헤이스팅스, 이걸 모든 신문에 내주게. 난 혼자 조사할 게 있어. 어서 가게. 최대한 빨리 끝내야 하네."

나는 저녁 때가 되어서야 다시 푸아로를 만났다. 푸아로는 그때까지 한 일을 나에게 들려주었다.

"토드 씨 회사에 가서 조사를 했네. 그는 수요일에 결근하지 않았어. 주위 사람들 말로는 성품이 좋은 사람이라더군. 그에 대해서 알아낸 건 그게 다일세. 심프슨은 목요일에 아파서 은행에 출근하지 않았다고 하더군. 수요일에는 출근을 했어. 데이비스와는 적당히 친하게 지내는 사이였어. 특별한 건 없었네. 별로 단서가 될 만한 게 없더군. 이제 광고에 기대를 걸 수밖에 없네."

광고는 중요한 일간 신문에 실렸다. 푸아로의 지시대로 일주일 동안 매일 광고를 싣게 했다. 실종된 요리사를 찾는 시시한 사건에 푸아로는 이상하리만큼 열성을 쏟아 부었다. 나는 푸아로가 성공할 때까지 집요하게 수사를 계속하는 것을 자신의 명예로 여기고 있다는 걸 깨달았다. 그 무렵 몇 건의 매우 흥미로운 사건 의뢰가 들어왔지만 푸아로는 모두 거절했다. 매일 아침 푸아로는 편지함으로 달려가서 살펴보고 한숨을 내쉬었다.

그러나 우리의 인내심은 결국 보상을 받았다. 토드 부인이 방문한 다음 주 수요일에 하숙집 아주머니가 엘리자 던이라는 여자가 찾아왔다고 알려 주었다.

"드디어 왔어!"

푸아로가 소리쳤다.

"올라오라고 하세요! 빨리요. 지금 당장."

푸아로가 재촉하자 아주머니는 급히 나가더니 잠시 후 던 양을 데리고 나타났다. 우리가 찾던 던 양은 들은 대로 키가 크고 건장하고 상당히 기품이 있어 보이는 여자였다.

던 양이 먼저 말을 꺼냈다.

"광고를 보고 찾아왔습니다. 뭔가 문제가 생긴 게 틀림없다고 생각했습니다. 제가 유산 상속을 받았다는 사실을 모르시는 것 같더군요."

푸아로는 그녀를 찬찬히 살펴보고는 정중하게 의자를 앞으로 당겼다.

"네, 전에 일하시던 댁의 토드 부인이 제게 찾아오셨습니다. 무슨 사고가 났을지도 모른다면서 무척 걱정하시더군요."

엘리자 던은 깜짝 놀라는 표정을 지었다.

"제 편지를 못 받으셨나 보죠?"

"아무 연락도 못 받았다고 하시던데요."

푸아로는 잠시 말을 멈추었다가 설득하는 어조로 말했다.

"제게 자초지종을 말씀해 주시겠습니까?"

엘리자 던은 선선히 그동안 있었던 긴 이야기를 들려주었다.

"수요일 밤에 집으로 돌아오던 길이었어요. 집에 거의 도착했을 때 어떤 신사분이 저를 멈춰 세웠죠. 키가 크고 턱수염을 기르고 커다란 모자를 쓴 분이었어요. 저에게 '엘리자 던 양이십니까?'라고 묻더군요. '네, 그런데요.'라고 대답했더니 '88번지로 던 양을 찾아갔더니 여기서 기다리고 있으면 만날 수 있을 거라고 하더군요. 던 양, 저는 당신을 찾기 위해서 오스트레일리아에서부터 왔습니다. 혹시 던 양의 외할머니 성함을 알고 계신가요?'라고 묻더군요.

'제인 에못이에요.'

'맞습니다. 그런데 던 양은 이 사실을 전혀 몰랐겠지만 할머니께 엘리지 리치라는 친구분이 계셨습니다. 그 친구분은 오스트레일리아에 가서 아주 부유한 이민자와 결혼했습니다. 그분의 두 자녀는 어릴 때 죽고 엘리자 리치가 남편의 재산을 모두 상속받았죠. 그런데 그분이 몇 달 전에 세상을 떠나시는 바람에 그분의 유언에 따라 던 양이 그 나라에 있는 저택과 막대한 재산을 물려받게 되었습니다.'

저는 너무 놀라 정신이 나갈 지경이었습니다. 잠시 저는 그의 말을 의심했습니다. 그 신사분은 제 마음을 알아차린 것처럼 웃으면서 이렇게 말하더군요.

'저를 경계하시는 게 당연합니다, 던 양. 여기 제 신용장이 있습니다.'

그 신사분은 저에게 멜버른의 허스트 앤드 크로쳇 법률사무소에서 보낸 편지와 명함을 보여 주더군요. 알고 보니 크로첫 변호사였어요.

'두 가지 조건이 있습니다. 제 고객은 좀 특별한 분이셨습니다. 한 가지 조건은 던 양이 내일 12시까지 컴벌랜드에 있는 저택에 와야 한다는 것입니다. 그리고 다른 한 가지 조건은 그다지 중요한 것은 아닙니다만, 던 양이 하인 신분이 아니어야 한다는 것입니다.'

저는 실망했습니다.

'크로첫 씨, 저는 요리사로 일하고 있습니다. 그 집에서 그런 말을 하지 않던가요?'

'아, 그건 몰랐습니다. 던 양이 가정부나 가정교사로 계신 줄 알았습니다. 그렇다면 문제가 되겠군요. 이거 정말 낭패로군요.'

'그렇다면 저는 돈을 모두 받지 못하게 되는 건가요?'

저는 걱정스럽게 물었습니다.

크로첫 씨는 잠시 생각하더니 이렇게 말했습니다.

'법이라는 게 항상 빠져나갈 방법이 있기 마련이지요, 던 양. 저희 변호사들은 그 방법을 잘 알고 있습니다. 던 양이 법망을 피할 수 있는 방법은 오늘 오후부터 그 집에서 하시던 일을 그만두는 겁니다.'

'하지만 이번 달까지 일해야 한 달 치 월급을 받을 수 있는데요?'

그분은 웃으면서 말했죠.

'던 양. 한 달 치 월급만 포기하면 언제라도 일을 그만둘 수 있습니다. 주인께서도 던 양의 상황을 이해해 주실 겁니다. 문제는 시간입니다. 어떤 일이 있어도 11시 5분에 킹스크로스 역에서 북부로 출발하는 기차를 타야 합니다. 우선 10파운드를 차비로 선불해 드리겠습니다. 역에서 주인에게 보내는 편지를 쓰실 수 있을 겁니다. 제가 그 편지를 주인에게 전해 드리고 자초지종을 설명해 드리겠습니다.'

저는 당연히 그분의 말대로 한 시간 뒤에 기차를 탔습니다. 너무 갑작스러운 일을 당한 터라 정신이 하나도 없었죠. 칼라일에 도착했을 때는 모든 게 기사로 읽었던 사기꾼들의 짓이 아닐까 하는 의심이 들더군요.

하지만 그 변호사라는 분이 가르쳐 준 주소로 찾아가 보니 정말 법률사무소였어요. 모든 게 그분이 말한 대로더군요. 제가 아담하고 멋진 집과 1년에 300파운드의 돈을 받게 된 겁니다. 그 변호사들은 자세한 상황을 모르는 것 같았고 런던의 신사분이 그 집과 6개월치 집세 150파운드를 저에게 전해 주라는 편지를 받았다고 했어요.

크로쳇 씨는 저에게 제 짐을 보내 주셨죠. 주인마님에게서는 아무 연락도 받지 못했어요. 저는 마님이 저의 행운을 질투해서 화가 났을 거라고 짐작했습니다. 마님은 제 트렁크를 집에 놔두고 옷만 포장해서 보냈더군요. 하지만 제 편지를 받지 못하셨다면 당연히 저를 못된 여자라고 생각하셨겠죠."

푸아로는 그녀의 긴 이야기를 주의 깊게 들었다. 그러고는 만족스럽다는 듯이 고개를 끄덕였다.

"감사합니다. 말씀하신 대로 약간 혼란이 있었습니다. 이건 수고에 대한 사례비로 받아 주셨으면 합니다."

푸아로는 그녀에게 봉투를 내밀었다.

"곧장 컴벌랜드로 돌아가실 겁니까? 한 가지 충고 말씀을 드린다면 요리하는 법을 잊지 마십시오. 일이 잘못될 경우를 생각해서 항상 의지할 수 있는 걸 남겨 두는 게 현명한 일입니다."

방문객이 돌아가고 나서 푸아로가 중얼거렸다.

"남의 말을 그렇게 곧이곧대로 믿다니 어이가 없군. 하지만 그런 일을 하는 여자들이야 다 어수룩하기 마련이지."

푸아로의 얼굴이 진지해졌다.

"이보게, 헤이스팅스. 이제 지체할 시간이 없네. 재프 경감에게 쪽지를 쓸 동안 택시를 잡아 주게."

내가 택시를 잡고 돌아왔을 때 푸아로는 현관에서 기다리고 있었다.

"어디 가시는 건가요?"

내가 걱정스럽게 물었다.

"우선 이 편지를 특별 배달부를 통해 보내야 하네."

푸아로는 택시를 타고 우체국에 다녀와서 운전기사에게 목적지의 주소를 알려 주었다.

"클래펌 프린스 앨버트 가 88번지!"

"거기로 가는 건가요?"

"맞아. 솔직히 너무 늦은 게 아닌지 걱정이네. 우리가 잡아야 할 새가 이미 날아가 버렸는지도 몰라, 헤이스팅스."

"우리가 잡아야 할 새라뇨?"

푸아로가 싱긋 웃었다.

"수상쩍은 심프슨 씨."

"네?"

"이보게, 헤이스팅스. 설마 자네 아직도 모든 게 확실하지 않다고 말하려는 건 아니겠지?"

"요리사가 그 집에서 쫓겨났다는 건 알고 있어요."

나는 약간 기분이 상해서 말했다.

"하지만 이유가 뭘까요? 심프슨이 왜 요리사를 집에서 쫓아내려고 한 걸까요? 요리사가 혹시 그에 관해 뭔가 알고 있었던 걸까요?"

"아니, 아무것도 몰랐어."

"그런데 왜죠?"

"그자는 요리사가 가지고 있던 걸 노렸던 거야."

"돈 말인가요? 오스트레일리아 유산?"

"아니, 전혀 다른 것."

푸아로는 잠시 말을 쉬었다가 진지하게 말했다.

"낡은 양철 트렁크……."

나는 푸아로를 곁눈으로 쳐다보았다. 그가 하는 말이 너무 황당해서 농담을 하는 거라고 생각했다. 그러나 그의 표정은 진지했다.

"트렁크가 필요하다면 하나 사면 되지 않나요?"

나는 큰 소리로 물었다.

"그자는 새 트렁크가 필요한 게 아니었어. 낡은 트렁크가 필요했던 거야. 아무도 의심하지 않을 만한 트렁크가 필요했던 거지."

"그런 얼토당토않은 얘기를 하다니. 지금 나를 놀리고 있는 거죠?"

푸아로는 나를 쳐다보며 말했다.

"자네는 머리도 안 좋은 데다 심프슨보다도 상상력이 부족하군, 헤이스팅스. 내 말을 잘 들어 보게. 심프슨은 수요일 밤에 요리사를 밖으로 유인해 냈어. 인쇄된 명함과 서류를 만드는 건 간단한 일이었지. 그는 자신의 계획을 위해서 150파운드와 1년 치 집세 정도는 기꺼이 낼 수 있었어. 던 양은 그자를 알아보지 못했지. 턱수염과 모자와 약간의 사투리 억양에 던 양이 감쪽같이 속아 넘어간 거야. 그게 수요일 날 일어난 일의 전부일세. 심프슨이 5만 파운드 상당의 유가 증권을 횡령했다는 사소한 사실만 제외하고 말이지."

"심프슨이라구요? 하지만 데이비스가……."

"얘기를 계속해도 되겠나, 헤이스팅스? 심프슨은 목요일 오후에 도난사건이 발각될 것을 알고 있었어. 그는 목요일에 은행에 가지 않고 데이비스가 점심을 먹기 위해 나오는 걸 기다리고 있었지. 아마도 그자는 데이비스에게 자기가 도난 사건의 범인이라는 것을 밝히고 증권을 돌려주겠다고 했겠지. 어쨌든 그는 데이비스를 클래펌까지 같이 가도록 끌어들이는 데 성공했어. 그날 하녀는 쉬는 날이었고 토드 부인은 세일하는 물건을 사러 나가서 집 안에는 아무도 없었지. 도난 사건이 발각되고 데이비스가 없어졌다면 그게 무얼 의미하는지는 뻔한 거 아닌가? 데이비스가 범인이라는 거지. 그렇게 되면 심프슨은 완전히 의심을 벗어나고 다음 날부터 사람들이 생각하는 것처럼 성실한 은행원으로 돌아갈 수 있게 되는 거지."

"그럼 데이비스는요?"

푸아로는 과장된 몸짓을 하며 천천히 고개를 저었다.

"믿기 어려울 만큼 끔찍한 얘기지만 다른 방법으로는 도저히 설명이 되지 않네. 살인범에게 가장 어려운 문제가 시체를 처리하는 일이지. 심프슨은 사전에 철저하게 계획을 세워 두었던 거야. 엘리자 던은 외출할 때 그날 밤 돌아올 작정이었던 게 분명해. 복숭아 스튜에 대해 했던 말이 그 증거야. 그런데 짐꾼이 짐을 가지러 왔을 때 이미 짐이 꾸려져 있었다는 사실이 갑자기 내 머리를 강하게 때리더군.

카터 패터슨에게 금요일 날 짐을 가져오게 시키고 목요일 오후에 짐을 챙겨 보낸 게 모두 심프슨이 한 짓이었던 걸세. 그렇게 하면 전혀 의심할 여지가 없을 테니까. 하녀가 일을 그만두고 자기 짐을 찾으러 사람을 보낸 게 되는 거지. 트렁크에 이름이 붙어 있고 받는 사람은 엘리자 던이고 아마도 런던 근교의 역이 주소로 되어 있었겠지.

심프슨은 토요일 오후에 오스트레일리아 사람으로 변장을 하고 짐을 받아서 새 이름으로 바꾸고 다른 곳에 보내서 찾으러 올 때까지 보관하게 한 걸세. 철도국 직원들이 수상쩍게 여겨서 트렁크를 열어 보는 경우가 생긴다고 해도 턱수염을 기른 영국인이 런던 근교 역에서 발송한 거라는 사실밖에는 알 수 없겠지. 그 트렁크를 프린스 앨버트 가 88번지와 연관 지을 수 있는 건 아무것도 없단 말일세. 아! 이제 다 왔군."

푸아로의 추리는 정확히 맞아떨어졌다.

심프슨은 이틀 전에 떠나고 없었다. 그러나 그는 자신이 저지른 범죄의 결과를 피할 수 없었다. 그는 무전으로 미국으로 가는 올림피아호 선상에서 체포되었다. 헨리 윈터그린 씨 앞으로 주소가 적혀 있는 트렁크를 수상하게 여긴 글래스고 역의 직원이 트렁크를 열었고 그 속에는 처참한 데이비스의 시체가 들어 있었다.

토드 부인의 1기니 수표는 결코 현금으로 바뀔 일이 없을 것이다. 푸아로는 그 수표를 액자에 넣어서 거실 벽에 걸어 놓았다.

"이건 내게 보내는 작은 경고문이야, 헤이스팅스. 사소한 일이나 체면을 깎아 먹는 일도 그냥 지나치지 말라는 뜻으로 말일세. 실종된 가정부와 냉혹한 살인마! 내게는 아주 흥미로운 사건 중 하나였네."

콘월의 수수께끼

"펜젤리 부인이 오셨습니다."

하숙집 주인은 이렇게 알려 주고 조용히 나갔다.

전혀 생각지도 못했던 사람들이 푸아로를 찾아오는 일이 많았지만, 지금 문 앞에서 털목도리를 만지작거리며 초조한 표정으로 서 있는 이 여인이야말로 의외의 손님이었다. 털실로 짠 코트와 스커트를 입고, 금 목걸이를 걸고, 회색빛 머리에 어울리지 않는 독특한 모자를 쓴, 마른 체격의 50대 부인. 시골 마을을 돌아다니다 보면 어디서나 마주치게 되는 지극히 평범한 부인이었다.

푸아로는 펜젤리 부인이 당황하고 있는 걸 알아차리고 앞으로 나가서 쾌활하게 인사했다.

"부인! 이리로 앉으시지요. 이쪽은 제 동료인 헤이스팅스 대위입니다."

부인은 자리에 앉자 잘 들리지 않을 정도로 작은 목소리로 중얼거렸다.

"선생님이 탐정 푸아로 씨인가요?"

"그렇습니다. 무슨 일이든 도와 드리겠습니다."

그러나 우리의 고객은 여전히 입을 굳게 다물고 있었다. 그녀는 한숨을 쉬면서 손가락을 구부렸다 폈다 했다. 그녀의 얼굴이 점점 더 붉어졌다.

"제가 무슨 일을 도와 드리면 될까요, 부인?"

"저, 그러니까. 저…… 그게……."

"편하게 말씀하십시오, 부인. 걱정 마시고."

펜젤리 부인은 겨우 용기를 얻었는지 입을 열었다.

"솔직히 말씀드릴게요, 푸아로 씨. 저는 경찰이 개입하는 것을 원치 않아요. 무슨 일이 있어도 경찰에는 가지 않을 거예요! 큰 고민거리가 있어서 너무 힘들기는 하지만 남들에게 알려질까 봐 지금도……."

부인은 갑자기 말을 멈추었다.

"저는 경찰과 아무 관계도 없습니다. 제가 하는 일은 철저히 개인적인 겁니다."

펜젤리 부인은 그 말을 듣자 조금 마음을 놓이는 표정이었다.

"개인적인…… 제가 원하는 게 바로 그거예요. 저는 사람들 입에 오르내리거나 신문에 나는 건 정말 싫어요. 신문에 기사가 실리기라도 하면 식구들이 어떻게 얼굴을 들고 다니겠어요? 생각만 해도 끔찍해요. 게다가 확실한 것도 아니고. 그렇지만 문득문득 무서운 생각이 들어서…… 그 생각이 머릿속에서 떠나지를 않아요."

그녀는 잠시 숨을 고르고 다시 말을 이었다.

"이런 생각을 한다는 게 에드워드에게 너무 미안한 일이긴 하지만…… 아내가 남편을 의심한다는 건 정말 끔찍한 일이죠. 하지만 신문에 그런 기사가 자주 실리잖아요."

"잠깐만. 지금 남편분에 대해서 말씀하시는 건가요?"

"네."

"남편의 어떤 점이 의심스러우신가요?"

"입에 담기조차 겁이 나요, 푸아로 씨. 하지만 이런 일이 신문에 가끔 나오잖아요. 당사자는 아무것도 모르고 있는데……."

나는 부인이 언제 요점에 도달할지 걱정이 되기 시작했다. 그러나 푸아로의 인내심은 감탄스러웠다.

"걱정 마시고 말씀하십시오, 부인. 부인의 의혹이 사실무근이었다는 걸 증명할 수 있다면 그거야말로 더없이 좋은 일이죠."

"정말 그래요. 이렇게 불안한 상태로 질질 끄는 건 정말 견딜 수가 없어요. 푸아로 씨, 저는 서서히 독살당하고 있는 것 같아서 너무 두려워요."

"왜 그렇게 생각하시는 거죠?"

펜젤리 부인은 머뭇거리던 태도를 바꿔서 주치의에게 해야 할 것 같은 이야기를 털어놓기 시작했다.

"식사 후에 통증을 느끼고 토할 것 같다는 말씀이군요."

푸아로가 곰곰이 생각하는 표정으로 말했다.

"주치의가 있으시죠, 부인? 주치의는 뭐라고 하던가요?"

"급성위염이라고 했어요, 푸아로 씨. 하지만 의사도 당황스러워하는 것 같았어요. 매번 약을 바꿔서 처방해 주는데, 아무 효과도 없어요."

"부인이 염려하고 있는 점을 의사에게 얘기하셨나요?"

"그런 얘기는 하지 않았어요, 푸아로 씨. 의사에게 얘기하면 온 동네에 소문이 퍼질 것 같아서요. 정말 위염일지도 모르죠. 그런데 이상한 건 주말에 에드워드가 집에 없을 때는 괜찮아지거든요. 프레다도 그렇다는 걸 눈치 챌 정도예요. 프레다는 제 조카예요, 푸아로 씨. 그리고 제초제 병 말인데, 한 번도 쓴 적이 없다는데 반쯤 비어 있는 것도 이상하고요."

그녀는 애원하는 듯한 표정으로 푸아로를 쳐다보았다.

푸아로는 그녀를 안심시키려는 듯이 미소를 지으며 연필과 수첩을 집어 들었다.

"이제 사무적인 얘기로 들어가겠습니다, 부인. 부인과 남편분은 어디에 살고 계신가요?"

"폴가위드, 콘월 지방의 작은 마켓 타운이에요."

"그곳에서 오랫동안 사셨나요?"

"14년째 살고 있어요."

"가족은 부인과 남편. 자녀분은 계신가요?"

"자식은 없어요."

"아까 조카분이 계시다고 하시지 않았나요?"

"네, 프레다 스탠턴이에요. 남편의 하나뿐인 여동생의 딸이죠. 8년 동안이나 우리와 같이 살았어요. 일주일 전까지는……."

"흠, 일주일 전에 무슨 일이 일어났나요?"

"얼마 전부터 프레다의 행동이 좀 이상했어요. 무슨 일이 있었는지 성격이 점점 거칠어지고 버릇없고 못되게 굴더라고요. 그러더니 어느 날은 있는 대로 성질을 부리고는 집을 나가 버렸어요. 시내에 자기 혼자 지낼 방을 얻었죠. 그 뒤로는 그 애를 한 번도 못 봤어요. 마음이 가라앉을 때까지 그냥 내버려 두는 게 좋을 거라고 래드너 씨도 말하고……."

"래드너 씨는 누구죠?"

펜젤리 부인은 다시 당황스러운 표정을 지었다.

"아, 그이는 그냥 친구예요. 아주 쾌활한 청년이죠."

"그 청년과 조카분이 특별한 사이인가요?"

"아니에요, 아무 사이도 아니에요."

펜젤리 부인은 단호하게 말했다.

푸아로는 다른 주제로 말을 바꾸었다.

"부인과 남편분은 경제적인 어려움은 없으신가요?"

"네. 꽤 부유한 편이에요."

"재산은 부인 앞으로 되어 있나요, 아니면 남편분 앞으로 되어 있나요?"

"전부 에드워드 앞으로 되어 있어요. 제 재산은 한 푼도 없어요."

"아시겠지만, 일을 효율적으로 처리하려면 솔직하고 정확하게 말씀해 주셔야 합니다. 동기를 찾아내야 하니까요. 남편분께서 심심풀이로 부인을 독살하려고 하시지는 않겠죠. 남편분이 부인을 없애려고 할 만한 이유가 있다고 생각하시나요?"

"남편 병원에서 일하는 금발 여자가 있어요. 아주 닳고 닳은 여자죠."

펜젤리 부인은 울화를 터뜨렸다.

"남편은 치과의사예요, 푸아로 씨. 제 남편은 늘 똑똑한 여자가 병원에 있어야 한다고 입버릇처럼 말한답니다. 그 여자는 짧은 머리에 간호사복을 입고, 예약을 하고, 치아에 봉을 박아 주고 그런 일을 해요. 두 사람 사이가 심상치 않다는 소문이 제 귀에까지 들려오는데도 남편은 딱 잡아떼고 있어요."

"제초제는 누가 주문했나요?"

"남편이 주문했어요. 한 1년 전에."

"조카따님은 자기 돈을 어느 정도 가지고 있나요?"

"1년에 50파운드쯤 될 거예요. 만약 제가 집을 나가기라도 하면 그 아이가 집에 들어와서 에드워드 뒷바라지를 하겠죠."

"그럼 남편 곁을 떠날 생각을 하시는 건가요?"

"남편이 자기 마음대로 다 차지하게 둘 생각은 눈곱만큼도 없어요. 요새 여자들은 탄압받는 노예가 아니잖아요. 안 그래요, 푸아로 씨?"

"부인의 독립적인 정신은 정말 훌륭하십니다. 하지만 현실적으로 생각하셔야죠. 오늘 폴가워드로 돌아가시는 거죠?"

"네, 그래야죠. 오늘 아침 6시 기차로 출발했는데 오후 5시 기차로 돌아갈 생각이에요."

"좋습니다. 당장 중요한 일은 없으니 부인의 문제에 전념할 수 있겠네요. 내일 폴가워드로 가겠습니다. 제 친구 헤이스팅스를 부인의 먼 친척이라고 해 주십시오. 둘째 조카의 아들이라고 하는 게 좋겠군요. 저는 헤이스팅스의 괴짜 외국인 친구라고 해 두죠. 저희가 갈 때까지 직접 요리한 음식이나 요리하는 걸 직접 본 음식만 드십시오. 믿을 만한 하녀가 있으신가요?"

"네, 제시라는 하녀가 있어요. 그 아이는 믿을 수 있어요."

"그럼 내일 뵙겠습니다, 부인. 기운 내십시오."

푸아로는 부인을 배웅하고 나서 생각에 잠긴 표정으로 의자에 돌아와 앉았다. 그러나 펜젤리 부인이 흥분해서 손가락으로 잡아 뜯은 털목도리 두 가닥이 떨어져 있는 걸 놓치고 지나칠 만큼 생각에 몰두한 것은 아니었다. 그는 조심스럽게 털실을 주워서 쓰레기통에 집어넣었다.

"자네는 이 사건을 어떻게 생각하나, 헤이스팅스?"

"치정 사건 같은데요."

"부인의 의심이 사실이라면 그렇지. 하지만 과연 그게 사실일까? 제초제를 주문하는 남편은 스스로 화를 자초하는 격이지. 부인이 위염에 걸린 상태고 신경질적인데 그 남편이 제초제를 주문했다!

그게 사실이라면 그 남편은 큰 실수를 저지른 거야."

"그게 이 사건의 전부일까요?"

"글쎄, 그건 나도 잘 모르겠네. 하지만 이 사건은 꽤 흥미로운걸. 특별한 게 없다는 게 오히려 흥미진진해. 그러니까 히스테리 가설이 성립된다는 말이지. 그런데 난 펜젤리 부인이 히스테릭하다는 인상을 받지 못했거든. 우리가 잘못 판단한 게 아니라면 아주 비극적인 인간 드라마를 만나게 된 거지. 헤이스팅스, 자네는 남편에 대한 펜젤리 부인의 감정이 어떤 거라고 생각하나?"

"믿음과 두려움이 뒤섞여 있는 것 같더군요."

"대부분의 여자들은 세상 모든 남자들을 비난해도 자기 남편만은 비난하지 않아. 여자들이란 최악의 상황에서도 남편에 대한 믿음을 끝까지 버리지 못하는 법이지."

"'다른 여자'가 개입되면 문제가 달라지겠죠."

"맞아. 질투에 휩싸이면 애정은 증오로 변하게 되지. 그렇지만 만일 부인이 증오심에 사로잡혔다면 나를 찾아오는 대신 경찰에게 갔을 걸세. 문제를 커지게 해서 스캔들을 일으키려고 했을 거야. 아니, 아니지. 자, 우리의 작은 회색 뇌세포를 작동시켜 보자고. 그 부인은 왜 나를 찾아왔을까? 자신의 의심이 틀렸다는 걸 증명하려고? 아니면 그 의심이 옳다는 걸 증명하기 위해서? 아! 이해할 수 없는 게 한 가지 있어. 알 수 없는 요소가 있다고. 펜젤리 부인은 뛰어난 배우일까? 아니, 부인은 연기하는 게 아니었어. 부인의 말이 진심이라는 건 내가 장담할 수 있어. 그래서 흥미롭단 말이야. 빨리 폴가위드로 가는 기차시간 좀 알아봐 주게."

그날 가장 편리한 기차편은 1시 50분에 패딩턴 역을 출발해서 7시 조금 후에 폴가위드에 도착하는 기차였다. 여행하는 동안은 아무 사고도 일어나지 않았다. 작고 스산한 역에 도착했을 때 나는 한잠 푹 자고 일어난 기분이었다. 우리는 가방을 들고 더치 여관으로 들어갔다. 간단히 식사를 하고 나자 푸아로는 의뢰인의 집을 방문하자고 했다.

펜젤리 부인의 집은 큰길에서 약간 들어간 곳에 있었다. 집 앞에 가꾸어놓은 옛날식 코티지 정원에서는 물푸레나무와 비단향꽃무늬 향기가 저녁 미풍에 실려 풍겨 왔다. 이 예스럽고 매혹적인 풍경을 잔인한 사건과 연결 짓는 건 곤혹스러운 일이었다.

푸아로는 벨을 누르고 노크를 했다. 대답이 없자 다시 벨을 눌렀다. 잠시 후에 하녀가 부스스한 모습으로 문을 열었다. 그녀는 눈이 새빨개진 채 흐느껴 울고 있었다.

"펜젤리 부인을 뵈러 왔습니다. 들어가도 될까요?"

푸아로의 말을 듣자 하녀는 놀란 표정으로 말했다.

"아직 모르세요? 마님은 돌아가셨어요. 오늘 저녁에 말이에요. 한 30분쯤 됐어요."

우리는 너무 놀라서 멍청하게 하녀를 쳐다보았다.

"무슨 일로 돌아가셨죠?"

"그게 좀 말씀드리기 곤란해서……."

하녀는 어깨 너머로 뒤를 둘러보았다.

"저는 당장 짐을 챙겨서 이 집을 나가고 싶어요. 하지만 돌아가신 마님을 누군가 지켜야 하잖아요. 마님을 버려두고 나갈 수는 없어요. 그렇다고 제가 무슨 얘기를 할 처지도 못 되고. 전 아무 말도 하지 않을 작정이에요. 하지만 알 만한 사람은 이미 다 알고 있어요. 마을에 소문이 쫙 퍼졌으니까요. 래드너 씨가 내무성에 편지를 쓰지 않더라도 누군가 쓰겠죠. 의사는 자기 멋대로 떠들어 댈 테죠. 하지만 오늘 밤 주인어른이 선반에서 제초제를 꺼내는 걸 제가 똑똑히 봤어요. 뒤를 돌아보다가 제가 지켜보는 걸 알고는 흠칫 놀라시더라고요. 테이블 위에 마님이 드실 귀리죽이 있었어요. 전 이 집에 있는 동안에는 음식에 손도 대지 않을 작정이에요. 굶어 죽는 한이 있어도 절대 안 먹을 거예요."

"마님을 검사했던 의사는 어디에 살고 있죠?"

"애덤스 선생님은 하이스트리트 모퉁이 두 번째 집에 살고 계세요."

푸아로는 황급히 돌아섰다. 그의 얼굴은 창백하게 질려 있었다.

"아무 말도 하지 않겠다고 하더니 꽤 말이 많네요."

나는 무심하게 말했다.

푸아로는 주먹으로 자기 손바닥을 내려쳤다.

"바보 천치, 멍청한 탐정 같으니! 내가 어리석었어, 헤이스팅스. 작은 회색 뇌세포를 자랑하고 다니던 내가 한 사람의 생명을 놓치다니. 구해 달라고 나를 찾아온 생명을! 이렇게 빨리 일이 일어날 거라고는 상상도 못 했어. 하느님! 저를 용서하십시오. 이런 일이 일어나다니. 정말 꿈에도 생각 못 했어. 펜젤리 부인의 말을 꾸며낸 얘기로 생각했는데…….

여기가 그 의사 집이로군. 먼저 의사의 얘기를 들어 봐야겠어."

애덤스 의사는 소설에 자주 등장하는 혈색 좋고 친절한 전형적인 시골 의사였다. 그는 처음에는 우리를 정중하게 맞이했지만 우리가 온 목적을 듣고는 붉은 얼굴이 자줏빛으로 변했다.

"말도 안 됩니다. 터무니없는 얘기예요. 내가 부인을 진찰하지 않을 줄 아세요? 위염입니다. 단순한 위염이에요. 이 동네는 소문의 온상이에요. 소문 퍼뜨리는 걸 낙으로 삼는 노인네들이 모여 앉아서 멋대로 얘기를 만들어 내는 겁니다. 신문에서 매일 천박한 기사만 읽고 있으니 이 동네에서 누가 독살되었다는 얘기만큼 구미 당기는 게 어디 있겠습니까? 선반 위에 있던 제초제를 보고 얼씨구나 하고 어처구니없는 공상을 펼친 거죠. 나는 에드워드 펜젤리라는 사람을 잘 알고 있습니다. 할머니가 기르는 개한테도 독을 먹이지 못할 사람이죠. 그런 사람이 어떻게 자기 부인을 독살하겠습니까? 대체 무슨 이유로."

"선생님이 모르시는 게 한 가지 있습니다."

푸아로는 펜젤리 부인이 찾아왔던 일을 간략하게 얘기했다. 애덤스 의사는 그 말을 듣자 소스라치게 놀랐다. 그의 눈이 머리에서 튀어나올까 봐 걱정이 될 정도였다.

"하느님 맙소사!"

그는 정말 어이가 없다는 듯이 소리쳤다.

"그 불쌍한 부인이 아마 제정신이 아니었나 봅니다. 왜 내게 그런 얘기를 하지 않았을까요? 당연히 내게 얘기했어야죠."

"그랬다면 부인이 두려워하는 걸 기우로 넘겨 버리셨겠죠."

"그럴 리가요. 절대 그러지 않았을 겁니다. 전 항상 환자의 말을 허심탄회하게 들어 주려고 노력합니다."

푸아로는 의사를 바라보면서 미소를 지었다.

의사는 드러내지 않으려고 했지만 당황한 기색이 역력했다.

집에서 나오자 푸아로는 웃음을 터뜨렸다.

"자기 고집이 꽤 센 사람이로군. 자기가 위염이라고 진단했으니 위염이 틀림없다는 거지! 말은 그렇게 하지만 마음은 편치 않은 모양이더군."

"이젠 어디로 가죠?"

"여관으로 가야지. 영국의 싸구려 침대에서 공포의 하룻밤을 보내야겠군. 싸구려 영국 침대는 정말 끔찍해."

"내일은요?"

"별수 있겠나? 시내로 돌아가서 상황을 지켜보는 수밖에."

"너무 소극적이네요."

나는 약간 실망스러운 기분으로 말했다.

"만일 아무 일도 일어나지 않으면요?"

"분명히 일어날 걸세. 내가 장담하지. 그 구식 의사는 자기 마음대로 사망증명서를 발급할 수는 있지만 사람들이 쑥덕거리는 소리는 막지 못해. 그들은 어떤 의도를 가지고 떠들어 댈 테니까. 그건 분명해."

런던으로 돌아가는 기차는 다음 날 아침 11시에 있었다. 푸아로는 역으로 떠나기 전에 죽은 펜젤리 부인이 말했던 조카딸 프레다 스탠턴 양을 만나 보자고 했다. 우리는 그녀가 묵고 있는 집을 쉽게 찾아냈다. 프레다 양은 키가 크고 피부가 검은 청년과 함께 있었다. 그녀는 약간 당황한 기색으로 그 청년을 제이컵 래드너라고 소개했다.

프레다 스탠턴 양은 머리와 눈이 검고 불그스름한 뺨을 가진 전형적인 콘월 지방 타입의 무척 아름다운 아가씨였다.

그녀의 검은 눈은 도발적이고 격정적인 성격을 드러내고 있었다.

"불쌍한 외숙모!"

푸아로가 자기 소개를 하고 찾아온 용건을 말하자 프레다 양이 말했다.

"정말 안되셨어요. 아침 내내 외숙모한테 더 잘해 드릴걸, 더 참아 드릴걸 하고 후회했어요."

"참을 만큼 참았잖아."

래드너가 대화에 끼어들었다.

"그렇긴 하지만, 나도 성격이 날카롭잖아요. 외숙모가 어리석었어요. 외숙모가 하는 말을 그냥 웃어넘기고 참아 줬어야 했는데. 하지만 외삼촌이 외숙모를 독살하려고 했다는 건 말도 안 돼요. 하기는 외삼촌이 가져다 준 음식을 잡수시면 늘 속이 좋지 않다고 한 건 사실이에요. 미리 그럴 거라고 생각하니까 속이 안 좋았던 거겠죠."

"프레다 양과 외숙모님의 사이가 좋지 않았던 직접적인 이유는 뭔가요?"

스탠턴 양은 망설이는 듯이 래드너를 쳐다보았다. 그는 재빨리 눈치를 채고 말했다.

"나는 그만 가 봐야겠어, 프레다. 오늘 밤에 만나. 두 분은 역으로 가실 건가요?"

푸아로는 그렇다고 대답했다. 래드너는 밖으로 나갔다.

"두 분은 약혼하신 사이인가요?"

푸아로가 장난스럽게 웃으면서 물었다.

프레다 스탠턴은 얼굴을 붉히면서 그렇다고 대답했다.

"사실은 그것 때문에 외숙모와 사이가 나빠졌어요."

"외숙모가 두 분의 결혼을 찬성하지 않았나요?"

"심하게 반대한 건 아니었어요. 하지만 외숙모는……."

프레다는 거기서 말을 멈추었다.

"말씀하세요."

푸아로가 은근하게 재촉했다.

"외숙모에 대해서 말하는 건 정말 싫어요. 이미 돌아가신 분이잖아요. 하지만 제가 말씀드리지 않으면 상황을 절대로 이해하실 수 없을 거예요. 외숙모는 제이컵을 좋아했어요."

"저런!"

“정말 말도 안 되는 일이죠. 외숙모는 쉰이 넘었고, 제이컵은 아직 서른 살도 안 됐는데. 외숙모는 제이컵에게 완전히 빠져 있었어요. 그래서 제이컵이 좋아하는 사람은 저라고 말해 버렸죠. 그런데도 외숙모는 정신을 못 차리시더군요. 제 말을 전혀 믿으려 들지 않고 저를 모욕하는 말을 마구 퍼부었어요. 제가 화가 폭발한 것도 당연하잖아요. 그래서 그 문제를 제이컵과 의논했죠. 결국 외숙모가 제정신이 돌아올 때까지 당분간 제가 집을 떠나 있는 게 최선이라는데 의견이 일치했어요. 불쌍한 외숙모! 외숙모는 정신이 이상해졌던 게 분명해요.”

“그런 것 같군요. 감사합니다, 마드무아젤. 이제 모든 게 분명해진 것 같습니다.”

뜻밖에도 래드너가 큰길에서 우리를 기다리고 있었다.

“프레다가 무슨 얘기를 했는지 대충 짐작이 갑니다. 정말 불행한 일입니다. 들어서 아시겠지만 저에게도 무척 불편한 상황이었죠. 저 때문에 생긴 일이 아니라는 걸 굳이 말씀드릴 필요는 없겠죠. 처음에는 노부인이 프레다를 보살펴 준다고 생각해서 저도 고맙게 생각했습니다. 그런데 너무 어이없는 일이 일어났던 겁니다. 저로서는 더없이 불쾌한 일이었죠.”

“스탠턴 양과는 언제 결혼하실 건가요?”

“곧 할 생각입니다. 푸아로 씨, 솔직하게 말씀드리죠. 프레다가 알고 있는 것보다 제가 더 많은 걸 알고 있습니다. 프레다는 외삼촌이 결백하다고 믿고 있지만 저는 꼭 그렇다고는 생각하지 않습니다.

그렇지만 한 가지는 분명하게 말씀드릴 수 있습니다. 저는 제가 아는 일에 대해서 비밀을 지킬 겁니다. 잠자는 개를 건드리지 말자는 거죠. 제 아내의 외삼촌이 재판을 받고 살인범으로 교수형을 당하는 건 저도 원치 않는 일이니까요."

"왜 이런 얘기를 저에게 하시는 거죠?"

"푸아로 씨의 소문을 많이 들었기 때문입니다. 현명한 분이시니까 외삼촌에게 불리한 증거를 찾아내실 수 있을 겁니다. 하지만 제가 드리고 싶은 말은 그래 봐야 무슨 소용이 있냐는 거죠. 가엾은 외숙모님은 이미 돌아가신 분이고 그분 역시 추잡한 소문을 끔찍하게 싫어하셨으니까요. 그런 소문을 들으면 무덤에서도 돌아누우실 겁니다."

"그 점은 아마도 래드너 씨 말이 맞을 겁니다. 그럼 제가 이 일을 그냥 덮어 두기를 원하는 건가요?"

"제 생각은 그렇습니다. 물론 제가 이기적이라는 건 인정합니다. 저는 제 사업이 중요하니까요. 현재 양복점과 남성복 가게를 운영하고 있습니다."

"대부분의 사람들이 이기적이죠, 래드너 씨. 그렇다고 모든 사람이 자신이 이기적이라는 걸 인정하지는 않지만 말입니다. 래드너 씨 말씀대로 하겠습니다. 하지만 솔직히 말해서 이 사건을 그냥 덮어 두는 건 어려울 겁니다."

"어째서요?"

푸아로는 손가락으로 한곳을 가리켰다.

그날은 마침 장이 서는 날이었다. 사람들의 소리가 시끌벅적하게 들려왔다.

"사람들의 소리! 그게 바로 이유죠, 래드너 씨. 아, 뛰어가야겠군. 이러다가 기차를 놓치겠어."

"정말 흥미진진하지 않나, 헤이스팅스?"

기차가 증기를 내뿜으며 역을 출발하자 푸아로가 말했다.

그는 주머니에서 작은 빗과 거울을 꺼내서 꼼꼼하게 콧수염을 다듬었다. 급하게 뛰어오는 동안 콧수염의 대칭이 약간 흐트러졌기 때문이었다.

"그런가요? 하지만 제게는 비도덕적이고 불쾌한 사건으로만 생각되는데요. 전혀 미스터리한 것도 없고."

"자네 말에 나도 동감일세. 미스터리는 전혀 없지."

"외숙모가 젊은 남자에게 빠졌다는 그 아가씨의 충격적인 말을 믿어야 할까요? 그게 도무지 믿어지지 않는 얘기라서. 돌아가신 부인은 훌륭하고 존경할 만한 분인 것 같았는데."

"그렇게 놀랄 만한 얘기도 아닐세. 아주 흔한 일이야. 신문을 자세히 읽어 보면 그 나이의 훌륭한 여성들이 20년 동안 함께 살아온 남편을 버리고 가출하는 일이 심심치 않게 일어난단 말이지. 자식까지 버리고 가는 일도 허다하네. 자기보다 훨씬 젊은 남자와 살기 위해서 말일세. 자네는 여성을 흠모하지 않나, 헤이스팅스? 아름다운 여성이 자네에게 미소를 보내면 무조건 항복할걸, 안 그런가? 하지만 자네는 여성들의 심리에 대해서는 너무 무지해. 여성들의 인생의 가을에는 로맨스와 모험을 갈망하는 광적인 시기가 반드시 찾아오거든. 시골 마을에서 존경받는 치과의사 부인이라고 해서 예외는 아니지."

"그렇다면……."

"머리가 잘 돌아가는 남자라면 절대 그런 기회를 놓치지 않겠지."

나는 미심쩍은 표정으로 말했다.

"펜젤리가 그렇게 머리가 좋은 것처럼 보이지는 않던데요. 펜젤리는 온 동네를 시끄럽게 만들었죠. 뭔가를 알고 있는 두 남자, 래드너와 의사. 두 사람 모두 사건을 덮어 버리기를 원하고. 펜젤리는 제법 잘 해낸 것 같군요. 그 사람을 만나 볼 걸 그랬어요."

"어려울 것도 없지. 다음 기차로 돌아가서 어금니가 아프다고 둘러대면 되니까."

"왜 이 사건이 흥미롭다고 생각하는 거죠?"

"내가 흥미를 느끼게 된 건 자네가 정곡을 찌른 말 때문이었네. 자네는 하녀를 만나고 나서 한 마디도 하지 않겠다던 여자가 꽤 말이 많다고 했지?"

"아!"

그런 말을 한 것 같기도 했다. 나는 아까 하던 얘기로 돌아가서 말했다.

"왜 펜젤리를 만나려고 하지 않았는지 궁금해요."

"여보게. 나는 그에게 3개월의 여유를 준 걸세. 그때가 되면 만나고 싶을 때 만나야지…… 피고석에서 말일세."

나는 이번에는 푸아로의 예측이 빗나갈 거라고 생각했다. 시간이 흘렀지만 콘월 사건에 관한 일은 아무것도 일어나지 않았다. 다른 사건 때문에 바빠서 펜젤리 가의 비극을 거의 잊어 갈 무렵 나는 신문에서 내무부 장관이 펜젤리 부인의 시신을 발굴하라는 명령을 내렸다는 짧은 기사를 읽었다. 그때서야 그 사건이 떠올랐다.

며칠 후 '콘월의 수수께끼'가 모든 신문의 머리기사로 실렸다. 이상한 소문이 완전히 가라앉지 않은 가운데 홀아비가 된 펜젤리와 그의 비서인 막스 양의 약혼이 발표되었고 사람들은 기다렸다는 듯이 소문을 쏟아 냈다. 결국 내무부에 탄원서가 들어가고 시신을 발굴하라는 명령이 떨어졌다. 시신에서는 다량의 비소가 검출되었고 결국 펜젤리 씨는 부인을 살해한 혐의로 체포되었다.

푸아로와 나는 예심 절차에 참석했다. 예상했던 대로 많은 증거가 제출되었다. 애덤스 의사는 비소 중독 증세가 위염과 구별하기 어렵다는 점을 인정했다. 내무부의 전문가가 증언을 했고 하녀인 제시는 수다스럽게 정보를 쏟아 냈다. 그중 대부분은 증거로 채택되지 않았지만 피고의 혐의를 확증하는 데는 도움이 되었다. 프레다 스탠턴은 외숙모가 외삼촌이 요리한 음식을 먹으면 항상 속이 좋지 않았다는 사실을 증언했다. 제이컵 래드너는 펜젤리 부인이 사망한 날 갑자기 집에 들렀을 때 펜젤리가 식료품 저장실 선반 위에 제초제 병을 다시 올려놓는 것과 펜젤리 부인이 먹을 귀리죽이 옆 테이블 위에 놓여 있는 것을 보았다고 증언했다.

다음으로 금발의 간호사 막스 양이 심문을 받았다. 그녀는 울면서 히스테릭한 목소리로 자신과 자신의 주인인 의사 사이에 '관계'가 있었다는 사실과 부인에게 무슨 일이 일어나면 자기와 결혼하겠다고 펜젤리가 약속했다는 사실을 자백했다. 펜젤리는 변론이 유보되었고 재판에 회부되었다.

제이컵 래드너는 우리 숙소까지 함께 걸어왔다.

푸아로가 말했다.

"래드너 씨. 내 예상이 들어맞았죠? 사람들의 목소리! 그들의 확신에 찬 목소리 말이오. 그것 때문에 애당초 사건을 유야무야 덮어두는 건 불가능한 일이었죠."

래드너가 한숨을 쉬며 말했다.

"푸아로 씨 말씀이 맞았습니다. 펜젤리 씨가 풀려날 가능성이 있다고 보십니까?"

"글쎄요. 변호를 보류했더군요. 뭔가 꿍꿍이가 있는지도 모르죠. 영국인들이 하는 말대로. 함께 안으로 들어가시죠."

래드너는 푸아로의 초대를 받아들였다. 나는 위스키소다 두 잔과 초콜릿 한 잔을 주문했다. 초콜릿을 주문하자 웨이터는 의외라는 표정을 지었다. 나는 초콜릿이 푸아로가 원하는 대로 진하게 나올지 걱정스러웠다.

푸아로가 말을 이었다.

"물론 저는 이런 종류의 사건에는 경험이 많습니다. 우리의 친구를 구출할 수 있는 한 가지 방법을 알고 있습니다."

"그 방법이 뭔가요?"

"래드너 씨가 이 서류에 서명하는 겁니다."

이렇게 말하면서 푸아로는 마술사처럼 재빠르게 종이 한 장을 꺼냈다.

"이게 뭐죠?"

"당신이 펜젤리 부인을 살해했다는 자백서지요."

잠시 침묵이 흐르고 래드너가 웃기 시작했다.

"지금 뭐하는 겁니까? 미쳤습니까?"

"아니, 미치지 않았습니다. 당신은 이곳에 와서 작은 장사를 시작했죠. 당신은 돈이 부족했어요. 펜젤리 씨는 아주 부유한 사람이었고 당신은 그의 조카딸을 만났죠. 그녀는 당신을 좋아하는 것 같았어요. 하지만 그녀가 결혼할 때 펜젤리 씨가 주게 될 돈은 당신 성에 차지 않았죠. 그래서 당신은 그녀의 삼촌과 외숙모를 둘 다 없애야만 했던 겁니다. 그렇게 되면 그녀가 유일한 친척이기 때문에 전 재산의 그녀의 것이 될 테니까. 당신은 정말 영리한 계획을 세웠던 겁니다. 순박한 중년 여자를 꼬여서 당신의 노예가 되게 만들었죠. 그런 다음 그녀에게 남편에 대한 의심을 불러일으켰던 거죠. 그 부인은 남편이 자기를 속이고 바람을 피우고 있다는 사실을 알게 되었고, 다음에는 당신의 계략에 넘어가서 남편이 자기를 독살하려한다고 생각하게 된 겁니다. 당신은 그 집에 자주 드나들면서 부인의 음식에 비소를 넣을 기회를 만들었어요. 하지만 교활하게도 남편이 집에 없을 때는 부인의 음식에 비소를 넣지 않았죠. 펜젤리 부인은 남편에 대한 의심을 조카딸에게 말했고 조카딸은 당연히 다른 여자 친구들에게 말했을 테고.

당신의 어려움은 두 여자와 각각 관계를 유지하는 일이었습니다. 하지만 겉으로 보이는 것만큼 그렇게 어려운 일은 아니었을 겁니다. 당신은 외숙모에게 남편의 의심을 피하려면 조카딸의 환심을 사야 한다고 말했겠죠. 젊은 여자는 따로 설득할 필요도 없었을 테고. 세상에 자기 숙모를 연적으로 생각할 조카딸은 없을 테니까.

그런데 펜젤리 부인이 당신에게 한마디 상의도 없이 나에게 상담을 하기로 했던 겁니다. 남편이 자신을 독살하려 했다는 사실을 확인하면 죄책감 없이 남편을 버리고 당신과 함께 살 수 있을 테니. 부인은 당신도 자기와 함께 살고 싶어 한다고 생각했으니까요. 하지만 그건 당신의 계획에 들어 있지 않은 일이었습니다. 그때 당신에게 좋은 기회가 찾아왔던 겁니다. 당신이 그 집에 가 있을 때 펜젤리 씨가 부인이 먹을 죽을 가져왔고 당신은 그 죽에 치사량의 비소를 집어넣었던 거죠. 나머지는 간단한 일이었고. 당신은 겉으로는 사건을 대충 넘어가기를 원하는 척하면서 은밀히 소문이 나도록 선동했던 겁니다. 그런데 한 가지 당신은 에르퀼 푸아로를 계산에 넣지 못했습니다. 당신처럼 영리한 친구가 왜?"

래드너의 얼굴이 시체처럼 창백해졌다. 그러나 여전히 고압적인 태도로 곤경을 벗어나려고 안간힘을 쓰고 있었다.

"아주 흥미롭고 기발한 시나리오로군요. 그런데 왜 내게 이런 이야기를 하는 겁니까?"

"그게 왜냐하면 말이지, 나는 법을 대신하는 게 아니라 펜젤리 부인을 대신하고 있기 때문이네. 부인을 위해서 자네에게 도망칠 수 있는 기회를 주지. 이 서류에 서명하면 자네에게 24시간의 말미를 주겠네. 24시간 후에 이 서류를 경찰에 넘기겠다는 말일세."

래드너는 망설였다.

"아무것도 입증할 수 없을 겁니다."

"못 한다고? 나는 에르퀼 푸아로라네. 창문 밖을 보시지. 길에 두 남자가 서 있는 게 보이지? 자네를 감시하라는 명령을 받은 사람들이야."

래드너는 창문 쪽으로 걸어가서 블라인드를 열고 밖을 내다보더니 욕을 하면서 뒷걸음질 쳤다.

"이제 서명하시지. 이게 마지막 기회야."

"하지만 어떻게 보장할……."

"내가 약속을 지킨다는 걸 어떻게 보장할 수 있냐는 건가? 이 에르퀼 푸아로의 말은 믿어도 되네. 서명하겠나? 헤이스팅스, 왼손으로 블라인드를 반만 열어 주겠나? 래드너 씨를 방해하지 말고 보내주라는 신호일세."

래드너는 얼굴이 하얗게 질린 채 욕지거리를 하면서 황급히 방에서 나갔다.

푸아로는 천천히 고개를 끄덕였다.

"비겁한 녀석! 난 처음부터 다 알고 있었어."

"푸아로 씨, 지금 이건 범법 행위예요."

나는 화가 나서 소리 질렀다.

"항상 감정을 자제해야 한다고 설교를 하면서 지금 단순한 감정 때문에 위험한 범인을 놓아주는 건가요?"

"이건 감정이 아닐세. 내 일을 한 것뿐이야. 우리에게 그자의 범죄를 증명할 방법이 없다는 걸 모르겠나? 내가 지금 밖에 나가서 무신경한 콘월 사람 열두 명에게 이 에르퀼 푸아로가 알고 있는 걸 얘기해 볼까? 내 말을 들으면 그 사람들은 코웃음을 칠걸. 그런 식으로 래드너에게 겁을 줘서 자백을 얻어 내는 게 유일한 방법이었네. 밖에 빈둥거리며 서 있던 두 남자가 꽤 유용했지. 다시 블라인드를 내려 주겠나, 헤이스팅스? 블라인드를 열라고 한 건 별다른 의미가 있었던 건 아니었네. 연출의 일부였을 뿐이지.

물론 약속은 지켜야지. 24시간이라고 했나, 내가? 가엾은 펜젤리 씨에게는 더 안된 일이지만, 그이도 자기 아내를 배반했으니 잘못이 없는 건 아니지. 자네도 알지만 나는 가정생활에 아주 엄격한 사람이라네. 좋아, 24시간. 그다음엔 어떻게 하지? 난 런던 경시청을 신뢰하네. 그들이 래드너를 체포하겠지, 몬 아미. 그들이 반드시 잡을 거야."

클로버 킹

"현실은 소설보다 더 기이하군."

《데일리 뉴스몽어》를 내려놓으면서 나는 이렇게 말했다.

그것은 그다지 독창적인 말이 아니었던 모양이었다. 내 말이 신경에 거슬렸는지 나의 친구는 달걀 모양의 머리를 한쪽으로 비스듬하게 기울이고 정성껏 주름을 잡아 놓은 바지에서 눈에 보이지도 않는 먼지를 털어내면서 말했다.

"정말 심오한 말이로군! 내 친구 헤이스팅스는 대단한 철학자라니까!"

나는 그의 비꼬는 것 같은 말을 못 들은 척하고 내려놓았던 신문을 툭툭 쳤다.

"오늘 조간신문 읽으셨죠?"

"읽었지. 읽고 나서 대칭이 되게 잘 접어 두었네. 자네처럼 바닥에 던져두지 않았어. 자네는 질서와 체계가 없는 게 정말 문제야."

그것은 푸아로의 가장 큰 문제점이었다. 질서와 체계는 그의 우상이었다. 그는 자신의 성공이 질서와 체계 때문이라고 굳게 믿고 있었다.

"그럼 극장 기획자 헨리 리드번이 살해됐다는 기사를 읽었겠네요. 내가 현실이 소설보다 더 기이하다고 말한 게 바로 그 기사 때문이었어요. 현실은 소설보다 더 기이할 뿐 아니라 더 드라마틱하죠. 탄탄한 영국 중산층 오글랜더 가에서 그런 일이 일어나다니! 아버지, 어머니, 아들, 딸, 모두 이 나라의 전형적인 가족들이죠. 남자들은 매일 직장으로 출근하고 여자들은 집안일을 돌보고. 그들은 완벽하게 평화롭고 지극히 단조로운 생활을 하고 있었어요. 그런데 어젯밤 스트리댐의 데이지미드에 있는 아담한 교외 주택의 거실에서 브리지 게임을 하고 있을 때 갑자기 프랑스식 창문이 덜컥 열리고 한 여자가 비틀거리면서 방으로 뛰어 들어온 겁니다. 그 여자가 입고 있는 회색 새틴 코트는 검붉은 피로 얼룩져 있었죠. 그 여자는 '살인이야!'라고 소리를 지르고는 정신을 잃고 바닥에 쓰러져 버렸습니다. 그들은 그 여자의 사진을 본 적이 있어서 그 여자가 누군지 알 수 있었죠. 그 여자는 최근에 런던에서 큰 인기를 얻고 있는 유명한 무용가 발레리 세인트클레어였어요."

"그건 자네의 웅변인가, 아니면 《데일리 뉴스몽어》에 난 기사 내용인가?"

"《데일리 뉴스몽어》는 마감 시간에 쫓겨 사실을 보도하기에 급급

하죠. 하지만 이 이야기의 드라마틱한 설정이 단번에 제 상상력을 사로잡았답니다."

푸아로는 뭔가 생각하는 듯이 고개를 끄덕였다.

"인간 본성이 있는 곳에는 반드시 드라마가 있는 법이지. 하지만 항상 자네가 생각하는 곳에 있는 건 아닐세. 그걸 잊지 말게. 나 역시 그 사건에 흥미가 있어. 내가 그 사건에 개입하게 될 것 같단 말이지."

"정말입니까?"

"그렇다네. 오늘 아침에 어떤 신사에게서 전화가 왔는데 마우라니아의 폴 왕자 대리인 자격으로 나를 만나겠다고 해서 약속을 잡았지."

"그게 이 사건과 무슨 관계가 있다는 거죠?"

"자네는 영국의 스캔들 신문을 읽지 않는 모양이군. 아주 흥미진진한 기사가 실리는 신문이지. '생쥐가 들었다…….' '참새는 알고 싶어 한다…….' 여기를 보게나."

나는 그의 짧고 뭉툭한 손가락 끝이 가리키고 있는 기사를 읽었다.

"'외국의 왕자와 유명한 무용가가 정말 사귀는 사이일까! 만일 그 아가씨가 새 다이아몬드 반지를 마음에 들어 한다면!'"

"이제 자네의 드라마틱한 이야기로 돌아가 보세. 세인트클레어 양이 데이지미드의 거실 카펫 위에 정신을 잃고 쓰러졌다는 얘기까지 했나?"

나는 어깨를 으쓱했다.

"그 아가씨가 정신을 차린 후에 처음 한 말을 듣고 오글랜더 가의 두 남자가 밖으로 뛰어나갔죠. 한 사람은 심한 충격 때문에 정신을 차리지 못하는 아가씨를 위해 의사를 부르러 가고, 한 사람은 경찰서로 달려가서 벌어진 일을 얘기하고 경찰관을 대동하고 몽 데지르로 갔습니다. 그곳은 리드번 씨의 호화 주택이 있는 곳으로 데이지 미드에서 별로 멀지 않은 거리에 있었죠. 그 집 서재에서 뒤통수가 달걀처럼 깨진 채 쓰러져 있는 거물이 발견된 겁니다. 사실 그 남자는 좋지 않은 소문에 시달리고 있었다고 합니다."

"내가 지금까지 자네의 능력을 과소평가한 것 같군."

푸아로가 상냥한 말투로 말했다.

"미안하네. 난…… 아, 왕자가 왔나 보군!"

우리의 특별한 방문객은 자신을 페오도르 백작이라고 소개했다. 그는 키가 크고 턱이 가늘고 모란베르그 가 특유의 입모양과 광신자같이 불타는 듯한 검은 눈을 가진 특이한 외모의 청년이었다.

"푸아로 씨 되시오?"

내 친구는 고개를 숙여 인사했다.

"푸아로 씨. 나는 지금 말할 수 없는 곤경에 처해 있소. 말로 표현할 수 없을 만큼……."

푸아로는 손을 내저었다.

"무슨 일로 힘들어하시는지 압니다. 세인트클레어 양이 전하의 친한 친구분이시죠?"

왕자는 단도직입적으로 말했다.

"나는 세인트클레어 양을 내 아내로 맞이할 생각이오."

푸아로는 눈을 동그랗게 뜨고 의자에서 자세를 고쳐 앉았다.

왕자는 말을 계속 이어 나갔다.

"우리 가문에서 귀천 결혼을 하는 건 내가 처음이 아니오. 나의 형인 알렉산더도 황제의 뜻을 거슬렀소. 우리는 지금 구태의연한 신분 제도에서 벗어난 계몽 시대에 살고 있소. 더욱이 세인트클레어 양은 사실상 나와 동등한 계급 출신이오. 당신도 그녀의 전력에 대해 알고 있을 거요."

"그녀의 출생에 관한 여러 가지 로맨틱한 이야기가 떠돌고 있습니다. 유명한 무용가에게는 흔히 있는 일이죠. 아일랜드 청소부의 딸이라는 말도 있고, 어머니가 러시아 공작의 부인이라는 소문도 있습니다."

"첫 번째는 당연히 근거 없는 소문이고 두 번째가 사실이오. 확실히 그렇다고 말한 건 아니지만 발레리도 그렇게 추정할 만한 얘기를 했소. 게다가 그녀의 무의식적인 행동이 그녀가 상류 계층 출신이라는 걸 증명하고 있소. 나는 유전을 믿는 사람이오, 푸아로 씨."

"유전이라면 저도 믿고 있습니다."

푸아로가 생각에 잠긴 표정으로 말했다.

"유전에 관해서라면 신기한 경우를 몇 번 본 적이 있죠. 가령…… 아! 이제 용건으로 들어가죠. 제가 어떤 일을 도와 드리면 될까요? 걱정하시는 일이 어떤 건지요? 송구스러운 질문입니다만 세인트클레어 양이 이 범죄 사건과 무슨 관계가 있는 건 아닌지요? 세인트클레어 양은 물론 리드번과 아는 사이였겠죠?"

"그렇소. 리드번이 그녀를 사랑한다고 내게 고백한 적이 있었소."

"그럼 마드무아젤은?"

"그녀는 아무 말도 할 수가 없었을 거요."

푸아로는 그를 날카로운 눈빛으로 쳐다보았다.

"리드번을 두려워할 이유라도 있나요?"

젊은 왕자는 잠시 망설이는 것 같았다.

"사실은 한 가지 사건이 있었소. 혹시 자라를 아시오? 점쟁이 말이오."

"모릅니다."

"아주 놀라운 여자요. 푸아로 씨도 한번 찾아가 보는 게 좋을 거요. 발레리와 나는 지난주에 그 여자를 찾아갔었소. 자라는 카드 점을 치더니 발레리에게 어려운 일이 생길 거라고 했소. 어두운 구름이 몰려오고 있다고. 그리고 마지막 카드, 숨은 카드를 뒤집어 보니 클로버 킹이었소. 자라는 발레리에게 이렇게 말했소. '정신 바짝 차려야 해. 당신을 지배하고 있는 자가 있어. 당신은 그를 두려워하고 있어. 그 사내 때문에 당신은 큰 위험에 처해 있군. 내가 누구를 말하는지 알겠지?' 발레리는 입술이 하얗게 질려서 고개를 끄덕이며 이렇게 말했소. '누군지 알아요.' 우리가 그곳을 나올 때 마지막으로 자라는 이렇게 말했소. '클로버 킹을 조심해. 위험이 닥쳐오고 있어.' 나는 발레리에게 무슨 말이냐고 물었지만 그녀는 아무 말도 하지 않고 다 괜찮을 거라고만 했소. 어젯밤 일이 일어난 후에야 발레리가 클로버 킹에서 본 게 리드번이고 그자가 바로 발레리가 두려워하고 있는 사내라는 걸 분명히 알게 되었소."

왕자는 거기서 갑자기 말을 중단했다.

"내가 오늘 아침 신문을 펼쳤을 때 얼마나 불안한 생각이 들었는지 짐작이 갈 거요. 만일 발레리가 갑자기 심경의 변화를 일으켜서…… 아니, 그건 절대로 일어나서는 안 될 일이오."

푸아로는 일어나서 왕자의 어깨를 다정하게 툭툭 쳤다.

"너무 걱정하지 마십시오. 모든 일을 제게 맡기십시오."

"스트리댐으로 가 주시겠소? 발레리는 아직 데이지미드에 있을 거요. 충격 때문에 몸을 제대로 가눌 수도 없을 테니."

"지금 바로 가겠습니다."

"내가 조치를 취해 두었소. 대사관을 통해서. 어느 곳이나 자유롭게 출입할 수 있을 거요."

"그럼 저희들은 출발하겠습니다. 헤이스팅스, 자네도 함께 가지. 그럼 안녕히 가십시오. 왕자님."

몽 데지르는 아주 현대적이고 안락하게 지어진 훌륭한 저택이었다. 짧은 차도가 집에서 도로까지 이어져 있었고 몇 에이커나 되는 아름다운 정원이 집 뒤로 펼쳐져 있었다.

폴 왕자의 소개를 받고 왔다고 하자 집사가 문을 열어 주었다. 그는 우리를 비극적인 사건이 벌어진 현장으로 안내했다. 넓은 서재는 건물 전체의 앞에서 뒤까지 이어진 큰방이었고 앞쪽 차도를 향해 난 창과 정원을 향해 난 창이 하나씩 있었다. 시체가 쓰러져 있었던 곳은 뒤쪽 창가 구석이었다. 경찰이 조사를 끝내고 시체를 치운 지 얼마 되지 않은 것 같았다.

"골치 아프게 됐네요."

나는 푸아로에게 작은 소리로 말했다.

"단서를 모두 없애버렸잖아요."

푸아로는 내 말을 듣고 웃었다.

"허, 그것 참! 단서는 안에서 찾아야 한다고 내가 몇 번을 얘기했나? 이 작은 회색 뇌세포 속에 모든 미스터리를 풀 수 있는 단서가 있단 말일세."

그는 집사를 돌아보며 말했다.

"시체를 옮긴 것 말고는 이 방은 원래대로 보존된 건가?"

"그렇습니다. 어젯밤 경찰이 왔을 때의 상태 그대로입니다."

"그런데 이 커튼 말이오, 이건 바로 창문 앞에 걸려 있는데. 저쪽 창도 마찬가지로군. 어젯밤에 커튼이 쳐져 있었나?"

"네, 제가 매일 밤 커튼을 칩니다."

"그렇다면 리드번이 커튼을 열었던 게 분명하군."

"그럴 겁니다."

"어젯밤 주인에게 손님이 찾아올 거라는 걸 알고 있었소?"

"주인어른은 아무 말씀도 하지 않으셨습니다. 저녁 식사 후에 방해하지 말라는 말씀은 하셨지만요. 이 서재에는 집 옆에 있는 테라스로 연결되는 문이 있습니다. 주인어른께서 그곳으로 사람을 들여 보내실 수는 있었을 겁니다."

"가끔 그렇게 하셨소?"

집사는 조심스럽게 헛기침을 했다.

"그랬다고 생각합니다, 선생님."

푸아로는 문제의 문으로 다가갔다. 문은 잠겨 있지 않았다. 그는 문을 열고 테라스로 나갔다. 오른쪽으로는 차도가 나 있고 왼쪽으로는 붉은 벽돌로 된 담이 있었다.

"저건 과수원입니다. 그곳으로 들어가는 문이 하나 있지만 항상 6시가 되면 문을 잠가 버립니다."

푸아로는 고개를 끄덕이고 다시 서재로 들어갔다. 집사도 그의 뒤를 따라 들어왔다.

"어젯밤 사건이 일어날 때 무슨 소리를 듣지 못했소?"

"서재에서 무슨 소리를 들었습니다. 9시 되기 조금 전이었지요. 하지만 그런 일은 종종 있었으니까요. 특히 여자분의 목소리는 자주 들었지요. 저희들은 하인들이 대기하는 방에 들어가면 아무 소리도 듣지 못합니다. 그 뒤에 11시쯤 돼서 경찰이 왔습니다."

"무슨 소리를 들었다고 했는데 몇 사람이었던 것 같소?"

"그건 잘 모르겠습니다. 여자 목소리가 들렸던 것 같습니다."

"그렇군!"

"실례가 될지 모르겠습니다만, 라이언 의사가 아직 여기 계신데 만나 보시겠습니까?"

우리는 그의 제안을 반갑게 받아들였다. 몇 분 후에 쾌활한 중년 의사가 우리를 만나러 왔다. 그는 푸아로가 알고 싶어 하는 정보를 모두 알려 주었다. 리드번의 시체는 대리석으로 만들어진 창턱 의자 옆에 머리를 둔 채 창문 근처에 쓰러져 있었다고 했다. 두 군데 상처가 있었는데 하나는 두 눈 사이에 다른 하나는 머리 뒤통수에 난 치명적인 상처였다는 것이다.

"시체가 천장을 보고 누워 있었나요?"

"네. 여기 그 자국이 있습니다."

의사는 마루 위에 있는 조그만 검은 얼룩 자국을 가리켰다.

"뒤통수에 난 상처는 바닥에 쓰러지면서 부딪칠 때 생긴 게 아닐까요?"

"아니죠. 흉기가 무엇이었는지 모르지만 뒤통수에 박힌 상처입니다."

푸아로는 생각에 잠긴 표정으로 앞을 바라보고 있었다. 양쪽 창틀 옆에는 대리석으로 만든 의자가 있었고 팔걸이는 사자 머리 모양으로 조각되어 있었다. 푸아로의 눈이 갑자기 번쩍 빛났다.

"이렇게 가정하면 어떻게 될까요? 리드번이 뒤로 넘어지면서 튀어나온 사자 머리에 부딪혔다가 미끄러져서 바닥에 쓰러졌다고 말이죠. 그렇다면 선생님이 설명하신 그런 상처가 생기지 않을까요?"

"네. 그렇게 되겠군요. 하지만 피해자가 쓰러져 있었던 각도를 보면 그런 가정이 성립되지 않습니다. 그리고 그렇게 쓰러졌다면 대리석 의자에 핏자국이 남아 있어야 되겠죠."

"씻어 내지 않았다면 말이죠."

의사는 어깨를 으쓱했다.

"그럴 가능성은 거의 없습니다. 사고를 타살로 위장해서 이득을 볼 만한 사람이 없으니까요."

"그렇군요."

푸아로는 그의 말에 동의하는 듯이 고개를 끄덕였다.

"그런데 두 상처 중 하나는 여자가 만든 상처로 보이지 않습니까?"

"글쎄요. 그럴 가능성은 없는 것 같습니다만, 혹시 세인트클레어 양을 생각하고 하시는 말씀인가요?"

"저는 확신이 들 때까지는 특정인에게 혐의를 두지 않습니다."

푸아로가 진지하게 말했다.

"세인트클레어 양은 저쪽으로 도망쳤습니다. 나무들 사이로 데이지미드가 얼핏 보이시죠? 물론 길가 앞쪽으로는 더 많은 주택이 있습니다. 그런데 그쪽으로 세인트클레어 양이 뛰어간 건 꽤 떨어져 있기는 하지만 이쪽에서 보이는 집이 데이지미드뿐이라서 그랬을 겁니다."

"친절하게 설명해 주셔서 고맙습니다. 우린 이만 가세, 헤이스팅스. 세인트클레어 양의 뒤를 따라가 봐야지."

푸아로는 앞장서서 정원을 지나고 철문을 나와서 잔디밭을 넘어 데이지미드 정원으로 통하는 문으로 들어갔다. 2000평방미터 정도 되는 땅에 지어진 작은 집이었다. 프랑스풍의 창문까지 몇 개의 계단이 놓여 있었다. 푸아로는 그쪽을 보면서 고개를 끄덕였다.

"여기가 세인트클레어 양이 도망간 곳이로군. 우리는 그녀처럼 서두를 일이 없으니 앞쪽 현관으로 돌아가는 게 좋겠네."

하녀가 나와서 우리를 거실로 안내한 후에 오글랜더 부인을 찾으러 나갔다. 거실은 어젯밤 이후로 전혀 손을 대지 않은 게 분명했다. 난로에는 아직 재가 남아 있었고, 방 한가운데 브리지 게임을 하던 테이블이 그대로 놓여 있었다. 더미(다른 사람들이 보게 들춰 놓은 패 ― 옮긴이)가 뒤집어져 있는 모양이 게임을 하다가 판을 그만둔 것 같았다.

거실은 조잡한 장식품이 너무 많이 장식되어 있었고 벽에도 가족사진이 너무 많이 걸려 있어서 눈에 거슬릴 정도였다.

푸아로는 나처럼 그 사진들이 거슬리지 않는지 비뚤어진 사진 한두 개를 똑바로 고쳐 걸고 있었다.

"가족이란 참 끈끈한 거야. 안 그런가? 가족에 대한 사랑은 정말 소중한 거지."

나는 그의 말에 공감하면서 앞에 있는 사진에 시선을 고정했다. 그 가족사진 속에는 구레나룻을 기른 신사와 앞머리를 높이 틀어 올린 여자, 땅딸막한 체격의 소년, 그리고 리본을 너무 많이 달고 있는 두 소녀가 있었다. 나는 아마도 오글랜더 가족의 옛날 사진일 거라고 생각하면서 흥미롭게 사진을 바라보았다.

문이 열리고 젊은 여자가 들어왔다. 그녀는 검은 머리를 단정하게 빗고 갈색 코트에 트위드 스커트를 입고 있었다.

아가씨는 미심쩍은 표정으로 우리를 쳐다보았다. 푸아로가 한 발 앞으로 나섰다.

"오글랜더 양이신가요? 험한 일을 당하셨는데 죄송합니다. 무척 놀라고 당황하셨을 겁니다."

"정말 너무 놀랍고 충격적이었어요."

오글랜더 양이 조심스럽게 말했다.

드라마의 극적인 요소가 오글랜더 양의 등장으로 인해 맥이 빠지는 느낌이었다. 그녀의 상상력 부족이 어떤 비극보다 더 비극적이라는 생각이 들었다. 그녀가 다음에 한 말은 이런 내 생각을 더 굳혀 주었다.

"방이 엉망이라서 죄송합니다. 하인들이 정신이 나가 있어서."

"어젯밤에 이 방에 계시지 않았나요?"

"네, 저녁 식사를 하고 나서 브리지 게임을 하고 있었어요. 그런데……."

"잠깐만요…… 브리지 게임을 얼마나 하셨죠?"

"글쎄요……."

오글랜더 양은 잠시 생각하더니 말을 이었다.

"정확하게 말씀드릴 수가 없네요. 10시쯤 되었던 것 같아요. 러버(세 판 승부 — 옮긴이)를 대여섯 번 했으니까요."

"아가씨도 함께 앉아 있었나요? 어디에 앉아 있었죠?"

"창문 바로 앞에 앉아 있었어요. 어머니와 같이 게임을 하고 있었죠. 그때 갑자기 창문이 벌컥 열리더니 세인트클레어 양이 비틀거리면서 방으로 들어왔어요."

"세인트클레어 양이라는 걸 금방 알아봤나요?"

"어딘가 낯이 익은 얼굴이라고 생각했죠."

"세인트클레어 양이 아직 댁에 있습니까?"

"네, 그런데 아무도 만나지 않으려고 해요. 아직 몸을 제대로 가누지 못하거든요."

"나라면 만나려고 할 겁니다. 마우라니아의 폴 왕자에게서 긴급한 요청을 받고 온 사람이라고 전해 주시겠습니까?"

나는 왕자의 이름을 언급하면 오글랜더 양의 강철 같은 태연함이 흔들릴 거라고 생각했다. 그러나 그녀는 조금도 동요하는 기색 없이 방을 나갔다. 잠시 후에 돌아와서 세인트클레어 양이 자기 방에서 만나겠다고 했다는 말을 전했다.

그녀를 따라 계단을 올라가서 널찍하고 환한 방으로 들어서자 창가의 긴 의자에 누워 있던 여자가 고개를 돌렸다. 두 여자의 대조적인 외모에 놀라지 않을 수가 없었다. 실제 얼굴 생김새나 피부색이 전혀 다른 건 아니어서 오히려 대조적인 느낌이 더 강한 것 같았다.

발레리 세인트클레어는 표정 하나, 몸짓 하나가 모두 드라마를 연출하고 있었다. 그녀의 온몸에서 로맨틱한 분위기가 풍겨 나오는 것 같았다. 발까지 내려오는 진홍색 플란넬 가운은 어느 모로 보나 평범한 옷이었지만 그녀의 독특한 매력이 그 옷에 이국적인 분위기를 더해서 불타는 듯한 동양풍의 가운을 입고 있는 것처럼 보이게 했다.

그녀의 크고 검은 눈이 푸아로를 뚫어지게 쳐다보고 있었다.

"폴이 보낸 분이신가요?"

그녀의 목소리는 외모와 어울리게 풍부하면서도 나른했다.

"그렇습니다, 마드무아젤. 왕자님과 마드무아젤에게 도움을 드리기 위해서 왔습니다."

"뭘 알고 싶으신 건가요?"

"어젯밤에 있었던 모든 일을 알고 싶습니다. 하나도 빠짐없이!"

그녀는 피곤한 듯이 희미하게 미소를 지었다.

"제가 거짓말을 할 거라고 생각하세요? 전 그렇게 어리석지 않아요. 숨길 수 없다는 걸 잘 알아요. 리드번은 저의 비밀을 알고 있었어요. 죽은 사람 말이에요. 그 일로 저를 협박했죠. 저는 폴 때문에 그와 타협을 하려고 했어요. 폴을 잃을지도 모르는 위험을 감수할 수는 없었으니까요……. 이제 그 남자가 죽었으니 전 안전해진 거죠. 하지만 맹세코 전 죽이지 않았어요."

푸아로는 웃으면서 고개를 흔들었다.

"제게 그런 말은 하지 않아도 됩니다, 마드무아젤. 어젯밤 있었던 일을 말씀해 주시죠."

"저는 돈을 주겠다고 했어요. 협상할 마음이 있는 것 같더군요. 어젯밤 9시에 만나자고 해서 몽 데지르 저택으로 갔어요. 전에 가본 적이 있어서 아는 장소였죠. 하인들의 눈을 피해서 옆문으로 해서 서재에 들어가려고 했어요."

"잠깐만, 마드무아젤. 한밤중에 혼자 그곳에 가는 게 겁나지 않았습니까?"

내 착각인지 몰라도 그녀는 대답하기 전에 잠시 망설이는 것 같았다.

"당연히 겁이 났죠. 하지만 같이 가 달라고 할 사람이 없었어요. 저는 그때 필사적인 심정이었어요. 리드번이 서재에서 저를 기다리고 있더군요. 그 인간은 죽어 마땅해요. 고양이가 쥐를 갖고 장난하는 것처럼 저를 가지고 놀았어요. 저를 비웃고 조롱했어요. 저는 그에게 애원도 하고 사정도 했어요. 제가 가지고 있는 보석을 모두 주겠다고도 했어요. 그런데도 아무 소용없었어요. 결국에는 자기가 원하는 걸 말하더군요. 어떤 조건인지 짐작이 가실 거예요. 저는 거절했어요. 그 인간을 제가 어떻게 생각하는지 말했죠. 저는 악을 써 댔어요. 그 인간은 말없이 웃기만 하더군요. 그런데 제 말이 끝나자마자 무슨 소리가 들렸어요……. 창문 커튼 뒤에서…… 그 남자도 소리를 들었는지 커튼으로 걸어가서 열어 젖혔어요. 커튼 뒤에 어떤 남자가 숨어 있었어요. 험상궂게 생긴 게 부랑자 같아 보였어요. 그 남자는 리드번을 때리고…… 사정없이 계속 때려서 쓰러뜨렸어요. 그 부랑자가 피 묻은 손으로 저를 잡았어요. 저는 그의 손을 뿌리치고 창밖으로 빠져나와서 죽어라고 달렸죠. 그때 이 집 불빛이 눈에 들어오더군요. 그래서 이리로 정신없이 달려왔죠. 블라인드가 올려져 있고 사람들이 브리지 게임을 하고 있는 모습이 보였어요. 저는 거의 쓰러지다시피 해서 방으로 들어왔어요. 숨을 헐떡이며 간신히 '살인이야!'라고 외쳤어요. 그다음은 아무것도 생각나지 않아요……."

"감사합니다, 마드무아젤. 예민한 성격에 큰 충격을 받으셨겠죠. 그런데 그 부랑자는 어떻게 생겼던가요? 설명해 주실 수 있겠습니까? 어떤 옷을 입고 있었는지 기억이 나시나요?"

"아뇨. 모든 게 너무 순식간에 일어나서. 하지만 어디선가 다시 만나면 알아볼 수도 있을 것 같아요. 제 머리에 똑똑히 박혀 있으니까요."

"한 가지만 더 묻겠습니다, 마드무아젤. 몽 데지르 저택 서재에 있는 창문 커튼 말입니다. 차도 쪽으로 나 있는 창문이오. 그 커튼이 올려져있었나요?"

처음으로 그녀의 얼굴에 당혹스러운 표정이 떠올랐다. 그녀는 기억을 해내려고 애쓰는 것 같았다.

"생각나세요, 마드무아젤?"

"생각해 보니까…… 분명히…… 맞아요, 분명히 커튼이 쳐 있지 않았어요."

"그건 이상한 일이로군요. 다른 쪽 커튼은 쳐 있었는데 말이죠. 상관없습니다. 그건 별로 중요한 일은 아니니까요. 여기 더 머무르실 생각이십니까, 마드무아젤?"

"의사 선생님이 내일 런던으로 돌아가도 괜찮을 거라고 하셨어요."

그녀는 방 안을 둘러보았다. 오글랜더 양은 방에서 나가고 없었다.

"이곳 분들이 제게 무척 친절하게 대해 주시기는 하지만 저와는 다른 세상 사람들이죠. 그들에게는 제가 이상하게 보이겠죠. 저 역시 부르주아는 좋아하지 않아요."

그녀의 말 속에는 신랄한 어감이 깔려 있었다.

푸아로는 고개를 끄덕였다.

"충분히 이해합니다. 제 질문이 힘들게 해 드렸다면 용서해 주시기 바랍니다."

"아니에요, 무슈. 차라리 폴이 모든 걸 알게 됐으면 좋겠어요."

"하루 빨리 기운 차리시길 바랍니다, 마드무아젤."

푸아로는 방에서 나오면서 갑자기 걸음을 멈추고 가죽 슬리퍼 한 켤레를 유심히 쳐다보았다.

"이 슬리퍼는 마드무아젤 겁니까?"

"네, 무슈. 조금 전에 깨끗이 닦아서 가져다 놓은 거예요."

"그렇군요!"

푸아로는 계단을 내려오면서 말했다.

"이 집 하인들은 경황이 없어서 난로 청소하는 건 잊어버렸지만 신발 닦을 정신은 있었나 보군. 몬 아미, 처음에는 흥미로운 점이 한두 가지 있었는데 말이지. 안타깝게도, 정말 애석하게도 이 사건은 이미 종결된 걸로 봐야겠네. 모든 게 명백해졌어."

"그럼 살인범은 누구죠?"

"에르퀼 푸아로는 부랑자는 쫓지 않네."

내 친구는 과장되게 으쓱거렸다.

오글랜드 양이 홀에서 우리를 기다리고 있었다.

"잠시만 거실에서 기다려 주세요. 어머니가 드릴 말씀이 있답니다."

거실은 아직도 치우지 않은 상태였다. 푸아로는 천천히 카드를 모아 작고 통통한 손으로 섞었다.

"내가 지금 무슨 생각을 하고 있는지 알겠나, 친구?"

"모르겠는데요."

"오글랜더 양이 노 트럼프를 한 건 실수라는 생각을 하고 있었네. 그녀는 스리 스페이드로 가야 했단 말일세."

"푸아로! 그만 좀 하세요."

"이보게! 매일 피비린내 나는 얘기만 할 수는 없지 않나."

갑자기 푸아로가 동작을 멈추고 말했다.

"이봐, 헤이스팅스. 헤이스팅스. 이거 보게! 카드 안에 클로버 킹이 없어졌어!"

"자라!"

내가 소리쳤다.

"뭐라고?"

푸아로는 내 말을 이해하지 못하는 것 같았다. 그는 기계적으로 카드를 모아서 케이스 안에 넣었다. 그의 얼굴은 무척 심각해 보였다.

"헤이스팅스……."

드디어 그가 입을 떼었다.

"이 에르퀼 푸아로가 하마터면 큰 실수를 할 뻔했네. 엄청난 실수를."

나는 놀라서 그를 쳐다보았다. 그가 무슨 생각을 하고 있는지 전혀 짐작이 가지 않았다.

"처음부터 다시 시작해야겠어, 헤이스팅스. 그래. 다시 시작하는 거야. 이번에는 절대 실수해서는 안 돼."

그때 단정한 외모의 중년 부인이 방에 들어왔다. 부인은 한 손에 가계부 몇 권을 들고 있었다.

푸아로는 고개를 숙여 부인에게 인사했다.

"세인트클레어 양의 친구분이신가요?"

"세인트클레어 양의 친구분이 보내서 온 사람입니다."

"아, 그러시군요. 저는……."

푸아로는 갑자기 창문을 향해서 손을 흔들었다.

"어젯밤에 덧문을 닫지 않으셨나요?"

"네, 그래서 세인트클레어 양이 불빛을 분명하게 본 것 같아요."

"어젯밤은 달빛이 밝았죠. 부인이 앉아 있던 자리는 창문을 마주 보고 있는데 세인트클레어 양을 보지 못했다는 게 이상하군요."

"게임에 몰두하고 있어서 그랬겠죠. 이런 일은 처음 겪는 거라서."

"충분히 이해할 것 같습니다, 부인. 이제 마음을 놓으셔도 되겠군요. 내일 세인트클레어 양이 떠난다고 하니까요."

"그런가요?"

"그럼, 이만 실례하겠습니다, 부인."

우리가 현관을 나설 때 하인이 계단을 닦고 있었다.

"2층에 있는 여자분의 신발을 닦았나요?"

"아뇨. 아무도 안 닦았는데요."

"그럼 누가 닦았을까요?"

길을 걸어 내려오면서 내가 푸아로에게 물었다.

"아무도 닦지 않았어. 닦을 필요가 없었으니까."

"환한 밤에 도로를 걸어왔다면 흙이 묻지 않았겠죠. 하지만 풀이 무성한 정원을 달려왔다면 당연히 흙이 묻었을 텐데요."

"그렇지."

푸아로가 미묘한 미소를 지으며 말했다.

"그랬다면 당연히 더러워졌겠지."

"그런데……."

"30분만 더 기다리게, 친구. 30분 후에 몽 데지르 저택으로 돌아갈 거야."

우리가 다시 돌아온 걸 보고 집사는 깜짝 놀란 표정을 지었다. 그러나 우리가 다시 서재를 둘러보는 걸 막지는 않았다.

"그쪽 창문이 아니에요, 푸아로."

푸아로가 차도를 향해 나 있는 창문으로 가는 걸 보고 내가 소리를 질렀다.

"아니, 내 생각은 달라, 친구. 여기를 좀 보게나."

푸아로는 대리석으로 된 사자의 머리를 가리켰다. 거기에는 희미하게 지워진 얼룩 자국이 있었다. 그는 손가락으로 반짝반짝하게 닦아 놓은 바닥에 있는 비슷한 얼룩 자국을 가리켰다.

"누군가가 리드번의 미간을 주먹으로 때렸어. 리드번은 쓰러지면서 이 대리석의 튀어나온 부분에 머리를 부딪치고 바닥으로 미끄러진 거야. 그다음에 누군가가 그를 다른 쪽 창문으로 끌고 가서 거기 버려둔 거야. 하지만 의사가 증언한 각도는 아니었네."

"왜 그랬을까요? 그럴 필요가 없었을 것 같은데."

"아니, 꼭 필요한 일이었어. 그게 살인범의 정체를 알 수 있는 단서이기도 하네. 범인은 리드번을 죽일 생각은 없었으니까 그를 살인범이라고 부르는 건 마땅치 않아. 그는 분명히 힘이 아주 센 남자였을 걸세."

"시체를 끌어서 옮길 만큼?"

"그게 다가 아닐세. 이건 아주 흥미로운 사건이야. 하마터면 실수를 할 뻔했지만 말일세."

"사건이 종결됐다는 뜻인가요? 모든 걸 다 알아냈다는 겁니까?"

"그렇다네."

그때 갑자기 한 가지 생각이 떠올랐다.

"아! 모르는 게 하나 있어요."

"그게 뭔가?"

"없어진 클로버 킹이 어디 있는지 모르잖아요."

"그런가? 아, 이건 마술이야! 대단한 마술, 친구."

"마술이라뇨?"

"내 주머니 속에 들어 있으니 말일세."

푸아로는 조심스럽게 주머니에서 그것을 꺼냈다.

"맙소사!"

나는 기가 탁 막혔다.

"도대체 어디서 그걸 찾아낸 거죠? 여기서 찾았나요?"

"그렇게 놀랄 것까지는 없네. 다른 카드와 함께 케이스에서 꺼내지 않았을 뿐이니까. 케이스 안에 그냥 남아 있었던 거라네."

"흠! 어쨌든 그걸 보고 아이디어가 떠올랐겠죠."

"물론이지. 국왕 폐하께 감사드려야겠지."

"점쟁이 자라에게도!"

"아, 그렇군! 그 부인에게도!"

"이젠 어디로 갈 겁니까?"

"시내로 돌아가야지. 그전에 데이지미드에서 여자분을 만나서 몇 마디 얘기를 나눠야겠네."

조금 전에 문을 열어 주었던 하녀가 이번에도 문을 열어 주었다.

"지금 모두 식사 중이십니다. 세인트클레어 양은 쉬고 계시는데요."

"오글랜더 부인을 잠시 만나 뵐 수 있을까요? 말씀 좀 전해 주시겠습니까?"

우리는 거실로 안내되었다. 식당을 지나칠 때 가족들의 모습이 보였다. 체격이 크고 단단해 보이는 남자 두 명이 함께 있었다. 한 남자는 콧수염을, 다른 한 남자는 턱수염을 기르고 있었다.

잠시 후에 오글랜더 부인이 방으로 들어왔다. 그녀는 미심쩍은 표정으로 푸아로를 쳐다보았다. 푸아로는 인사를 하면서 말했다.

"부인, 저의 나라에서는 어머니에 대해 무한한 애정과 절대적인 존경심을 가지고 있습니다. 한 집안의 어머니는 누구보다 소중한 존재이지요."

오글랜더 부인은 그의 서론을 듣자 더욱 의아한 표정을 지었다,

"제가 온 것도 그런 이유에서입니다……. 어머니의 고통을 위로해 드리기 위해서. 리드번을 살해한 범인은 발견되지 않을 겁니다. 걱정하지 마십시오. 이 에르퀼 푸아로의 말은 믿으셔도 됩니다. 제 말이 맞지 않습니까? 아니면 제가 아내분을 위로해 드려야 하는 걸까요?"

한순간 침묵이 흘렀다. 오글랜더 부인의 눈은 푸아로의 속을 탐색하고 있는 것처럼 보였다.

드디어 부인이 조용히 입을 열었다.

"어떻게 알게 된 건지는 모르지만. 맞아요. 당신 말이 맞아요."

푸아로는 천천히 고개를 끄덕였다.

"제 용건은 끝났습니다, 부인. 하지만 걱정하지 마십시오. 영국 경찰은 이 에르퀼 푸아로처럼 예리한 눈을 가지고 있지 못하니까요."

푸아로는 손끝으로 벽에 걸린 가족사진을 가볍게 두드렸다.

"예전에 따님이 한 분 더 계셨습니다. 그런데 지금은 세상을 떠났죠, 부인?"

부인이 푸아로를 훑어보는 동안 또다시 침묵이 흘렀다.

"맞아요. 그 애는 죽었어요."

"아!"

푸아로가 말했다.

"우리는 런던으로 돌아가야 합니다. 이 클로버 킹을 다시 카드 속에 넣어도 될까요? 이것이 부인의 유일한 실수였습니다. 한 시간 동안 클로버 킹 없이 브리지 게임을 하셨다니. 게임을 조금이라도 할 줄 아는 사람이라면 도저히 믿을 수 없는 얘기죠. 그럼, 저희들은 이만 물러나겠습니다, 안녕히 계십시오!"

"이제 알겠나, 친구?"

역으로 걸어가고 있을 때 푸아로가 말했다.

"이제는 다 파악했겠지?"

"아뇨, 전혀 모르겠어요. 누가 리드번을 죽인 거죠?"

"그의 아들 존 오글랜더가 죽였어. 처음에는 아버지인지 아들인지 확신이 서질 않았지. 하지만 두 사람 중에서 더 힘이 세고 젊은 쪽으로 심증이 가더군. 창문 때문에 두 사람 중 하나라는 건 확실히 알고 있었으니까."

"창문이 어째서요?"

"서재에는 네 개의 출입구가 있었어. 문이 두 개, 창문이 두 개였지. 그중 하나가 범행에 이용된 게 분명했어. 나머지 세 출입구는 직접적으로든 간접적으로든 앞 현관과 연결되어 있어. 발레리 세인트클레어 양이 우연히 데이지미드에 들어온 것처럼 보이게 하려면 사건이 뒤에 있는 창문에서 일어난 것처럼 꾸며야 했던 거야. 세인트클레어 양은 진짜 기절했고 존 오글랜더가 어깨에 둘러메고 데려온 것도 사실이었지. 그래서 내가 범인은 분명히 힘이 센 남자라고 말했던 걸세."

"두 사람이 함께 그곳에 갔단 말인가요?"

"맞아. 내가 발레리 세인트클레어 양에게 혼자 가는 게 겁나지 않았느냐고 물었을 때 잠시 그녀가 머뭇거렸던 거 기억하나? 존 오글랜더가 그녀와 같이 갔던 거야. 하지만 리드번은 그녀의 뜻을 받아주지 않았을 거야. 두 사람은 말다툼을 했을 거고 그러다가 리드번이 발레리에게 모욕적인 말을 했을 거고 그래서 화가 난 오글랜더가 주먹을 휘둘렀겠지. 나머지는 자네가 아는 대로야."

"그럼 브리지 게임은 왜 한 거죠?"

"브리지 게임을 하려면 네 사람이 필요해. 그렇게 단순한 사실은 누구나 쉽게 믿어 버린단 말이지. 누가 그날 밤 거실에 세 사람밖에 없었다고 생각하겠나?"

여전히 풀리지 않는 부분이 있었다.

"아직 한 가지 이해 안 되는 게 있어요. 무용수 발레리 세인트클레어 양과 오글랜더 가족은 어떤 관계죠?"

"그걸 모르다니. 자네는 벽에 걸린 사진을 꽤 오랫동안 쳐다보더군. 나보다 더 오래 보지 않았나? 오글랜드 부인의 또 다른 딸은 그 가족에게는 죽은 사람이나 마찬가지지. 하지만 세상은 그녀를 발레리 세인트클레어로 알고 있어!"

"뭐라고요?"

"두 자매를 함께 봤을 때 닮았다는 걸 못 느꼈나?"

"전혀요."

나는 솔직히 말했다.

"두 사람이 너무 다르다고 생각했는데요."

"그건 자네가 로맨틱한 인상에만 마음이 열려 있어서 그랬던 거네, 헤이스팅스. 얼굴 생김새는 두 자매가 똑같았어. 피부색도 그렇고. 재미있는 건 발레리는 자기 가족을 수치스럽게 생각하고 그녀의 가족은 그녀를 수치스럽게 생각한다는 거야. 하지만 위기에 처하자 그녀는 오빠에게 도움을 청했고 상황이 악화되자 가족은 놀랄 만큼 똘똘 뭉쳤던 거지. 가족의 힘이란 정말 놀라운 거야. 그 가족들은 모두 탁월한 연기력을 가진 사람들이었어. 발레리의 연기력도 가문의 내력인 셈이지. 폴 왕자처럼 나도 유전을 믿는 사람일세. 그 사람들은 멋지게 나를 속아 넘겼어. 그들이 앉아 있었던 위치에 대한 딸의 설명에 모순점이 있다는 걸 오글랜더 부인에게서 알아내지 못했다면 이 에르퀼 푸아로가 감쪽같이 오글랜더 가족에게 속아 넘어갔을 뻔했네."

"왕자에게는 어떻게 보고할 건가요?"

"발레리 양이 범죄를 저질렀을 가능성은 전혀 없고 그 부랑자를 찾을 수 있을지 모르겠다고 보고해야지. 그리고 자라에게 경의를 표할 걸세. 참 신기한 우연의 일치였네. 나는 이 작은 사건을 '클로버 킹의 모험'이라고 부르고 싶네만, 자네 생각은 어떤가?"

르미서리어 가문의 상속

나는 지금까지 푸아로와 함께 특이한 사건을 수없이 조사해 왔지만, 몇 년 동안이나 우리의 관심을 사로잡고 결국에는 푸아로에게 의뢰가 들어오게 된 그 일련의 사건에 비견할 만한 사건은 없었던 것 같다.

우리가 르미서리어 가문의 역사에 처음 관심을 갖게 된 것은 전쟁 중이었던 어느 날 저녁이었다. 그때는 내가 푸아로와 재회한 지 얼마 되지 않았을 때로 우리는 벨기에에서 함께 나누었던 우정을 새롭게 키워 가고 있었다. 그는 육군성에서 일어난 작은 사건을 맡아서 그쪽에서 만족해할 만큼 훌륭하게 처리했다. 그 덕분에 우리는 칼턴 클럽에서 고위 장교와 함께 저녁 식사를 하고 있었다. 그는 식사를 하면서도 내내 푸아로에게 찬사를 아끼지 않았다. 그 장교는 약속이 있다면서 양해를 구하고 먼저 자리를 떴고 푸아로와 나는 여유롭게 커피를 마시고 있었다.

우리가 막 식당을 나오려고 하는데 귀에 익은 목소리가 나를 불렀다. 뒤를 돌아보니 프랑스에서 알고 지냈던 빈센트 르미서리어라는 젊은 대위였다. 그는 나이가 좀 들어 보이는 남자와 동행이었는데 얼굴이 닮은 걸로 봐서 친척인 것 같았다. 대위는 그를 자기 숙부인 휴고 르미서리어 씨라고 소개했다.

나는 르미서리어 대위와 특별히 친하게 지냈던 건 아니었다. 그는 유쾌한 청년이었지만 그의 행동은 어딘지 공상적인 구석이 있었다. 그가 16세기 종교 개혁 이전부터 이어져 오는 노섬벌랜드의 유서 깊고 부유한 명문가의 자제라는 말을 들었던 게 생각났다. 푸아로와 나는 급한 볼일도 없고 해서 대위가 권유하는 대로 그들의 테이블에 합석해서 즐겁게 이런저런 대화를 나누고 있었다. 그의 숙부인 휴고 르미서리어 씨는 어깨가 구부정한 모습이 학자다운 분위기를 풍기는 40대의 중년 남자로 현재 정부의 요청을 받아 화학 연구에 몰두하고 있다고 했다.

우리의 대화는 키가 크고 피부가 검은 한 청년이 우리가 앉아 있는 테이블로 걸어오는 바람에 중단되었다. 그는 뭔가 큰 충격을 받은 것처럼 불안해 보였다.

"아! 여기 계셨군요. 두 분을 찾아서 다행이에요."

"무슨 일이야, 로저?"

"빈센트, 너의 아버지가 말에서 떨어지셨어. 어린 말을 타다가."

그 청년이 두 사람을 한쪽 구석으로 데리고 갔기 때문에 나머지 얘기는 들을 수 없었다.

몇 분 후에 대위와 그의 숙부는 급하게 우리에게 작별 인사를 하고 떠났다. 빈센트 르미서리어의 아버지가 어린 말을 타다가 치명적인 사고를 당해서 내일 아침까지 살아 있기도 힘들다는 것이었다. 빈센트는 그 소식을 듣자 얼굴이 하얗게 질려서 거의 넋이 빠진 것 같았다. 나는 빈센트의 태도를 보고 좀 의외라는 생각이 들었다. 프랑스에서 그가 했던 얘기로 추측컨대 아버지와 사이가 별로 좋지 않은 것 같았기 때문이다.

대위의 사촌형 로저 르미서리어라고 소개된 검은 피부의 청년은 혼자 남게 되었고 우리 세 사람은 함께 천천히 걸어 나왔다.

"아주 기이한 사건이로군요."

로저가 말했다.

"푸아로 씨도 흥미가 있으실 것 같은데요. 푸아로 씨에 대한 소문은 익히 들었습니다……. 히긴슨에게서요.(히긴슨은 우리와 식사했던 고위 장교다.) 그의 말로는 심리학에 조예가 깊으시다더군요."

"조예가 깊다기보다는 관심이 많은 편이오."

푸아로는 그의 말을 시인했다.

"제 동생 얼굴 보셨죠. 완전히 넋이 나간 것 같지 않았습니까? 그 이유를 아십니까? 아주 오래된 가문의 저주에 관한 이야기가 있죠. 한번 들어 보시겠어요?"

"들려주신다면 기꺼이."

로저 르미서리어는 자기 시계를 들여다보고 말했다.

“시간은 충분하군요. 킹스크로스에서 빈센트를 만나기로 했습니다. 제 애기는 중세로 거슬러 올라갑니다. 르미서리어 가는 아주 오래된 가문입니다. 중세에 르미서리어 가의 한 남자가 자신의 아내를 의심하게 되었습니다. 그의 아내는 결백을 주장했지만 나이가 많은 휴고 남작은 아내의 말을 믿으려고 하지 않았죠. 그녀에게 아들이 하나 있었는데 남작은 그 아이가 자신의 아들이 아니기 때문에 작위를 넘겨줄 수 없다고 했습니다. 그가 어떻게 했는지는 잊어버렸지만 모자를 생매장했다든가 하여튼 중세 시대에 행하던 방법으로 두 사람을 죽여 버렸죠. 그의 아내는 끝까지 자신의 결백을 주장하면서 르미서리어 집안을 영원히 저주하겠다고 맹세하며 죽었습니다. 르미서리어 가의 장남은 가문을 계승하지 못한다는 저주였죠. 그리고 그 저주가 이어져 내려왔습니다.

세월이 흐른 후 그 부인의 결백이 명백히 밝혀졌죠. 휴고는 수도원의 골방에서 헤어 셔츠(과거 종교적인 고행을 하던 사람들이 입던, 털이 섞인 거친 천으로 만든 셔츠—옮긴이)를 입고 참회하는 기도를 하며 여생을 보냈다고 합니다. 그런데 기이하게도 그날부터 지금까지 그 집안의 장남이 한 번도 가문을 계승한 적이 없었습니다. 언제나 숙부나 조카나 차남이 상속을 받았고 장남이 상속을 받은 경우는 단 한 번도 없었죠. 빈센트의 부친은 다섯 형제 중 차남이었습니다. 장남은 어릴 때 죽었죠. 전쟁 동안 빈센트는 자신이 그 저주의 운명을 타고났다고 굳게 믿고 있었습니다. 그런데 이상하게도 그의 두 남동생은 죽고 빈센트만 다치지 않고 무사했던 겁니다.”

푸아로가 뭔가 생각하는 표정으로 말했다.

"아주 흥미로운 가문의 역사로군요. 하지만 지금은 그의 아버지가 위독한 상태니 장남인 빈센트가 상속을 받게 되겠군요!"

"그렇죠. 그 저주는 이제 옛날 전설이 되어 버린 겁니다. 요새 세상에 그런 저주가 통할 리 없죠."

푸아로는 그의 농담조의 말에 동의할 수 없다는 듯이 고개를 저었다. 로저 르미서리어는 다시 시계를 들여다보더니 그만 가 봐야겠다고 말했다.

이 이야기의 속편은 다음 날 우리에게 전해진 빈센트 르미서리어의 비극적인 죽음으로 이어졌다. 대위가 스코치 우편 열차를 타고 북쪽으로 가던 도중에 객실 문을 열고 선로 위로 뛰어내렸다는 것이다. 전쟁 후유증에 시달리는 데다 아버지의 죽음으로 인한 충격 때문에 일시적인 정신착란 증세를 일으킨 것일 수도 있었다. 대위의 아버지의 동생인 로널드 르미서리어가 새로운 상속자가 되는 것과 관련해서 르미서리어 가문의 이상한 미신이 세상 사람들의 입에 오르내렸다. 로널드 르미서리어의 외아들은 솜 전투에서 전사한 후였다.

아마도 빈센트 대위의 생의 마지막 날에 그를 만난 우연이 르미서리어 가에 대한 우리의 관심을 불러일으켰을 것이다. 그로부터 2년 후 로널드 르미서리어가 죽었다는 소식을 들었을 때 우리는 그 사건을 관심 있게 지켜보았다. 로널드는 유산 상속을 받을 당시 이미 불치병에 걸려있었다. 그를 승계한 동생 존은 건강하고 원기 왕성한 노인이었고 그에게는 이튼 학교에 재학 중인 아들이 있었다.

사악한 운명이 르미서리어 가에 어두운 그림자를 드리우고 있는 게 확실했다. 그다음 주일날 존 르미서리어의 아들이 총으로 자살했다. 그 직후에 그의 아버지도 말벌에 쏘여 사망했고, 르미서리어 가의 재산은 모두 다섯 살 아래인 막내 휴고에게 넘어가게 되었다. 휴고는 우리가 그 운명의 날에 칼턴 클럽에서 만났던 사람이었다.

우리는 르미서리어 가에 닥친 기묘한 불행의 연속을 화제로 삼는 것 이외에는 그 문제에 대해 개인적인 관심은 별로 없었다. 그러나 우리가 그 사건에 적극적으로 개입하게 될 시간이 다가오고 있었다.

어느 날 아침 르미서리어 부인이 찾아왔다는 전갈이 왔다. 부인은 30대로 보이는 키가 큰 여성이었다. 무척 활달하고 결단력과 분별력을 갖춘 여성인 것 같았다. 부인의 말투에는 어렴풋하게 미국 사투리가 섞여 있었다.

"푸아로 씨신가요? 만나 뵙게 돼서 반갑습니다. 제 남편 휴고 르미서리어가 몇 년 전에 선생님을 한 번 만났던 적이 있다고 하던데요. 아마 기억 못 하실 겁니다."

"아. 정확히 기억납니다. 칼턴 클럽에서 뵈었지요."

"정말 기억력이 좋으시네요, 푸아로 씨. 제게 큰 고민거리가 있어서 찾아왔습니다."

"무슨 일이신가요?"

"제 큰아들에 관한 일이에요. 아시겠지만 제겐 아들이 둘 있습니다. 로널드는 여덟 살이고 제럴드는 여섯 살이에요."

"말씀 계속하십시오, 부인. 로널드가 왜 걱정되신다는 겁니까?"

"푸아로 씨, 지난 반년 동안 로널드는 세 번이나 죽을 고비를 넘겼어요. 한번은 물에 빠졌고…… 이번 여름에 우리 가족이 콘월에 갔을 때였죠, 두 번째는 애들 놀이방 창문에서 떨어졌고, 세 번째는 식중독에 걸렸어요."

푸아로의 생각이 그의 표정에 그대로 드러난 모양이었다. 르미서리어 부인은 숨도 쉬지 않고 말을 이어 나갔다.

"저를 별일도 아닌 걸 과장해서 얘기하는 어리석은 여자로 생각하시겠죠."

"아! 그렇지 않습니다, 부인. 그런 사고가 자주 일어나면 어떤 어머니라도 당연히 걱정할 겁니다. 하지만 제가 어떤 도움을 드릴 수 있을지 모르겠군요. 저는 파도를 잠재우는 전능자도 아니고. 애들 놀이방 창문에는 창살을 설치하는 게 좋을 것 같군요. 그리고 음식은 어머니가 좀 더 주의하셔야 할 것 같습니다만."

"그런데 왜 그런 사고가 로널드에게만 일어나고 제럴드에게는 일어나지 않는 걸까요?"

"그야 우연이겠죠, 부인. 우연!"

"그럴까요?"

"그럼, 부인과 남편분께서는 어떻게 생각하십니까?"

르미서리어 부인의 얼굴에 어두운 그림자가 드리웠다.

"휴고에게는 말해 봐야 아무 소용없어요. 제 말은 도통 귀담아 들으려고 하지 않으니까요. 아마 소문을 들어서 아시겠지만 르미서리어 가에는 저주가 내려오고 있어요. 장남이 집안을 계승하지 못한다는 저주죠. 휴고는 그 저주를 믿고 있어요. 르미서리어 가문의 내력에 완전히 질려서 그 미신을 전적으로 믿어 버리게 된 거죠. 제가 걱정스럽게 얘기하면 그건 저주라서 피할 방법이 없다는 거예요. 전 미국에서 자랐습니다, 푸아로 씨. 미국에서는 저주 같은 건 믿지 않아요. 그런 건 유서 깊은 가문의 상징 같은 것에 지나지 않는다고 생각한답니다.

저는 예전에 희극 뮤지컬 단역 배우로 일할 때 휴고를 알게 되었어요. 그 집안의 저주를 그저 아름다운 전설처럼 생각했죠. 겨울밤에 난롯가에 앉아서 들려주는 그런 옛날얘기 말이에요. 그런데 막상 그런 일이 우리 아이들에게 일어나는 걸 보니…… 전 제 아이들을 정말 사랑해요, 푸아로 씨. 제 아이들을 위해서라면 목숨도 내놓을 수 있어요."

"그럼 지금은 그 가문의 전설을 믿게 되셨다는 거로군요, 부인."

"전설이 담쟁이덩굴을 톱으로 자를 수 있을까요?"

"그게 무슨 말씀이신가요, 부인?"

푸아로가 무척 놀라는 표정을 지으며 큰 소리로 물었다.

"전설…… 아니 유령이라고 할 수도 있겠네요. 전설이 담쟁이덩굴을 톱으로 자를 수 있냐고 했어요. 콘월에 갔을 때 일어난 일을 말씀드리는 게 아니에요. 남자아이가 장난을 치다가 위험한 일을 당하는 건 얼마든지 있을 수 있는 일이죠. 로널드는 네 살 때부터 수영을 했으니까요. 담쟁이덩굴 사건은 다른 사건이었어요. 제 아들들은 둘 다 장난이 아주 심하답니다. 두 아이들은 담쟁이덩굴을 오르내리며 놀곤 했죠. 그런데 어느 날…… 그때 제럴드는 집에 없었어요……. 로널드가 너무 자주 담쟁이덩굴에 올라가는 바람에 덩굴이 끊어진 거예요……. 다행히 크게 다치지는 않았죠. 저는 담쟁이덩굴로 가서 자세히 살펴보았어요. 그런데 말이에요, 푸아로 씨. 그 덩굴을 누군가 고의로 잘라 놓은 겁니다."

"지금 하신 말씀은 대단히 중요한 지적이로군요, 부인. 그때 작은 아드님은 집에 없었다고 하셨죠?"

"네."

"그럼 식중독을 일으켰을 때는 어땠나요? 그때도 작은 아드님이 집에 없었나요?"

"아니에요. 그때는 둘 다 집에 있었어요."

"그거 이상하군."

푸아로가 중얼거렸다.

"부인 댁에는 누가 함께 살고 있나요?"

"손더스 양, 아이들의 보모예요. 존 가디너, 남편의 비서죠……."

부인은 잠시 말을 중단했다.

"그리고 또 다른 사람은요, 부인?"

"로저 르미서리어 소령…… 그날 밤 만나셨다고 알고 있어요. 그분이 자주 저희 집에 오십니다."

"그렇군요. 그분이 사촌 되시죠?"

"먼 친척이에요. 우리 집안의 직계는 아닙니다. 하지만 제 남편과 가장 가까운 친척이라고 할 수 있죠. 아주 좋은 분이어서 우리 가족 모두 그분을 좋아해요. 아이들도 무척 잘 따르고요."

"아이들에게 담쟁이덩굴을 타고 노는 걸 가르쳐 준 사람이 로저 씨 아닌가요?"

"그럴 수도 있겠네요. 가끔 위험한 장난을 가르쳐 주니까요."

"부인, 아까 드린 말씀은 사과드리겠습니다. 위험하다는 말씀이 맞네요. 제가 도움이 되어 드릴 수 있을 것 같습니다. 저희 두 사람을 댁으로 초대해서 며칠 동안 머물게 해 주셨으면 합니다만, 남편분께서 반대하지 않으실까요?"

"반대는 하지 않을 거예요. 하지만 모두 부질없는 일이라고 생각하겠죠. 아들이 죽을지도 모르는데 남편이 방관하고 있는 걸 보면 화가 치밀어서 참을 수가 없어요."

"진정하십시오, 부인. 저희가 체계적으로 준비할 수 있도록 도와주십시오."

일정이 정해지자 우리는 다음 날 기차를 타고 북부로 향했다. 푸아로는 몽상에 잠겨 있는 것처럼 보였다. 그러다가 갑자기 눈을 번쩍 뜨더니 불쑥 이렇게 말했다.

"빈센트 대위는 이런 기차 안에서 떨어졌겠지?"

그는 '떨어졌다'는 말에 약간 힘을 주었다.

"설마 살해당한 걸로 의심하는 건 아니죠?"

"헤이스팅스, 혹시 르미서리어 집안 사람들의 죽음이 계획적으로 꾸며진 거라는 생각이 들지 않나? 예를 들면 빈센트 대위의 죽음 말일세. 이튼 학교에 재학 중이던 소년의 일도 그렇고, 초기 사고는 항상 애매모호하기 마련이지. 로널드가 놀이방 창문에서 떨어져 죽었다면 그건 의심의 여지가 없는 자연스러운 사고라고도 볼 수 있어. 그렇지만 왜 그 아이만 그런 사고를 당한 걸까? 그 아이가 죽으면 득을 보는 사람이 누구일 것 같은가? 바로 그 아이의 동생이지. 일곱 살짜리 아이 말일세. 그건 앞뒤가 맞지 않아!"

"그자들이 나중에 동생도 죽이려는 건지도 모르죠."

나는 '그자들'이 누구일까라는 생각을 하며 말했다.

푸아로는 못마땅한 듯이 고개를 저었다.

"식중독 사건 말이야. 아트로핀은 식중독과 아주 흡사한 증상을 일으키지. 그래. 우리가 등장해야 이 사건이 해결되겠군."

르미서리어 부인은 우리를 반갑게 맞이했다. 그녀는 우리를 남편의 서재로 안내하고 남편과 우리를 남겨 두고 서재에서 나갔다. 그는 우리가 마지막으로 만났을 때와 완전히 달라진 모습이었다. 어깨는 전보다 훨씬 더 구부정했고 얼굴은 기이할 정도로 창백한 잿빛을 띠고 있었다.

"현실적이고 상식적인 새디다운 행동이로군요!"

그는 이런 말로 입을 열었다.

"저희 집에 와 주셔서 감사합니다, 푸아로 씨. 하지만 이미 정해진 일은 어쩔 수 없습니다. 운명을 거역한다는 건 불가능한 일이죠. 르미서리어 집안 사람들은 알고 있습니다……. 누구도 그 운명에서 벗어날 수 없다는 걸 말입니다."

푸아로는 톱으로 잘린 담쟁이덩굴 얘기를 했다. 그러나 휴고는 별로 관심이 없는 것 같았다.

"분명히 부주의한 정원사가 한 짓이었을 겁니다. 그래요. 톱으로 잘랐을 수도 있겠죠. 하지만 그 뒤에 숨겨진 목적은 명백합니다. 분명히 말씀드리지만, 푸아로 씨, 그 일은 오래 연기되지는 않을 겁니다."

푸아로는 그를 뚫어지게 쳐다보았다.

"왜 그런 말씀을 하시는 거죠?"

"저 역시 운명의 저주를 받았기 때문이죠. 작년에 의사에게서 불치병에 걸렸다는 진단을 받았습니다. 종말을 오래 연기할 수는 없습니다. 그러나 제가 죽기 전에 로널드가 죽게 되겠죠. 제럴드가 상속자가 될 겁니다."

"그럼 만일 작은 아드님에게 무슨 일이 생긴다면요?"

"제럴드에게는 아무 일도 일어나지 않을 겁니다. 그 아이는 운명의 저주를 받지 않았으니까요."

"하지만 만일 일어난다면 어떻게 될까요?"

푸아로가 집요하게 물었다.

"그렇게 되면 제 사촌 로저가 상속인이 되겠죠."

우리의 대화는 거기서 중단되었다. 큰 키에 체격이 좋고 고수머리를 한 남자가 서류를 들고 방으로 들어왔기 때문이다.

"그 일은 지금 처리하지 않아도 되네, 가디너."

휴고가 이렇게 말하고 다시 덧붙였다.

"제 비서인 가디너입니다."

비서는 가볍게 고개를 숙이고 몇 마디 인사를 건네고 방에서 나갔다. 외모는 준수했지만 어딘지 호감이 가지 않는 남자였다. 얼마 후에 푸아로와 함께 아름다운 옛날식 정원을 거닐면서 그에게 그런 말을 했을 때 놀랍게도 푸아로도 나와 같은 생각이라고 했다.

"맞아. 헤이스팅스. 자네 말이 맞네. 나도 그 남자가 마음에 들지 않았어. 너무 잘생겼단 말이야. 그렇게 생긴 남자들은 편한 일만 하게 되어 있지. 저기 아이들이 있군."

르미서리어 부인이 두 아이를 데리고 우리가 있는 쪽으로 걸어오고 있었다. 아주 잘생긴 아이들이었다. 동생은 어머니를 닮아서 피부가 검은 편이었고 형은 다갈색의 고수머리였다. 아이들은 예의 바르게 악수를 하고 나서 금방 푸아로를 좋아하고 따랐다. 부인은 우리에게 손더스 양도 소개했다. 그녀는 별다른 특징이 없는 여자였다. 이것으로 우리는 이 집에 있는 사람들을 모두 만나 본 셈이었다.

며칠 동안 우리는 즐겁고 편안한 시간을 보냈다. 경계를 늦추지는 않고 있었지만 성과는 없었다. 아이들은 행복하고 평범한 일상을 보내고 있었고 나쁜 일은 일어나지 않을 것 같았다. 우리가 도착한 지 나흘째 되는 날 로저 르미서리어 대령이 이 집에 머물기 위해 찾아왔다. 그는 약간 달라진 것 같기는 했지만 모든 일을 가볍게 보는 낙천적이고 유쾌한 성격은 그대로였다. 아이들은 그를 매우 좋아하고 따르는 것처럼 보였다. 그가 도착하자마자 아이들은 즐거운 함성을 지르면서 정원에서 인디언 원주민 놀이를 하자면서 그를 잡아끌었다. 나는 푸아로가 그들의 뒤를 조용히 따라가고 있는 모습을 지켜보았다.

다음 날 우리는 르미서리어 저택과 인접해 있는 클레이게이트 부인의 집에서 열리는 티파티에 초대되었다. 르미서리어 부인은 우리에게도 함께 가지고 권했지만 푸아로가 집에 남아 있는 게 좋을 것 같다면서 거절하자 안심하는 표정이었다.

모두들 집에서 나가자 푸아로는 작업을 개시했다. 그의 모습은 영리한 테리어 개를 연상시켰다. 그 집에서 푸아로가 살펴보지 않은 곳은 한 군데도 없었을 것이다. 그는 모든 일을 너무도 조용하게 체계적으로 했기 때문에 아무도 그가 집 안을 조사했다는 걸 눈치채지 못할 정도였다. 그러나 그는 흡족한 결과를 얻어 내지 못한 게 분명했다. 우리는 파티에 참석하지 않고 집에 남아 있던 손더스 양과 함께 차를 마시고 있었다.

"아이들이 신나게 놀고 있겠죠?"

그녀는 소곤거리듯이 작은 목소리로 말했다.

"얌전하게 놀아야 할 텐데. 화단을 망쳐 놓거나 벌통에 가까이 가지 말아야 할 텐데…….”

푸아로는 차를 마시다가 갑자기 동작을 멈추었다.

“벌통이라고 했나요?”

그가 깜짝 놀랄 만큼 큰 목소리로 물었다.

“네, 벌통이요. 벌통이 세 개 있거든요. 클레이게이트 부인이 아주 자랑스럽게 여기는…….”

“벌통이라고 했죠?”

푸아로가 다시 소리쳤다. 그러더니 그는 테이블에서 벌떡 일어나 두 손으로 머리를 감싸 쥐고 테라스를 왔다 갔다 하기 시작했다. 나는 푸아로가 벌통이라는 말을 듣고 왜 그렇게 안절부절못하는지 도무지 이유를 알 수가 없었다.

그때 자동차가 돌아오는 소리가 들렸다. 푸아로는 일행이 차에서 내릴 때 현관 계단에 서 있었다.

“로널드가 벌에 쏘였어요.”

제럴드가 흥분해서 소리쳤다.

“별거 아니에요.”

르미서리어 부인이 말했다.

“부어오르지도 않았는데요, 뭘. 암모니아를 발라 두었으니까 괜찮을 거예요.”

“어디 보자. 쏘인 곳이 어디니?”

푸아로가 말했다.

“여기에요. 목 옆.”

로널드가 으스대듯이 말했다.

"아프지는 않아요. 아빠가 '가만히 있어라. 벌이 앉아 있으니까.'라고 하셨어요. 그래서 가만히 있었더니 아빠가 벌을 떼어 내셨어요. 처음에는 따끔했는데 정말 아프지 않았어요. 그냥 바늘로 꼭 찌르는 것 같았어요. 울지도 않았어요. 전 큰 아이이고 내년에 학교에 갈 거니까요."

푸아로는 아이의 목을 자세히 살펴보더니 물러섰다. 그는 내 팔을 잡고 작은 소리로 말했다.

"오늘 밤, 몬 아미. 일이 일어날 거야. 아무 말도 하지 말게……. 아무에게도!"

그는 더 이상 말을 하지 않았고 나는 호기심에 사로잡혀서 그날 저녁을 보냈다. 2층으로 올라갈 때 그는 내 팔을 잡고 말했다.

"옷을 벗지 말게. 시간이 충분히 지난 후에 불을 끄고 여기서 나와 만나기로 하세."

나는 푸아로가 시키는 대로 했다. 그리고 시간이 되었을 때 가 보니 그가 기다리고 있었다. 그는 나에게 조용히 하라는 몸짓을 했고 우리는 조용히 아이들의 놀이방으로 갔다. 로널드는 자기 침대에서 자고 있었다. 우리는 방 안에 들어가서 가장 어두운 구석에 몸을 숨겼다. 아이는 깊이 잠들어 있는 것 같았다.

"아이가 깊이 잠이 든 것 같죠?"

내가 작은 소리로 말했다.

푸아로는 고개를 끄덕였다.

"약 기운 때문이야."

푸아로가 조용히 말했다.

"약이라뇨?"

"그때 아이가 소리를 지르지 않게 하려고……."

"그때요?"

푸아로가 말을 중단하자 내가 물었다.

"피하주사를 놓을 때 말일세, 몬 아미. 쉿! 이제 말을 해서는 안 돼. 한참 동안은 아무 일도 일어나지 않겠지만."

그러나 이 점에서는 푸아로의 예상이 빗나갔다. 10분도 지나지 않아서 조용히 문이 열리고 누군가가 방으로 들어왔다. 거칠고 빠른 숨소리가 들려왔다. 발걸음 소리가 침대를 향해 움직이더니 갑자기 찰칵하는 소리가 들렸다. 작은 전기 손전등의 불빛이 잠든 아이를 비추었다. 손전등을 들고 있는 사람은 그림자만 비칠 뿐 누군지 알 수 없었다. 그림자는 손전등을 내려놓고 오른손으로 주사기를 들고 왼손으로 아이의 목을 만졌다…….

푸아로와 나는 동시에 그에게 달려들었다. 손전등이 바닥에 굴러 떨어졌다. 우리는 어둠 속에서 침입자와 격투를 벌였다. 그는 힘이 엄청나게 셌지만 결국 우리는 그를 때려눕혔다.

"불을 비춰, 헤이스팅스, 얼굴을 확인해야지……. 누군지 이미 알고 있지만 말이야."

나는 손전등을 더듬어 찾으면서 그가 누구인지 알 것 같다고 생각했다. 한순간 나는 어쩐지 호감이 가지 않던 그 비서일 거라고 생각했다. 그러나 다음 순간 어린 두 친척 동생이 죽으면 덕을 보게 될 인간이 우리가 쫓고 있는 괴물이 틀림없다는 생각이 들었다.

발이 손전등에 부딪혔다. 나는 손전등을 집어 들고 스위치를 켰다. 불빛에 비친 얼굴은…… 놀랍게도 그 소년의 아버지 휴고 르미서리어였다!

나는 하마터면 손전등을 떨어뜨릴 뻔했다.

"말도 안 돼!"

나는 쉰 목소리로 중얼거렸다.

"이건 말도 안 돼!"

르미서리어는 의식을 잃은 상태였다. 푸아로와 나는 그를 데리고 가서 그의 방 침대 위에 눕혔다. 포아로는 허리를 굽히고 그의 오른손에서 무언가 조심스럽게 빼냈다. 그는 그것을 나에게 보여 주었다. 그것은 주사기였다. 나는 몸서리를 쳤다.

"이게 뭐죠, 독약인가요?"

"아마 개미산일 거야."

"개미산?"

"그래. 개미를 증류해서 얻은 거 말이야. 휴고는 화학자였어. 자네도 기억할 걸세. 이 약을 주사하면 꿀벌에 쏘여서 죽은 게 되겠지."

"세상에! 어떻게 자기 자식을! 이런 일이 일어나리라고 짐작하셨나요?"

푸아로는 천천히 고개를 끄덕였다.

"알고 있었네. 그는 미쳤어. 그는 르미서리어 가문의 전통에 광적으로 집착했을 거야. 재산을 손에 넣으려는 강렬한 욕망이 그에게 연속적인 범죄를 일으키게 한 거지. 아마 빈센트 대위와 함께 북부로 가는 기차를 타고 있을 때 처음 이런 아이디어를 얻게 되었을 걸세. 그는 자신의 예측이 빗나가는 걸 견딜 수 없었겠지. 로널드의 아들은 이미 죽었고, 로널드는 불치병에 걸려 죽어 가고 있고. 두 사람 다 허약한 체질이었지. 그는 총기 사고를 계획했고 다음에는…… 지금 이 순간까지는 예상하지 못했지만…… 개미산을 목의 혈관에 주사해서 형 존을 죽인 거야. 그의 야망은 실현되었고 그는 르미서리어 집안의 재산을 소유하게 되었지. 그러나 그의 승리감은 얼마 가지 못했네. 그는 자신이 불치병에 걸렸다는 사실을 알게 된 거야. 게다가 그는 미친 사람들이 흔히 갖고 있는 고정 관념…… 장남은 르미서리어 가의 상속인이 될 수 없다는 생각에 사로잡혀 있었네.

이건 추측이지만 해수욕장에서 일어난 사건도 그가 계획한 일이었을 거야. 그는 아이에게 멀리까지 수영을 하라고 부추겼을 걸세. 그 일이 실패하자 담쟁이덩굴을 톱으로 잘라냈고 다음에는 아이가 먹을 음식에 독을 넣은 거지."

"악마 같은 인간!"

나는 몸서리를 치면서 중얼거렸다.

"어떻게 그렇게 교묘하게 계획을 세울 수 있죠?"

"맞아, 몬 아미. 미친 인간들이 생각해 내는 계략만큼 놀라운 건 없다네! 정상적인 사람들이 생각해 내는 미친 짓보다 더 놀라울 때가 많은 법이지. 그가 완전히 정신이 돌아 버린 건 최근의 일인 것 같네. 처음에는 그자의 광기에도 체계가 있었던 것 같거든."

"그런데 나는 로저를 의심했군요. 그렇게 훌륭한 사람을 의심하다니!"

"당연한 가정이었어, 몬 아미. 그날 밤 빈센트와 함께 기차에 타고 있었고, 휴고와 휴고의 아이들이 죽으면 그다음 상속자는 바로 로저가 되니까. 하지만 그 가정을 뒷받침할 만한 근거가 없어. 담쟁이덩굴은 로널드만 집에 있을 때 톱으로 잘렸어. 하지만 아이들이 둘 다 죽어야만 로저가 상속자가 될 수 있지. 독이 들어간 것도 로널드의 음식뿐이었어. 게다가 오늘 그 집 식구들이 집에 돌아왔을 때 로널드가 독에 쏘였다는 건 그의 아버지가 한 말뿐이었어. 나는 벌에 쏘여 죽은 존 르미서리어를 떠올렸지. 그때서야 모든 걸 분명히 알 수 있었네."

휴고 르미서리어는 정신 병원으로 옮겨져서 몇 달 후 그곳에서 죽었다. 미망인은 1년 후에 다갈색 머리의 비서 존 가디너 씨와 재혼했다. 로널드는 아버지의 엄청난 재산을 물려받고 계속 번창했다.

"이제 또 하나의 망상이 사라졌군요."

나는 푸아로에게 말했다.

"르미서리어 가의 저주를 완전히 씻어 버린 셈이죠."

"과연 그럴까?"

푸아로는 뭔가 골똘히 생각하는 표정으로 말했다.

"정말 깨끗하게 저주를 없애 버렸는지 모르겠어."

"그건 또 무슨 뜻이죠?"

"몬 아미. 의미심장한 단어로 자네의 물음에 답하겠네…… 빨강!"

"피 말인가요?"

두려움이 밀려드는 오싹한 느낌에 나도 모르게 목소리를 낮췄다.

"자네는 언제나 멜로드라마 같은 상상을 하는군, 헤이스팅스! 난 그보다 훨씬 산문적인 걸 말하고 있는 걸세. 로널드 르미서리어의 머리 색깔 말일세."

플리머스 급행열차

해군 장교 알렉 심프슨은 뉴턴 애벗 역 플랫폼에서 플리머스 급행열차의 일등칸에 올라탔다. 짐꾼이 그의 무거운 여행 가방을 들고 따라왔다. 심프슨은 가방을 선반 위에 올려놓으려는 짐꾼에게 그냥 놔두라고 말했다.

"그냥 자리에 놓아두게. 내가 나중에 올려놓을 테니. 수고했네."

"감사합니다."

짐꾼은 후한 팁을 받고 객실을 나갔다.

문이 닫히자 우렁찬 목소리가 흘러나왔다.

"이 열차는 플리머스로 직행하는 열차입니다. 토키로 가시는 승객께서는 열차를 갈아타시기 바랍니다. 다음 정거장은 플리머스입니다."

긴 기적 소리를 울리며 기차가 천천히 플랫폼을 벗어나기 시작했다.

객실에는 심프슨 대위 한 사람밖에 없었다. 12월의 공기는 차가웠다. 어디선가 희미하게 풍기는 냄새에 그는 얼굴을 찡그렸다. 이게 무슨 냄새지! 그 냄새는 병원에서 다리 수술을 받던 기억을 떠올리게 했다. 맞아, 클로로포름 냄새야!

그는 다시 창문을 열고 기차가 달리는 반대 방향 자리로 옮겨 앉았다. 주머니에서 파이프를 꺼내 불을 붙이고 잠시 동안 그는 꼼짝도 하지 않은 채 창밖의 어둠을 바라보았다.

한참 후 다시 자리에서 일어난 그는 여행 가방을 열고 신문과 잡지를 꺼냈다. 그러고는 다시 가방을 닫고 맞은편 좌석 밑에 밀어 넣었다. 좌석 밑에 뭐가 있는지 가방이 잘 들어가지 않았다. 그는 짜증을 내면서 다시 힘껏 가방을 밀었다. 그러나 가방은 반만 들어가고 더 이상 들어가지 않았다.

"대체 왜 안 들어가는 거지?"

그는 중얼거리면서 가방을 다시 빼내고 몸을 굽혀 좌석 밑을 들여다보았다.

잠시 후 어둠 속에서 찢어질 듯한 비명이 울려 퍼지고 비상벨이 요란하게 울렸다. 거대한 기차가 멈춰 섰다.

푸아로가 말했다.

"몬 아미, 자네 플리머스 급행열차의 미스터리에 관심이 많지? 이걸 읽어 보게."

나는 테이블 너머로 그가 내민 쪽지를 받아들었다. 요점만 간단하게 적은 쪽지였다.

친애하는 푸아로 씨,

시간이 허락되는 대로 속히 방문해 주셨으면 감사하겠소.

에버니저 할리데이

이 사건과 쪽지가 어떤 연관성이 있는지 떠오르지 않아 나는 의아한 표정으로 푸아로를 쳐다보았다.

그는 대답 대신 신문을 집어 들고 큰 소리로 읽었다.

"'어젯밤 이상한 사건이 발생했다. 플리머스로 귀환 중이던 젊은 해군 장교가 자기 객실 좌석 밑에서 심장을 찔린 여자의 시체를 발견했다. 그 장교는 비상벨을 눌렀고 열차는 급정거했다. 30세 정도로 추정되는 여자는 고급스러운 옷차림을 하고 있었고 아직 신원은 확인되지 않았다.'

그리고 나중에 밝혀진 사실이 있네. '플리머스 급행열차에서 시체로 발견된 여성은 루퍼트 캐링턴 경의 부인으로 밝혀졌다.'

이제 알겠나, 친구? 아직도 모르겠나? 루퍼트 부인의 결혼 전 이름은 플로시 할리데이. 미국 강철왕 할리데이의 딸이란 얘기지."

"그 사람이 와 달라고 했단 말인가요? 굉장하네요!"

"전에 할리데이를 위해서 일을 한 적이 있었지. 무기명 채권과 관련된 사건이었어. 그리고 내가 벨기에 국왕을 방문하기 위해 파리에 있을 때 플로시 양을 도와준 일이 있었네. 플로시 양은 아주 예쁜 여학생이었지! 게다가 지참금도 엄청나게 많았고. 그게 문제였어. 하마터면 나쁜 놈한테 걸려들 뻔했지."

"무슨 일이었는데요?"

"로슈포르 백작이라는 사내였는데 아주 악질이었어. 흔히 말하는 바람둥이인 데다 대단한 사기꾼이었네. 마음 약한 젊은 여자들의 마음을 꼬드기는 재주가 비상했지. 다행히 일이 커지기 전에 플로시 양의 아버지가 그 일을 알게 되어서 급히 딸을 미국으로 불러들였어. 몇 년 후에 플로시 양이 결혼했다는 소문은 들었지만 난 남편에 대해서는 전혀 아는 게 없네."

"루퍼트 캐링턴 경이라면 어디로 보나 좋은 점이 없는 사람이죠. 경마로 전 재산을 날렸다고 하더군요. 루퍼트 경이 궁지에 몰렸을 때 할리데이 양 아버지 돈으로 해결한 게 아닌가 싶네요. 잘생기고 매너 좋고 몰염치한 젊은 건달이 짝을 찾기란 쉽지 않은 일이죠."

"정말 가엾은 아가씨야. 왜 그런 작자와 결혼했을까?"

"캐링턴 경은 플로시 양에게 끌려서 결혼한 게 아니라 돈 때문에 결혼했다는 걸 노골적으로 드러냈다더군요. 두 사람은 결혼하지마자 별거에 들어간 것 같아요. 최근에 두 사람이 법적으로 완전히 이혼하기로 했다는 소문이 들리더군요."

"할리데이 노인네는 바보가 아니야. 아마 딸의 돈을 단단히 묶어놓았을 걸세."

"그랬겠죠. 어쨌든 루퍼트 경이 경제적으로 굉장히 어려운 상황이라는 건 사실인 것 같아요."

"아! 그런데 말일세……."

"또 뭐가 궁금하신 거죠?"

"이보게 친구. 그렇게 내 입을 틀어막을 필요 없네. 자네가 이 사건에 관심이 많다는 건 알고 있으니 말이야. 같이 할리데이 씨를 만나러 가는 게 어떻겠나? 저기 모퉁이에 택시 타는 곳이 있군."

몇 분 후 우리는 미국의 부호가 임대해서 살고 있는 파크 레인의 고급 주택에 도착했다. 우리는 서재로 안내되었다. 잠시 후에 키가 크고 당당한 체격의 남자가 서재로 들어왔다. 눈매가 날카롭고 턱이 단단해 보이는 남자였다.

"푸아로 씨?"

할리데이가 말을 시작했다.

"내가 부탁하려는 일은 설명하지 않아도 이미 알고 있을 거요. 신문에서 이미 읽었을 테니까. 내가 원래 꾸물대는 걸 못 견디는 성미라서 말이오. 마침 선생이 런던에 있다는 말을 듣고 예전에 채권 문제를 잘 해결해 준 게 기억났소. 그동안 선생의 이름을 한 번도 잊어 본 적이 없었소. 런던 경시청에 의뢰하기는 했소만 따로 일을 처리해 줄 사람이 필요하다는 생각이오. 돈은 얼마든지 들어도 상관없소. 다 내 딸을 위해서 모든 돈인데. 이제 딸이 죽고 없으니 내 딸을 죽인 놈을 잡기 위해서라면 전 재산을 다 털어도 아까울 게 없소. 필요한 건 뭐든지 제공하겠소."

푸아로는 머리를 숙여 인사했다.

"파리에서 따님을 몇 번 뵌 적이 있었죠. 그래서 더더욱 이 사건을 맡고 싶습니다. 그럼 따님이 플리머스로 가게 된 정황과 이 사건과 관련된 구체적인 사항을 말씀해 주시겠습니까?"

할리데이 씨가 입을 열었다.

"사실은…… 딸애는 플리머스에 가려던 게 아니었소. 에이번미드 코트의 스완시 공작부인 저택에서 열리는 파티에 참석하기 위해 가던 길이었소. 딸애는 12시 40분에 런던을 출발해서 2시 50분에 브리스톨에 도착했소. 거기서 기차를 갈아탈 생각이었지. 플리머스로 가는 급행열차는 웨스트베리를 경유하기 때문에 브리스톨 근처에는 갈 일이 없었소. 12시 40분 기차는 브리스톨까지는 논스톱이고 그다음에는 웨스턴, 톤턴, 엑서터, 뉴턴 애벗에 정차하오. 딸애는 브리스톨까지 예약한 객실에 혼자 타고 있었고 딸애의 하녀는 옆 칸의 3등 객실에 타고 있었소."

푸아로는 고개를 끄덕였다. 할리데이 씨는 얘기를 계속했다.

"에이번미드 코트의 파티는 호화스럽고 큰 규모로 열릴 예정이었소. 무도회가 대여섯 번이나 열릴 계획이었다고 합니다. 그래서 딸애는 가지고 있던 보석을 거의 다 가지고 갔소. 값으로 따지면 적어도 10만 달러는 될 거요."

"잠깐만요."

푸아로가 그의 말을 가로막았다.

"보석은 누가 보관하고 있었나요? 따님인가요, 하녀인가요?"

"딸애가 보석을 파란색 모로코 가죽 상자에 넣어 가지고 다녔소."

"계속 말씀하시지요."

"브리스톨에서 딸애의 하녀인 제인 메이슨이 들고 있던 딸애의 옷가방과 숄을 가지고 그 애의 객실 문으로 갔다고 했소. 그런데 이상하게도 딸애가 브리스톨에서 내리지 않고 계속 가겠다고 했다는 거요. 그러고는 메이슨에게 짐을 내려서 역 구내에 있는 임시보관소에 맡기라고 했답디다. 구내식당에서 차를 마시고 있으라면서 자기는 오후에 상행 열차로 브리스톨에 돌아오겠다고 하더라는 거요. 하녀는 얼떨떨해하면서도 딸애가 시키는 대로 했답니다. 임시보관소에 짐을 맡기고 차를 마시고 있는데 상행열차가 여러 번 도착했는데도 딸애가 돌아오지 않더라는 거요. 막차가 도착한 후에 메이슨은 가방을 그대로 보관소에 맡겨 두고 역 근처에 있는 호텔로 갔답니다. 오늘 아침에 신문에 난 기사를 읽고 첫 기차로 런던으로 돌아왔다는 거요."

"따님이 갑자기 계획을 바꾼 이유가 뭘까요? 혹시 마음에 짚이시는 거라도 있습니까?"

"이 얘기가 도움이 될지 모르겠소만 제인 메이슨의 말로는 플로시가 객실에 혼자 있지 않았다고 합니다. 어떤 남자가 창문을 내다보고 있는 걸 봤는데 그 남자의 얼굴은 보지 못했다는 거요."

"그 기차는 복도식 객차였겠죠, 물론?"

"그렇소."

"복도는 어느 쪽에 있었죠?"

"플랫폼 쪽에 있었소. 메이슨과 얘기할 때 딸아이는 복도에 서 있었답니다."

"그렇다면 확신하고 계신 거로군요……. 아, 잠깐 실례하겠습니다."

푸아로는 일어나서 약간 비뚤게 놓인 잉크스탠드를 똑바로 놓았다.

"아. 죄송합니다. 뭔가 비뚤어져 있으면 자꾸 신경에 거슬려서요. 고약한 버릇이죠. 그러니까 아까 하려던 말은 따님께서 갑자기 계획을 바꾸게 된 이유가 예기치 못하게 어떤 남자를 만났기 때문이라고 확신하시냐는 거였습니다."

"그게 유일하고 타당한 가정이라고 생각하오."

"의문의 그 신사에 대해 짐작 가는 거라도 있으신가요?"

백만장자는 잠시 망설이다가 대답했다.

"없소…… 전혀 짐작 가는 바가 없소."

"그러면…… 시체가 발견된 상황에 대해서는요?"

"젊은 해군 장교가 발견했고 그 즉시 비상벨을 울렸답니다. 마침 기차 안에 의사가 타고 있어서 시체를 검사했는데 누군가 딸애를 클로로포름으로 마취시킨 다음 칼로 찔러 죽였다는 거요. 딸애가 사망한 지 네 시간이 지났다고 소견서를 작성했답니다. 그러니까 브리스톨을 출발하고 나서…… 아마 브리스톨에서 웨스턴 사이였거나 아니면 웨스턴에서 톤턴 사이였을 거요."

"보석 상자는요?"

"그 보석 상자가…… 푸아로 씨, 그게 사라졌소."

"한 가지만 더 여쭙겠습니다. 따님의 재산은…… 따님이 돌아가시면 누구에게 돌아가게 되어 있나요?"

"플로시는 결혼한 직후에 모든 재산을 남편에게 물려준다는 유언장을 작성했소."

그는 잠시 망설이다가 말을 이었다.

"푸아로 씨, 이 얘기를 하는 게 좋을 것 같소. 나는 내 사위를 몰염치한 불한당으로 생각하고 있소. 그래서 내 권유로 딸애는 곧 법적으로 그 놈에게서 벗어날 예정이었소. 그건 어려운 일이 아니었소. 나는 딸애가 살아 있는 동안에는 사위가 그 애의 재산에 손을 대지 못하도록 조치를 취해 놓았던 거요. 둘은 몇 년 동안 완전히 떨어져 지냈지만 딸애는 나쁜 소문이 날 걸 걱정해서 사위가 돈을 요구할 때마다 번번이 돈을 주었던 모양이오. 나는 그 문제를 완전히 끝내 버릴 작정이었소. 결국 플로시도 내 생각에 동의해서 변호사에게 절차를 진행하도록 지시했던 거요."

"그럼 캐링턴 씨는 어디에 계시죠?"

"런던에 있소. 어제 시골에 갔다가 밤에 돌아왔을 거요."

푸아로는 잠시 생각하더니 말했다.

"이제 된 것 같습니다."

"메이슨을 만나 보겠소?"

"괜찮으시다면요."

할리데이가 벨을 누르고 하인에게 간단한 지시를 했다.

몇 분 후 제인 메이슨이 방으로 들어왔다. 기품이 있고 단아한 모습이었다. 훌륭한 하인답게 주인이 당한 비극적인 일을 내색하지 않는 의연한 태도를 보였다.

"수고스럽지만 몇 가지 물어볼 게 있소. 돌아가신 주인이 어제 아침 출발하기 전에 보통 때와 다른 점이 없었나요? 흥분한 상태였다든가, 아니면 뭔가 당황하는 기색이 있었다든가."

"아니요, 없었습니다."

"브리스톨에서는 전혀 다른 사람처럼 보였다면서요?"

"네, 몹시 허둥지둥하셨어요. 자신도 무슨 말씀을 하시는지 모르는 것 같았어요."

"정확하게 뭐라고 했나요?"

"기억나는 대로 말씀드리면, 이렇게 말씀하셨어요. '메이슨, 일정을 바꿔야겠어. 일이 좀 생겼어……. 내 말은 여기서 내리지 않겠다는 거야. 계속 이 기차를 타고 갈 거야. 내 가방을 갖고 내려서 임시 보관소에 맡겨둬. 역에서 차를 마시면서 나를 기다려.' 그래서 제가 '여기서 기다리라고요, 마님?' 그렇게 물었죠. 그랬더니 마님이 이렇게 답하시더군요. '그래, 역에서 기다려. 다음 기차로 돌아올게. 언제 돌아올지 확실하지는 않지만 아주 늦게 돌아오지는 않을 거야.'

'알겠어요, 마님.' 전 이렇게 대답했어요. 제가 여쭤 볼 입장은 아니었지만 정말 이상하다는 생각이 들었어요."

"평소의 마님답지 않았다는 거요?"

"정말 마님 같지 않았어요."

"왜 그렇다고 생각했소?"

"저는 객실 안의 신사분과 관계가 있을 거라고 생각했어요. 마님이 그분에게 말을 걸지는 않았지만 한두 번 그분을 돌아보는 모습을 봤거든요. 마치 마님이 하고 있는 일이 옳은지 물어보는 것 같았어요."

"그 신사의 얼굴은 보지 못했다는 말이오?"

"네, 내내 제게 등을 돌리고 서 있었으니까요."

"그 남자의 모습을 설명할 수 있겠소?"

"연한 갈색 코트를 입고 여행용 모자를 쓰고 있었어요. 키가 크고 호리호리한 체격에 머리는 검은색이었어요."

"모르는 사람이었습니까?"

"네, 모르는 사람이었어요."

"혹시 주인어른 캐링턴 씨 아니었나요?"

메이슨은 깜짝 놀라는 것 같았다.

"그럴 리가요!"

"확신하는 건 아니지 않소?"

"주인어른과 체격이 비슷하기는 했지만 그 신사가 주인어른일 거라고는 전혀 생각하지 못했어요. 그분을 자세히 보지 못해서…… 하지만 아니라고 할 수도 없네요."

푸아로는 양탄자 위에서 핀을 한 개 집어 들고 찡그린 표정으로 그것을 들여다보았다. 그리고 잠시 후에 입을 열었다.

"당신이 마님이 타고 있는 객실에 가기 전에 브리스톨에서 그 남자가 그 기차에 탔을 수도 있지 않을까요?"

메이슨은 잠시 생각에 잠겼다.

"네. 그랬을 수도 있겠네요. 제가 있던 객실은 사람이 북적대서 밖으로 나가려면 한참 걸렸거든요. 플랫폼에 사람들이 많아서 저는 더 늦게 나왔어요. 하지만 만약 그랬다면 그 남자분이 마님과 얘기할 수 있는 시간은 고작해야 1~2분밖에 안 됐을걸요. 당연히 그 남자는 복도 쪽으로 왔을 거예요."

"그쪽이 더 그럴듯하군요."

푸아로는 여전히 얼굴을 찡그린 채 입을 다물었다. 메이슨이 물었다.

"마님이 어떤 옷을 입고 계셨는지는 아세요?"

"신문에 나와 있기는 하지만 확인해 주면 좋겠소."

"마님은 하얀 베일이 달린 백여우 털모자를 쓰고 파란 프리즈 코트와 스커트를 입고 계셨어요. 형광색이 도는 파란색이었어요."

"흠, 눈에 확 뜨이는 색깔이로군."

"그렇소. 재프 경감도 딸애가 입고 있던 옷이 범행 장소를 알아내는 데 도움이 될 거라고 했소. 딸애를 본 사람은 누구나 그 애를 기억할 테니 말이오."

할리데이가 말했다.

"바로 그겁니다. 감사합니다, 마드무아젤."

하녀는 방을 나갔다.

"그럼!"

푸아로가 기운차게 일어났다.

"제가 할 일은 다 끝난 것 같군요. 그런데 한 가지! 제게 모든 걸 솔직하게 말씀해 주셔야겠습니다. 하나도 빼놓지 않고."

"이미 다 얘기했잖소."

"확실한가요?"

"확실하오."

"그럼 더 들을 말씀이 없겠군요. 저는 이 사건에서 손을 떼겠습니다."

"그건 무슨 말이오?"

"제게 솔직하게 말씀하시 않으시니까요."

"나는 분명히……."

"아니요, 제게 숨기고 계신 게 있습니다."

잠시 침묵이 흘렀다. 할리데이 씨는 주머니에서 종이 한 장을 꺼내 푸아로에게 내밀었다.

"당신이 찾고 있는 게 이거요, 푸아로 씨? 어떻게 알았는지는 모르겠소만."

푸아로는 싱긋 웃으며 종이를 펼쳤다. 그것은 가는 필체로 비스듬하게 써 내려간 편지였다.

푸아로는 소리 내서 편지를 읽었다.

"'친애하는 부인, 부인과 다시 재회할 것을 생각하니 더없이 기쁩니다. 당신의 애정 어린 답장을 받고나서 저는 당신과 다시 만나고 싶은 마음을 도저히 억누를 수가 없습니다. 파리에서 보낸 날들을 한 순간도 잊어본 적이 없습니다. 내일 런던으로 떠나신다니 너무도 잔인하시군요. 하지만 머지않아 당신이 생각하는 것보다 훨씬 빨리 제 마음에서 한시도 떠나지 않는 당신의 모습을 뵐 수 있는 기쁨을 누리게 되겠지요. 오직 당신을 향한 저의 변치 않는 애정을 믿어 주시기 바랍니다. 아르망 드 라 로슈포르.'"

푸아로는 고개를 약간 숙여 인사를 하고 할리데이에게 편지를 돌려주었다.

"따님이 로슈포르 백작과 다시 만날 생각이었다는 걸 모르셨군요."

"내겐 정말 청천벽력 같은 일이었소. 딸애의 가방에서 이 편지를 발견했소. 당신도 아시겠소만 이 백작은 천하의 바람둥이요."

푸아로는 고개를 끄덕였다.

"그런데 이 편지가 온 걸 어떻게 안 거요?"

내 친구는 미소를 지었다.

"사실 전 몰랐습니다. 하지만 발자국을 추적하고 담뱃재를 가려내는 것만으로는 훌륭한 탐정이 될 수 없죠. 탐정은 심리학에도 능통해야 합니다. 저는 할리데이 씨가 사위를 싫어하고 불신한다는 걸 알고 있었습니다. 그는 따님의 죽음으로 이득을 보게 됩니다. 방금 전 하녀의 얘기를 듣고 그 의문의 남자가 사위분과 매우 비슷하다는 걸 알았죠. 그런데 할리데이 씨께서는 그의 행적에는 별로 관심이 없으시더군요. 왜 그럴까요? 그건 분명히 다른 쪽으로 의심하고 계시기 때문이죠. 그러니까 제게 뭔가 숨기고 있는 게 틀림없다는 겁니다."

"맞소, 푸아로 씨. 이 편지를 발견하기 전까지는 나도 루퍼트가 범인이라고 확신하고 있었소. 하지만 이 편지를 보자 그런 확신이 흔들리게 된 거요."

"그렇군요. 백작은 '머지않아 당신이 생각하는 것보다 훨씬 더 빨리'라고 썼죠. 그는 자기가 다시 따님 앞에 나타났다는 걸 할리데이 씨가 눈치 챌 때까지 기다리지 않을 작정이었던 겁니다. 런던에서 12시 14분 기차를 타고 복도를 따라 따님의 객실에 들어간 사람이 백작이었을까요? 제 기억이 맞는다면 로슈포르 백작도 키가 크고 머리가 검었던 것 같은데요?"

백만장자는 고개를 끄덕였다.

"그렇군요. 그럼 저는 이만 가 보겠습니다. 런던 경시청에 잃어버린 보석 리스트가 있는 걸로 알고 있습니다."

"그렇소. 이제 곧 재프 경감이 이리로 올 거요. 만나 보겠소?"

재프와 나는 오래전부터 아는 사이였다. 재프는 애정과 경멸이 뒤섞인 묘한 표정으로 푸아로에게 인사를 건넸다.

"오랜만이네요, 푸아로 씨. 우리가 서로 나쁜 감정을 갖고 있는 건 아니죠? 물론 사건을 보는 관점이 다르기는 하지만. '작은 회색 뇌세포'는 여전히 건재하신가요?"

푸아로는 그를 보고 웃었다.

"제 몫은 하고 있네, 재프. 썩 잘해 내고 있지."

"그렇다면 다행이로군요. 범인이 루퍼트 경이라고 생각하십니까, 아니면 다른 악당일까요? 물론 우리는 범인이 나타날 만한 장소를 철저히 경계 주시하고 있습니다. 보석이 처분되면 당장 우리 귀에 들어올 겁니다. 누구든 언제까지 보석을 감춰 두고 감상하게 하지는 않을 겁니다. 절대로! 어제 루퍼트 캐링턴 경이 어디에 있었는지 조사 중입니다. 그의 행적에 수상한 구석이 있어서 형사 한 명을 붙여 놓았죠."

"철두철미하군. 그런데 아무래도 하루 늦은 것 같은데."

푸아로가 시치미를 떼고 말했다.

"유머 감각은 여전하시네요, 푸아로 씨. 저는 패딩턴 역으로 가서 브리스톨, 웨스턴, 톤턴으로 갈 겁니다. 제 관할 구역이니까요. 그럼 이만 실례하겠습니다."

"오늘 밤 돌아와서 결과를 알려 주겠나?"

"그러죠. 만일 돌아오게 된다면요."

"훌륭한 수사관은 움직여야만 사건이 해결된다고 믿는단 말이야."

재프가 나가자 푸아로가 중얼거렸다.

"현장에 가서 발자국을 추적하고 진흙과 담뱃재를 모으고 그런 일을 하느라고 부산을 떨지. 그런 것에만 매달리니까 내가 심리학에 대해 한 마디 하면 재프가 뭐라고 하는지 아나, 친구? 비웃는 투로 이렇게 중얼거린다네. '안됐군, 푸아로! 이젠 늙었어. 노망이 든 거야.' 그러면서 자기는 '새로운 시대의 문을 두드리는 젊은 세대' 라고 생각하는 거지. 그런데 말이야, 친구. 그들은 바쁘게 문을 두드려 대지만 그 문이 이미 열려 있다는 걸 모르고 있단 말일세."

"이젠 어떻게 할 건가요?"

"백지위임을 받았으니 리츠 호텔에 전화를 거는데 3펜스쯤 써도 괜찮겠지? 거기에 백작이 묵고 있으니 말일세. 그다음엔 다리도 아프고 재채기도 나오고 하니 내 방으로 돌아가서 알코올램프에 차를 끓여 마셔야겠네."

다음 날 아침까지 나는 푸아로를 만나지 못했다. 그는 태연하게 아침 식사를 끝내는 중이었다.

"어떻게 됐나요?"

나는 호기심에 가득 차서 물었다.

"아무 일도 없었네."

"재프는요?"

"못 만났네."

"백작은요?"

"그저께 호텔을 떠났더군."

"살인이 일어나던 날에요?"

"그렇다네."

"그렇다면 확실하네요. 루퍼트 캐링턴 경은 혐의 선상에서 제외됐군요."

"로슈포르 백작이 호텔을 떠났기 때문에? 자네는 너무 섣불리 결론을 내리는 습관이 있어, 친구."

"어쨌거나 그를 추적하고 있으니 체포되겠죠. 그런데 도대체 동기가 뭘까요?"

"10만 달러 가격의 보석이라면 누구에게나 충분한 동기가 될 수 있지. 내가 궁금한 건 왜 그녀를 죽였는가 하는 거야. 왜 보석만 훔치지 않고 그녀를 살해했을까? 그녀는 신고하지 않았을 텐데 말이야."

"왜 신고를 안 할 거라고 생각하시는 거죠?"

"여자니까. 그 여자는 한때 그를 사랑했어. 그렇기 때문에 보석을 잃어버려도 아무 말 하지 않았을 걸세. 백작은 여자의 심리는 꿰뚫고 있을 테니까. 그게 그의 성공 비결이기도 하지. 어쨌든 백작도 그걸 잘 알고 있었겠지. 그런데 말이야. 루퍼트 캐링턴이 그녀를 죽였다면 왜 보석을 가져갔을까? 보석을 훔쳐간 것이 자신에게 치명적인 증거가 될 텐데 말이지."

"진실을 은폐하기 위한 거겠죠."

"자네 말이 맞을지도 모르겠군. 아! 재프가 왔군! 그의 노크 소리는 내가 잘 알지."

경감은 쾌활하게 웃고 있었다.

"안녕하십니까, 푸아로 씨. 방금 돌아오는 길입니다. 거기까지 갔던 보람이 있었죠. 푸아로 씨는 어떻습니까?"

"나 말인가, 나는 생각을 정리하고 있는 중이었네."

푸아로가 천연덕스럽게 대답했다.

재프가 큰 소리로 웃었다.

"푸아로 씨도 나이를 먹나 보네요."

재프는 작은 소리로 내게 말했다. 그러고는 다시 큰 소리로 말했다.

"그런 건 우리 젊은 사람들한테는 안 통합니다."

"안 통한다?"

"제가 뭘 했는지 들어 보시겠습니까?"

"내가 맞춰 봐도 되겠나? 자네는 웨스턴과 톤턴 사이의 기차선로 위에서 범행에 사용된 칼을 발견했을 걸세. 그리고 웨스턴에서 캐링턴 부인과 몇 마디 얘기를 나눈 신문팔이 소년을 만났을 거야."

재프는 입을 다물지 못했다.

"도대체 그걸 어떻게 아셨죠? 전지전능한 '작은 회색 뇌세포' 덕분이라는 말을 하지 마십시오."

"내 뇌세포가 전지전능하다는 걸 인정한다니 기쁘군! 그 부인이 그 신문팔이 소년에게 1실링을 주었다고 하던가?"

"아니요, 반 크라운을 주었다고 했습니다."

재프는 놀란 가슴이 진정되었는지 싱긋 웃으며 말했다.

"미국 부자들은 손이 크거든요!"

"그래서 그 신문팔이 소년이 그 부인을 특별히 잘 기억하고 있었던 게로군."

"당연하죠. 반 크라운은 아무 때나 받을 수 있는 돈이 아니니까요. 부인은 소년을 불러서 잡지를 두 권 샀다더군요. 한 잡지 표지에 파란색 옷을 입은 여자가 실려 있었답니다. 부인은 '나한테 잘 어울리겠어.'라고 말했답니다. 그래서 소년은 부인을 분명히 기억하고 있었던 거죠. 제겐 그걸로 충분했습니다. 의사의 검시 결과에 따르면 범행은 톤턴 도착 시각 이전에 저질러졌던 게 분명합니다. 나는 범인이 범행을 저지른 직후에 칼을 버렸을 거라고 추측했습니다. 그래서 선로를 따라 걷다가 칼을 발견했습니다. 톤턴에서 범인에 대해 몇 가지 물어보았지만 역이 너무 커서 그를 알아본 사람이 없더군요. 범인은 아마 다음 기차로 런던으로 돌아갔겠죠."

푸아로는 고개를 끄덕였다.

"그랬겠지."

"하지만 돌아와서 다른 정보를 알게 되었습니다. 범인들은 역시 보석을 처분했습니다. 어젯밤 커다란 에메랄드가 전당포에 나왔습니다……. 단골 중 한 명이었다고 합니다. 누구라고 생각하십니까?"

"난 모르겠네……. 체격이 작은 사내라는 것밖에는."

재프가 푸아로를 놀란 표정으로 쳐다보았다.

"맞아요. 키가 아주 작아요. 레드 나키였어요."

"레드 나키가 누구죠?"

내가 물었다.

"유명한 보석털이죠. 살인도 서슴지 않는 흉악한 자예요. 항상 그레이시 키드라는 여자와 같이 일하는데 그 여자는 이번에는 가담하지 않은 것 같습니다. 나머지 장물을 들고 네덜란드로 날아 버리지 않았다면 말이죠."

"나키를 체포했군요."

"당연하죠. 하지만 우리가 원한 건 다른 사람입니다. 캐링턴 부인과 기차 안에 함께 있었던 남자 말입니다. 그 남자가 이번 일을 꾸민 게 분명하니까요. 하지만 나키는 공범을 불지 않을 겁니다."

푸아로의 눈동자가 짙은 녹색으로 변했다.

"내 생각엔, 내 생각엔."

푸아로가 중얼거렸다.

"자네를 위해서 나키의 공범을 잡을 수 있을 것 같네."

"또 좋은 아이디어가 떠오르신 거로군요."

재프가 푸아로를 날카로운 눈으로 쳐다보며 말했다.

"그 연세에 아직도 건재하시다니 대단하십니다. 물론 운이 따라줘야겠지만."

"아무렴. 그래야지."

푸아로가 중얼거렸다.

"헤이스팅스, 내 모자와 솔을 가져다주겠나. 덧신도 가져오게. 비가 오면 구두 위에 신어야지. 구두에 약을 먹였는데 조심해야지. 그럼 이만 실례하겠네, 재프!"

"행운을 빌겠습니다, 푸아로 씨."

푸아로는 택시를 잡아타고는 운전기사에게 파크 레인으로 가자고 말했다.

할리데이의 저택 앞에 차가 멈추자 푸아로는 재빨리 차에서 뛰어내려 운전기사에게 돈을 지불하고 벨을 눌렀다. 문을 열어 준 하인에게 그는 낮은 목소리로 방문한 이유를 말했다. 우리는 곧 위층에 올라가서 조용하고 작은 침실로 안내를 받았다.

푸아로는 방 안을 둘러보더니 작은 검은색 트렁크에 시선을 고정했다. 푸아로는 가방 앞에 웅크리고 앉아서 붙어 있는 라벨을 자세히 살펴보더니 주머니에서 구부러진 철사를 꺼냈다.

"할리데이 씨에게 이곳으로 좀 와 주십사고 전해 주시겠소?"

하인이 나가자 푸아로는 노련한 솜씨로 트렁크의 열쇠구멍에 철사를 꼽고 이리저리 돌렸다. 잠시 후 자물쇠가 열리자 그는 트렁크 뚜껑을 열고 재빨리 안에 들어있던 옷을 뒤져서 바닥에 펼쳐 놓았다.

층계를 올라오는 둔중한 발자국 소리가 들리고 할리데이 씨가 나타났다.

"도대체 뭘 하는 거요?"

그가 놀란 표정으로 물었다.

"이걸 찾고 있었습니다."

푸아로는 트렁크에서 파란색 프리즈 코트와 스커트, 백여우 털모자를 꺼냈다.

"지금 내 트렁크를 가지고 뭘 하는 거죠?"

뒤를 돌아보니 제인 메이슨이 방 안에 들어와 있었다.

"헤이스팅스, 문 좀 닫아 주겠나? 고맙네. 이제 문을 등지고 서 주게. 할리데이 씨. 그레이시 키드, 또 다른 이름은 제인 메이슨. 이 여성을 소개해 드리죠. 잠시 후에 재프 경감의 친절한 호위를 받고 공범인 레드 나키와 합류할 겁니다."

푸아로는 강하게 부정하는 것처럼 손을 내저었다.

"아주 간단했습니다!"

푸아로는 그렇게 말하면서 캐비아를 집어 들었다.

"그 하녀가 주인의 옷에 너무 민감한 게 이상하다는 생각이 들었죠. 우리의 주의를 옷에 쏠리게 하려는 의도가 뭘까? 그리고 브리스톨에서 객실에 있었다는 그 수수께끼의 남자에 대해 우리가 아는 건 그 하녀의 증언뿐이라는데 생각이 미쳤죠. 의사의 검시 결과에 따르면 캐링턴 부인은 브리스톨에 도착하기 이전에 살해되었을 가능성이 컸습니다. 그렇다면 하녀가 공범인 게 분명하게 되는 겁니다. 그녀가 공범이라면 자신의 증언만으로 공범이라는 걸 숨길 수 없었겠죠. 캐링턴 부인은 눈에 확 뜨이는 옷을 입고 있었습니다. 하녀들은 보통 주인이 입는 옷에 대해 조언을 많이 하죠. 그런데 브리스톨을 지난 후에 누군가 파란색 코트와 스커트를 입고 백여우 털 모자를 쓴 여자를 보았다면 그 사람은 분명히 캐링턴 부인을 목격했다고 증언할 겁니다.

나는 사건을 재구성하기 시작했죠. 하녀는 주인과 똑같은 옷을 준비했습니다. 그녀와 공범은 런던과 브리스톨 사이에서 캐링턴 부인을 클로로포름으로 마취하고 칼로 찔러 죽였습니다. 아마 터널을 지나는 순간을 이용했을 겁니다. 그녀는 주인의 시신을 좌석 밑에 밀어 넣고 주인으로 변장했죠. 웨스턴에서 사람들의 눈에 뜨이게 하기 위해서였죠. 어떻게 했을까요? 분명히 신문팔이 소년을 이용했을 겁니다. 그 소년에게 팁을 많이 주어서 자신의 인상을 강하게 남긴 거죠. 그리고 두 권의 잡지 중에서 한 권에 나온 표지 얘기를 해서 자기가 입고 있는 옷에 관심이 쏠리게 했습니다. 그런 다음 웨스턴을 출발한 후에 그 지점이 범행이 일어난 장소인 것처럼 꾸미기 위해서 칼을 창문 밖으로 내던지고 옷을 갈아입었거나, 아니면 그 위에 긴 레인코트를 걸쳤을 겁니다. 그러고는 톤턴에서 기차에서 내려서 가능한 한 빨리 브리스톨로 돌아왔습니다. 공범이 짐을 임시보관소에 맡기고 그녀를 기다리고 있었을 겁니다. 공범은 보관증을 그녀에게 주고 런던으로 되돌아갔습니다. 그녀는 플랫폼에서 주인이 기다리라고 한 것처럼 연기를 하고 그날 밤 호텔에서 묵고 다음 날 아침 자기가 말한 대로 런던으로 돌아온 겁니다.

재프가 조사를 끝내고 돌아와서 한 말이 내가 추리한 사건의 줄거리를 모두 사실로 증명해 주었죠. 재프는 유명한 사기꾼이 보석을 전당포에 맡겼다는 것까지 알려 주었습니다. 나는 그자가 누구든 제인 메이슨이 진술했던 남자와는 정반대의 남자일 거라고 짐작했습니다. 그자가 그레이시 키드와 항상 한 짝이 되어 움직이는 레드 나키라는 남자라는 말을 들었을 때…… 나는 그녀를 어디서 찾을 수 있는지 알았죠."

"그럼 백작은?"

"백작에 대해서는 생각하면 할수록 이 사건과 아무런 관계가 없다는 확신이 들었습니다. 그 신사는 살인 같은 위험한 일을 저지르기에는 너무 소심한 남자니까요. 그런 일은 그의 성격에 전혀 맞지 않는 일이었습니다."

"푸아로 씨, 정말 큰 빚을 졌소."

할리데이 씨가 말했다.

"점심 식사 후에 수표를 드리겠소만 그걸로 은혜를 갚지는 못할 것 같소이다."

푸아로는 겸손하게 미소를 지으면서 나에게 속삭였다.

"공식적으로는 재프가 성과를 인정받게 되겠지. 재프가 그레이시 키드를 잡기는 했지만 미국인들이 말하듯이 그를 한 방 먹인 건 바로 이 에르퀼 푸아로야!"

잠수함 설계도

특별한 심부름꾼을 통해 편지 한 통이 전달되었다. 편지를 읽어 내려가는 푸아로의 눈이 흥분과 흥미로 반짝였다. 그는 심부름꾼에게 몇 마디 한 후에 그를 돌려보냈다.

"당장 짐을 챙기게. 지금 샤플스 저택으로 갈 거니까."

그 유명한 앨로웨이 경의 저택 이름을 듣고 나는 깜짝 놀랐다. 그는 새로 입각된 국방장관으로 하원에서 강력한 영향력을 가진 정치가였다. 그는 예전에 거대 토건 회사의 사장이었고 본명은 랠프 커티스였다. 정치계에 입문하면서 앨로웨이 경으로 불리게 된 그는, 데이비드 맥아덤 씨의 건강이 좋지 않다는 소문이 사실이라면, 강력한 차기 내각 수장 후보자라는 말이 공공연하게 나돌고 있었다.

밖에는 우리를 태우고 갈 대형 롤스로이스가 대기하고 있었다. 차가 어둠 속을 미끄러지듯이 달리기 시작하자 나는 푸아로에게 질문을 퍼부었다.

"도대체 이 한밤중에 우리에게 무슨 볼일이 있는 걸까요?"

11시가 지난 시각이었다.

푸아로는 모르겠다는 듯이 고개를 저었다.

"아주 긴급한 일인 것만은 분명해."

"몇 년 전 랠프 커티스라는 이름을 쓰고 있을 때 안 좋은 스캔들이 있었죠. 주식 사기였던가 뭐 그런 일이죠, 아마? 결국 무죄로 판명되긴 했지만. 이번에도 그와 비슷한 일이 일어난 게 아닐까요?"

"그런 일이라면 한밤중에 사람을 보낼 필요까지는 없었겠지."

그의 말에 동의하지 않을 수 없어서 나는 입을 다물었다. 런던 교외로 나가자 힘 좋은 롤스로이스는 전속력으로 달려서 12시가 되기 전에 샤플스 저택에 도착했다.

가톨릭 교황처럼 엄숙한 분위기의 집사가 우리를 앨로웨이 경이 기다리고 있는 작은 서재로 안내했다. 경은 자리에서 벌떡 일어나 우리를 맞이했다. 키가 크고 마른 체격이었지만 온몸에서 힘과 활기가 발산되고 있는 것 같았다.

"푸아로 씨, 만나 뵙게 돼서 반갑소. 정부가 당신에게 도움을 요청하는 게 이번이 두 번째로군요. 전쟁 중에 수상이 경악할 만한 방법으로 납치되었을 때 우리를 도와준 일은 잊지 않고 있었소. 기막힌 추리력에다…… 기민한 대처라고 하나? 여하튼 덕분에 그 상황을 해결할 수 있었지요."

그 순간 푸아로의 눈이 약간 번뜩였다.

"그렇다면, 이번에도 기민한 대처가 필요한 사건이겠군요."

"그렇소. 극도의 기민함이 필요한 사건이요. 해리 경과 나는…… 아 소개를 해야겠군. 이쪽은 해군 제독인 해리 웨어데일 경, 이쪽은 푸아로 씨, 그리고 이쪽은 대위인……."

"헤이스팅스입니다."

내가 말을 받았다.

"명성은 익히 들어서 알고 있소, 푸아로 씨."

해리 경이 악수를 청하며 말했다.

"도저히 이해할 수 없는 사건이 일어났소. 이 사건을 해결해 준다면 더할 나위 없이 감사하겠소."

나는 어깨가 떡 벌어지고 화통한 성격의 해군 제독에게 첫눈에 호감을 느꼈다.

푸아로는 두 사람을 긴장한 표정으로 쳐다보았다.

앨로웨이 경이 이야기를 시작했다.

"지금부터 하는 얘기는 극비 사항이오. 그 점을 명심해 주길 바라겠소, 푸아로 씨. 사실은 아주 중요한 서류가 분실되었소. 신형 Z형 잠수함 설계도요."

"그게 언제입니까?"

"오늘 밤…… 바로 세 시간 전쯤이오. 이 사고의 중대성은 잘 이해하실 거요. 설계도가 분실되었다는 사실이 절대로 외부에 알려져서는 안 되오. 사건의 개요를 되도록 간단히 설명하겠소. 주말에 우리 집에 온 손님은 여기 있는 해리 웨어데일 제독과 그의 부인과 아들, 그리고 런던 사교계에서 유명한 콘래드 부인이오. 여자들은 일찍 침실로 돌아갔소……. 그게 아마 10시쯤이었을 거요. 레너드 웨어데일 군도 그 시간에 방으로 돌아갔을 거고.

해리 경은 신형 잠수함 제작에 대해 나와 의논할 게 있어서 여기로 내려왔소. 나는 내 비서인 피츠로이에게 저 구석에 있는 금고에서 설계도를 꺼내서 내가 즉시 볼 수 있게 준비해 두라고 지시했소. 그 일과 관련된 다른 서류들도 함께 말이오. 비서가 서류를 정리하는 동안 제독과 나는 테라스에서 담배를 피우면서 포근한 6월의 밤공기를 즐기며 걷고 있었소. 담배를 피우면서 잡담을 하다가 다시 일을 시작할 생각으로 테라스 끝으로 걸어왔을 때였소. 그때 서재 창문에서 누군가가 나와서 테라스를 가로질러 사라지는 모습을 본 것 같았소.

하지만 나는 별로 신경을 쓰지 않았소. 피츠로이가 서재 안에 있을 거라고 생각했기 때문에 뭔가 없어질 거라는 염려는 전혀 하지 않았기 때문이오. 그 점은 물론 내 실수였소. 우리가 테라스에서 창문을 통해 서재로 들어올 때 피츠로이도 홀에서 들어오고 있었소.

'필요한 서류는 다 꺼내 놓았나?'

'네, 꺼내 놓았습니다, 앨로웨이 경. 모두 책상 위에 올려놓았습니다.'

비서는 그렇게 대답하고 인사를 하고 서재에서 나갔소.

'잠깐 기다리게.'

책상으로 가면서 내가 말했소.

'필요한 걸 빠뜨리고 얘기하지 않았을지도 모르니까.'

나는 책상 위에 있는 서류를 재빨리 훑어보고 말했소.

'가장 중요한 걸 빠뜨렸군, 피츠로이. 잠수함 설계도가 빠졌잖아.'

'설계도는 맨 위에 올려놓았습니다, 앨로웨이 경.'

'없는데?'

나는 서류를 뒤적이면서 말했소.

피츠로이는 당황한 표정으로 다가왔소. 도저히 믿어지지 않는 상황이 벌어진 거요. 우리는 책상 위에 있는 서류를 모두 뒤지고 금고 안도 살펴보았소. 하지만 결국 설계도가 없어졌다는 사실을 인정할 수밖에 없었소……. 그것도 피츠로이가 방에서 나간 3분 동안에."

"비서는 왜 방에서 나갔나요?"

푸아로가 물었다.

"나도 그걸 물어보았소."

해리 경이 큰 소리로 말했다.

"피츠로이는 내 책상 위에 있던 서류를 정리하고 나서 여자의 비명을 듣고 놀라서 홀로 뛰어나간 거요. 나가보니 콘래드 부인의 프랑스 인 하녀가 서 있었다고 했소. 그 하녀는 새파랗게 질려서 어쩔 줄 몰라 하며 방금 전에 유령을 봤다고 했다는 거요. 키가 큰 유령이 하얀 옷을 입고 소리도 없이 걸어갔다면서. 피츠로이는 그 말을 듣고 어처구니가 없어서 바보 같은 소리 하지 말라고 점잖게 타일렀다는 거요. 그러고는 다시 서재로 돌아왔는데 그때 마침 나와 해리 경도 들어오는 참이었다고 했소."

“그렇다면 모든 게 분명하군요.”

푸아로가 생각에 잠긴 표정으로 말했다.

“한 가지 의문은 그 하녀가 공범인가 아닌가 하는 겁니다. 그 하녀는 밖에서 잠복하고 있던 공범과 짜고서 비명을 질렀을까요, 아니면 범인은 기회가 오기를 기다리고 있었을까요? 경이 보신 건 남자였겠죠, 혹시 여자가 아니었습니까?”

“그건 잘 모르겠소, 푸아로 씨. 내가 본 건 그냥…… 그림자뿐이었소.”

제독이 이상한 콧소리를 내는 바람에 모두들 그에게로 시선을 돌렸다.

“제독께서도 하실 말씀이 있으신 것 같군요.”

푸아로가 웃으면서 말했다.

“해리 경께서도 사람의 그림자를 보셨나요?”

“아니요, 난 보지 못했소. 앨로웨이도 사람의 그림자를 본 게 아닐 거요. 나뭇가지가 흔들렸거나 뭐 그런 거였겠지. 나중에 설계도가 없어졌다는 걸 알고 나서 테라스를 가로질러 가는 사람의 그림자를 본 거라고 생각했을 거요. 그의 상상력이 착각을 일으킨 거겠지.”

“난 평소에 상상력이 풍부하다는 말은 들어 보지 못했네.”

앨로웨이 경이 희미하게 쓴 웃음을 지으며 말했다.

“그건 그렇지 않아. 상상력이 없는 사람은 없네. 사람들은 자신이 실제로 본 것보다 더 많은 걸 본 것처럼 믿어 버리지. 나는 일평생 바다에서 살아왔기 때문에 육지에 있는 사람들보다 내 눈이 더 정확하다고 믿고 있네. 나도 그때 테라스를 보고 있었는데 자네가 뭔가를 봤다면 내가 못 봤을 리가 없단 말일세."

제독은 그 점을 유난히 강조하는 것 같았다. 푸아로는 자리에서 일어나 빠른 걸음으로 창가로 갔다.

"괜찮으시다면 이 점을 분명히 짚고 넘어가야 할 것 같습니다."

그는 테라스로 나갔다. 다른 사람들도 그 뒤를 따라 테라스로 나갔다.

푸아로는 주머니에서 손전등을 꺼내 테라스 옆에 있는 잔디밭의 가장자리를 비추었다.

"그가 테라스에서 어느 곳을 지나갔습니까, 앨로웨이 경?"

"창문 맞은편 쪽이었던 것 같소."

푸아로는 몇 분 동안 손전등을 비추면서 테라스의 한쪽 끝에서 다른 쪽 끝까지 걸어갔다. 그런 다음 손전등을 끄고 몸을 일으켰다.

"해리 경이 말씀하신 대로 앨로웨이 경이 잘못 보셨던 겁니다."

푸아로가 차분한 어조로 말했다.

"오늘 초저녁부터 비가 많이 내렸습니다. 누군가가 잔디밭을 지나갔다면 분명히 발자국이 남았을 겁니다. 하지만 발자국이 전혀 남아 있지 않아요……. 아무 흔적도 없습니다."

푸아로는 경의 얼굴에서 제독의 얼굴로 시선을 옮겼다. 앨로웨이 경은 당황스럽고 믿을 수 없다는 표정을 짓고 있었다. 반면에 해리 경은 꽤나 흡족해하는 얼굴이었다.

"내 말이 틀릴 리가 없지. 어디서든 내 눈은 믿을 수 있단 말이야."

순박한 뱃사람 같은 그의 모습에 나도 모르게 웃음이 나왔다.

"그럼 집 안에 있는 사람들에게로 관심을 돌려야겠군요."

푸아로가 침착하게 말했다.

"다시 안으로 들어가실까요? 자, 그럼, 피츠로이 씨가 계단에서 하녀와 이야기를 하고 있는 틈을 타서 누군가가 홀에서 서재로 들어갈 수 있었을까요?"

앨로웨이 경은 고개를 저었다.

"그건 불가능한 일이오. 그렇게 하려면 피츠로이 옆을 지나갈 수밖에 없소."

"그렇다면 피츠로이 씨는…… 그 사람은 믿을 수 있는 사람인가요?"

앨로웨이 경의 얼굴이 붉어졌다.

"절대적으로 신뢰할 수 있는 사람이오. 내 비서는 내가 보장할 수 있소. 피츠로이가 이 일에 연루되는 건 절대 있을 수 없는 일이오."

"모든 게 있을 수 없는 일이로군요."

푸아로가 차갑게 말했다.

"설계도에 작은 날개가 달려 있어서 날아간 건 아닐까요……, 이렇게?"

푸아로는 익살스럽게 케루빔 천사처럼 입술 사이로 후 하고 숨을 내쉬었다.

"정말 모든 게 불가사의하군."

앨로웨이 경이 답답하다는 듯이 말했다.

"혹시라도 피츠로이를 의심해서는 안 되오, 푸아로 씨. 잠깐만 생각해 봐도 알 일 아니오? 피츠로이가 설계도를 손에 넣으려고 했다면 번거롭게 훔칠 필요 없이 설계도를 복사하는 게 훨씬 쉬운 방법이었겠지."

"맞는 말씀입니다."

푸아로가 맞장구를 쳤다.

"아주 적절한 지적을 하셨습니다……. 질서 있고 체계적인 사고를 하신다는 걸 알 수 있군요. 영국에 경과 같은 분이 계셔서 정말 다행입니다."

앨로웨이 경은 갑작스러운 칭찬을 듣자 겸연쩍은 표정을 지었다.

푸아로는 다시 본론으로 돌아갔다.

"여러분이 저녁 내내 앉아 계시던 방……."

"응접실 말이오?"

"그 방에도 테라스로 난 창문이 있습니까? 경께서 그쪽으로 걸어 나갔다고 하신 것 같은데, 그렇다면 누군가가 응접실 창문에서 나와 피츠로이가 방을 비운 사이에 이 창문을 통해서 서재로 들어왔다가 같은 방법으로 다시 돌아 나갔다고 생각할 수 있지 않을까요?"

"그랬다면 우리가 그들을 못 보았을 리가 없지 않소?"

제독이 의문을 제기했다.

"두 분이 등을 돌리고 다른 방향으로 걸어가고 있었다면 못 봤을 수도 있죠."

"피츠로이가 방을 비운 시간은 겨우 몇 분이었소. 우리가 테라스 끝까지 걸어갔다가 돌아올 만한 시간이지."

"물론 그렇습니다……. 그럴 가능성이 있다는 거죠……. 사실 그것 이외에 다른 가능성은 없습니다."

"우리가 밖으로 나갔을 때는 서재 안에 아무도 없었소."

제독이 말했다.

"그 후에 들어왔을지도 모르죠."

"그러니까……."

앨로웨이 경이 천천히 말했다.

"피츠로이가 하녀의 비명을 듣고 뛰어나갔을 때 누군가가 미리 거실에 숨어 있다가 창문을 통해 뛰어 들어왔고 피츠로이가 들어오기 직전에 응접실에서 빠져나갔다. 이렇게 되는 거요?"

"역시 체계적으로 생각하시는군요."

푸아로가 고개를 끄덕이며 말했다.

"그때의 상황을 완벽하게 설명하셨습니다."

"하인 중 한 사람일 것 같소?"

"아니면 손님 중 한 사람이겠죠. 비명을 지른 사람은 콘래드 부인의 하녀였습니다. 콘래드 부인에 대해서 좀 말씀해 주시겠습니까?"

앨로웨이 경은 잠시 생각하는 것 같았다.

"아까 말한 대로 사교계에서 아주 유명한 부인이오. 큰 파티를 열기도 하고 어느 곳에나 빠지지 않고 나타난다는 점에서 그렇다고 할 수 있소. 그렇지만 어디서 왔는지 과거가 어땠는지 알고 있는 사람은 거의 없소. 외교관이나 외무성 관계자들하고도 접촉이 잦아서 비밀 정보부에서 예의 주시하고 있는 여자요."

"그렇군요. 그런데 이번 주말에 이곳에 초대를 받았나요?"

"그건…… 그러니까…… 그 여자를 직접 가까이에서 관찰하기 위해서 초대한 거요."

"그러셨군요! 그렇다면 그 부인이 오히려 경을 곤경에 빠뜨린 결과가 되어 버렸군요."

앨로웨이 경은 당황하는 기색이 역력했지만 푸아로는 말을 계속했다.

"다른 사람들이 들을 수 있는 곳에서 경과 해리 경이 함께 그 문제를 의논하신 적이 있었나요?"

"그런 적이 있었소. 해리 경이 '자, 이제 잠수함 문제를 의논해 봅시다!' 그런 말을 했던 것 같소. 다른 사람들은 방에서 나가고 없었지만 그 부인이 책을 가지러 다시 방에 들어왔을 때였소."

"알겠습니다."

푸아로는 생각에 잠긴 표정으로 말했다.

"시간이 늦었지만 이건 아주 긴급한 사항입니다. 괜찮으시다면 지금 당장 집 안에 계신 분들에게 질문을 하고 싶습니다."

"당연히 그래야죠."

앨로웨이 경이 말했다.

"한 가지 거듭 조심할 건 이 일이 절대로 알려져서는 안 된다는 거요. 웨어데일 부인과 레너드 군은 괜찮다고 해도…… 콘래드 부인은 이 사건과 관련이 없다고 하면 문제가 좀 다르니까. 중요한 서류가 없어졌다고만 얘기하고 그게 어떤 서류인지, 서류가 분실된 상황이 어땠는지 그런 건 구체적으로 밝히지 않는 게 좋겠소."

"저도 그렇게 제안하려고 했습니다."

푸아로가 웃으면서 말했다.

"실제로 세 분이 계시는군요. 제독께는 실례되는 말씀입니다만, 아무리 훌륭한 부인이시라도……."

"실례될 건 없소."

해리 경이 말했다.

"여자들은 하나같이 말이 많으니까. 난 줄리엣이 말을 더 많이 하고 브리지 게임을 좀 덜 했으면 좋겠소. 하지만 요즘 여자들은 춤이나 게임을 하지 않으면 살아갈 재미가 없는 모양이니 어쩔 수 없지. 줄리엣과 레너드를 깨워 오지. 그럼 되겠나, 앨로웨이?"

"고맙네. 나는 프랑스 인 하녀를 불러오겠네. 푸아로 씨도 하녀를 만나보고 싶어 할 테니. 그 아이를 시켜서 콘래드 부인을 깨우면 되겠지. 지금 바로 가야겠군. 그동안에 나는 피츠로이를 불러오겠소."

피츠로이라는 청년은 마른 체격에 안색이 창백하고 차가운 인상에 코안경을 쓰고 있었다. 그는 앨로웨이 경이 했던 말과 단어 하나 다르지 않은 얘기를 들려주었다.

"이 사건에 대해 어떻게 생각하십니까, 피츠로이 씨?"

피츠로이는 어깨를 으쓱해 보였다.

"분명히 내막을 잘 알고 있는 사람이 밖에서 기회를 노리고 있었을 겁니다. 창문으로 상황을 엿보고 있다가 제가 방에서 나가자 몰래 들어왔겠죠. 앨로웨이 경이 그 남자가 달아나는 걸 목격했을 때 뒤쫓아 가지 않은 게 정말 유감입니다."

푸아로는 그가 잘못 생각하고 있다고 말해 주는 대신 이렇게 물었다.

"그 하녀의 이야기가 사실이라고 생각합니까? 유령을 보았다는 것 말입니다."

"설마, 푸아로 씨."

"내 말은…… 그 하녀가 정말 그렇게 생각하고 있었느냐는 겁니다."

"그건 저도 모르겠습니다. 분명히 굉장히 놀란 것 같기는 했어요. 손으로 머리를 감싸고 있더군요."

"그랬군요!"

푸아로는 대단한 발견이라도 한 것처럼 탄성을 질렀다.

"정말 그랬습니까? 그 하녀는 틀림없이 아주 아름다운 아가씨겠죠?"

"특별히 그렇다고 생각하지는 않습니다."

피츠로이는 뭔가 억누르는 것 같은 목소리로 말했다.

"하녀의 주인인 콘래드 부인을 만나 보셨나요?"

"실은 만났습니다. 부인이 2층 계단 끝에 있는 복도에서 '레오니!'라고 불렀죠. 그때 부인이 저를 보고는…… 그냥 들어가 버리더군요."

"2층으로 말이오?"

푸아로가 얼굴을 찡그리며 말했다.

"이 사건으로 제가 무척 곤란한 입장이라는 건 잘 알고 있습니다. 앨로웨이 경이 마침 범인이 도망가는 걸 직접 목격하셨으니 천만다행이었죠. 어쨌든 제 방과 제 몸을 수색해 주십시오."

"정말 그러길 원하시나요?"

"물론입니다."

푸아로가 어떤 대답을 하려고 했는지는 모른다. 그때 앨로웨이 경이 다시 들어와서 두 부인과 레너드 웨어데일이 응접실에서 기다리고 있다고 말했기 때문이다.

두 부인은 각자 자신에게 어울리는 네글리제를 입고 있었다. 콘래드 부인은 35세의 금발 미인으로 약간 살집이 있었다. 줄리엣 웨어데일 부인은 40살은 된 것 같았고 키가 크고 검은 머리에 몹시 마른 체격이었지만 꽤 아름다웠다. 그녀의 손발도 매우 우아했다. 그러나 어쩐지 불안하고 지친 듯한 모습이었다. 그녀의 아들은 여성스러운 외모의 청년으로 호탕하고 활달한 그의 아버지와는 완전히 대조적이었다.

푸아로는 미리 상의했던 대로 사건에 대해 간단히 설명하고 누구든 그날 밤에 보거나 들은 일이 있으면 말해 달라고 부탁했다.

먼저 콘래드 부인에게 그날 밤 동선에 대해 알려 달라고 했다.

"그러니까…… 2층에 올라가서 하녀를 부르기 위해 벨을 눌렀어요. 그런데 하녀가 오지 않아서 밖으로 나와 이름을 불렀죠. 계단에서 얘기하고 있는 소리가 들리더군요. 그래서 불러다가 제 머리 손질을 시킨 후에 나가게 했습니다……. 이상하게 아주 당황한 모습이었어요. 저는 책을 좀 읽다가 잠이 들었습니다."

"줄리엣 부인께서는요?"

"저는 2층에 올라가서 곧바로 잤어요. 무척 피곤했거든요."

"책은 어떻게 했나요?"

콘래드 부인이 상냥한 미소를 지으며 물었다.

"책이라뇨?"

줄리엣 부인의 얼굴이 붉어졌다.

"네. 내가 레오니를 보냈을 때 계단을 올라오고 계셨잖아요. 책을 가지러 응접실에 갔다 오는 길이라고 하면서."

"아! 그랬었죠. 책을 가지러 아래층에 내려갔어요. 그걸 깜빡했네요."

줄리엣 부인은 긴장한 듯이 손을 마주 잡았다.

"콘래드 부인의 하녀가 지른 비명을 들으셨나요?"

"아뇨, 전 못 들었어요."

"이상하군요……. 분명히 그때 응접실에 계셨을 텐데요."

"아무 소리도 못 들었어요."

줄리엣 부인이 단호하게 말했다.

푸아로는 레너드 청년을 바라보았다.

"레너드 씨는요?"

"저는 할 말이 없습니다. 2층에 올라가서 바로 잤습니다."

푸아로는 턱을 가볍게 만졌다.

"아! 참고 될 만한 게 전혀 없군요. 이런 사소한 일로 주무시는데 방해를 해서 정말 죄송스럽습니다. 사과드립니다."

푸아로는 몸짓을 해 가며 사과를 하고 그들을 문밖까지 배웅했다. 잠시 후에 예쁘지만 당돌해 보이는 프랑스 인 하녀와 함께 돌아왔다. 앨로웨이 경과 웨어데일 경은 부인들과 함께 나가고 없었다.

"자, 마드무아젤."

푸아로가 쾌활한 목소리로 말했다.

"사실대로 얘기해야 해요. 거짓말을 하면 안 됩니다. 아가씨는 왜 계단에서 비명을 질렀죠?"

"그건. 키가 큰 사람을 봐서……. 하얀 옷을 입은……."

푸아로는 손가락을 흔들어 그녀의 말을 가로막았다.

"거짓말을 하면 안 된다고 하지 않았소? 내가 말해 볼까요? 그 남자가 아가씨에게 키스를 했죠? 레너드 웨어데일 씨 말이요."

"그래요. 그런데 키스한 게 어떻다는 거죠?"

"그런 상황에서는 당연한 일이겠지."

푸아로는 당당하게 말했다.

"나나 여기 있는 헤이스팅스라면…… 여하튼 그때 있었던 일을 자세히 얘기해 주겠소?"

"그분이 제 뒤로 와서 저를 붙잡았어요. 저는 깜짝 놀라서 비명을 질렀죠. 그분이라는 걸 알았다면 그렇게 소리를 지르지는 않았을 거예요……. 하지만 고양이처럼 갑자기 다가오는 바람에. 그때 비서분이 나왔고 레너드 씨는 계단을 뛰어 올라갔어요. 그분이 저에게 그런 짓을 했다고 말할 수는 없잖아요. 그래서 유령을 봤다고 거짓말을 한 거예요."

"이제 모든 게 설명이 되는군."

푸아로가 친근한 말투로 말했다.

"그런 다음에 마님 방으로 올라갔군요. 마님 방은 어느 쪽에 있죠?"

"복도 끝에 있어요."

"아래층 서재 바로 위로군. 마드무아젤, 이제 더 시간을 뺏지 않겠소. 다음에는 그렇게 비명을 지르지 않는 게 좋을 것 같소."

푸아로는 하녀를 내보내고 미소를 싱글거리면서 돌아왔다.

"아주 재미있는 사건이야, 안 그런가, 헤이스팅스? 이제 윤곽이 잡히는 것 같군. 자네는 어떤가?"

"레너드 웨어데일 말이에요. 계단에서 그런 짓을 하다니. 그 청년 정말 마음에 안 들어요. 대단한 바람둥이일 거예요."

"동감일세, 몬 아미."

"피츠로이는 정직한 사람처럼 보이던데요."

"앨로웨이 경도 그 점은 절대 보장한다고 하지 않았나."

"하지만 그의 태도에 뭔가 수상쩍은 게 있었어요."

"너무 그럴듯해서 믿어지지 않는 거겠지. 나도 그렇게 느꼈네. 그런데 콘래드 부인은 뭔가 분명히 있는 것 같아."

"부인의 방이 서재 바로 위라고 하잖아요."

나는 조심스럽게 말하면서 푸아로의 얼굴을 살폈다.

그는 미소를 띠며 고개를 흔들었다.

"아닐세, 몬 아미. 그렇게 아름다운 여성이 굴뚝이나 발코니를 타고 내려갔을 거라고는 상상할 수 없어."

그가 그렇게 말할 때 문이 열리더니 놀랍게도 줄리엣 웨어데일 부인이 조용히 방 안으로 들어왔다.

"푸아로 씨……."

그녀는 숨을 헐떡이며 말했다.

"푸아로 씨하고만 할 얘기가 있는데요."

"부인, 헤이스팅스 대위는 저의 분신이나 다름없는 친구입니다. 이 친구는 조금도 신경 쓰시지 않아도 됩니다. 앉으시죠."

부인은 여전히 푸아로에게 시선을 고정시킨 채 자리에 앉았다.

"제가 말씀드리려는 건…… 좀 곤란한 얘기예요. 푸아로 씨가 이 사건을 맡고 계신 거죠? 만일 그 서류가 돌아오면 이 사건은 종결되는 건가요? 저는 더 이상 캐지 않고 사건이 끝나게 되는 거냐고 묻는 겁니다."

푸아로는 그녀를 날카롭게 응시했다.

"그러니까 이런 뜻인가요, 부인? 서류를 제게 넘기시겠다는 거죠? 그리고 그 서류를 어디서 찾았는지 묻지 않는 조건으로 제가 그 서류를 앨로웨이 경에게 돌려 드린다. 맞습니까?"

부인은 고개를 끄덕였다.

"예, 맞아요. 하지만 이 일을 사람들에게 절대로 알리지 않는다는 걸 분명히 하셔야 해요."

"앨로웨이 경도 이 일이 알려지는 걸 원하지 않을 겁니다."

푸아로는 진지하게 말했다.

"그럼 제 제안을 받아들이시는 거죠?"

그녀는 간절한 표정으로 말했다.

"잠깐만요, 부인. 그건 서류가 얼마나 빨리 제 손에 쥐어지는가에 달려 있습니다."

"금방 그렇게 될 거예요."

푸아로는 시계를 올려다보면서 말했다.

"얼마나 빨리요, 정확하게?"

"한 10분이면 될 겁니다."

부인이 작은 소리로 말했다.

"좋습니다, 부인."

부인은 서둘러 방을 나갔다.

나는 입술을 오므려서 휘파람을 불었다.

"이 상황을 요약해 줄 수 있겠나, 헤이스팅스?"

"브리지 게임."

나는 한마디로 대답했다.

"아! 자네는 제독이 무심코 한 말을 기억하고 있었군. 대단한 기억력이야! 축하하네, 헤이스팅스."

우리는 더 이상 아무 말도 하지 않았다. 앨로웨이 경이 들어와서 궁금하다는 표정으로 푸아로를 쳐다보았기 때문이다.

"더 알아낸 게 있습니까, 푸아로 씨? 대답이 실망스러웠나요?"

"아닙니다, 경. 충분히 사건 해결에 도움이 되는 답변을 얻어 냈습니다. 더 이상 이곳에 머무를 이유가 없을 것 같습니다. 괜찮으시다면 저희들은 곧바로 런던으로 돌아가겠습니다."

앨로웨이 경은 어안이 벙벙한 표정이었다.

"하지만 대체 뭘 알아낸 겁니까? 누가 서류를 가져갔는지 알아냈단 말이오?"

"맞습니다. 만일 범인을 밝히지 않고 서류를 돌려 드린다면 더 이상 수사를 하지 않으시겠습니까?"

앨로웨이 경은 푸아로를 뚫어지게 쳐다보았다.

"돈을 지불한다는 조건을 말하는 거요?"

"아닙니다. 조건 없이 돌려 드린다는 겁니다."

"물론 설계도를 되찾는 게 중요한 일이오만."

앨로웨이 경은 천천히 말했다. 당혹스럽고 이해가 가지 않는 표정이었다.

"그러시다면 이 제안을 수락하실 것을 진지하게 권해 드립니다. 경과 제독과 비서만 설계도가 없어진 사실을 알고 있습니다. 설계도가 돌아왔다는 걸 세 분만 아시면 되는 거죠. 그리고 제가 경을 위해 이런 제안을 하고 있다는 걸 믿으시면 됩니다……. 사건의 미스터리는 제게 맡겨 주십시오. 경은 제게 설계도를 되찾아 줄 것을 부탁하셨고…… 저는 그렇게 했습니다. 더 이상은 아실 필요 없습니다."

푸아로는 일어서서 그에게 손을 내밀었다.

"만나 뵙게 되어 영광이었습니다. 저는 경을…… 그리고 영국에 대한 경의 헌신을 신뢰하고 있습니다. 경께서는 강하고 신념에 가득 찬 손으로 영국의 운명을 이끌고 나가실 분입니다."

"푸아로 씨…… 최선을 다해 영국을 위해 일할 것을 약속드리겠소. 이런 점이 결점인지 미덕인지 모르겠소만 나는 나 자신을 신뢰하고 있소."

"위대한 인물들은 모두 자신을 신뢰하지요. 저도 마찬가지입니다."

푸아로는 으쓱대며 말했다.

잠시 후에 현관에 자동차가 도착했다. 앨로웨이 경은 계단 위에서 진심 어린 태도로 우리에게 작별인사를 했다.

"훌륭한 분이야, 헤이스팅스."

차가 달리기 시작하자 푸아로가 말했다.

"두뇌와 기량과 힘을 모두 갖춘 분이야. 나라를 재건하는 어려운 시기에 영국을 이끌어 나갈 꼭 필요한 인재야."

"그 말씀에는 전적으로 동감입니다. 하지만 줄리엣 부인은 어떻게 되는 건가요? 부인이 직접 설계도를 앨로웨이 경에게 돌려줄까요? 선생님이 한 마디도 하지 않고 가 버린 걸 알면 부인이 어떻게 생각할까요?"

"헤이스팅스, 나도 자네에게 한 가지 질문을 하겠네. 부인이 나와 얘기하고 있을 때 왜 그 자리에서 설계도를 내게 주지 않았을까?"

"그거야 자기가 가지고 있지 않았기 때문이겠죠."

"맞아. 부인이 자기 방에서 설계도를 가지고 온다면 시간이 얼마나 걸릴 것 같은가? 아니면 그 집의 다른 곳에서 가져온다면 얼마나 걸릴까? 대답할 필요 없네. 내가 말해 주지. 아마 2분 30초면 충분했을 걸세. 그런데 부인은 내게 10분만 시간을 달라고 했어. 왜 그랬을까? 분명히 부인은 설계도를 다른 사람에게서 받아 와야 했던 걸세. 그 설계도를 받기 전에 그 사람을 설득해야만 했던 거지. 그 사람이 누구일 것 같은가? 콘래드 부인은 분명히 아니야. 부인의 가족 중 한 사람이지. 남편이나 아들 말이야. 그렇다면 두 사람 중에서 누가 범인일까? 레너드 웨어데일은 2층으로 올라가서 곧바로 잤다고 했어. 우리는 그 말이 거짓말이라는 걸 알고 있지. 만일 그의 어머니가 아들 방에 갔는데 그 방이 비어 있었다면 어땠을까? 부인은 입에 담기도 끔찍한 두려움을 느끼면서 아래층으로 내려갔을 걸세. 부인의 아들은 망나니였으니까! 부인은 아들을 찾지 못했어. 그런데 나중에 자기 아들이 방에서 나간 적이 없다고 거짓말하는 걸 들은 거야. 부인은 아들이 범인이라고 성급한 판단을 내린 거지. 그래서 나와 의논을 하려고 찾아왔던 걸세.

하지만, 몬 아미. 우리는 줄리엣 부인이 모르는 사실을 알고 있네. 부인의 아들이 서재에 있었을 리가 없지. 그는 그때 계단에서 곱상한 하녀를 희롱하고 있었으니까. 부인은 그 사실을 모르고 있는 거야. 레너드 웨어데일에게 알리바이가 있다는 걸 말이야."

"그럼 도대체 누가 설계도를 훔친 거죠? 모든 사람의 혐의가 벗겨졌는데…… 줄리엣 부인, 부인의 아들. 콘래드 부인, 프랑스 인 하녀……."

"자네 말이 맞아. 자네의 작은 회색 뇌세포를 움직여 보게나, 몬아미. 해답이 자네 눈앞에 있으니까."

나는 멍한 표정으로 고개를 흔들었다.

"아니야, 알 수 있어. 조금만 더 생각해 보게. 자, 피츠로이가 서재에서 나갔어. 그는 책상 위에 서류를 올려 두었지. 몇 분 후에 앨로웨이 경이 서재에 왔을 때 서류가 없어졌네. 그렇다면 두 가지 가정이 성립될 수 있어. 하나는 피츠로이가 서류를 책상에 올려놓지 않고 주머니에 넣어 가지고 갔다……. 하지만 이건 앞뒤가 맞지 않아. 앨로웨이 경이 말한 것처럼 그는 언제든지 설계도를 복사할 수 있을 테니 말일세. 그렇다면 앨로웨이 경이 책상에 갔을 때 설계도는 분명히 책상 위에 있었던 게 되네……. 결국 앨로웨이 경이 설계도를 자기 주머니에 넣었다는 얘기가 되는 거지."

"앨로웨이 경이 도둑이라는 말인가요?"

나는 어안이 벙벙했다.

"하지만 왜죠? 왜 그런 짓을 했을까요?"

"자네가 내게 말하지 않았나? 경에게 과거에 스캔들이 있었다고. 결백한 걸로 판명이 났다고 했지. 하지만 그 소문이 사실이라면 어떻게 되겠나? 영국 공직 사회에서 스캔들은 절대 용납되지 않네. 만일 이 사실이 폭로되면 그의 정치 인생은 그걸로 끝나는 거야. 그렇다면 경이 공갈협박을 당하고 있었고 범인이 요구하는 대가가 잠수함 설계도였다는 가정을 할 수 있지."

"그럼 그는 비열한 반역자 아닙니까?"

"아니. 그렇지 않네. 그분은 지략과 지성이 뛰어난 분이야. 이렇게 가정해 보게, 친구. 경은 설계도를 복사해서 약간만 수정을 하고…… 원래 뛰어난 엔지니어니까…… 실제로는 쓸모없는 가짜 설계도를 적에게 넘겨준 거야. 콘래드 부인에게. 그리고 그 설계도가 진짜가 아니라는 의심을 피하기 위해서 설계도가 도난당한 것처럼 연극을 한 거야. 집안 사람들에게 혐의가 돌아가지 않게 하려고 창문으로 달아나는 사람의 그림자를 봤다는 거짓말을 한 거고. 그런데 그 점을 제독이 집요하게 파고들었지. 그다음으로 그가 고심한 건 피츠로이에게 혐의가 가지 않게 하는 거였어."

"하지만 이건 모두 추리에서 나온 얘기 아닌가요?"

나는 그에게 반문했다.

"이건 심리학이야, 몬 아미. 진짜 설계도를 건네준 사람이라면 누가 혐의를 받게 될지 그렇게 걱정하지 않았을 거야. 그러면 경은 왜 도난당한 상황이 콘래드 부인에게 알려지는 것을 그렇게 두려워했을까? 그날 저녁 경이 건네준 설계도가 가짜였기 때문이지. 그래서 자기가 설계도를 건네준 후에 도난 사건이 일어났다는 걸 그녀가 알면 안 되었던 거야."

“정말 그 생각이 맞는 걸까요?”

“당연하지. 나는 위대한 인물끼리만 통하는 말을 경에게 했네. 경은 내 말을 완전히 이해했어. 자네도 곧 알게 될 걸세.”

한 가지는 확실했다. 앨로웨이 경이 수상으로 취임하던 날 수표 한 장과 그의 서명이 들어 있는 사진 한 장이 도착했다. 사진에는 이렇게 쓰여 있었다.

‘신중한 나의 친구, 에르퀼 푸아로에게 — 앨로웨이로부터’

Z형 잠수함은 우리나라 해군에게 큰 기쁨과 자신감을 안겨 주었다. 이 잠수함은 현대 해전에 혁신을 불러일으킨 것으로 평가된다고 한다. 다른 강대국이 그와 비슷한 잠수함을 반들려는 시도를 했지만 그 결과는 완전한 실패였다. 하지만 나는 지금도 그때 푸아로가 했던 얘기가 추측에 지나지 않았다고 생각한다. 푸아로는 요즘도 그 일을 종종 화제에 올리곤 한다.

마켓 베이싱의 미스터리

"시골이야말로 사람이 살 곳이지. 안 그런가?"

재프 경감은 그렇게 말하고는 깊이 숨을 들이마셨다가 내쉬었다.

푸아로와 나 역시 그 생각에 동감했다. 주말에 마켓 베이싱의 작은 시골 마을을 방문하는 것은 런던 경시청의 재프 경감이 오랫동안 벼르던 일이었다. 비번일 때마다 재프 경감은 열성적인 식물학자라도 되는 것처럼 엄청나게 긴 라틴어 학명을 가진(때로는 아주 이상하게 발음되는) 작은 꽃들에 대해 설명을 늘어놓고는 했다. 그럴 때면 그는 사건을 다룰 때보다 훨씬 더 열정적이었다.

"우리를 아는 사람도 없고 우리가 아는 사람도 없고. 바로 이거야. 내가 원하던 게!"

그러나 현실은 재프가 바라던 대로 되지 않았다. 그곳에서 40킬로미터쯤 떨어진 마을에서 예전에 비소 중독 사건이 발생한 적이 있었다. 그때 경시청에서 파견된 재프가 함께 사건을 조사하던 경관이 하필이면 그때 그곳으로 전임을 오게 된 것이다. 그는 경찰계의 거물이 된 재프를 다시 만나자 감격스러워했고 그런 모습을 본 재프 역시 내심 흐뭇해하는 것 같았다.

일요일 아침에 우리는 여관 식당에서 기분 좋게 식사를 하고 있었다. 눈부신 햇빛을 받으며 덩굴이 우거진 창가에서 여유를 즐기고 있었다. 베이컨과 달걀은 맛있었고 커피는 썩 훌륭하지는 않았지만 뜨거워서 그런대로 마실 만했다.

"이렇게 사는 게 진짜 사는 거지. 은퇴하면 시골에 작은 집을 마련할 생각이네. 범죄하고는 상관없이 평화롭게 사는 게 내 꿈일세."

"범죄는 어느 곳에나 있기 마련이지."

푸아로는 사각형으로 자른 빵을 먹으면서 창턱에 앉아 균형을 잡고 있는 당돌한 참새를 보며 얼굴을 찌푸렸다.

나는 작은 소리로 시를 읊었다.

> '저 토끼는 사랑스러운 얼굴을 하고 있지만,
> 남몰래 나쁜 짓을 하고 다니지.
> 너에겐 말할 수 없구나.
> 저 토끼가 하는 못된 짓을.'

재프가 몸을 뒤로 젖히며 말했다.

"나는 달걀 한 개와 베이컨 두 장은 더 먹을 수 있을 것 같은데,

대위는 어떻소?"

"저도 더 먹을 수 있습니다."

"푸아로 자네는 어떤가?"

푸아로는 고개를 흔들었다.

"뇌가 제대로 돌아가지 않을 정도로 배 속을 채워서는 안 되네."

"나는 배를 더 채우는 모험을 감수하고 싶은데."

재프가 큰 소리로 웃으며 말했다.

"내 위는 거대하거든. 그런데 푸아로 자네는 요새 살이 좀 붙은 것 같네. 여기, 달걀과 베이컨 둘 갖다 주게."

그때 건장한 체격의 남자가 나타나 입구를 막고 섰다. 폴라드 순경이었다.

"실례합니다만 경감님께 잠깐 드릴 말씀이 있습니다. 의견을 여쭤 보고 싶은 게 있습니다."

"난 지금 휴가 중일세. 쉬는 중이야. 그런데 대체 무슨 일인가?"

"레이하우스에서 한 남자가⋯⋯ 자살했습니다⋯⋯. 머리를 총으로 쏴서."

재프는 대수롭지 않다는 듯이 말했다.

"자살은 흔해 빠진 일이야. 빚 아니면 여자 문제겠지. 미안하네만 난 지금 도와줄 수 없네, 폴라드."

"문제는 그 남자가 총으로 자살할 수 없는 상황이었다는 겁니다. 자일스 의사가 그렇게 말했습니다."

재프는 들고 있던 컵을 내려놓았다.

"총으로 자살할 수 없다니. 그게 무슨 말인가?"

"자일스 의사가 그렇게 말했습니다."

폴라드는 같은 말을 되풀이했다.

"절대 불가능한 일이라고 했습니다. 도대체 어떻게 죽었는지 의문입니다. 문은 안에서 잠겨 있었고 창문은 빗장이 질러져 있었습니다. 그런데 의사는 그 남자가 자살하는 건 불가능한 일이라고 주장하고 있습니다."

그걸로 휴가는 없던 일이 되었다. 주문했던 베이컨과 달걀은 취소되었고 몇 분 후에 일행은 레이하우스를 향해 걸음을 재촉하고 있었다. 재프는 순경에게 열심히 질문을 퍼붓고 있었다.

사망한 중년 남자의 이름은 월터 프로데로였고 은둔자 같은 생활을 하고 있었다. 8년 전에 마켓 베이싱으로 와서 금방이라도 무너질 것 같은 낡고 허름한 레이하우스를 빌려서 살고 있었다. 그는 집 한구석에 틀어박혀서 자질구레한 집안일은 모두 데리고 온 가정부에게 시켰다. 가정부의 이름은 클레그였는데 그녀는 마을 사람들이 모두 칭찬하는 여자였다. 최근에 프로데로 씨의 집에 파커 씨 부부가 묵고 있었다. 오늘 아침에 가정부가 주인을 부르러 갔을 때 문이 굳게 잠긴 채 아무 대답이 없었다고 했다. 놀란 클레그 양은 경찰과 의사에게 전화를 걸었고 폴라드 순경과 자일스 의사가 거의 같은 시각에 도착했다. 두 사람이 힘을 합해서 간신히 침실로 들어가는 문을 부쉈다.

프로데로 씨는 머리에 총상을 입고 바닥에 쓰러져 있었고 오른손에는 권총이 들려있었다. 겉으로 보기에는 명백한 자살이었다.

그러나 자일스 의사는 시체를 검시하고 나서 순경에게 이상한 점에 대해 말했다. 그런 상황에서 폴라드는 재프 경감을 떠올리고 의사에게 뒷일을 맡기고는 급히 여관으로 달려온 것이었다.

순경의 설명이 끝날 즈음 우리는 레이하우스에 도착했다. 제멋대로 자란 잡초로 뒤덮인 황폐한 집이었다. 현관문이 열려 있어서 우리는 곧장 홀을 지나 작은 거실로 들어섰다. 거실에는 네 사람이 있었다. 천박하고 야한 옷차림에 교활한 인상을 주는 첫눈에 호감이 가지 않는 남자와 꽤 예쁜 편이기는 하지만 품위가 없어 보이는 여자가 있었고, 가정부로 보이는 검은 옷을 입은 여자가 그들과 좀 떨어진 곳에 서 있었다. 나머지 한 사람은 두터운 모직 코트를 입은 남자였는데 키가 크고 영리해 보였다. 그가 그 상황을 지휘하고 있는 것처럼 보였다.

"자일스 선생님, 런던 경시청의 재프 경감님과 친구 두 분이 오셨습니다."

순경이 말했다.

의사는 우리에게 인사를 하고 파커 부부를 소개해 주었다. 우리는 그들을 따라서 2층으로 올라갔다. 폴라드는 재프의 지시대로 아래층에 남아 집 안을 지키고 있었다. 의사는 앞장서서 계단을 올라가 복도를 따라갔다. 복도 끝에 있는 문은 열려 있었고 경첩이 부서지고 문이 박살난 채 방 안쪽으로 넘어져 있었다.

안으로 들어가 보니 시체는 아직 바닥에 그대로 누워 있었다. 프로데로 씨는 중년 남자로 턱수염을 기르고 있었는데 관자놀이 부근은 머리가 하얗게 세어 있었다. 재프는 시체 옆에 무릎을 꿇고 앉았다.

"왜 처음 발견한 상태 그대로 두지 않았습니까?"

의사는 어깨를 으쓱했다.

"자살이 틀림없다고 생각했기 때문입니다."

"흠! 총알이 왼쪽 귀 뒤로 들어가서 머리를 관통했군."

재프가 말했다.

"그렇습니다. 자신을 쏘는 건 도저히 불가능한 일입니다. 자기 손을 머리 뒤로 붙들어 매고 총을 쐈다면 가능하겠지만 그런 일은 있을 수 없죠."

"발견될 때 권총을 손에 쥐고 있었다면서요? 참, 총은 어디 있죠?"

의사는 테이블 쪽으로 고개를 돌렸다.

"권총을 꼭 쥐고 있었던 건 아닙니다. 손바닥 안에 있었지만 손가락으로 꽉 잡고 있지는 않았습니다."

"나중에 누군가가 손에 쥐어 준 거겠지. 뻔한 얘기야."

재프는 무기를 살펴보고 있었다.

"총알은 한 발 쏘았군. 이제 지문을 조사해 봅시다. 의사 선생님 지문만 나오는 거 아닌지 모르겠군. 자일스 선생님, 사망한 지 얼마나 됐죠?"

"어젯밤에 사망했습니다. 추리 소설에 나오는 명의처럼 시간까지 정확하게 말씀드리지는 못합니다. 대략 열두 시간쯤 지난 것 같습니다."

푸아로는 그때까지 꼼짝도 하지 않고 내 옆에 서서 재프가 하는 질문을 듣고 있었다. 그러면서 이따금 이상하다는 듯이 코를 킁킁거리며 냄새를 맡았다. 나도 냄새를 맡아 보았지만 별다른 냄새가 나는 것 같지 않았다. 실내 공기는 아주 신선했다. 그런데도 푸아로는 수상하다는 듯이 연신 코를 실룩거리고 있었다. 그의 예민한 코는 내가 맡지 못하는 냄새를 감지하고 있는 것 같았다.

재프가 시체 옆에서 물러서자 다음에는 푸아로가 시체 옆에 무릎을 꿇고 앉았다. 그는 총상에는 관심이 없는 것 같았다. 나는 처음에는 그가 권총을 쥐고 있던 손가락을 살펴보고 있다고 생각했다. 그러나 잠시 후 푸아로의 흥미를 끈 것이 코트 소매 안에 들어 있는 손수건이라는 걸 알았다. 죽은 프로데로 씨는 진한 회색 양복을 입고 있었다. 마침내 푸아로가 일어섰다. 그러나 그의 눈은 여전히 의심스럽다는 듯이 손수건을 향하고 있었다.

재프는 푸아로를 불러서 쓰러진 문을 세우는 걸 도와 달라고 했다. 나는 그 틈을 타서 무릎을 꿇고 앉아서 소매에서 손수건을 꺼내 자세히 살펴보았다. 그 손수건은 하얀색이었고 전혀 구겨지거나 더럽혀지지 않은 깨끗한 상태였다. 나는 손수건을 원래 있던 자리에 놓아두고 고개를 흔들었다. 푸아로가 왜 손수건에 관심을 보이는지 이해할 수가 없었다.

푸아로와 재프는 넘어져 있던 문을 다시 세워 놓았다. 두 사람은 열쇠를 찾고 있는 것 같았지만 열쇠는 발견되지 않았다.

“이제 분명해졌군. 창문은 닫혀 있고 빗장이 내려져 있으니 범인은 문을 통해서 나간 겁니다. 밖으로 나가서 문을 잠그고 열쇠를 가지고 간 거죠. 범인은 프로데로 씨가 문을 잠그고 자살한 걸로 보일 거라고 생각했겠죠. 열쇠가 없어진 건 눈치 채지 못할 거라고 생각했을 겁니다. 안 그런가, 푸아로?”

“나도 동감일세. 문 밑으로 해서 방 안으로 열쇠를 밀어 넣었더라면 훨씬 간단하게 일을 처리할 수 있었을 텐데. 그렇게 하면 문을 열 때 열쇠가 열쇠구멍에서 떨어진 것처럼 보였을 것 아닌가?”

“그렇군. 사람들이 다 푸아로 자네처럼 머리가 비상할 거라고 기대할 순 없지. 자네가 범죄를 저지르면 이 세상에 해결할 사람이 아무도 없을 걸세. 하실 말씀 없으신가, 푸아로?”

푸아로는 할 말이 없는지 대답은 하지 않고 방 안을 둘러보며 혼잣말을 하듯이 중얼거렸다.

“담배를 많이 피웠군, 이 신사분.”

그러고 보니 난로 안의 받침대에 담배꽁초가 널려 있었고, 커다란 안락의자 옆에 놓인 작은 테이블 위의 재떨이에도 담배꽁초가 가득 차 있었다.

“어젯밤에 한 갑은 피운 것 같군.”

재프가 말했다. 그는 허리를 굽히고 난로 안을 자세히 살펴본 다음 재떨이로 시선을 돌렸다.

“모두 같은 종류의 담배로군. 한 사람이 피운 거야. 특별한 건 없는 것 같네, 푸아로."

"특별한 게 있다고 하지는 않았네."

내 친구가 중얼거렸다.

"아니, 이건 뭐지?"

재프가 시체 옆 바닥에 떨어져 있던 반짝이는 물건을 집어 들면서 말했다.

"깨진 커프스단추로군. 누구 걸까? 자일스 선생님, 죄송하지만 아래층에 내려가서 가정부 좀 불러 주시겠습니까?"

"파커 부부는 어떻게 할까요? 빨리 집으로 돌아가고 싶어 하는데요. 런던에 급한 볼일이 있답니다."

"물론 그렇겠지. 하지만 이런 상황에서 파커 씨에게 더 중요한 일은 여기 일 아닌가? 가정부 좀 올려 보내 주시죠. 그리고 파커 씨 부부가 이 집에서 나가지 않도록 선생님과 폴라드가 잘 지켜봐 주십시오. 오늘 아침에 이 방에 누가 들어왔었나요?"

의사는 생각을 더듬었다.

"아닙니다. 폴라드 순경과 내가 방 안에 있을 때 다들 복도에 서 있었습니다."

"확실한가요?"

"네, 확실합니다."

의사는 가정부를 부르러 방에서 나갔다.

"좋은 분이군, 저 의사 선생."

재프가 만족스러운 듯이 말했다.

"저렇게 공정한 의사라면 믿을 만하지. 대체 누가 이 남자를 쏘았을까? 이 집에 있는 세 사람 중 하나일 것 같은데. 가정부는 의심할 수 없을 것 같고. 이 집에 8년이나 있었다는데 그럴 마음을 먹었다면 벌써 죽였겠지. 파커 부부라는 사람들은 도대체 어떤 사람들일까? 아무리 봐도 호감 가는 인상은 아니던데."

그때 클레그 양이 들어왔다. 그녀는 아주 깡마른 체격이었고 백발을 가운데 가르마를 타서 단정하게 빗어 넘기고 있었다. 그녀의 태도는 매우 침착하고 조용했고 어딘지 상대방의 존경심을 불러일으키는 분위기가 있었다. 그녀는 재프의 질문에 침착하게 대답했다. 그녀의 얘기는 대충 이런 것이었다.

14년 동안 고인을 모셔 왔고 그는 관대하고 자상한 주인이었다. 파커 부부는 사흘 전에 연락도 없이 갑자기 찾아와서 그때 처음 만났다. 주인이 그들을 별로 반가워하지 않는 걸로 봐서 그들이 자기 마음대로 찾아온 것이 분명하다. 재프가 그녀에게 보여 준 커프스 단추는 프로데로 씨의 것이 아니다. 분명히 아니라고 확신한다. 주인이 그런 권총을 가지고 있기는 했다. 주인은 그 권총을 상자에 넣어두고 자물쇠로 잠가 놓았다. 몇 년 전에 권총을 한 번 본 적이 있지만, 그 권총이 이 권총과 같은 것인지는 모르겠다. 어젯밤에는 총소리를 듣지 못했다. 하지만 집이 워낙 넓은 데다 자기와 파커 씨 부부가 쓰고 있는 방은 건물 반대쪽에 있기 때문에 총소리를 못 들은 것도 이상한 일은 아니다. 프로데로 씨가 잠자리에 든 시각은 모른다. 9시 30분에 자기 방으로 갈 때 주인은 아직 깨어 있었다. 침실에 들어가서 곧장 잠자리에 들지 않는 게 주인의 습관이다. 대개는 한밤중까지 책을 읽거나 담배를 피운다. 평소에 담배를 굉장히 많이 피운다.

그녀가 답변을 하고 있을 때 푸아로가 끼어들었다.

"주인께서는 평소에 창문을 열어 놓고 주무십니까, 아니면 닫고 주무십니까?"

클레그 양은 잠시 생각하더니 대답했다.

"보통은 열어 놓고 주무십니다. 적어도 맨 위의 창문은요."

"그런데 지금은 닫혀 있군요. 왜 그런지 설명해 주실 수 있나요?"

"모르겠습니다. 외풍이 심해서 닫으신 게 아닐까요?"

재프는 몇 가지 더 질문을 하고 가정부를 내보냈다. 다음에는 파커 부부를 한 사람씩 따로 불렀다. 파커 부인은 눈물을 글썽거리며 히스테리를 부렸고 파커 씨는 고함과 욕설을 퍼부었다. 그는 커프스단추가 자기 것이 아니라고 우겼다. 하지만 그의 부인이 이미 그의 것이라고 했기 때문에 그는 입장이 난처하게 되었다. 게다가 프로데로 씨 방에 들어간 적이 없다고 잡아뗐다. 재프는 그걸로 체포 영장을 신청할 충분한 증거가 된다고 생각했다.

재프는 뒷일을 폴라드에게 맡기고 서둘러 마을로 돌아와 경찰서에 전화를 걸었다. 푸아로와 나는 천천히 여관으로 걸어갔다.

"오늘은 평소와는 다르게 조용하시네요. 이 사건에 별로 흥미가 없는가 보죠?"

"그 반대일세. 아주 흥미진진해. 그런데 도대체 알 수가 없단 말이야."

"동기는 불확실하지만……."

내가 조심스럽게 말을 꺼냈다.

"파커가 나쁜 인간이라는 건 분명합니다. 살해 동기를 빼고는 모든 정황이 그가 범인이라는 걸 증명하고 있잖아요. 동기야 나중에 밝혀질 테고."

"아주 의미심장한 증거를 발견하지 못했나? 물론 재프도 알아차리지 못했지만."

나는 호기심에 가득 차서 그를 쳐다보았다.

"소매 안에 뭘 감추고 있는 거죠, 푸아로?"

"죽은 남자가 소매 안에 뭘 숨기고 있었지?"

"아! 그 손수건!"

"정답이야. 그 손수건!"

"선원들은 손수건을 소매 안에 넣고 다닌다면서요?"

나는 생각에 잠겨 대답했다.

"훌륭한 지적이야, 헤이스팅스. 내가 생각했던 건 그게 아니네만."

"그럼 다른 게 또 있나요?"

"나는 내내 담배 냄새에 대해서 생각하고 있었네."

"난 아무 냄새도 나지 않던데요."

나는 의아해하면서 말했다.

"나도 마찬가지였어."

나는 그를 뚫어지게 쳐다보았다. 푸아로가 나를 놀리고 있는 건지 아닌지 도무지 알 수가 없었다. 그러나 그는 진지한 표정으로 얼굴을 찡그리고 있었다.

이틀 후에 사인 심의가 있었다. 그 사이에 새로운 증거가 나왔다. 그날 레이하우스 정원에 담을 넘어 들어갔었다고 자백한 부랑자가 나타난 것이다. 그는 가끔 잠겨 있지 않은 헛간에 들어가서 잠을 잤다고 했다. 그는 그날 밤 12시경에 2층 어느 방에서 심한 말다툼을 벌이는 두 남자의 목소리를 들었다고 증언했다. 한 남자가 많은 돈을 요구하자 다른 한 남자가 화를 내며 거절했다는 것이다. 나무 뒤에 몸을 숨기고 있던 그는 불이 켜져 있는 창문으로 두 남자가 왔다 갔다 하는 걸 보았다고 했다. 한 사람은 그도 잘 아는 집주인 프로데로 씨였고 또 한 사람은 분명히 파커 씨였다고 말했다.

파커 씨 부부가 프로데로 씨의 돈을 갈취하기 위해 레이하우스에 온 거라는 사실이 분명히 밝혀졌다. 그리고 사망한 집주인의 본명이 웬도버이고 전 해군 대위로 1910년 순양함 메리소트호 폭파에 연루된 사람이라는 것이 나중에 밝혀졌다. 수사는 갑자기 활기를 띠고 속도가 빨라졌다. 웬도버가 메리소트호 폭파에 관여했다는 사실을 알아낸 파커가 그를 찾아내서 입막음 조로 돈을 요구했고 웬도버는 그의 요구를 거절했다는 추리가 성립되었다. 두 사람이 옥신각신하던 와중에 웬도버가 권총을 꺼내자 파커는 그 권총을 빼앗아 그를 쏘고 자살로 위장했다는 것이다.

파커는 변호사 선임이 보류된 채 재판에 기소되었다. 푸아로와 나는 경찰 재판소 법정에 참석했다. 그곳을 나서면서 푸아로가 고개를 끄덕이며 중얼거렸다.

"분명해. 맞아. 틀림없어. 더 이상 미루면 안 돼."

그는 우체국에 가서 편지 한 통을 써서 속달로 부쳤다. 나는 주소가 어디로 되어 있는지 보지 못했다. 그런 후에 우리는 평생 기억에 남을 주말을 보낸 여관으로 돌아갔다.

푸아로는 초조한 듯이 창가를 서성거렸다.

"누가 찾아올 걸세."

"분명해. 내 생각이 틀렸을 리가 없어. 보게. 왔어!"

놀랍게도 잠시 후 클레그 양이 방으로 들어왔다. 뛰어왔는지 가쁜 숨을 몰아쉬고 있었고 평소와는 달리 안절부절못하는 것 같았다. 푸아로를 쳐다보는 그녀의 눈에는 공포심이 가득했다.

"앉으시죠, 마드무아젤."

푸아로가 친절하게 말했다.

"내 추리가 맞았죠. 아닌가요?"

그녀는 대답 대신 울음을 터뜨렸다.

"왜 그런 짓을 했습니까?"

푸아로가 나직하게 말했다.

"왜 그랬죠?"

"저는 주인님을 사랑했어요. 주인님이 어릴 때부터 그분을 길렀죠. 아! 제발 용서해 주세요."

"제가 할 수 있는 데까지는 도와 드리죠. 그렇지만 억울하게 교수형 당하는 걸 그냥 보고 있을 수는 없습니다. 그 사람이 아무리 인간 말종이라도 말이죠. 그 점은 이해하실 겁니다."

그녀는 자세를 고쳐 앉으면서 낮은 목소리로 말했다.

"저도 끝까지 가만히 있을 수는 없었을 겁니다. 저의 죗값은 달게 받겠습니다."

그녀는 그렇게 말하고 일어서서 황급히 방에서 나갔다.

"저 여자가 주인을 쏜 건가요?"

나는 어안이 벙벙해서 물었다.

"그는 자살했네. 오른쪽 소매에 손수건을 넣어 두었던 것 기억나나? 그가 왼손잡이라는 걸 말하는 거지. 그는 파커 씨와 심한 말다툼을 벌이고 나서 자신의 과거가 탄로 날 게 두려워서 권총으로 자살한 거야. 다음 날 아침에 클레그 양이 평소처럼 주인을 깨우러 가서 그가 쓰러져 있는 걸 발견했지. 조금 전에 그녀가 말했던 것처럼 그녀는 어릴 때부터 웬도버를 보살펴 왔기 때문에 그를 치욕스러운 죽음으로 몰고 간 파커 부부에게 심한 분노를 느꼈던 거야. 그들을 살인자라고 생각했겠지. 그리고 그들이 한 짓에 대한 대가를 받게 해야겠다는 생각을 한 거야. 주인이 왼손잡이라는 사실을 알고 있는 사람은 클레그 양 한 사람뿐이었어. 그래서 권총을 시체의 오른손에 옮겨 놓고 창문을 닫았지. 아래층 방에서 주운 커프스단추를 떨어뜨려 놓고 말일세. 그러고는 밖으로 나와서 문을 잠그고 열쇠를 가지고 간 거야."

"푸아로!"

나는 감탄을 금치 못했다.

"정말 대단해요! 손수건 같은 사소한 단서에서 그런 추리를 해내다니!"

"손수건과 담배 연기가 단서였네. 만일 창문이 밤새 닫혀 있었고 담배를 그렇게 많이 피웠다면 방 안에 당연히 담배 냄새가 배어 있었겠지. 그런데 방 안 공기는 아주 깨끗했어. 그래서 나는 창문이 밤새 열려 있다가 아침에만 닫혀 있었을 거라고 추측한 거야. 그런 추론 과정이 정말 흥미진진했다네. 아무리 생각해도 범인이 창문을 닫을 만한 상황이 떠오르지 않더군. 자살이라는 추정이 틀린다면, 창문을 열어 놓고 그 창문으로 도망간 것처럼 하는 게 범인에게 이로울 테니까 말이야. 물론 그 부랑자의 증언을 듣고 나서 내 의혹이 분명해졌지. 창문이 열려 있지 않았다면 그 부랑자가 어떻게 두 사람의 말소리를 들을 수 있었겠나?"

"정말 훌륭해요!"

나는 진심으로 감탄하며 말했다.

"이제 다 끝났으니 차 한잔하는 게 어때요?"

"진짜 영국인처럼 말하자면……."

푸아로가 한숨을 내쉬며 말했다.

"여기서는 시럽을 넣어 먹을 수 없을 것 같구먼."

이중 단서

"하지만 무엇보다…… 절대 사람들에게 알려져서는 안 됩니다."

마커스 하드맨이 말했다. 아마 열네 번째 들은 말이었을 것이다.

그가 얘기하는 동안 사람들에게 알려져서는 안 된다는 말이 반복적으로 등장했다. 하드맨 씨는 키가 작고 통통한 체격에 손톱을 깔끔하게 다듬고 있었고 목소리는 애조 띤 테너의 고음이었다. 그는 꽤 부자였지만 부호 축에 끼지는 못했다. 그는 사교 생활에 열심히 돈을 써 댔다. 그의 취미는 수집이었다. 그는 수집가로서 나름대로 상당한 자부심을 가지고 있어서 오래된 레이스, 옛날 부채, 골동품 장신구 같은 고상한 물건들을 좋아했다. 조잡한 물건이나 현대적인 것은 마커스 하드맨의 취향에 맞지 않았다.

푸아로와 내가 급한 전갈을 받고 도착했을 때 작은 체구의 남자는 안절부절못하고 있었다. 그런 상황에서 경찰을 부른다는 건 그에게는 절대 용납되지 않는 일이었다. 그렇다고 경찰에 신고하지 않으면 그의 가장 귀중한 수집품을 도난당한 것을 묵인하고 넘어가는 셈이었다. 그래서 절충안으로 푸아로를 떠올렸던 것이다.

"제 루비와 카트린 드 메디시스가 소유했었다는 에메랄드 목걸이가 없어졌습니다. 아! 내 목걸이!"

"그 보석들이 없어졌을 때의 상황을 설명해 주시겠소?"

푸아로가 침착하게 말했다.

"당연히 말씀드려야죠. 어제 오후에 조촐한 티파티를 열었습니다. 격식 없는 편안한 모임이었죠. 손님은 예닐곱 명 정도였습니다. 이번 계절에 한두 번 티파티를 열었는데 내 입으로 말하긴 그렇지만 꽤 성공적이었죠. 음악도 좋았고. 피아니스트 니코라와 오스트레일리아의 콘트랄토인 캐서린 버드가 넓은 스튜디오에서 음악을 연주했죠. 점심 식사 후에 손님들에게 중세의 보석 수집품들을 보여드리고 있었습니다. 그 물건들을 저기 있는 작은 벽 금고에 보관해 두었었죠. 금고 안은 캐비닛처럼 되어 있는데 그 안에 짙은 색 벨벳을 깔고 그 위에 보석을 진열했습니다. 그다음에는 저쪽 벽 진열장에 있는 옛날 부채들을 구경했죠. 구경이 끝나고 나서 스튜디오로 음악을 들으러 갔습니다. 사람들이 모두 돌아간 후에야 금고가 털렸다는 걸 알았습니다. 제가 문을 잘 잠그지 않았던 모양입니다. 누군가 그 틈을 타서 안에 들어 있던 보석을 가져갔겠죠. 그 루비와 에메랄드 목걸이는 제 일생일대의 수집품입니다. 그 보석들을 다시 찾을 수만 있다면 무슨 일이든 하겠습니다. 그렇지만 절대 사람들에게 알려져서는 안 됩니다. 제 뜻을 이해하시겠죠, 푸아로 씨? 그 사람들은 저와 절친한 사람들입니다. 이 일이 알려지면 엄청난 스캔들이 될 겁니다."

"스튜디오로 갈 때 이 방을 마지막으로 나간 사람이 누구였습니까?"

"존스턴 씨입니다. 그 사람은 아마 푸아로 씨도 아실 겁니다. 남아프리카의 백만장자죠. 최근에 파크 레인에 있는 애버트베리 저택을 임대했습니다. 존스턴 씨가 몇 분 동안 방 안에서 꾸물대긴 했었죠. 하지만 절대 그 사람일 리는 없습니다!"

"손님 중에 오후에 볼일이 있다면서 이 방에 다시 돌아온 사람은 없었나요?"

"그 질문을 하실 줄 알았습니다, 푸아로 씨. 세 사람이 이 방에 다시 돌아왔었죠. 베라 로사코프 백작부인과 버나드 파커 씨, 레이디 런콘입니다."

"그 사람들에 대해서 얘기해 주시죠."

"로사코프 백작부인은 아주 매력적인 러시아 귀부인이죠. 구체제의 멤버이기도 하고. 최근에 우리나라로 들어왔습니다. 작별인사를 하고 나갔는데 이 방에 있는 걸 보고 깜짝 놀랐죠. 부채를 진열해 놓은 장식장을 황홀한 표정으로 들여다보고 있었습니다. 그때 상황을 돌이켜보니 점점 더 수상쩍은 생각이 드네요, 푸아로 씨."

"그거 수상하군요. 다른 사람에 대해서도 말씀해 주시죠."

"그러니까, 파커는 내가 레이디 런콘에게 보여 주고 싶어 하는 모형 상자를 가지러 들어 왔었죠."

"레이디 런콘은?"

"아시겠지만 레이디 런콘은 여러 자선 단체에 많은 봉사를 하는 부인입니다. 꽤 영향력 있는 중년 부인이죠. 그 부인은 이 방에 놓고 간 가방을 가지러 왔습니다."

"그렇군요. 그렇다면 혐의자는 네 명이로군요. 러시아 백작부인, 영국인 노부인, 남아프리카의 백만장자. 그리고 버나드 파커 씨. 그런데 파커 씨는 어떤 사람이죠?"

이 질문에 하드맨 씨는 꽤 당황해하는 것 같았다.

"그 사람은 그러니까, 그냥 평범한 청년입니다. 내가 알고 지내는 청년이죠."

"그건 이미 알고 있는 거고. 그 파커라는 사람은 어떤 일을 하는 청년입니까?"

푸아로가 진지하게 물었다.

"그냥 건달이라고 할 수 있죠. 그렇다고 나쁜 패거리들하고 어울리지는 않을 겁니다. 이런 표현을 써도 될지 모르겠지만."

"그 청년하고는 어떻게 친분을 갖게 되었는지 여쭤 봐도 될까요?"

"그게 그러니까…… 한두 번 제 심부름을 해 준 적이 있습니다."

"그런데요?"

푸아로가 재촉했다.

하드맨은 사정하는 듯한 표정으로 푸아로를 쳐다보았다. 얘기를 계속하고 싶지 않은 게 분명했다. 하지만 푸아로가 냉정하게 침묵을 지키고 있는 걸 보고는 하는 수 없이 말을 이었다.

"내가 골동품 보석에 관심이 있다는 건 모두들 알고 있는 사실입니다, 푸아로 씨. 그래서 가끔 내게 가보를 팔려고 하는 사람들이 있습니다. 그런 건 공개 시장이나 중개인에게 팔 수 없는 물건들이지만 내게 개인적으로 파는 건 괜찮으니까요. 파커는 그런 물건을 거래할 때 저를 대신해서 복잡한 일들을 처리해 줍니다. 파커가 중간 역할을 하기 때문에 서로 얼굴을 붉히는 경우를 피할 수 있죠. 그런 물건이 나오면 파커가 내게 알려 줍니다. 로사코프 백작부인이 러시아에서 가보를 몇 개 가지고 왔습니다. 부인은 그 물건들을 팔고 싶어 했죠. 그 거래도 버나드 파커가 주선한 겁니다."

"알겠습니다."

푸아로가 생각에 잠긴 표정으로 말했다.

"그 사람을 절대적으로 신뢰하시나요?"

"신뢰하지 않을 이유도 없으니까요."

"하드맨 씨, 혹시 이 네 사람 중에서 의심 가는 사람이 있나요?"

"푸아로 씨, 그 사람들은 내 친구입니다. 말씀드렸지 않습니까? 난 아무도 의심하지 않는다고. 굳이 말하라고 하면 그 사람들 모두를 의심한다고 할 수도 있겠군요."

"아니요. 당신은 그 네 사람 중에서 한 사람을 의심하고 있습니다. 로사코프 백작부인은 아닐 테고. 파커 씨도 아니고. 그러면 레이지 런콘 아니면 존스턴 씨겠군요."

"정말 나를 곤란하게 만드시는군요, 푸아로 씨. 난 절대로 스캔들을 일으키고 싶지 않습니다. 레이디 런콘 집안은 영국에서 가장 유서 깊은 가문입니다. 하지만 레이디 런콘의 숙모이신 레이디 캐롤라인이 아주 나쁜 병에 걸렸다는 소문이 사실이라더군요. 불행하게도 사실이랍니다. 이건 그분의 친구들도 모두 알고 있는 일입니다. 그분의 하녀가 티스푼 같은 물건들을 최대한 빨리 돌려주었다고 하더랍니다. 제 말뜻 알아들으셨겠죠?"

"그러니까 레이디 런콘에게 도벽이 있는 숙모가 있다는 말씀이군요. 아주 흥미로운 사실이네요. 금고를 살펴봐도 되겠습니까?"

하드맨 씨가 좋다고 하자 푸아로는 금고문을 열고 안을 살펴보았다. 텅 빈 벨벳 선반이 우리를 쏘아보고 있었다.

"지금도 문이 제대로 안 닫히는군."

푸아로가 금고문을 앞뒤로 잡아당기면서 중얼거렸다.

"왜 문이 안 닫히는 거지? 이건 또 뭐야? 장갑이 경첩에 끼어 있군. 남자 장갑인데."

그는 하드맨 씨에게 장갑을 내밀었다.

"그건 내 장갑이 아닙니다."

하드맨 씨가 말했다.

"아! 뭐가 더 있군!"

푸아로는 몸을 깊숙이 숙이고 금고 바닥에서 작은 물건을 집어 들었다. 검은 물결무늬가 있는 납작한 담뱃갑이었다.

"내 담뱃갑이잖아!"

하드맨 씨가 소리쳤다.

"하드맨 씨 거라고요? 아닙니다. 이니셜이 달라요."

푸아로는 백금에 새겨진 글자를 가리켰다. 두 글자를 합쳐서 한 글자로 도안한 것이었다.

하드맨은 담뱃갑을 받아들었다.

"그렇군요. 내 것하고 똑같은데 이니셜이 달라요. B자 하고 P자. 맙소사! 파커 것이로군!"

"그런 것 같군요."

푸아로가 대답했다.

"조심성이 없는 청년이로군요. 저 장갑도 그 청년의 것이라면. 그럼 이중 단서가 되는 셈이군요. 안 그렇습니까?"

"버나드 파커!"

하드맨이 중얼거렸다.

"그렇다면 다행이로군! 어쨌든, 푸아로 씨. 보석을 찾는 일은 푸아로 씨에게 맡기겠습니다. 필요하다고 판단되시면…… 경찰에 사건을 의뢰하셔도 됩니다. 그러니까, 정말 파커가 범인이라고 확신하면 말입니다."

"하드맨이라는 사람 말이야."

하드맨의 집을 나서며 푸아로가 말했다.

"그 사람은 귀족들을 대하는 법과 평민들을 대하는 법을 따로 가지고 있더군. 나는 아직 작위를 받지 못했으니 평민에 속하지. 그 청년에게 동정심이 생기는군. 이번 사건은 모든 게 좀 이상하지 않은가? 하드맨은 레이디 런콘을 의심하고 있었고, 나는 백작부인과 존스턴을 의심하고 있었는데 전혀 생각지 못한 파커가 튀어나오다니 말일세."

"그 두 사람은 왜 의심한 거죠?"

"그거야 당연한 거지! 러시아의 망명자나 남아프리카 백만장자 행세를 하는 것쯤은 식은 죽 먹기 아닌가? 어떤 여자든 러시아 백작부인을 자처하면 누군들 믿지 않겠나. 어떤 남자라도 파크 레인에 집을 한 채 사서 자기가 남아프리카 백만장자라고 떠벌일 수 있지. 누가 아니라고 반박할 수 있겠나? 베리 가를 지나가고 있군. 그 조심성 없는 젊은이가 여기 살고 있다고 했지? 쇠뿔도 단김에 빼랬다고 지금 그 청년을 만나 볼까?"

버나드 파커는 마침 집에 있었다. 그는 자주색과 오렌지색이 섞인 요란한 실내복을 입고 쿠션에 파묻혀 있었다. 희고 여성적인 얼굴에 코맹맹이 소리를 하는 그 남자는 내가 본 중에서 가장 혐오스러운 타입이었다.

"안녕하십니까?"

푸아로가 쾌활하게 말했다.

"지금 하드맨 씨 집에서 오는 길입니다. 어제 파티에서 누군가 그 분의 보석을 훔쳤답니다. 이 장갑이 파커 씨 물건인지 물어봐도 되겠습니까?"

파커는 머리가 그리 빨리 돌아가는 편은 아닌 것 같았다. 그는 그 상황이 파악이 안 되는지 멍청한 표정으로 장갑을 바라보았다.

"이걸 어디서 찾으셨죠?"

"이 장갑이 파커 씨 겁니까?"

파커는 마음을 정한 것 같았다.

"아닙니다."

그가 잘라 말했다.

"그럼 이 담뱃갑은요? 이건 파커 씨 겁니까?"

"그것도 내 물건이 아닙니다. 나는 항상 은제 담뱃갑을 가지고 다녀요."

"그렇군요. 그럼 이 사건은 경찰에 넘기겠습니다."

"아, 안 됩니다. 내가 당신이라면 그렇게 하지 않을 겁니다."

파커는 얼굴을 찡그리며 소리쳤다.

"지독하고 인정사정없는 인간들이죠. 경찰들이란. 잠깐만 기다려 주세요. 내가 가서 하드맨 씨를 만나 보겠습니다. 잠깐만 기다리세요."

그러나 푸아로는 뭔가 결심한 사람처럼 급히 그곳을 나섰다.

"그에게 생각할 거리를 준 셈이 아닌가?"

그는 킥킥거렸다.

"내일이면 어떻게 됐는지 알 수 있겠지."

하지만 우리는 그날 오후 다시 하드맨 사건을 되새겨야 했다. 느닷없이 문이 활짝 열리더니 사람 모습을 한 회오리바람이 방 안으로 몰려들어 왔다. 흑담모피의 소용돌이(영국의 6월 날씨만큼이나 차가웠다.)와 함께 물수리 모자가 쑥 들어섰다.

베라 로사코프 백작부인은 상대방을 무척 불안하게 하는 여자였다.

"당신이 푸아로 씨인가요? 도대체 지금 무슨 짓을 벌이고 있는 거죠? 그 가엾은 청년을 의심하다니! 이런 수치스러운 일이 어디 있어요! 이건 스캔들이에요! 내가 그 청년을 잘 아는데 그 청년은 양처럼 순한 사람이에요. 절대로 남의 물건을 훔칠 청년이 아니라고요. 나를 위해서라면 무슨 일이든 나서 주는 착한 청년인데. 그 청년이 희생양이 되어서 도살당하는 걸 내가 보고만 있을 것 같아요?"

"부인, 이 담뱃갑이 그 청년의 물건인지 말씀해 주시겠습니까?"

푸아로가 검은 물결무늬의 담뱃갑을 내밀었다.

백작부인은 잠시 말을 멈추고 담뱃갑을 살펴보았다.

"맞아요. 그 청년 거예요. 내가 잘 알아요. 그런데 그게 뭐 어쨌다는 거죠? 그 방에서 찾아낸 건가요? 우리 모두 그 방에 갔었어요. 그때 떨어뜨린 거겠죠. 당신네 경찰들은 홍위병보다 더 지독한 사람들이에요."

"그리고 이건 그 청년의 장갑입니까?"

"내가 그걸 어떻게 알아요? 장갑이야 다 비슷하죠. 내 말 좀 막지 마세요. 어쨌든 그 젊은이는 당장 풀려나야 해요. 혐의를 깨끗이 벗겨 줘야 한다고요. 당신이 그 일을 맡아 주세요. 내 보석을 팔아서라도 사례금을 드릴 테니까."

"마담……."

"그럼 승낙하신 거죠? 됐어요. 공연히 말싸움은 하고 싶지 않아요. 가엾은 파커! 나를 찾아와서 눈물을 글썽거리면서 말하더라고요. 그래서 '내가 구해 주겠다'고 했어요. '내가 그 사람을 찾아가 볼게. 그 괴물 같은 인간을 만날 테니 이 베라한테 맡겨 둬!'라고 했죠. 이제 얘기가 끝났으니 난 이만 가 보겠어요."

그녀는 들어올 때처럼 인사도 없이 휭하니 방에서 나가 버렸다. 그녀가 남긴 이국적인 향수 냄새가 방 안에 진동했다.

"굉장한 여자네요! 그 모피하며!"

내가 감탄하듯 말했다.

"그러게 말일세. 진짜 모피더군. 겉으로만 그럴싸하게 꾸민 백작 부인이 진짜 모피를 가질 수 있을까? 아, 이건 농담일세, 헤이스팅스. 그 부인은 진짜 러시아 인이야. 맞아! 그러니까 버나드라는 젊은이가 저 부인한테 하소연을 하러 갔단 말이지."

"담뱃갑은 그 젊은이 게 맞는 것 같군요. 그런데 그 장갑도 그 청년 것인지는……."

푸아로는 웃으면서 주머니에서 다른 장갑 한 짝을 꺼내 먼저 꺼낸 장갑 옆에 놓았다. 두 장갑이 한 짝인 게 분명했다.

"나머지 한 짝은 어디서 찾았죠, 푸아로?"

"베리 가의 파커 집 탁자 위에 지팡이와 함께 던져져 있었네. 정말 조심성이 없는 친구더군, 무슈 파커. 어쨌든, 몬 아미. 또 할 일이 있네. 형식을 갖추기 위해서 파크 레인을 잠시 방문해야겠어."

말할 필요도 없이 나는 내 친구를 따라갔다. 존스턴은 집에 없었지만 우리는 그의 개인 비서를 만날 수 있었다. 존스턴은 남아프리카에서 온 지 얼마 되지 않은 게 확실했다. 전에 영국에 한 번도 온 적이 없다고 했다.

"존스턴 씨는 보석에 관심이 없으신가요?"

푸아로가 넘겨짚었다.

"금광에 관심이 있다고 하는 게 더 맞겠죠."

비서가 웃으며 말했다.

푸아로는 비서를 만나고 돌아오는 길에 뭔가 곰곰이 생각하는 표정이었다. 그날 저녁 나는 푸아로가 러시아 문법을 공부하고 있는 걸 보고 깜짝 놀랐다.

"맙소사! 푸아로! 그 백작부인과 대화를 나누기 위해서 러시아어를 공부하는 거예요?"

"그 부인이 내 영어를 들으려고 하지 않으니 어쩌겠나, 친구!"

"하지만, 푸아로. 훌륭한 가문의 러시아 인들은 모두 프랑스 어를 하지 않나요?"

"자네는 정말 내 정보의 보고야, 헤이스팅스. 복잡한 러시아 철자를 배우느라고 끙끙댈 필요 없겠군."

그는 과장된 몸짓으로 책을 내던졌다. 하지만 나는 그에게 뭔가 꿍꿍이가 있다는 걸 알았다. 그의 눈이 순간적으로 번뜩이는 걸 놓치지 않았다. 그것은 푸아로가 자신에게 흡족해하고 있다는 증거였다.

나는 그의 속을 꿰뚫어 보는 척하며 말했다.

"그 부인이 러시아 인이 아닐 거라고 의심하시는 거죠? 그래서 그 부인을 시험해 볼 작정인가요?"

"아니, 그 부인은 진짜 러시아 인이야."

"그럼……."

"자네가 이번 사건에서 공을 세우고 싶다면 말일세, 헤이스팅스. 우선 이 『초급 러시아어』를 읽어 보게나. 아주 유용할 걸세."

푸아로는 더 이상 말을 하지 않고 웃음을 터뜨렸다. 나는 바닥에서 책을 집어 들고 그 책을 훑어보았지만 푸아로가 무슨 뜻으로 그런 말을 했는지 도무지 이해할 수가 없었다.

다음 날 아침에도 아무런 소식이 없었다. 그런데도 내 작은 친구 푸아로는 태평한 표정이었다. 아침 식사를 할 때 그는 아침 일찍 하드맨을 방문할 생각이라고 말했다. 사교계의 늙은 나비는 집에 있었다. 어제보다는 여유를 찾은 모습이었다.

"푸아로 씨, 무슨 소식이 있습니까?"

그가 잔뜩 기대하는 표정으로 물었다.

푸아로는 그에게 얇은 종이 한 장을 내밀었다.

"그 사람이 보석을 가져간 사람입니다. 이 사건을 경찰에 넘길까요? 아니면 경찰을 개입시키지 않고 보석을 찾아올까요?"

하드맨 씨는 종이를 노려보고 있었다. 드디어 그가 입을 열었다.

"정말 놀랍군요. 절대로 이 문제로 스캔들을 일으켜서는 안 됩니다. 당신에게 모든 권한을 넘기겠소, 푸아로 씨. 신중하게 행동하실 거라고 믿습니다."

푸아로는 택시를 불러 칼턴 호텔로 가자고 말했다. 호텔에 도착하자 그는 로사코프 백작부인이 묵고 있는 방을 물었다. 몇 분 후에 우리는 백작부인의 방으로 안내되었다. 부인은 야한 네글리제를 걸치고 손을 내밀며 우리를 맞이했다.

"푸아로 씨! 성공했나요? 불쌍한 젊은이의 혐의를 완벽하게 풀어 주었나요?"

"백작부인, 부인의 친구인 파커 씨는 체포될 염려가 전혀 없습니다."

"오! 정말 현명하세요. 훌륭하십니다. 놀라울 만큼 빨리 알아내셨네요."

"하드맨 씨에게 오늘 당장 보석을 돌려 드리겠다고 했습니다."

"그래서요?"

"그러니까, 마담. 당장 그 보석들을 제 손에 쥐어 주셔야겠습니다. 너무 재촉하는 것 같아서 죄송합니다만, 택시가 기다리고 있어서요. 필요하면 런던 경시청에 가야 할 수도 있으니까요. 마담, 우리 벨기에 사람들은 절약을 생활신조로 삼고 있답니다."

백작부인은 담배에 불을 붙였다. 그녀는 잠시 동안 미동도 하지 않고 담배 연기 고리를 날리면서 푸아로를 뚫어지게 쳐다보았다. 그러더니 갑자기 웃음을 터뜨리며 자리에서 일어났다. 그러고는 화장대로 걸어가서 서랍을 열고 검은색 실크 핸드백을 꺼냈다. 그녀는 그 가방을 푸아로에게 툭 내던졌다. 그녀의 음성에는 아무런 감정도 실려 있지 않았다.

"우리 러시아 사람들은 반대로 낭비를 생활신조로 삼고 있지요. 그러려면 어쩔 수 없이 돈이 필요해요. 가방 안을 살펴볼 필요는 없어요. 모두 그 안에 들어 있으니까."

푸아로는 자리에서 일어났다.

"부인의 빠른 머리 회전과 민첩한 행동에 감탄을 금할 수 없군요."

"아! 그거야 택시를 대기시켜 놓았다니 어쩌겠어요?"

"정말 친절하십니다, 마담. 런던에 오래 머무실 건가요?"

"그럴 수 없을 것 같네요. 당신 덕분에."

"진심으로 사과드립니다."

"언젠가 다른 곳에서 만나게 되겠죠."

"그러기를 바랍니다."

"아니, 난 사양하겠어요!"

백작부인은 웃음을 터뜨리면서 큰 소리로 말했다.

"이건 내가 당신에게 바치는 최고의 찬사예요. 이 세상에 내가 두려워하는 사람은 몇 안 되니까. 자, 그럼 작별을 고해야죠, 무슈 푸아로."

"안녕히 계십시오, 백작부인. 아. 깜빡할 뻔했군요! 담뱃갑을 돌려 드리겠습니다."

푸아로는 정중하게 머리를 숙이고 백작부인에게 금고에서 발견한 검은 물결무늬 담뱃갑을 내밀었다. 백작부인은 얼굴색 하나 변하지 않고 태연하게 담뱃갑을 받아들었다. 그녀는 눈썹만 살짝 치켜세우며 중얼거렸다.

"아, 이건 내 담뱃갑이로군요."

"대단한 여자야!"

계단을 내려가면서 푸아로가 열띤 목소리로 말했다.

"정말 대단해! 한 마디 변명도 없질 않나. 부인도 하지 않고 허세도 떨지 않더군. 단번에 자신이 처한 상황을 파악한 거지. 헤이스팅스, 자신의 패배를 그렇게 태연하게 웃으면서 인정할 줄 아는 여자라면 엄청난 일도 할 수 있는 여자야. 아주 위험한 인물이지. 강철 같은 신경에다가……."

그는 너무 흥분해서 발을 헛디뎠다.

"앞을 잘 보고 걸음에 신경 쓰셔야 할 것 같은데요. 그런데 대체 언제부터 백작부인을 의심하게 된 거죠?"

"몬 아미. 장갑과 담뱃갑 때문이었네. 이중 단서라고 해 둘까? 그것 때문에 머리가 아팠지. 버나드 파커가 두 가지 물건 중 하나를 떨어뜨릴 수는 있었겠지만 둘 다 떨어뜨린다는 건 좀처럼 있을 수 없는 일이지. 그렇게 조심성 없는 사람이 어디 있겠나? 누군가 파커에게 혐의를 뒤집어씌우려고 했다면 한 가지 물건만으로도 충분했을 거야. 담뱃갑이나 장갑 중 하나 말일세. 둘 다 갖다 놓을 필요는 없었겠지. 나는 두 가지 중 하나가 파커의 것이 아닐 거라는 결론에 도달할 수밖에 없었네. 처음에는 담뱃갑이 파커의 것이고 장갑은 다른 사람의 것이라고 생각했지. 그런데 파크 레인에서 나머지 장갑 한 짝을 발견하고는 사실은 그 반대라는 걸 알게 된 걸세. 그러면 그 담뱃갑은 대체 누구의 것일까? 이니셜이 다르기 때문에 레이디 런콘의 물건이 아닌 건 확실했지. 그럼 존스턴 씨의 물건일까? 그가 가명을 사용한 거라면 그럴 수도 있었겠지. 그런데 그의 비서를 만나 보고 존스턴 씨는 혐의를 둘 만한 게 전혀 없다는 걸 알게 됐네. 존스턴 씨의 과거는 의심스러운 게 없었으니까 말일세. 그렇다면 백작부인만 남는데 그 부인은 러시아에서 보석을 가져왔다고 했어. 그러니까 훔친 보석에서 알을 빼내야 했겠지. 웬만한 사람은 그 알을 알아볼 수 없을 테니까. 그날 홀에서 파커의 장갑 한 짝을 금고에 던져 넣는 건 간단한 일이었겠지. 물론 자기 담뱃갑까지 금고에 던져 넣을 생각은 없었을 거야."

"하지만 그 담뱃갑이 백작부인의 것이라면 왜 'B. P.'라는 이니셜이 새겨져 있었던 거죠? 백작부인의 이니셜은 'V. R.' 아닌가요?"

푸아로는 나를 보면서 싱긋 웃었다.

"자네 말이 맞아, 몬 아미. 하지만 러시아 알파벳에서 B는 V, P는 R을 나타낸다네."

"그런 걸 제가 알 거라고 기대하신 건 아니겠죠. 저는 러시아를 전혀 모르니까요."

"나도 러시아 어를 모르는 건 마찬가지야, 헤이스팅스. 그래서 문법책을 샀던 걸세. 내가 자네한테도 한번 보라고 하지 않던가?"

푸아로는 한숨을 내쉬었다.

"정말 굉장한 여자야. 이건 예감인데 말일세. 아주 확실한 예감이야. 그 여자를 다시 만날 것 같단 말이지. 어디서 만나게 될지는 나도 모르겠네만."

이중 범죄

내 친구 푸아로의 사무실을 방문했을 때 그는 가엾게도 일에 짓눌려 몹시 지쳐 있었다. 너무 유명해진 덕분에 팔찌나 고양이를 잃어버린 돈 많은 여자들이 죄다 이 대단하신 에르퀼 푸아로에게 달려왔다. 작은 체구의 내 친구 푸아로는 플랑드르 사람의 검소한 성품과 예술적인 열정이 기묘하게 혼합된 인물이었다. 별로 큰 흥미가 없는 많은 사건을 떠맡은 건 첫 번째 기질이 더 우세하게 작용했기 때문이었다.

그는 보수가 적거나 아예 무보수인 사건을 흥미가 끌린다는 이유만으로 맡기도 했다. 덕분에 그는 이미 말한 대로 과로로 녹초가 되어 있었던 것이다. 푸아로 자신도 그 점을 절감하고 있던 터라 내가 남부 해안의 유명한 휴양지 에버머스로 가자고 했을 때 그는 순순히 내 제안을 받아들였다.

그곳에서 우리는 나흘 동안 즐거운 시간을 보냈다.

나흘 후에 푸아로가 편지 한 장을 가지고 왔다.

"몬 아미, 내 친구 조지프 애런을 기억하나? 공연 기획자 말일세."

나는 잠시 생각을 더듬어 보고 기억난다고 대답했다. 푸아로에게는 청소부에서부터 공작에 이르기까지 다양한 직업의 친구들이 많았다.

"그런데 말일세, 헤이스팅스. 조지프 애런이 지금 샬록 만에 있다고 하네. 건강이 많이 좋지 않은 데다 무슨 걱정거리가 있는 것 같아. 자기를 좀 찾아와 달라는데 그 친구의 부탁을 들어줘야 할 것 같네, 몬 아미. 조지프 애런은 의리 있고 아주 좋은 친구야. 예전에 내게 많은 도움을 주기도 했고."

"그러시다면 당연히 가야죠. 샬록 만은 아주 아름다운 곳이라고 하던데요. 가 본 적은 없지만."

"그렇다면 볼일도 보고 여행도 즐기고 일석이조 아닌가! 기차 시간 좀 알아봐 주겠나?"

"한두 번 갈아타야 할걸요."

나는 얼굴을 약간 찡그리면서 말했다.

"국토 횡단 철도가 어떤지 아시지 않습니까. 남 데번 해안에서 북 데번 해안까지 하루는 족히 걸릴걸요."

하지만 알아보니 엑서터에서 한 번만 갈아타면 목적지에 도착할 수 있었고 기차도 훌륭했다. 나는 푸아로에게 이 소식을 전하려고 서둘러 돌아오다가 스피디 자동차 사무실 앞에서 이렇게 적혀 있는 게시판을 보았다.

내일 출발. 샬록 만까지 당일 관광.

오전 8시 30분에 출발해서 데번의 관광 명소를 경유함.

나는 자세한 사항을 더 알아보고 의기양양하게 호텔로 돌아왔다.

하지만 아쉽게도 푸아로는 내 설득에 넘어가지 않았다.

"왜 버스를 타고 싶어서 안달이 난 건가? 당연히 기차가 제일 안전하지. 타이어가 펑크 날 일도 없고 사고가 일어날 확률도 낮지 않나. 센 바람에 얼굴을 얻어맞을 일도 없고. 창문을 닫으면 바람이 절대 들어오지 못할 테니 말일세."

나는 그의 눈치를 보면서 신선한 공기를 쏘이는 게 버스 관광의 장점이라고 말했다.

"비가 오면 어쩔 셈인가? 영국 날씨가 좀 변덕스러운가?"

"자동차 덮개가 있잖아요. 그래도 비가 많이 오면 관광이 취소된다고 하던데요."

"그렇다면 비가 오기를 기도해야겠구먼."

푸아로가 말했다.

"정 내키지 않으신다면……."

"아닐세, 몬 아미. 자네는 그 버스 관광을 하기로 이미 마음을 정한 것 같은데 뭘 그러나. 다행히도 내게 커다란 외투와 머플러 두 개가 있네."

그는 한숨을 쉬면서 말했다.

"그런데 샬록 만에서 시간이 충분할지 모르겠군."

"거기서 묵을 생각이로군요. 이 버스 관광은 다트무어를 경유하게 되어있어요. 몽크햄턴에서 점심을 먹고 4시쯤에 샬록 만에 도착하게 되죠. 5시에 다시 출발해서 여기에 10시쯤 도착할 겁니다."

"맙소사! 그런 걸 재미로 하는 사람들이 있다니. 우리는 그 버스를 타고 돌아오지 않을 거니까 당연히 할인을 받을 수 있겠지?"

"글쎄요, 할인은 받지 못할 것 같은데요."

"할인해 달라고 우겨야지."

"푸아로, 너무 인색한 거 아니에요? 돈도 엄청 많이 벌면서."

"친구. 이건 인색한 게 아니라네. 이건 비즈니스적인 개념 문제야. 내가 백만장자라고 해도 정당하게 써야 할 일이 아니면 한 푼도 쓰지 않을 걸세."

하지만 내 예상대로 푸아로는 이번에는 자신의 신념을 굽힐 수밖에 없었다. 스피드 사무실에서 티켓을 발행하는 남자는 차분하고 이성적이었지만 요지부동이었다. 그가 하는 말의 요점은 무조건 우리가 그 버스를 타고 돌아와야 한다는 것이었다. 게다가 샬록 만에서 버스가 출발할 때 추가 요금을 내야 한다는 것까지 은근히 암시했다.

푸아로는 그의 고집을 당할 재주가 없었는지 달라는 요금을 다 지불하고 사무실을 나섰다. 그가 투덜거렸다.

"영국인들은 돈에 대한 개념이 없는 사람들이야. 헤이스팅스, 자네 그 청년 봤나? 요금을 다 물고도 몽크햄턴에서 내리겠다고 하던 그 청년 말일세."

"아니요, 못 봤는데요. 실은……."

"우리 좌석 바로 옆자리 5번 좌석을 예매한 예쁜 아가씨를 쳐다보고 있었지? 그때 자네 얼굴을 봤네. 내가 13번, 14번 좌석을 예매하려고 하니까 자네가 불쑥 끼어들어서 3번, 4번 좌석이 좋을 거라고 하지 않았나?"

"진짜, 당신, 푸아로."

나는 얼굴을 붉히며 말했다.

"그 아가씨도 적갈색 머리였어. 역시 자네는 적갈색 머리만 보면 정신을 못 차리는군."

"이상한 젊은 남자를 쳐다보는 것보다야 아가씨를 쳐다보는 게 낫죠."

"그거야 보는 관점에 따라 다르지. 나한테는 그 젊은이가 더 흥미롭게 느껴지던데."

푸아로의 목소리에는 뭔가 의미심장한 게 담겨 있었다. 나는 그를 홱 돌아보았다.

"뭔데요? 무슨 뜻이에요?"

"아! 너무 흥분하지 말게. 내가 그 젊은이에게 흥미를 느낀 건 애써 콧수염을 기른 것에 비해 결과가 너무 빈약한 것 같아서였다네."

푸아로는 자신의 멋진 콧수염을 조심스럽게 쓰다듬었다.

"콧수염을 기르는 건 하나의 예술이지. 난 무턱대고 콧수염을 길러 보겠다고 덤비는 사람들을 보면 측은지심을 느낀다네."

푸아로가 진지하게 말하고 있는 건지 사람들을 놀리려고 하는 건지 구별하는 건 항상 어려운 일이었다. 나는 입을 다무는 편이 현명하다고 판단했다.

다음 날 아침은 화창했다. 정말 더없이 좋은 날씨였다. 그러나 푸아로는 날씨는 전혀 개의치 않았다. 그는 두터운 양복에 조끼와 방수포, 무거운 오버코트를 입고 머플러까지 둘렀다. 그러고는 차를 타기 전에 '앤티그리프'라는 멀미약을 두 알 먹고 여분까지 챙겼다.

우리는 두 개의 작은 가방을 가져왔다. 어제 우리가 보았던 예쁜 아가씨는 작은 가방 한 개를 가져왔고, 푸아로가 측은하게 생각했던 그 청년도 가방 한 개를 들고 나타났다. 짐은 그것뿐이었다. 운전기사가 가방 네 개를 차에 싣는 동안 우리는 자기 자리에 앉았다.

푸아로는 밉살스럽게도 내가 '신선한 공기를 좋아하니까' 창문 쪽에 앉아야 한다면서 자기가 예쁜 아가씨 옆자리에 앉는 것이었다. 하지만 그는 곧 대가를 치렀다. 6번 좌석에 앉은 남자가 유난히 말이 많은 데다 경박스럽고 허풍도 심했기 때문이다. 푸아로는 낮은 목소리로 아가씨에게 자리를 바꾸지 않겠느냐고 물었다. 아가씨가 다행이라는 듯이 그러겠다고 해서 자리를 바꿨고 덕분에 우리는 즐겁게 얘기를 나누기 시작했다.

그녀는 열아홉 살밖에 안 된 아가씨였고 어린아이처럼 순진했다. 그녀는 우리에게 이 여행을 떠난 이유를 솔직하게 얘기했다. 에버머스에서 꽤 잘되는 골동품 가게를 운영하고 있는 숙모에게 볼일이 있어서 가는 길이라고 했다.

그녀의 숙모는 아버지가 세상을 떠나자 매우 어려운 처지에 놓이게 되었지만 가지고 있던 약간의 돈과 아버지가 남긴 많은 골동품을 밑천으로 장사를 시작했다고 했다. 그녀의 가게는 크게 번창해서 골동품업계에서 꽤 이름을 날리게 되었다. 메리 듀런트라는 이 아가씨는 숙모에게 가서 골동품 장사를 배우고 있는데 그 일이 무척 재미있다고 했다. 보모나 가정교사나 가정 도우미 같은 일을 하는 것보다 훨씬 더 마음에 든다는 것이었다.

푸아로는 흥미롭다는 듯이 고개를 끄덕이며 그녀의 말에 전적으로 동감을 표시했다.

"아가씨는 틀림없이 성공할 겁니다. 하지만 몇 마디 충고의 말을 해 주고 싶군요. 너무 남을 믿지 마세요, 마드무아젤. 어디를 가건 사기꾼들이나 불한당 같은 사람들이 있으니 말입니다. 우리가 타고 있는 이 차에도 그런 인간이 없다고 장담할 수 없지요. 그러니 항상 정신을 바짝 차려야 해요. 사람들을 경계하라는 말입니다."

그녀는 놀란 표정으로 푸아로를 쳐다보았다. 푸아로는 점잖게 고개를 끄덕였다.

"내 말을 흘려듣지 말아요. 누가 알겠어요? 지금 이 말을 하고 있는 나도 세상에 둘도 없는 악당일지 모르는 일 아닙니까?"

그렇게 말하면서 푸아로는 그녀의 놀란 얼굴을 향해 눈을 깜빡해 보였다.

우리는 몽크햄턴에서 점심을 먹기 위해 차에서 내렸다. 푸아로는 웨이터와 몇 마디 얘기를 나누더니 세 사람이 앉을 수 있는 창가 테이블을 잡았다. 창밖으로 넓은 정원이 펼쳐져 있었고 전국 각지에서 온 대형 관광버스들이 스무 대 정도 주차되어 있었다. 호텔 식당은 만원이었고 엄청나게 시끄러웠다.

"한 식당에 이렇게 많은 사람이 몰려드니 정신이 없군요."

나는 얼굴을 찡그리며 말했다.

메리 듀런트도 맞장구를 쳤다.

"요즘은 에버머스도 여름 관광객들 때문에 완전히 망가졌어요. 숙모도 예전엔 이렇지 않았다고 하셔요. 사람들이 너무 많아서 제대로 걷지도 못할 지경이라니까요."

"그래도 장사하기에는 좋은 거 아닌가요, 마드무아젤?"

"우리 장사에는 별 도움이 안 돼요. 우리 가게는 희귀하고 비싼 물건들만 팔거든요. 싸구려 고물 같은 건 아예 취급하지 않아요. 숙모는 영국 전역에 고객을 가지고 있어요. 특정한 시대의 테이블이나 의자나 도자기 같은 걸 사려는 고객이 숙모에게 편지를 보내와요. 그러면 숙모는 그 손님이 주문한 물건을 구해 놓죠. 이번에도 그렇게 된 거였어요."

우리가 흥미를 보이자 그녀는 신이 나서 이야기를 이어갔다.

J. 베이커 우드라는 미국인 신사는 세밀화의 감정가이자 모형 수집가였다. 최근에 아주 귀중한 모형 세트가 시중에 나오자 메리의 숙모인 엘리자베스 펜 양이 그 물건을 사들였다. 그리고 우드 씨에게 그 모형에 관한 설명과 가격을 알려 주는 편지를 보냈다. 그는

즉시 답장을 보냈다. 그 모형이 편지에 쓰인 것과 똑같다면 당장이라도 살 의향이 있으니 사람을 시켜서 그 물건을 샬록 만에 있는 자기한테 보내 달라는 내용이었다. 그래서 듀런트 양이 숙모의 대리자로 그곳에 가게 되었다는 것이다.

메리 듀런트 양이 말했다.

"정말 아름다운 물건이에요. 하지만 아무리 아름답다고 해도 그렇게 많은 돈을 지불한다는 게 정말 이해가 안 돼요. 자그마치 500파운드예요! 생각해 보세요. 코스웨이 작품이라던가? 코스웨이가 맞나? 저는 이름 같은 건 하도 헛갈려서요."

푸아로는 피식 웃었다.

"아직 숙련이 안 돼서 그렇겠죠, 마드무아젤."

메리가 시무룩하게 말했다.

"그래요, 아직 익숙하지가 않아요. 저희는 옛날 물건에 대해서는 잘 모르고 자랐으니까요. 배워야 할 게 너무 많아요."

그녀는 한숨을 내쉬었다.

그때 갑자기 그녀의 눈이 놀라서 휘둥그레졌다. 그녀는 창을 마주 보는 자리에 앉아 있었다. 그녀의 시선은 창밖 정원을 향하고 있었다. 그 순간 그녀는 뭐라고 혼자 중얼거리더니 의자에서 벌떡 일어나 거의 뛰다시피 식당을 나섰다.

잠시 후에 그녀는 숨을 헐떡거리면서 돌아왔다.

"그렇게 갑자기 뛰어나가서 죄송해요. 어떤 남자가 제 가방을 내리는 걸 봤거든요. 부리나케 그 남자를 쫓아갔는데 알고 보니 그 사람 가방이었어요. 제 가방하고 너무 비슷해서 제 가방인 줄 알았지 뭐예요. 제가 바보가 된 기분이었어요. 그 남자가 제 가방을 훔쳐가는 걸로 오해한 꼴이 되었으니까요."

그녀는 그렇게 말하면서 웃음을 터뜨렸다.

그러나 푸아로는 웃지 않았다.

"어떤 남자였죠, 마드무아젤? 생김새를 설명해 보세요."

"갈색 양복을 입고 있었어요. 아주 호리호리한 남자였어요. 콧수염을 엉성하게 기르고."

"아! 어제 우리가 본 그 남자야, 헤이스팅스. 그 남자가 아는 사람인가요, 마드무아젤? 전에 만난 적이 있는 사람이었어요?"

"아뇨, 처음 보는 사람이었어요. 왜 그러세요?"

"아니, 아무것도 아닙니다. 그냥 호기심이 생겨서. 그뿐입니다."

그는 입을 다물고 우리의 대화에 끼어들지 않았다. 그러다가 메리 듀런트 양이 무슨 말을 하자 관심을 보였다.

"잠깐, 마드무아젤. 방금 뭐라고 했죠?"

"돌아가는 길에 선생님 말씀대로 사기꾼을 조심해야겠다고 했어요. 우드 씨는 항상 현금으로 물건 값을 지불하거든요. 500파운드나 되는 돈을 가지고 있으면 사기꾼의 표적이 될 만하잖아요."

그녀는 또다시 웃음을 터뜨렸다. 이번에도 푸아로는 웃지 않았다. 그리고 샬록 만에서 어떤 호텔에 묵을 거냐고 물었다.

"앵커 호텔이오. 작고 비싸진 않지만 꽤 괜찮은 호텔이죠."

"앵커 호텔이라고요? 헤이스팅스, 자네가 묵으려고 하던 호텔 아닌가? 정말 기막힌 우연이로군!"

그는 나에게 눈을 찡긋해 보였다.

"샬록 만에서 오래 머물 생각이신가 보죠?"

메리가 물었다.

"하룻밤만 묵을 겁니다. 거기서 볼일이 있거든요. 내 직업이 뭔지 짐작도 못할 겁니다, 마드무아젤."

메리는 몇 가지 직업을 머릿속으로 생각해 내고는 지워 버리는 것 같았다. 실수할까 봐 조심하는 모양이었다. 결국 그녀는 마술사가 아니냐고 물었다. 푸아로는 재미있다는 듯이 말했다.

"그거 정말 기발한 생각이로군. 모자에서 토끼가 튀어나오게 하는 마술사라! 아니, 틀렸소, 마드무아젤. 나는 그 반대의 마술사죠. 마술사는 물건을 사라지게 만들지만 나는 사라진 물건을 다시 나타나게 하는 마술사라고 할 수 있죠."

그는 자신의 말에 극적인 효과를 넣으려는 듯이 몸을 앞으로 기울이고 말했다.

"이건 비밀이오만, 마드무아젤. 특별히 말하는 건데 나는 탐정입니다."

그는 자신이 한 말의 극적인 효과에 만족한 듯이 의자에 등을 깊숙이 기대고 앉았다. 메리 듀런트는 마법에 걸리기라도 한 것처럼 멍하게 그를 쳐다보았다. 그때 갑자기 괴물 같은 버스들이 떠날 시간이 되었다고 요란스럽게 경적을 울려 대는 바람에 대화는 거기서 중단되고 말았다.

푸아로와 함께 밖으로 나오면서 나는 함께 점심을 먹은 아가씨가 정말 매력적이라고 말했다.

푸아로도 내 말에 동감했다.

"맞아, 매력적인 아가씨야. 하지만 좀 멍청한 구석이 있군."

"멍청하다니요?"

"화내지 말게. 적갈색 머리의 아름다운 아가씨라고 멍청하지 말라는 법은 없으니까. 처음 만난 두 남자를 쉽게 믿어 버리는 아가씨가 멍청한 게 아니고 뭔가?"

"그건 우리가 믿을 만한 사람이라는 걸 알아서겠죠."

"그게 멍청하다는 걸세. 누구든 자기 직업을 잘 아는 사람이라면 당연히 '믿을 만한' 사람처럼 행동하겠지. 그 아가씨도 자기가 500파운드를 몸에 지니고 있으면 사기꾼을 조심해야겠다고 하지 않던가? 하지만 그 아가씨는 벌써 500파운드를 지니고 있어."

"모형 말인가요?"

"맞아, 모형. 현금이나 모형이나 다를 게 없지 않나, 몬 아미?"

"하지만 우리 말고는 모형을 아는 사람이 없지 않습니까?"

"웨이터하고 우리 옆 테이블에 있던 사람들. 그리고 분명히 에버머스에도 그 사실을 알고 있는 사람들이 있을 거야. 듀런트 양은 매력적인 아가씨야. 하지만 내가 엘리자베스 펜 양이라면 새로 온 조수에게 상식을 먼저 가르칠 걸세."

그는 잠시 말을 쉬었다가 이번에는 조금 다른 말투로 말했다.

"이보게, 친구. 우리가 점심을 먹고 있을 때 저 버스 중 한 대에서 가방을 꺼내는 건 식은 죽 먹기보다 쉬운 일이겠지?"

"하지만, 푸아로, 그런 짓을 하면 당연히 누군가의 눈에 뜨이겠죠."

"보면 어떤가? 자기 짐을 내리고 있는 거라고 생각할 텐데. 태연하고 당당하게 짐을 내리면 자기 짐을 내릴 거라고 생각해서 아무도 간섭하지 않겠지."

"그럼, 푸아로, 그러니까 그 말은 그 갈색 양복을 입은 남자가…… 그렇지만 그 남자가 자기 가방이라고 했다고 하잖아요."

푸아로는 양미간을 찡그렸다.

"그렇다고 했지. 하지만 아무래도 이상하단 말이야. 그 남자는 왜 차가 처음 도착했을 때 가방을 꺼내지 않았을까? 자네도 알다시피 그 남자는 여기서 점심을 먹지 않았단 말이야."

"듀런트 양이 창을 마주 보고 앉아 있지 않았다면 그 남자를 보지 못했겠죠."

나는 천천히 말했다.

"그리고 자기 가방을 꺼냈으니까 문제될 게 없었을 테고. 이제 그 생각은 머릿속에서 지워 버리기로 하세, 몬 아미."

그러나 차에 타서 자기 자리에 앉자 푸아로는 다시 메리 듀런트 양에게 사기꾼을 조심하라는 설교를 늘어놓기 시작했다. 메리는 푸아로가 하는 말을 조신하게 듣고 있었지만 농담으로 생각하는 것 같은 표정이었다.

우리는 오후 4시에 샬록 만에 도착했다. 운 좋게도 앵커 호텔에 방을 얻을 수 있었다. 앵커 호텔은 골목길에 있는 아담하고 고풍스러운 호텔이었다.

푸아로가 몇 가지 필요한 물건을 꺼내고 조지프 애런을 만나러 가기 위해 콧수염을 정리하고 있을 때 누군가 미친 듯이 문을 두드렸다. 내가 "들어오세요."라고 말하자 놀랍게도 메리 듀런트가 창백한 얼굴로 눈물을 글썽거리면서 들어왔다.

"실례인 줄 알지만…… 너무 엄청난 일이 생겨서. 선생님이 탐정이라고 하셨죠?"

푸아로에게 하는 말이었다.

"무슨 일이죠, 마드무아젤?"

"제 가방을 열어 봤어요. 모형은 악어가죽 서류 가방 속에 들어 있었어요. 당연히 자물쇠를 채워 놨었죠. 그런데 이것 좀 보세요!"

그녀는 악어가죽으로 된 작고 네모난 서류가방을 내밀었다. 뚜껑이 느슨하게 열려 있었다. 푸아로는 가방을 그녀에게서 받아들었다. 누군가 억지로 가방을 연 것 같았다. 가방을 열려면 엄청난 힘이 필요했을 것이다. 억지로 가방을 연 흔적이 뚜렷하게 남아 있었다. 푸아로는 가방을 자세히 살펴보고는 고개를 끄덕였다.

"모형이 없어졌나요?"

그는 이미 대답을 알고 있으면서 그렇게 물었다.

"네, 감쪽같이 없어졌어요. 누가 훔쳐간 거예요. 이제 어떡하죠?"

"걱정 마세요."

내가 나서서 말했다.

"내 친구는 에르퀼 푸아로예요. 이분 이름은 들어 보셨을 겁니다. 그 물건을 찾아낼 사람이 있다면 바로 이분이죠."

"무슈 푸아로! 그 대단하신 무슈 푸아로란 말씀이세요?"

푸아로는 그녀의 목소리에 담긴 경외심에 꽤 허영심이 충족된 모양이었다.

"맞아요, 내가 바로 그 푸아로요. 그 일은 이제 내 손에 맡겨요. 내가 애써 볼 테니. 그런데 한 가지 걱정되는 건 너무 늦어 버린 게 아닌가 하는 거요. 말해 봐요. 가방 자물쇠도 억지로 열었던가요?"

그녀는 고개를 저었다.

"한번 봅시다."

우리는 함께 그녀의 방으로 갔다. 푸아로는 서류가방을 꼼꼼하게 살펴보았다. 분명히 열쇠로 연 것처럼 보였다.

"아주 간단한 일이로군. 이 가방의 자물쇠는 모두 한 가지 형태로 만들어졌어. 우선 경찰을 부르고 가능한 한 빨리 베이커 우드 씨에게 연락을 해야겠어. 내가 직접 연락하지."

나는 그와 함께 나가면서 너무 늦었을지도 모른다는 말이 무슨 뜻이냐고 물었다.

"친구, 내가 아까 말하지 않았나? 나는 마술사하고는 정반대의 일을 한다고 말이야. 나는 사라진 물건을 다시 나타나게 하거든. 하지만 누군가 나보다 한발 앞서 행동을 취했다면 어떻게 되겠나? 이해가 안 되나 보군. 잠시 후면 이해가 될 걸세."

그는 전화 부스 안으로 들어갔다. 5분 후에 그가 침울한 표정으로 나왔다.

"내가 걱정했던 대로야. 어떤 여자가 30분 전에 우드 씨에게 소형 모형을 가져왔다고 전화를 했다는 거야. 자기가 엘리자베스 펜 양이 보낸 사람이라고 하면서 말이지. 우드 씨는 모형을 보고 기뻐하면서 돈을 내줬다는군."

"30분 전이라면 우리가 여기 도착하기 전이네요."

푸아로는 알쏭달쏭한 미소를 지었다.

"스피디 관광버스가 이름만큼 빠르기는 하지. 하지만 그보다 더 빠른 자동차로 달리면 몽크햄턴에서 버스보다 한 시간 먼저 도착할 수 있을 걸세."

"그럼, 이제 우리는 어떻게 하죠?"

"착한 내 친구, 헤이스팅스. 자네는 항상 현실적이야. 경찰에 알리고 듀런트 양을 위해 할 수 있는 일은 다 해야지. 그래, J. 베이커 우드 씨를 만나 보는 게 급선무야."

우리는 즉시 행동으로 옮겼다. 가엾은 메리 듀런트 양은 숙모에게 야단맞을 게 두려워서 넋이 나간 모습이었다.

우드 씨가 묵고 있는 시사이드 호텔로 가면서 푸아로가 말했다.

"야단맞을 짓을 했지. 당연한 일 아닌가? 500파운드가 넘는 비싼 물건이 들어 있는 가방을 차에 놔두고 점심을 먹으러 갔으니 말일세. 하지만, 몬 아미. 이 사건은 한두 가지 이상한 점이 있단 말이야. 가령, 그 서류가방 말일세. 왜 그걸 억지로 열었을까?"

"그거야 모형을 꺼내려고 그랬겠죠."

"하지만 바보 같은 짓이라는 생각이 들지 않나? 그 도둑이 점심 시간에 자기 가방을 꺼내는 척하면서 메리 양의 가방을 열려고 했다고 한다면 말이야. 그 아가씨의 옷가방을 열고 서류가방은 그냥 자기 가방에 넣어 가지고 도망치는 게 더 간단하지 않았을까? 억지로 자물쇠를 여느라고 시간을 낭비할 필요가 없었단 말이지."

"안에 모형이 들어있는지 확인하려고 그랬겠죠."

푸아로는 여전히 미심쩍은 표정이었지만, 우디 씨가 있는 방으로 안내를 받아 들어가느라 더 이상 얘기할 틈이 없었다.

베이커 우드 씨를 보자마자 첫눈에 나는 그가 마음에 안 들었다.

그는 체격이 크고 요란스럽게 옷치장을 한 데다 다이아몬드가 박힌 반지를 끼고 있는 품이 몹시 천박해 보였다. 그는 호통을 치듯이 큰 소리로 말했다.

그는 당연히 조금도 의심하지 않았다고 했다. 의심을 할 이유가 전혀 없었다는 것이다. 여자는 모형을 갖고 있었고 아주 훌륭한 진품이었다고 했다. 혹시 수표 번호를 적어 두었냐고 물었더니 아니라고 했다. 그리고 "이름이 뭐라고 했지, 아 푸아로 씨라고 했던가, 대체 누군데 나한테 이런 걸 묻는 거요?"라고 말했다.

"그럼 한 가지만 더 묻고 더 이상 귀찮게 하지 않겠습니다. 찾아왔다는 그 여자가 어떻게 생겼던가요? 젊고 예쁘던가요?"

"아니요. 키가 큰 중년 여자였소. 머리는 잿빛이고 피부는 점투성이고 코밑에 수염이 거뭇거뭇했소. 예쁜 여자라니! 절대 아니었소."

"푸아로! 코밑에 수염이 있다고 했죠!"

방에서 나갈 때 내가 소리쳤다.

"나도 귀가 있네, 헤이스팅스."

"정말 혐오스러운 인간이로군요, 저 남자."

"매너라고는 눈곱만큼도 없는 자야."

"당장 도둑부터 잡아야죠. 그 사내의 얼굴을 아니까."

"자네는 정말 단순하군그래, 헤이스팅스. 알리바이라는 게 있다는 걸 모르나?"

"그자에게 알리바이가 있을 거라고 생각하는 겁니까?"

푸아로는 의외의 대답을 했다.

"그러길 진심으로 바라고 있네."

"항상 일이 복잡하게 돌아가는 걸 좋아하는 게 문제예요."

"맞아, 몬 아미. 난 뭐라더라, 그래 '누워서 떡 먹기' 같은 건 좋아하지 않네."

푸아로의 예상은 적중했다. 우리와 함께 차를 타고 갔던 갈색 양복을 입은 그 청년은 노턴 케인으로 밝혀졌다. 그는 몽크햄턴에 도착하자마자 곧장 조지 호텔로 가서 오후 내내 호텔에 머물렀다고 했다. 그에게 불리한 증거는 듀런트 양이 우리와 함께 점심을 먹고 있을 때 그가 차에서 가방을 내리고 있는 걸 봤다는 것뿐이었다.

"그것만으로는 수상한 행동이라고 할 수 없겠는걸."

푸아로는 뭔가 곰곰이 생각하는 표정으로 말했다.

그 말을 하고 나서는 입을 굳게 닫고 더 이상 그 사건에 대해 말을 하지 않았다. 내가 좀이 쑤셔서 억지로 말을 시키자 콧수염에 대해 생각하고 있었다면서 나에게도 콧수염에 대해서 생각해 보라고 충고했다.

그러나 푸아로는 그날 저녁 함께 있었던 조지프 애런에게 베이커 우드라는 남자에 대해 자세하게 물어봤다. 두 남자가 같은 호텔에 묵고 있었기 때문에 뭔가 도움이 될 만한 정보를 얻을 수 있을 거라고 생각했을 것이다. 그러나 푸아로는 무슨 정보를 알아냈는지 입을 굳게 다물고 얘기하지 않았다.

메리 듀런트 양은 여러 번 경찰의 심문을 받고 아침 일찍 기차를 타고 돌아갔다. 우리는 조지프 애런과 같이 점심 식사를 했다. 점심을 먹고 나서 푸아로는 나에게 공연 기획자의 문제를 확실하게 해결했으니 이제 가고 싶을 때 마음대로 에버머스로 돌아갈 수 있게 되었다고 말했다.

"하지만 버스로 가지 않을 걸세, 몬 아미. 이번에는 기차로 갈 거야!"

"소매치기라도 당할까 봐 걱정하는 거예요? 아니면 또 곤경에 빠진 아가씨를 만날까 봐 그러세요?"

"그런 일은 기차에서도 일어날 수 있는 일 아닌가? 난 한시라도 빨리 에버머스로 돌아가고 싶네. 우리 사건을 해결해야 하니까."

"우리 사건이라뇨?"

"그래, 몬 아미. 듀런트 양이 내게 도와 달라고 간청하지 않았나. 그러니 그 사건이 경찰의 손에 넘어갔다고 해서 내가 이 일에서 손을 뗄 수는 없는 노릇이지. 내가 여기 온 건 옛 친구의 부탁 때문이지만, 그렇다고 해서 이 에르퀼 푸아로가 곤경에 빠진 낯선 사람을 외면했다는 말을 들을 수는 없지."

그러고는 그는 으스대는 듯이 몸을 일으켰다. 나는 그의 속을 슬며시 떠보았다.

"처음부터 이 일에 관심이 있으셨던 거 아닌가요? 그 관광버스 사무실에서 청년을 처음 보았을 때부터 그랬던 거죠? 뭣 때문에 관심이 끌렸는지는 모르지만 말이죠."

"모르겠나, 헤이스팅스? 알 수 있을 텐데. 어쨌거나 그건 내 작은 비밀로 남겨 두어야겠네."

우리는 떠나기 전에 그 사건을 담당한 경감과 잠시 대화를 나누었다. 그는 노턴 케인을 심문했다면서 푸아로에게 그 청년의 태도가 썩 불쾌했다고 말했다. 그는 호통을 치기도 하고, 자기가 한 일이 아니라고 부인하고, 앞뒤가 안 맞는 얘기를 늘어놓았다고 했다.

"그런데 무슨 수법을 썼는지는 알아내지 못했습니다."

경감이 솔직하게 말했다.

"공범에게 물건을 넘겨주고 그 공범은 차를 타고 날았겠죠. 하지만 이건 어디까지나 추론에 불과합니다. 자동차와 공범을 찾아내서 확실한 증거를 들이대야죠."

푸아로는 생각에 잠긴 표정으로 고개를 끄덕였다.

"범인이 그런 방법을 썼을 거라고 생각하세요?"

기차에 타서 자리를 잡자 내가 물었다.

"아니, 그런 방법은 쓰지 않았네. 그보다 더 영리한 방법을 썼지."

"제게 얘기 안 하실 건가요?"

"아직은 얘기할 수 없네, 친구. 자네도 알지 않나? 그게 내 약점이지. 끝까지 비밀을 혼자 간직하려고 하는 거 말일세."

"그럼 그 끝이 곧 오게 될까요?"

"곧 올 걸세."

우리는 6시가 조금 넘어서 에버머스에 도착했다. 푸아로는 기차에서 내리자마자 '엘리자베스 펜'이라는 상호가 걸린 상점으로 갔다. 상점은 닫혀 있었지만 푸아로가 벨을 누르자 메리 양이 금방 나와서 문을 열어주었다. 그녀는 우리를 보자 놀라면서도 기뻐하는 모습이었다.

"들어오셔서 숙모님을 만나 보세요."

메리 양은 우리를 상점 뒤에 있는 방으로 안내했다. 나이가 꽤 들어 보이는 부인이 우리를 만나기 위해 나와 있었다. 그녀는 머리가 하얗게 세었고 분홍빛 피부에 파란 눈의 얼굴이 마치 모형처럼 보였다. 약간 굽은 어깨 위에 값비싼 오래된 레이스 망토를 두르고 있었다. 그녀는 매력적인 저음으로 물었다.

"이분이 그 유명한 무슈 푸아로신가요? 메리에게 들어서 알고 있었답니다. 믿어지지가 않더군요. 정말 우리 일을 도와주실 건가요? 조언을 해 주실 수 있겠습니까?"

푸아로는 잠시 부인을 쳐다보더니 고개를 숙였다.

"마드무아젤 펜. 연기가 정말 훌륭했습니다. 하지만 진짜 콧수염을 기르셔야 할 것 같군요."

펜 양은 헉하고 숨이 막히는 소리를 내며 뒤로 물러섰다.

"어제 장사를 쉬셨죠? 그렇지 않습니까?"

"오전에는 가게에 나왔어요. 나중에 두통이 심해서 곧장 집으로 들어갔죠."

"집으로 간 게 아니었겠죠, 마드무아젤. 두통 때문에 공기를 바꿔 본 건가요? 샬록 만은 공기가 아주 좋으니까 말이죠."

푸아로는 내 팔을 잡고 문 쪽으로 끌었다. 거기서 잠시 멈춰 서서 어깨 너머로 말했다.

"모든 걸 알고 있습니다. 희극은 이제 그만두시죠."

그의 목소리는 위협적이었다. 펜 양은 얼굴이 시체처럼 새파랗게 질려서 아무 말도 못하고 고개만 끄덕였다. 푸아로는 아가씨를 향해 돌아섰다. 그는 부드러운 목소리로 말했다.

"마드무아젤. 아가씨는 젊고 매력적이오. 하지만 이런 일에 끼어들면 아가씨의 젊음과 아름다움을 감방에서 썩히게 될 거요. 이 에르퀼 푸아로가 말하건대 그건 정말 안타까운 일이오."

푸아로는 거리로 나왔고 나는 당황해서 그를 뒤따라 나왔다.

"처음부터, 몬 아미. 난 이 일에 흥미를 느꼈네. 그 청년이 몽크햄턴까지만 가겠다고 예약할 때 그 아가씨가 그 청년에게 관심을 보이는 걸 눈치 챘지. 나는 그 이유가 궁금했어. 그 청년은 여자들의 시선을 끌 만한 타입이 아니었으니까. 버스가 출발하자 뭔가 일이 일어날 것 같은 예감이 들더군. 그 청년이 가방을 꺼내는 걸 본 사람이 누구였나? 마드무아젤 한 사람뿐이었어. 그 아가씨가 창이 마주 보이는 자리를 선택했다는 걸 기억하게. 여자들은 그런 자리를 싫어하는 법이지.

그러고 나서 아가씨는 우리에게 와서 물건을 도둑맞았다고 말했네. 하지만 그때도 내가 얘기했던 것처럼 누군가가 서류가방을 억지로 열었다는 게 상식적으로 납득이 가질 않더군.

그렇다면 결론이 뭘까? 베이커 우드 씨는 훔친 물건에 많은 돈을 날려 버린 셈이지. 그 모형은 장물이기 때문에 다시 펜 양에게로 돌아가게 되겠지. 그러면 그 여자는 그 물건을 500파운드가 아니라 그 두 배인 1000파운드에 다른 사람에게 팔 수 있을 걸세. 은밀히 뒷조사를 해 봤더니 그녀의 사업은 형편이 썩 좋지 않았네. 파산하기 직전이었지. 결과적으로 두 사람이 짜고 벌인 일이라는 걸 알게 된 거지."

"그럼 노턴 케인은 전혀 의심하지 않았던 거군요?"

"몬 아미! 그 엉성한 수염을 보고도 그런 생각을 하나? 범죄자는 깨끗이 면도를 하거나 떼었다 붙였다 할 수 있는 제대로 된 수염을 붙이는 법이야. 하지만 영리한 펜 양에게는 그 청년이 좋은 기회가 될 수 있었어. 그녀는 우리가 방금 본 것처럼 분홍빛 피부를 가진 내성적인 노부인이야. 하지만 그 여자가 몸을 똑바로 펴고 커다란 부츠를 신고 얼굴에 보기 싫은 점을 만든다면 어떨 것 같은가? 단연 걸작은 윗입술에 몇 가닥의 수염을 붙인 거였지. 우드 씨가 남자 같은 여자라고 했지. 우리는 '변장한 남자'라는 걸 알았고."

"펜 양이 정말 어제 샬록 만으로 갔을까요?"

"확실해. 자네가 내가 말했던 걸 기억할지 모르겠네만 그 기차는 여기서 11시에 출발해서 2시에 샬록 만에 도착하지. 돌아오는 기차는 더 빠르네. 우리가 탄 기차 말일세. 그 기차는 4시 30분에 샬록 만을 출발해서 6시 15분에 여기 도착해. 그 모형은 처음부터 서류 가방 안에 들어 있지 않았던 거야. 일부러 자물쇠를 망가뜨리고 가방에 집어넣었던 거지. 메리 양은 자기한테 반해서 곤경에 처한 미녀를 구해 줄 두 명의 멍청한 남자를 구하기만 하면 됐던 거야. 그런데 두 멍청한 남자 중 한 남자는 멍청이가 아니었어. 그 남자는 이 에르퀼 푸아로였으니 말일세!"

나는 그의 추론이 못마땅해서 말했다.

"그럼 낯선 사람을 도와주겠다고 했을 때 일부러 나를 속이려고 했던 건가요? 그런 거죠?"

"아닐세, 난 자네를 속인 적이 없네, 헤이스팅스. 자네가 혼자 속고 있도록 내버려둔 것뿐이지. 내가 낯선 사람이라고 말한 건 베이커 우드 씨를 가리키는 거였네. 이 해안 지방에서 낯선 사람 말일세."

그의 얼굴이 어두워졌다.

"아! 그 버스 요금을 생각하니까 다시 피가 끓어오르는 것 같군. 불쌍한 승객을 보호해 주고 싶어서 말이야. 샬록 만으로 가는 편도 요금이 왕복 요금과 똑같다는 건 정말 부당하지 않나? 베이커 우드라는 남자도 유쾌한 인간은 아니야. 자네가 말한 것처럼 인정머리

없는 인간이지. 하지만 그 사람도 이 지방에 온 손님 아닌가! 손님들끼리 하나로 뭉쳐야지. 난 어디까지나 방문객들 편이라네!"

말벌 둥지

존 해리슨은 집에서 나와 테라스에 서서 잠시 정원을 내려다보았다. 그는 키가 크고 마른 체격에 야윈 얼굴이었다. 늘 어둡고 우울한 표정이었지만 지금처럼 미소를 지을 때면 다부진 얼굴 윤곽이 부드러워 보이면서 꽤 매력적인 데가 있었다.

존 해리슨은 자기 정원을 좋아했다. 나른한 8월 한여름 저녁의 정원은 어느 때보다 더욱 아름다웠다. 덩굴장미는 여전히 아름다운 자태를 뽐내고 있었고 스위트피의 향내가 공기 중에 진동하고 있었다.

해리슨은 귀에 익은 삐걱거리는 소리에 고개를 돌렸다. 정원 문을 통해 들어오고 있는 사람을 보는 순간 그의 얼굴에 깜짝 놀라는 표정이 떠올랐다. 잔뜩 멋을 부린 차림으로 오솔길을 걸어오고 있는 사람은 이런 곳에서 만날 거라고는 꿈에도 생각하지 못했던 사람이었다.

"아니, 이게 누구십니까? 무슈 푸아로!"

해리슨이 소리쳤다.

전 세계에 명성이 자자한 바로 그 에르퀼 푸아로였다.

"맞네. 언젠가 자네가 말하지 않았나. '이 지방에 오실 일이 있으면 찾아와 달라'고 말일세. 그래서 자네 말을 믿고 이렇게 온 걸세."

"정말 영광입니다."

해리슨이 진심 어린 목소리로 말했다.

"우선 앉아서 목 좀 축이시죠."

해리슨은 요란한 환영의 몸짓으로 갖가지 병이 늘어서 있는 베란다의 테이블을 가리켰다.

"고맙네."

푸아로는 버들가지를 엮어서 만든 의자에 앉으며 말했다.

"아마 시럽은 없겠지? 됐네. 없을 거라고 생각했네. 그럼 그냥 소다수 한 잔 주게. 위스키는 사양하지."

해리슨이 소다수 잔을 그의 옆에 갖다 놓자 푸아로는 잔뜩 감정이 실린 목소리로 말했다.

"맙소사, 콧수염까지 젖었군. 살인적인 더위야!"

"그런데 대체 무슨 일로 이 한적한 곳까지 오신 겁니까? 여행 삼아 오신 건가요?"

해리슨이 옆 의자에 앉으며 물었다.

"아닐세, 몬 아미. 일 때문에 온 걸세."

"일이라고요? 이렇게 외진 곳에요?"

푸아로가 진지하게 고개를 끄덕였다.

"범죄가 사람들이 우글거리는 곳에서만 일어난다는 법이라도 있나?"

해리슨은 웃음을 터뜨렸다.

"제가 멍청한 말을 했군요. 그런데 대체 여기서 무슨 범죄를 조사하신다는 겁니까? 제가 물어보면 안 되는 일인가요?"

"아닐세, 물어봐도 되는 일이야. 사실은 물어봐 주기를 기다렸네."

해리슨은 궁금하다는 표정으로 그를 쳐다보았다. 푸아로의 태도가 평소하고는 좀 다르게 느껴졌기 때문이다.

"그러니까 범죄 사건을 수사하고 있다는 말씀이군요."

그는 망설이는 듯한 태도로 말을 이었다.

"중대한 범죄 사건인가요?"

"가장 중대한 범죄네."

"그럼……."

"맞아, 살인이네."

에르퀼 푸아로의 목소리가 너무 엄숙해서 해리슨은 순간 몹시 당황했다. 푸아로는 그를 똑바로 쳐다보고 있었다. 그의 시선 속에도 뭔가 예사롭지 않은 게 느껴졌다. 해리슨은 어떻게 말을 이어가야 할지 몰라 겨우 이렇게 말했다.

"살인이 벌어졌다는 소문은 들은 적이 없는데요."

"아직 못 들은 게 당연하지."

"누가 살해당했습니까?"

"아직 아무도 살해되지 않았네."

"네?"

"그래서 자네가 아직 살인 소문을 듣지 못했을 거라고 한 걸세. 나는 아직 일어나지 않은 사건을 조사하고 있는 중이네."

"그런 황당한 말이 어디 있습니까?"

"전혀 황당한 말이 아닐세. 살인이 일어나기 전에 조사하는 게 살인이 일어난 후에 조사하는 것보다 훨씬 낫지 않은가? 살인을 미리 막을 수도 있을 테고. 물론 내 소견이기는 하지만."

해리슨은 멍하니 푸아로를 바라보았다.

"지금 농담하시는 거죠, 무슈 푸아로?"

"아니, 난 지금 아주 진지하게 얘기하는 걸세."

"그럼 정말 살인이 일어날 거라고 생각하는 겁니까? 말도 안 돼요!"

에르퀼 푸아로는 해리슨의 말이 끝나기도 전에 벌써 자기가 할 말을 계속하고 있었다.

"우리가 살인을 미리 막을 수 있다면 말이 되는 얘기 아닌가? 몬아미, 내가 말하려는 건 그런 뜻일세."

"우리라고 하셨나요?"

"그래, 우리라고 했네. 자네의 협조가 필요해."

"그것 때문에 여기 오신 거로군요."

푸아로는 다시 그를 빤히 쳐다보았다. 알 수 없는 무언가가 해리슨을 불안하게 했다.

"내가 여기 온 건, 해리슨. 내가 자네를 좋아하기 때문일세."

그 말을 하고 난 후의 푸아로의 말에는 전혀 다른 어감이 들어 있었다.

"그런데 말이야, 해리슨. 저기 말벌 둥지가 있군그래. 저건 없애 버리게나."

푸아로가 갑자기 화제를 다른 데로 돌리자 해리슨은 황당하다는 듯이 얼굴을 찡그렸다. 그는 푸아로의 시선을 쫓아가다가 당혹스러운 목소리로 말했다.

"사실, 그럴 참이었습니다. 아, 랭턴 군이 가져가겠다고 했어요. 클로드 랭턴 기억하시죠? 지난번에 우리와 함께 저녁을 먹었었죠. 오늘 저녁에 와서 가져가기로 했어요. 기대에 부풀어 있답니다."

"그런가? 어떻게 할 건데?"

"석유하고 정원용 물뿌리개를 사용해야죠. 자기 물뿌리개를 가져오겠다고 했습니다. 내 것보다 편리하거든요."

"다른 방법도 있지 않나? 청산가리 말일세."

해리슨은 깜짝 놀란 표정을 지었다.

"하지만 그건 좀 위험한 약이라서요. 다른 데로 튈 염려도 있고."

푸아로는 진지하게 고개를 끄덕였다.

"치명적인 독약이지."

그는 잠시 사이를 두었다가 다시 반복했다.

"치명적인 독약이야."

"장모를 없애 버리고 싶을 때는 유용하겠죠. 안 그렇습니까, 푸아로?"

해리슨이 웃으면서 말했다.

그러나 에르퀼 푸아로는 웃지도 않고 여전히 심각한 표정이었다.

"그런데 자네는 랭턴 씨가 벌집을 없애려고 정말 석유를 가져올 거라고 확신하나?"

"당연하죠, 그건 왜……?"

"그냥 궁금해서 물은 걸세. 오늘 오후에 바체스터 약국에 들렀거든. 독약을 살 일이 있어서 구매자 목록에 사인을 했네. 그런데 맨 마지막 칸을 보니 '청산가리'라고 쓰여 있고 클로드 랭턴이 사인을 했더군."

해리슨은 말없이 푸아로를 쳐다보았다.

"그거 이상하군요. 저번에 랭턴이 자기는 그런 독약은 절대 쓰지 않을 거라고 했거든요. 그런 용도로 청산가리를 팔면 절대 안 된다고까지 했어요."

푸아로는 정원을 내다보았다. 그는 매우 조용한 목소리로 해리슨에게 물었다.

"자네는 랭턴을 좋아하나?"

해리슨은 뜻밖의 질문에 당황하는 모습이었다.

"그…… 글쎄요, 물론 좋아하죠. 좋아하지 않을 이유가 없으니까요."

"난 그냥 자네가 랭턴을 좋아하는지 궁금했네."

해리슨이 아무 대꾸도 하지 않자 푸아로가 다시 물었다.

"그럼 랭턴도 자네를 좋아하나?"

"도대체 뭘 알고 싶으신 겁니까? 무슨 의도로 그런 말씀을 하시는지 전혀 감을 잡을 수가 없네요."

"솔직히 털어놓겠네. 자네는 지금 약혼한 상태지. 나도 몰리 딘 양을 알고 있네. 정말 매력적이고 아름다운 아가씨야. 그 아가씨는 자네하고 약혼하기 전에 클로드 랭턴과 약혼을 했었지. 자네 때문에 랭턴을 버린 거 아닌가?"

해리슨은 고개를 끄덕였다.

"몰리 양이 어떤 이유로 랭턴을 버리고 자네와 약혼했는지는 묻지 않겠네. 뭔가 그럴 만한 이유가 있었겠지. 하지만 랭턴은 그 일을 잊지 않았을 거고 용서하지도 못했을 걸세. 이건 지나친 추정이 아닐 거라고 확신하네."

"그렇지 않습니다. 무슈 푸아로, 맹세컨대 그렇지 않습니다. 랭턴은 스포츠맨이에요. 남자다운 남자죠. 그런 일이 있고 나서 오히려 놀랄 만큼 내게 더 친절하게 대해줬어요."

"그게 이상하다는 생각은 안 했나? 자네 입으로도 '놀랄 만큼'이라고 했지 않나? 그렇게 말하면서도 전혀 놀라는 표정은 아니로군 그래."

"무슨 뜻이죠, 푸아로 씨?"

"내 말은……."

푸아로는 전혀 다른 어조로 말했다.

"적당한 기회가 올 때까지 자신의 증오를 드러내지 않을 수도 있다는 걸세."

"증오라고요?"

해리슨은 고개를 저으며 웃음을 터뜨렸다.

"영국인들은 아주 어리석어. 자기는 다른 사람들을 속일 수 있어도 다른 사람들이 자기를 속일 수는 없다고 생각하거든. 그 스포츠맨만 해도 그래. 사람들은 그를 좋은 사람이라고 생각하지. 악한 구석이라고는 없는 사람이라고 말이야. 그런데 문제는 그런 사람들일수록 용감하지만 어리석기 때문에 죽지 않아도 될 일에 죽음을 자초한다는 거야."

"제게 경고하시는 거군요."

해리슨이 나직하게 중얼거렸다.

"이제 이해가 되네요. 계속 아리송했는데. 클로드 랭턴을 조심하라고 경고하시는 거죠? 오늘 여기 오신 것도 제게 경고하기……."

푸아로는 고개를 끄덕였다.

해리슨은 갑자기 벌떡 일어났다.

"제정신이 아니신 것 같군요, 무슈 푸아로. 여긴 영국이에요. 영국에서 그런 일은 일어나지 않아요. 파혼을 당했다고 등 뒤에서 칼로 찌르거나 독약을 먹이는 그런 짓은 하지 않는단 말입니다. 랭턴에 대해서도 잘못 생각하고 계신 거예요. 그 친구는 파리 한 마리도 죽이지 못하는 친구에요."

"파리의 생명 같은 건 내가 상관할 바 아니네."

푸아로가 태연하게 대꾸했다.

"그리고 자네는 랭턴 씨가 파리 한 마리 죽이지 못한다고 했지만, 그가 지금 몇천 마리나 되는 벌을 죽일 준비를 하고 있다는 걸 까먹은 모양이군."

해리슨은 대꾸하지 않았다. 이제 키 작은 탐정이 일어날 차례였다. 그는 친구 앞으로 다가가서 그의 어깨에 손을 얹었다. 그는 감정이 격한 듯이 큰 체구의 남자를 마구 흔들면서 그의 귓가에 속삭였다.

"정신 차리게, 친구. 정신 차려. 보게! 내가 가리키는 곳을 보란 말일세. 저 나무뿌리 근처에 있는 두둑을 보게. 말벌들이 하루 일을 끝내고 평화롭게 돌아오고 있는 게 보이지 않나? 몇 시간 후면 몰살당할 운명을 까맣게 모르고 말이야. 아무도 얘기해 주지 않으니까 알 리가 없지. 말벌들에게는 이 에르퀼 푸아로가 없으니까. 내가 말했지 않나, 무슈 해리슨. 내가 여기 온 건 일 때문이라고 말이야. 살인은 내 전문이네. 살인이 일어난 후의 일도 내 전문이고 살인이 일어나기 전의 일도 내 전문이지. 무슈 랭턴은 몇 시에 말벌 둥지를 없애러 온다고 했나?"

"랭턴은 절대 그럴 리가……."

"몇 시냐고 물었네."

"9시입니다. 하지만 분명히 말씀드리지만, 잘못 생각하시고 있는 겁니다. 랭턴은 절대 그런 짓을……."

"영국인들이란 정말!"

푸아로는 화가 난 듯이 소리쳤다. 그는 모자와 지팡이를 집어 들고 오솔길을 걸어가다가 걸음을 멈추고 어깨 너머로 소리쳤다.

"자네와 더 이상 말싸움할 생각 없네. 나만 열불이 나니까. 하지만 잊지 말게, 내가 9시에 다시 올 거라는 걸."

해리슨은 다시 뭔가 말하려고 입술을 달싹거렸지만 푸아로가 그의 말을 가로막았다.

"무슨 말을 하려는 건지 잘 아네. '랭턴은 절대 그럴 리가' 뭐 이따위 말을 하려는 거지? 그래, 랭턴은 절대 그런 짓을 하지 않을 거야. 여하튼 나는 9시에 다시 오겠네. 그런데 말이야. 재미있을 것 같군. 생각해 보니 재미있을 것 같아. 벌집을 소탕하는 걸 구경하는 게 정말 재미있을 것 같아. 영국인들이 좋아하는 스포츠 아닌가?"

그는 대답을 기다리지도 않고 성큼성큼 오솔길을 걸어 삐걱대는 문을 열고 나갔다. 하지만 길 밖으로 나오자 그의 걸음은 느려졌다. 조금 전의 활기찬 태도는 어디로 갔는지 그의 얼굴은 엄숙하고 고통스러운 표정을 짓고 있었다. 그는 주머니에서 시계를 꺼내 들여다보았다. 시계 바늘은 8시 10분을 가리키고 있었다.

"45분 정도 남았군. 기다렸어야 했던 걸까?"

그의 걸음은 더욱 느려졌다. 그는 돌아갈 생각을 하고 있는 것처럼 보였다. 막연한 예감이 그를 사로잡는 것 같았다. 그러나 그는 불길한 예감을 단호하게 떨쳐 버리려는 듯이 고개를 흔들고 마을 쪽으로 계속 걸어갔다. 그의 얼굴에는 여전히 고통스러운 표정이 떠나지 않고 있었다. 그는 뭔가 불만스러운 것처럼 한두 번 고개를 저었다.

그가 다시 정원 문 앞에 닿은 것은 9시 몇 분 전이었다. 나뭇잎을 흔드는 바람 한 점 없는 맑고 고요한 저녁이었다. 폭풍 직전의 고요함처럼 그 정적 속에 뭔가 불길한 것이 숨어 있는 것 같았다.

그때 정원 문이 열리고 클로드 랭턴이 급히 길거리로 나왔다. 그는 푸아로를 보자 깜짝 놀란 표정을 지었다.

"아…… 안녕하십니까?"

"안녕하시오, 무슈 랭턴. 일찍 오셨군."

랭턴은 어리둥절한 표정으로 푸아로를 쳐다보았다.

"무슨 말씀이신지."

"말벌 둥지를 소탕하셨나요?"

"아뇨, 실은 못했습니다."

"저런, 벌집을 소탕하지 못했다. 그럼 뭘 하셨나?"

"그냥 해리슨과 같이 앉아서 잡담을 나눴습니다, 무슈 푸아로. 그럼 전 이만 바쁜 일이 있어서 가 보겠습니다. 이곳에 와 계신지 전혀 몰랐습니다."

"이곳에 볼일이 있어서요."

"아! 그러시군요. 해리슨은 테라스에 있습니다. 그럼 이만 실례……."

그는 황급히 가 버렸다. 푸아로는 그의 뒷모습을 바라보고 서 있었다. 신경질적인 청년이로군. 입술이 얇기는 하지만 꽤 잘생겼어.

"해리슨이 테라스에 있단 말이지."

푸아로는 혼자 중얼거렸다.

그는 정원 문을 들어서서 오솔길을 따라 올라갔다. 해리슨은 테이블 의자에 앉아 있었다. 미동도 없이 앉아서 푸아로가 다가가도 고개조차 돌리지 않았다.

"오! 몬 아미. 자네 괜찮은가?"

긴 정적이 흐르고 드디어 해리슨이 넋이 나간 것 같은 목소리로 입을 열었다.

"지금 뭐라고 하셨죠?"

"괜찮으냐고 했네."

"괜찮으냐고요? 당연히 괜찮죠. 괜찮지 않을 리가 있나요?"

"아무 부작용도 없단 말이지? 다행이로군."

"부작용이라뇨? 무슨 부작용?"

"세탁용 소다 말일세."

해리슨은 갑자기 정신이 번쩍 나는 모양이었다.

푸아로는 미안하다는 듯한 몸짓을 했다.

"쓸데없는 짓을 했다는 후회가 드네만. 내가 자네 주머니에 세탁용 소다를 넣어 두었네."

"내 주머니에 뭘 넣었다고요? 그건 왜요?"

해리슨은 놀란 표정으로 푸아로를 쳐다보았다.

푸아로는 어린아이에게 설교를 하는 것처럼 조용하고 차분하게 말했다.

“탐정이라는 직업의 장점은 말일세, 아니 단점이기도 하네만. 어쨌든 범죄자들을 많이 접하게 된다는 걸세. 범죄자들은 아주 흥미롭고 신기한 걸 많이 가르쳐 준다네. 언젠가 소매치기를 알게 된 적이 있었지. 난 그 아이한테 특별한 관심을 가졌네. 그 아이는 자기가 하지 않은 일을 했다는 의심을 받고 있었거든. 그래서 나는 그 애를 풀어 주었지. 그 애는 자기가 생각해 낼 수 있는 유일한 보답으로 내게 소매치기 기술을 가르쳐 주었다네.

덕분에 나는 내가 점찍은 상대의 주머니를 감쪽같이 털 수 있는 방법을 배웠지. 먼저 상대의 어깨에 손을 얹으면서 주의를 돌리면 상대는 나에게 정신이 쏠려서 다른 것은 의식을 하지 못하게 되네. 그러는 동안 나는 상대의 주머니 속에 들어 있던 물건을 꺼내고 대신 세탁용 소다를 넣을 수 있는 거라네.”

푸아로는 꿈을 꾸고 있는 것처럼 나른한 목소리로 말했다.

“만일 어떤 사람이 아무도 모르게 잔에 독약을 넣으려고 한다면 당연히 오른쪽 주머니에 독약을 넣지 않겠나? 왼쪽에 넣을 리가 없지. 난 그 독약이 거기 있다는 걸 알고 있었네.”

그는 주머니에 손을 넣어 몇 개의 울퉁불퉁한 흰색 결정체를 꺼냈다.

“이런 걸 이렇게 허술하게 가지고 다니는 건 아주 위험한 행동이야.”

그는 혼잣말을 하듯이 중얼거렸다.

그는 서두르지 않고 침착하게 다른 주머니에서 입구가 넓은 병을 꺼냈다. 그는 병 속에 그 결정체를 넣고 테이블로 가서 병에 물을 가득 채웠다. 그런 다음 조심스럽게 병을 코르크 마개로 봉하고 결정체가 완전히 녹을 때까지 병을 흔들었다. 해리슨은 넋이 나간 듯이 그의 행동을 바라보고 있었다.

결정체가 완전히 녹은 걸 보자 푸아로는 말벌 둥지로 걸어갔다. 그는 병의 코르크 마개를 열고는 고개를 옆으로 젖히고 그 용액을 벌집에 쏟아 부었다. 그러고는 뒤로 한두 걸음 물러서서 지켜보았다.

즐겁게 날갯짓을 하며 집으로 돌아오던 말벌들은 몸을 부르르 떨더니 금방 꼼짝도 하지 않았다. 다른 말벌들은 구멍에서 기어 나오려고 안간힘을 쓰다가 죽어 버렸다. 푸아로는 잠시 그 모습을 바라보다가 고개를 끄덕이고는 베란다로 돌아왔다.

"즉사하는군. 즉사야!"

해리슨은 그제야 간신히 입을 열었다.

"어디까지 알고 계신 건가요?"

푸아로는 정면을 응시했다.

"아까도 말했지만 약국 기록에서 클로드 랭턴의 이름을 보았네. 자네에게 얘기하지 않았던 건 내가 약국에서 나왔을 때 우연히 랭턴을 마주쳤다는 사실이야. 그 청년은 자네 부탁으로 청산가리를 사러 왔다고 하더군. 자네가 말벌 둥지를 없애 달라고 했다면서. 나는 그때 좀 이상하다는 생각이 들었네. 자네가 말했던 그 저녁 식사 자리에서 자네가 말벌 둥지를 없애는 데는 석유가 제일 효과가 좋다고 하면서 청산가리는 위험하고 효과가 없다고 했던 말이 기억났단 말이지."

"그래서요?"

"또 하나 알고 있는 게 있었네. 클로드 랭턴과 몰리 딘 양이 만나고 있는 걸 본 적이 있었지. 두 사람은 아무도 본 사람이 없을 거라고 생각하겠지만. 두 사람이 무슨 일 때문에 싸워서 몰리 딘 양이 자네 품으로 뛰어든 건지는 모르지만, 나는 그때 두 사람이 만나는 걸 보고 두 사람의 오해가 풀려서 딘 양이 다시 옛 연인에게로 돌아갈 마음이라는 걸 알았네."

"계속하세요."

"더 알고 있는 게 있네, 친구. 며칠 전에 할리 가에 갔을 때 자네가 어떤 병원에서 나오는 걸 봤지. 나는 그 의사를 알고 있네. 그 의사가 무슨 병을 치료하는지도 알고. 나는 그때 자네 얼굴 표정을 똑똑히 읽었네. 내가 일생 동안 한두 번밖에 보지 못했던 표정이지만 나는 그게 어떤 표정인지 아네. 그건 사형 선고를 받은 남자의 표정이었어. 내 말이 맞지 않나?"

"맞습니다. 두 달 남았다고 했습니다."

"그때 자네는 나를 보지 못했어. 머릿속에 생각할 게 가득 차 있었기 때문이지. 난 자네 얼굴에서 또 다른 표정을 발견했네. 아까 오후에 했던 얘기 중에 남자들이 억지로 감추려고 하는 감정이 있다고 하지 않았나? 그건 증오의 표정이었네. 자네는 그런 표정을 감추려고 하지 않았어. 아무도 보는 사람이 없다고 생각했기 때문이지."

"계속하세요."

"이제 더 할 말이 많지 않네. 나는 이곳으로 와서 아까 말한 대로 약국 기록장에서 랭턴의 이름을 보았고 그를 만났고 그러고는 자네를 만나러 왔네. 나는 자네에게 함정을 판 거야. 자네는 랭턴에게 청산가리를 사다 달라고 부탁했다는 사실을 부인하고 랭턴이 청산가리를 샀다고 하니까 놀라는 척했지. 내가 찾아왔을 때 자네는 처음에는 무척 놀랐지만 금방 오히려 좋은 기회라고 생각하고 내 의심을 부추겼네. 나는 랭턴에게서 8시 30분에 여기로 올 거라는 얘기를 들었어. 그런데 자네는 9시에 올 거라고 했지. 내가 오면 이미 모든 일이 끝났을 테니까. 하지만 나는 이미 모든 걸 알고 있었네."

"왜 여기 오신 겁니까? 당신이 오지 않았더라면."

푸아로는 천천히 몸을 일으켜 세웠다.

"말했지 않나, 살인이 내 전문이라고."

"살인이라뇨? 자살이겠죠."

"아니."

푸아로의 음성이 날카롭고 또렷하게 울렸다.

"그건 살인이야. 자네는 쉽고 편안하게 죽을 수 있었겠지만 자네가 랭턴에게 뒤집어씌우려고 했던 죽음은 모든 인간의 죽음 중에서 가장 비참한 죽음이네. 랭턴은 독약을 가지고 자네를 만나러 왔어. 그리고 자네와 단둘이 있었네. 자네는 급사하고 청산가리가 자네의 잔에서 발견되면 클로드 랭턴은 교수형을 당하게 되겠지. 그게 자네의 계획이었어."

또다시 해리슨이 고통스러운 신음을 흘렸다.

"왜 여기 오셨습니까? 왜 오셨어요?"

"얘기하지 않았나? 하지만 또 다른 이유가 있었네. 난 자네를 좋아했으니까. 몬 아미, 자네는 지금 죽어 가고 있네. 사랑하던 여자를 잃었어. 하지만 자네는 살인자는 아니야. 이제 말해 보게나. 내가 온 게 다행이라고 생각하나, 아니면 아직도 내가 오지 않았어야 했다고 생각하나?"

잠시 침묵이 흐르고 해리슨이 몸을 일으켰다. 그의 얼굴에는 존엄한 표정이 떠올라 있었다. 자신의 비열한 본성을 극복해 낸 남자의 표정이었다.

그는 테이블 너머로 손을 내밀었다.

"와 주셔서 감사합니다! 당신이 와 주신 것을 하느님께 감사드립니다!"

〈끝〉

옮긴이 | 김유미

서강대 영어영어문학과를 졸업하고 전문 번역가로 활동 중이다. 번역한 책으로는 『무엇으로 읽을 것인가』, 『지식애』, 『오만과 편견』, 『피카소의 책』, 『즐거운 라디오』, 『프로작네이션』 등이 있다.

애거서 크리스티 전집

빅토리 무도회 사건

2판 1쇄 펴냄 2016년 4월 11일
2판 3쇄 펴냄 2021년 7월 12일

지은이 | 애거서 크리스티
옮긴이 | 김유미
발행인 | 박근섭
편집인 | 김준혁
책임편집 | 최고운, 장은진
펴낸곳 | 황금가지

출판등록 | 2009. 10. 8 (제2009-000273호)
주소 | 135-887 서울 강남구 신사동 506 강남출판문화센터 5층
전화 | **영업부** 515-2000 **편집부** 3446-8774 **팩시밀리** 515-2007
홈페이지 | www.goldenbough.co.kr

도서 파본 등의 이유로 반송이 필요할 경우에는 구매처에서 교환하시고
출판사 교환이 필요할 경우에는 아래 주소로 반송 사유를 적어 도서와 함께 보내주세요.
06027 서울 강남구 도산대로 1길 62 강남출판문화센터 6층 민음인 마케팅부

ISBN 978-89-6017-173-2 04840
ISBN 978-89-8273-108-3 04840 (set)

㈜민음인은 민음사 출판 그룹의 자회사입니다.
황금가지는 ㈜민음인의 픽션 전문 출간 브랜드입니다.